Douglas E. Richards

Zweipunktnull

W0267292

amazon crossing

Das Buch

Kira Miller ist eine brillante Gentechnikerin, die entdeckt hat, wie sich dem Savant-Syndrom – der Inselbegabung – ähnliche Fähigkeiten in allen Bereichen des Denkens und der Kreativität erzielen lassen. Aber was, wenn diese überragenden geistigen Fähigkeiten einen skrupellosen Größenwahn mit sich bringen?

David Desh hat die Spezialkräfte verlassen, nachdem sein Team im Iran brutal abgeschlachtet wurde. Jetzt wurde er für eine letzte Mission reaktiviert: Er soll Kira Miller finden, das rätselhafte Genie, das hinter einem bioterroristischen Angriff steckt, der Millionen bedroht. Aber als Desh herausfindet, dass der bioterroristische Angriff nur die Spitze des Eisbergs ist, wirft ihn das mitten hinein in ein kompliziertes Labyrinth aus Täuschungen und Intrigen. Und auf einmal wird er zur Schlüsselfigur in einem tödlichen Spiel, das er nicht einmal ansatzweise versteht. Es ist ein Spiel, das ganz sicher einen dramatischen Einfluss auf die zukünftige Entwicklung der Geschichte der Menschheit haben wird …

Der Autor

Douglas E. Richards ist Autor des *New-York-Times-* und *USA-Today*-Bestsellers »Wired« (»Zweipunktnull«), der Fortsetzung »Amped« sowie von »Mind's Eye« und »The Cure«. Er hat außerdem sechs Abenteuerromane für Jugendliche und junge Erwachsene geschrieben, die weithin für den Reiz gelobt werden, den sie auf Mädchen, Jungen und Erwachsene gleichermaßen ausüben.

Richards besitzt einen Master-Abschluss in Molekularbiologie (auch bekannt als Gentechnik), war viele Jahre lang als Führungskraft im Biotech-Bereich tätig und schrieb zahlreiche populärwissenschaftliche Artikel für *National Geographic,* die BBC, die Australian Broadcasting Corporation, *Earth & Sky, Today's Parent* und viele andere.

Der Autor lebt mit seiner Frau, seinen zwei Kindern und zwei Hunden in San Diego, Kalifornien.

Douglas E.
Richards

ZWEIPUNKTNULL

Thriller

Übersetzt von Irena Böttcher

amazon crossing

Die Originalausgabe erschien 2010 unter dem Titel »Wired«.

Deutsche Erstveröffentlichung bei AmazonCrossing,
Luxemburg, August 2014

Copyright © der Originalausgabe 2010
by Douglas E. Richards
All rights reserved.

Copyright © der deutschsprachigen Ausgabe 2014
by Irena Böttcher

Umschlaggestaltung: bürosüd° München, www.buerosued.de
Lektorat: Miriam Shahd
Satz: Monika Daimer, www.buch-macher.de

Printed in Germany
by Amazon Distribution GmbH, Leipzig

ISBN 978-1-477-82726-0

www.amazon.com/crossing

»Was ist gut? Alles, was in einem Menschen das Gefühl der Macht, den Willen zur Macht, die Macht selbst verstärkt. Was ist schlecht? Alles, was der Schwäche entstammt. Was ist Glück? Das Gefühl wachsender Macht, überwundener Widerstände.«

— Friedrich Nietzsche,
deutscher Philosoph (1844–1900)

PROLOG

Bill Callan hielt seine schallgedämpfte Ruger SR45 mit ausgestreckten Armen vor sich und schlich sich lautlos an die Frau an, die sich Angela Joyce nannte. Sie saß mit dem Rücken zu ihm an einem alten Schreibtisch und arbeitete an einem ersichtlich teuren Laptop. Ganz ohne Zweifel war sie hübsch, dachte Bill nicht zum ersten Mal. Aber er mochte es lieber, wenn die Frauen ein bisschen vulgär wirkten. Sie sah für seinen Geschmack viel zu brav aus. Wobei das Aussehen wahrscheinlich das Einzige an ihr war, das man mit dem Adjektiv »brav« belegen konnte. Außerdem war sie für seine Begriffe auch zu klug. Viel zu klug.

Ihrem Führerschein nach war sie siebenundzwanzig – aber sie sah jünger aus. So, als ob sie gerade erst die Schule abgeschlossen hätte. Das galt allerdings nicht für ihre Augen. In diesen spiegelten sich eine enorme Reife und ein ausgebuffter Verstand wider, die weit über ihr tatsächliches Alter hinausgingen. Das ließ vermuten, dass diese Frau mit ihrem sanften Auftreten schon einige knallharte Dinge erlebt hatte.

Warum hatte sie zu ihrem Schutz zwei Söldner angeheuert? Keine Leibwächter, sondern Söldner. Und wie konnte sie sich das leisten, wo sie doch keinerlei erkennbare Einnahmequelle besaß? Sie hatte ihnen eine ganz merkwürdige Geschichte erzählt – sie sei die Freundin eines Mafiabosses, der sie nicht gehen lassen wolle. Aber Callan hatte ihr das nicht eine Sekunde lang abgenommen. Deshalb hatte er es sich zur Aufgabe gemacht, mehr über sie herauszufinden. Und tatsächlich hatte er bei seinen Recherchen den Jackpot geknackt. Einen Jackpot, der mehr wert war, als er es sich jemals hätte vorstellen können.

Die junge Frau war so in ihre Arbeit am Computer vertieft, dass sie es überhaupt nicht bemerkte, wie Callan sich ihr näherte. Er räusperte sich. Erschrocken fuhr sie herum. »Oh«, sagte sie dann erleichtert, als sie ihn bemerkte. Ihre Erleichterung hielt allerdings nicht lang an, denn nun bemerkte sie die auf sie gerichtete Pistole, unheilverheißend mit einem Schalldämpfer versehen. »Was ist los, Bill?«, fragte sie ängstlich. Ihr Gesicht blieb ausdruckslos, aber Callan hatte den sicheren Eindruck, dass ihr scharfer Verstand auf Hochtouren arbeitete, die neuen Umstände abschätzte und die bestehenden Möglichkeiten abwog.

»Sie müssen mit mir mitkommen«, sagte er ruhig. Mit hochgezogenen Augenbrauen fügte er nach einer kurzen Pause hinzu: »Kira.«

Nur den Bruchteil einer Sekunde lang weiteten sich ihre Augen, bis sie sich wieder im Griff hatte. »Was zum Teufel geht hier vor?«, herrschte sie ihn an. »Warum richten Sie dieses Ding auf mich? Und wieso haben Sie mich Kira genannt?«

»Weil das Ihr richtiger Name ist«, erwiderte er. »Kira Miller.«

Verärgert schüttelte sie den Kopf. »Wenn das Ihre Vorstellung von einem Scherz ist, Bill – es ist überhaupt nicht lustig.«

Callan ignorierte ihren Einwand. »Fangen Sie«, sagte er und warf ihr einen Autoschlüssel zu. Mit der Leichtigkeit eines Sportlers fing sie den Schlüssel in der Luft, ohne den Blick von Callan abzuwenden.

»Ich habe es mir erlaubt, das Pfefferspray von Ihrem Schlüsselring zu entfernen«, bemerkte er. »Lassen Sie uns gehen. Sie fahren.«

»Wo ist Jason?«, fragte sie.

»Er ist in der Garage«, antwortete Callan mit einem verschlagenen Grinsen. »Er wartet auf uns.«

»Ich gehe nirgendwohin, bevor Sie mir nicht gesagt haben, was hier vor sich geht«, fauchte sie.

Mit einem schnellen Schritt schloss Callan zu ihr auf und rammte ihr den Lauf des Schalldämpfers grob gegen die Schläfe.

Mit der anderen Hand griff er nach ihrem Kinn und zwang sie aufzusehen, bis ihr Gesicht nur noch wenige Zentimeter von seinem entfernt war. Callan war ein muskulöser Kerl, eins neunzig groß, und seine fleischigen Pfoten waren riesig.

»Für ein kluges Mädchen brauchen Sie verdammt lang, um es endlich zu kapieren«, brummte er. »Die Verhältnisse haben sich geändert. Ich arbeite nicht mehr für Sie. Jetzt bin ich derjenige, der die Befehle gibt! Und Sie machen genau, was ich sage, oder ich breche Ihnen alle Knochen im Leib.« Er presste ihr den Kiefer mit der Hand so fest zusammen, dass sich einige ihrer Zähne in die Innenseite ihres Mundes eingruben, der sofort zu bluten begann. »Habe ich mich jetzt klar genug ausgedrückt?«, zischte er. Endlich gab er sie wieder frei.

Sie rieb sich das Kinn und warf ihm einen Blick von so tödlicher Intensität zu, fast erwartete er, davon wie von einem Pfeil durchbohrt zu werden.

»Geben Sie zu, dass Ihr richtiger Name Kira Miller ist, oder ich breche Ihnen den linken Arm«, knurrte er wütend.

Kurz dachte sie über seine Drohung nach, ohne ihren durchdringenden Blick von ihm zu lösen. »Okay«, sagte sie schließlich. »Ich bin also Kira Miller. Na und? Ich zahle Ihnen und Jason ein kleines Vermögen, damit Sie mich beschützen. Das Sie durch Ihr Verhalten aufs Spiel setzen.«

Callan lachte. »Ach, glauben Sie das?«, bemerkte er sarkastisch. »Ich finde es ja rührend, wie besorgt Sie um mich sind. Aber ich brauche Ihr kleines Vermögen nicht mehr. Ich tausche es ein gegen ein großes.« Er griff sie am Arm, zog sie hoch und stieß sie in Richtung der Garage. »Los jetzt!«, knurrte er. »Ich sage das nicht noch einmal.«

Widerstrebend setzte sie sich in Bewegung. Unterwegs machte sie einen kleinen Schlenker, nahm sich ihre Jeansjacke, die über einer Stuhllehne hing, und schlüpfte hinein. Ungläubig schüttelte Callan den Kopf. Draußen waren es noch immer fast sechzehn Grad. Im November. Geradezu mild. Callan hatte die meiste Zeit seines Lebens in Chicago verbracht, aber er wusste, wenn sie auch nur ein paar Jahre lang vom paradiesischen Klima in San Diego verwöhnt worden waren, wurden die jämmerlichen Einwohner überempfindlich gegen Kälte.

Als sie die Tür erreichten, die zur Garage führte, drehte Kira sich zu ihm um. Sie sah aus, als ob sie eine Frage stellen wollte. Ihre rechte Hand war in der rechten Jackentasche vergraben. Callan reagierte instinktiv und wich zur Seite aus, noch bevor sein Bewusstsein den Grund dafür erkannte. Eine Kugel zerriss ihre Jackentasche und grub eine etwa zwölf Zentimeter lange Furche in seinen Bauch. Hätte er sich nicht bewegt, hätte ihm das Ding ein Loch quer durch seine Gedärme verpasst.

Callan warf sich mit seinem massigen Körper auf Kira und rammte sie mit voller Wucht gegen die Tür, bevor sie ein zweites Mal schießen konnte. Der Aufprall betäubte sie. Er zwang ihre Hand aus der Tasche und riss ihr mit Leichtigkeit die Glock G26, die sie darin verborgen hatte, aus den Fingern.

Er spürte die Feuchtigkeit, als das Blut aus seiner Wunde sickerte und sein jetzt zerrissenes Hemd durchtränkte, aber er wusste, die Verletzung war oberflächlich und bedurfte keiner sofortigen Aufmerksamkeit. Grob riss er seine ehemalige Klientin herum und durchsuchte sie. Etwas, das er gleich am Anfang hätte tun sollen. Er war davon ausgegangen, dass sie die Sicherheit komplett ihren beiden Söldnern überlassen würde. Jetzt allerdings war es offensichtlich, dass sie auch selbst ein paar zusätzliche Vorsichtsmaßnahmen ergriffen hatte. Er fand noch zwei Dosen Pfefferspray an ihren Waden befestigt, jedoch keine weiteren Waffen.

Einen Augenblick lang überlegte er, ob er sie als Strafe für ihren Angriff ein wenig aufmischen sollte, entschied sich dann jedoch dagegen. Wenn er sie verletzte, wäre es schwieriger, mit ihr fertigzuwerden, und schließlich war es seine eigene Sorglosigkeit, die ihr den Angriff erst möglich gemacht hatte. Außerdem hatte er jetzt dafür gesorgt, dass sie nicht mit weiteren Überraschungen aufwarten konnte.

Callan öffnete die Tür zur Garage und schob Kira hindurch. Gleichzeitig schlug er mit der Hand auf den Lichtschalter. Fast wäre die junge Frau über die Leiche von Jason Bobkoski gestolpert. Der zweite Söldner lag auf dem grauen Zement, im Rücken ein Loch von einer schallgedämpften Schusswaffe, aus nächster Nähe abgefeuert, genau in der Höhe seines Herzens. Unter dem Körper breiteten sich leuchtend rote Ströme von Blut wie tödliche Finger aus und verschwanden unter Kiras weißem Lexus-Coupé.

Kira warf Callan einen Blick voller Verachtung zu, sagte jedoch nichts. Die meisten Frauen hätten beim überraschenden Anblick einer blutüberströmten Leiche hysterisch gekreischt, aber für sie galt das offensichtlich nicht. Das sollte ihn angesichts ihres kühnen Manövers vor wenigen Augenblicken eigentlich nicht in Erstaunen versetzen. Er hatte sich nicht getäuscht – diese ebenso kluge wie hübsche Frau war weit mehr, als sie zu sein schien.

Wenige Minuten später waren sie unterwegs. Kira saß am Steuer, Callan auf dem Beifahrersitz, die Waffe auf sie gerichtet. Die Sonne war schon ein paar Stunden zuvor untergegangen, doch trotz der Dunkelheit war auf den Straßen noch immer ziemlich viel los. Am stummen Nachthimmel zeigte sich eine schmale Mondsichel, und draußen rauschte die übliche Mischung aus tropischen Pflanzen und Palmen vorbei, die für das südliche Kalifornien typisch ist, ein lebendiger Beweis für eine anhaltende Vegetationsperiode – und einen Sommer, der nie zu enden scheint.

»Wohin fahren wir?«, durchbrach Kira schließlich die Stille im Wagen.

»Das werden Sie erfahren, wenn wir da sind«, erwiderte Callan.

»Wie haben Sie meine wahre Identität herausbekommen?«

»Wir haben hier keine Fragestunde.«

»Ich habe Sie gut bezahlt – und als Dank dafür haben Sie mich ganz offensichtlich verraten. Da können Sie mir wenigstens ein paar Fragen beantworten. Was ist denn schon dabei?«

Callan überlegte kurz und zuckte dann mit den Schultern. »Meinetwegen«, knurrte er. »Warum nicht. Ich habe Ihre schwachsinnige Geschichte von Anfang an nicht geglaubt. Ihr Führerschein und Ihre Kreditkarte sind einwandfrei, aber ich habe ein bisschen nachgeforscht und war mir ziemlich schnell sicher, dass Sie sich einer falschen Identität bedienen. Das hat mich interessiert. Es gibt nicht viele Leute, die gefälschte Dokumente so natürlich benutzen und erfundene Geschichten so glaubwürdig vortragen wie Sie.« Er unterbrach sich kurz. »Und dann hatte ich Glück. In der Außentasche Ihres Koffers habe ich einen zerknitterten Gepäckanhänger von United Airlines gefunden. Auf dem stand, in Bleistift, der Name Kira Miller.« Er zeigte auf die nächste Kreuzung. »Biegen Sie hier links ab«, befahl er.

Kira blinkte und fuhr nach links. »Und wie kamen Sie von diesem Fund zu dem Schritt, mich mit vorgehaltener Waffe zu entführen?«

»Ich habe ein paar Recherchen über Kira Miller angestellt«, erklärte er. »Und dann habe ich es an den passenden Stellen verbreitet, dass ich über Informationen gestolpert bin, die mich zu Ihnen führen könnten. Ich bin sozusagen fischen gegangen. Ich habe einfach die Angel ausgeworfen, mit Ihrem Namen als Köder, und darauf gewartet, dass jemand Interessantes anbeißt. Allerdings hatte ich damals noch keine Ahnung, dass ich bald nicht nur einen kleinen Fisch, sondern einen riesigen verdammten Moby Dick an der Angel haben würde.« Er schüttelte den Kopf mit einem leisen Grinsen, als ob er sein wahnsinniges Glück noch immer nicht ganz glauben könnte. »Die Regierung ist ziemlich rasch auf mich zugekommen. Sie haben mir erzählt, dass Sie auf der Flucht sind, und haben mich gewarnt, Sie seien hochgradig gefährlich.« Callan schaute an seinem blutigen Hemd herab und erkannte, dass er diese Warnung ernster hätte nehmen sollen. »Mehr wollte man mir nicht sagen, aber sie haben mir eine gewaltige Belohnung versprochen, wenn ich Sie aufspüre.« Seine Mundwinkel zuckten selbstzufrieden nach oben. »Nachdem wir ein wenig miteinander verhandelt hatten, konnten wir uns auf zwei Millionen Dollar einigen.«

Angewidert schüttelte Kira den Kopf. »Sie sind ein Idiot, Bill. Ist Ihnen mal der Gedanke gekommen, dass die Leute, die Sie kontaktiert haben, Ihnen mit der Geschichte, sie seien von der Regierung, nur ein Lügenmärchen aufgetischt haben?«

Er lächelte. »Natürlich. Aber um ehrlich zu sein, ist es mir scheißegal, wer sie sind und warum sie hinter Ihnen her sind. Solang ich bezahlt werde, kümmert mich der Rest einen Dreck.«

»Und was ist, wenn sie genauso gelogen haben, was die Bezahlung betrifft?«, fragte Kira lauernd.

»Nachdem ich die Kerle davon überzeugen konnte, dass ich wirklich in der Lage bin, Sie zu finden, hat man mir als Zeichen des guten Willens schon einmal online eine halbe Million auf mein Nummernkonto überwiesen. Mit einer halben Million Mäuse kann man sich eine Menge Glaubwürdigkeit kaufen.«

»Es geht Ihnen also nur ums Geld«, stellte sie verächtlich fest. »Sie verraten einen Klienten, bringen Jason kaltblütig um – alles nur wegen des Geldes. Und dabei haben Sie nicht die geringste Ahnung, was hier wirklich passiert oder was auf dem Spiel steht.«

»Was zum Teufel haben Sie denn erwartet?«, schnaubte er. »Das ist doch schließlich genau die Definition eines Söldners, verfluchte Scheiße – das ist jemand, dem es nur ums Geld geht!«

»Ich dachte, Söldner hätten so eine Art Ehrenkodex.«

Callan lachte spöttisch. »Nicht wenn es um zwei Millionen Dollar geht.« Genervt schüttelte er den Kopf. »Und ersparen Sie mir Ihre Moralpredigt. Sie sind alles andere als ein Unschuldslamm. Unschuldige Leute brauchen keine so hervorragend gefälschten Identitäten. Und unschuldige Leute, die sich bedroht fühlen, beauftragen Leibwächter. Nur Leute, die sich etwas zu Schulden haben kommen lassen, heuern Söldner an.«

»Reden Sie sich das ruhig ein, wenn Sie sich dann besser fühlen«, sagte Kira bitter. »Aber Sie irren sich. Sie stecken in einer Sache drin, der Sie nicht gewachsen sind. Sie spielen mit dem Feuer. Die Leute, die Sie kontaktiert haben, sind nicht von der Regierung. Den Rest des Geldes werden Sie nie zu Gesicht bekommen. Um genau zu sein: Ganz gleich, was sonst noch passieren wird, Sie sind jetzt nichts anderes mehr als ein lebender Toter, Bill. Sie leben von geborgter Zeit und sind nur zu unbedarft, um es zu wissen.«

Das brachte sie mit so eisiger Überzeugung vor, dass Callan tatsächlich ins Nachdenken geriet. Aber dann wurde ihm klar, genau das war auch ihre Absicht gewesen. Es war nur ein Bluff, um ihn dazu zu bringen, sich selbst zu hinterfragen.

»Sie bringen mich also jetzt zu diesen Leuten?«

Er nickte. »Genau. Und zwar an einen Ort, den ich bestimmt habe.«

»Man hat darauf bestanden, dass ich lebend und unverletzt übergeben werde, oder das Geschäft platzt, richtig? Man hat Ihnen gesagt, dass Ihr eigenes Begräbnis auch nicht lang auf sich warten lassen wird, wenn Sie Mist bauen und ich umkomme. Das stimmt doch, Bill, oder etwa nicht?«

»Na und?«, wischte er das beiseite, sehr darum bemüht, nicht durchblicken zu lassen, wie nahe dran er war, sich verunsichern zu lassen.

»Haben Sie irgendeine Vorstellung, warum man so eisern darauf bestanden hat, dass ich überlebe?«, drängte sie weiter. Sie warf ihm erneut einen Blick voller Verachtung zu, als könne sie es einfach nicht fassen, wie dumm er sich benommen hatte. »Natürlich nicht«, beantwortete sie die Frage gleich selbst. »Und das liegt daran, dass Sie nicht die geringste Ahnung haben, in was Sie da hineingeraten sind. Wenn Sie vorhaben, diese Nacht zu überleben, sollten Sie mich jetzt ganz schnell gehen lassen und untertauchen.«

Callans Augen verengten sich. Wahrscheinlich versuchte sie einfach nur, ihn zu überlisten, aber konnte er es sich leisten, es darauf ankommen zu lassen? Vielleicht steckte er wirklich ganz tief in etwas drin, das weit über seinen Horizont hinausging. So scharf er auch darauf war, den Rest des Geldes einzusacken – wenn das Risiko so hoch war, konnte es eine gute Idee sein, sie zumindest erst einmal gründlich auszufragen und ein klareres Bild zu gewinnen, worauf er sich da eingelassen hatte. Die Übergabe konnte er ebenso gut verschieben. Das würde seine Auftraggeber zwar nicht unbedingt beglücken, aber auf eine geringe Verzögerung ließen sie sich bestimmt ein. Er verwettete seinen Kopf darauf, dass sie zu so gut wie allem bereit waren, um diese Kira Miller in die Finger zu kriegen.

»Drehen Sie um«, sagte er schließlich. »Wir fahren zurück zum Haus. Wo Sie so wild darauf sind, mir zu berichten, was wirklich abgeht, werde ich Ihnen genau diese Chance geben.«

Sie hob die Augenbrauen. »Was ist los, Bill?«, stichelte sie. »Ich dachte, es kümmert Sie einen Dreck, wer ich bin oder warum diese Leute wirklich hinter mir her sind?«

»Drehen Sie um!«, brüllte er wütend.

Ein paar Minuten lang fuhren sie unter angespanntem Schweigen. Sie befanden sich auf der äußersten linken Spur. Kira verlangsamte das Auto für eine rote Ampel, die in knapp hundert Metern Entfernung gegen den Nachthimmel wie ein Signalfeuer leuchtete. Auf einmal klickte etwas leise. Sie hatte ihren Sicherheitsgurt gelöst.

»Legen Sie ihn wieder an«, verlangte Callan.

»Sie haben mich an der Schulter verletzt, und der Sicherheitsgurt liegt genau darüber«, erklärte sie. »Das tut weh.«

»Ich sagte, legen Sie den Gurt wieder an!«

»Okay, okay«, beschwichtigte sie ihn, als sie bis auf knapp fünfzehn Meter an die Kreuzung herangekommen waren. Sie griff nach dem Gurt.

Doch sie berührte ihn nicht.

Stattdessen riss sie die Tür auf und warf sich, ohne auch nur einen Augenblick zu zögern, aus dem Auto und auf den Grünstreifen, der die beiden Fahrbahnen voneinander trennte. Zwar hatte sie einen sportlichen Überschlag angestrebt, doch sie traf hart auf ihrer rechten Schulter auf und prallte gegen den Stamm einer kleinen Palme, die auf dem Mittelstreifen angepflanzt worden war.

Callan war völlig verblüfft über ihre Waghalsigkeit. Natürlich hätte er auf sie schießen können, als sie aus dem Auto sprang, aber er konnte es nicht riskieren, sie umzubringen. Darauf hatte sie wahrscheinlich gebaut. Hastig löste er seinen eigenen Sicherheitsgurt und stürzte sich auf den Fahrersitz, um die Kontrolle über das Fahrzeug zu gewinnen, doch mit einem unangenehmen Gefühl im Magen erkannte er: Es war schon zu spät. Kiras führerloser Lexus mit Automatikgetriebe rauschte über die rote Ampel. Callan hörte von rechts eine Hupe aufheulen und Bremsen quietschen. Der Fahrer des herankommenden Fahrzeugs, eines Honda-Kleinwagens, schaffte es zwar, seine Geschwindigkeit erheblich zu verringern – aber es gelang ihm nicht mehr, den Zusammenprall zu verhindern. Voll knallte er in die Beifahrertür des Lexus, mit einer gewaltigen und unverwechselbaren Geräuschexplosion, wie sie nur beim Zusammenstoß von zwei Geschossen aus Stahl und Glas entsteht, die beide mehr als eine Tonne wiegen.

Der Aufprall erwischte Callan, als er gerade den Fahrersitz erreicht hatte, und warf ihn mit voller Wucht gegen die Seite des Lenkrads. Dabei brach eine seiner Rippen. Die Airbags hatten sich zwar sofort entfaltet – doch Callan war nicht angeschnallt gewesen, und in der ungünstigen Position, in der er sich befunden hatte, war es ihm nicht möglich gewesen zu verhindern, dass er herumgeschleudert wurde.

Er drängte den massiven Schmerz beiseite, stellte den Automatikhebel in die Parkstellung und stolperte aus der Tür. Die Airbags fielen langsam wieder in sich zusammen. Im hellen Licht einer Tankstelle an der nächsten Ecke sah er die Frau weglaufen. Mit einer gewissen Befriedigung stellte er fest, dass ihr tollkühner Stunt sie ein paar Federn gekostet hatte. Ein großes gezacktes Loch in ihrer Hose und die Flecken von Gras und Blut auf dem entblößten Schenkel sprachen für sich.

So schnell er mit seinen schmerzenden Rippen konnte, rannte Callan hinter ihr her. Den erstaunten Ruf des Honda-Fahrers: »Hey, wohin gehen Sie?« ignorierte er einfach.

Rasch hatte er die Tankstelle erreicht und suchte die Gegend ab. Wo zum Teufel war seine Eintrittskarte dafür, sich mit zwei Millionen Dollar zur Ruhe setzen zu können? Er betrat den großen Lebensmittelmarkt der Tankstelle, stürmte in die Damentoilette und riss die Tür auf, doch die Kabine war leer. Dann hastete er zurück nach draußen, ließ seine Blicke in alle Richtungen schweifen.

Und dann entdeckte er sie.

Das Miststück war zum Auto zurückgekehrt!

Gar nicht so dumm. Trotz der massiven Beule auf der Beifahrerseite war der Wagen bestimmt noch immer fahrbar, und dummerweise hatte er den Zündschlüssel stecken lassen. Der Fahrer des Honda schrie etwas, doch sie ignorierte ihn ebenso wie vorhin Callan, ließ den Motor aufheulen und raste in der Richtung davon, in die das Auto nach dem Unfall gezeigt hatte. Glasscherben von der zerstörten Seitenscheibe regneten auf den Asphalt herab, als sie davonbrauste.

Callan untersuchte die Möglichkeiten an der Tankstelle. Ein Mercedes mit starkem Motor fuhr gerade an einer der Zapfsäulen vor. Perfekt! Der Fahrer war ein ziemlich fülliger Mann mit einem kurzen Bart. Als er ausstieg, tauchte Callan hinter dem Auto auf, die Pistole auf seinen Bauch gerichtet. »Die Schlüssel«, forderte er. »Jetzt!«

Der Kerl war sprachlos vor Verblüffung. Hilflos streckte er die Hand aus.

Callan schnappte sich die Schlüssel. Wenige Sekunden später raste er Kira hinterher. Sie hatte einen ordentlichen Vorsprung, aber erstens war ihr heller, beschädigter Wagen aus der Ferne leicht zu erkennen, sogar bei Nacht. Und zweitens hatte das Auto, in dem er jetzt saß, mehr als genug Pferdestärken, um sie einzuholen.

Die Entfernung zwischen ihnen verkürzte sich immer weiter. Dann sah er sie in die Auffahrt zur Schnellstraße 52 in Richtung Osten einbiegen. Der Lexus schien immer wieder zu stocken, wie ein verwundetes Tier, und schon wenige Minuten, nachdem sie die Schnellstraße erreicht hatte, hatte er sie eingeholt. Sie fuhr ganz links. Er brachte den Mercedes neben Kiras Wagen auf die mittlere Fahrspur, nahe genug, dass sie sich beide gegenseitig im schwachen Licht des Armaturenbretts erkennen konnten. Drohend fuchtelte er mit der Waffe.

Kira ignorierte ihn.

Callan war sich nicht sicher, was er als Nächstes tun sollte. Wenn er ihr einen Reifen zerschoss oder sie von der Straße drängte, konnte es sein, dass sie die Kontrolle über den Wagen verlor, und das durfte nicht passieren. Er musste sie lebend und gesund abliefern. Ihr entschlossenes Gesicht zeigte ihm nur zu deutlich, dass sie sich des Vorteils, den ihr das verschaffte, sehr wohl bewusst war.

Als sie sich der Brücke nach Osten näherten, die die Tecolade-Schlucht überquerte, trat die Frau plötzlich voll auf die Bremse. Der Lexus schlingerte, und die quietschenden Reifen hinterließen eine Spur von Gummi auf dem Asphalt. Kaum hatte sie ihre Geschwindigkeit auf unter 50 Kilometer pro Stunde verringert, bog sie scharf links ab, auf einen knapp zwanzig Meter breiten Grasstreifen, der die nach Osten und nach Westen führenden Fahrspuren der Schnellstraße voneinander trennte. Das Auto hüpfte und holperte. Dem ungepflasterten Boden waren seine Stoßdämpfer nicht gewachsen. Knapp zehn Meter vor der unterbrochenen Betonmauer, die auf dem Mittelstreifen errichtet worden war, um zu verhindern, dass von der Fahrbahn abkommende Fahrzeuge in die Schlucht stürzten, kam sie zum Stehen. Ganz ruhig vollendete sie dann die Drehung, bis die Nase ihres Wagens nach Westen zeigte. Nun beschleunigte sie und hatte sich bald auf eine der nach Westen führenden Fahrspuren der Schnellstraße eingefädelt.

Auch Callan trat auf die Bremse, um ihr zu folgen, doch es war zu spät. Ihre zeitliche Abstimmung war perfekt gewesen. Genauso, wie sie das ohne Zweifel geplant hatte, hatte es ihn ein paar Sekunden gekostet zu reagieren. In dieser Zeit war er immer weiter Richtung Osten gefahren. Die Brücke in der Gegenrichtung war noch immer nur etwa zwanzig Meter entfernt. Nur gab es jetzt keinen Mittelstreifen mit Betonmauer mehr zwischen diesen beiden Richtungen, sondern nur noch Luft. Außer durch Fliegen hatte er keine Chance, Kiras Manöver nachzuahmen.

In der Mitte einer befahrenen Spur kam er mit kreischenden Bremsen zum Stehen. Hinter ihm waren ein paar Fahrer gerade noch in der Lage, ihm auszuweichen, und hupten wütend. Kurz überlegte er, gegen den anströmenden Verkehr zurückzufahren, doch schnell erkannte er, dass das reiner Selbstmord gewesen wäre.

In rasendem Zorn fuhr er wieder an und überquerte die sich endlos ausdehnende Brücke. Hinter der Schlucht hielt er auf dem

Seitenstreifen an, stieg aus dem Auto und suchte die Gegenfahrbahn ab. Wie erwartet, war der beschädigte Lexus der Frau nirgendwo zu sehen.

Voller Wut schlug er mit beiden Fäusten auf das Autodach ein. »Verdammte Scheiße!«, brüllte er erbost.

Schäumend vor Wut stand er da und entdeckte plötzlich in der Ferne drei Helikopter, deren mächtige Suchscheinwerfer die Dunkelheit durchschnitten, in einem sich ständig erweiternden Muster, dessen Mittelpunkt sich genau an der Stelle der Stadt befand, wo die Übergabe hätte stattfinden sollen. Sie suchten nach Kira Miller, irgendwie war er sich da sicher.

Allerdings hatte er inzwischen ernsthafte Zweifel daran, dass sie sie zu fassen bekommen würden.

Wo zum Teufel ist sie?, dachte er frustriert.

Und was hatte sie bloß angestellt, um diese Art von Aufmerksamkeit auf sich zu ziehen?

TEIL EINS

Verfolgungsjagd

I

Zehn Monate später

David Desh hielt am Pförtnerhaus an und fuhr das Fenster seines grünen Chevrolet Suburban herunter. Eine uniformierte Wache näherte sich ihm. »David Desh«, sagte er. »Ich habe einen Termin bei Colonel Jim Connelly.« Er reichte der Wache seinen Führerschein, um sich auszuweisen.

Die Wache studierte gründlich und lang das Klemmbrett, auf dem die Termine des Tages eingetragen waren, untersuchte eingehend den Führerschein und gab ihn dann zurück. »Sie können gleich zu ihm gehen, Sir. Er erwartet sie. Willkommen in Fort Bragg. Soll ich Ihnen den Weg beschreiben?«

Desh lächelte wehmütig und schüttelte den Kopf. »Danke – aber ich war schon einmal hier.« Langsam fuhr er an der Wachstation vorbei. Halb erwartete er, dass die Wache ihm salutierte.

Die Blätter verschiedener Bäume, die auf der ausgedehnten Basis in North Carolina überall verstreut standen, hatten sich in der kühlen Herbstluft in ein Schauspiel beeindruckender Farben verwandelt. Es war die malerischste Jahreszeit, um nach Fort Bragg zurückzukehren, dem Zuhause einer ganzen Anzahl von Militäreinheiten, darunter auch des USASOC, des US Army Special Forces Operations Command, Führungskommando für die Spezialeinheiten der US Army. Es war auch das Zuhause der Einheit, in der Desh gedient hatte, des Special Forces Operational Detachment Delta. Der Auftrag dieses Spezialeinsatzkommandos waren antiterroristische Operationen außerhalb der Vereinigten Staaten.

Desh fuhr an den vertrauten Gebäuden und Orientierungspunkten vorbei, darunter eine drei Stockwerke hohe Kletterwand, ein knapp fünfundzwanzig Meter hoher Abseilturm und ein Trainingsschwimmbecken mit olympischen Abmessungen. In ihm stiegen widerstreitende Empfindungen hoch, die er zu unterdrücken versuchte. Das war das erste Mal, dass er nach Bragg zurückkehrte, seit er den Militärdienst verlassen hatte, und es war eine bittersüße Rückkehr.

An seinem Ziel angekommen, parkte er den Wagen, und kurz darauf betrat er Jim Connellys Büro, begrüßte den uniformierten Mann hinter dem Schreibtisch mit einem festen Händedruck und nahm sich einen Stuhl dem Colonel gegenüber. Dabei stellte er seine Aktentasche auf dem Boden neben sich ab. Desh war schon oft in diesem Büro gewesen – aber noch niemals als Zivilperson. Auf einem Regal waren Bücher über Militärgeschichte und Militärstrategie in perfekter Genauigkeit aufgereiht. Der Colonel war ein versierter Fechter, und in der Mitte direkt hinter seinem Schreibtisch hing ein großes Foto von zwei Fechtern im Kampf, in dynamischer Klarheit von einem professionellen Fotografen eingefangen.

Die Gesichtszüge des Colonels waren kantig, seine hellbraunen Haare militärisch kurzgeschnitten und er trug einen ordentlich gepflegten Schnurrbart. Mit seinen achtundvierzig Jahren war er siebzehn Jahre älter als Desh, doch ebenso wie Desh zeichnete ihn die Ausstrahlung von körperlicher Fitness aus, von Kompetenz und einer lässigen Selbstsicherheit, wie sie alle besitzen, die das harte Training der Spezialkräfte hinter sich gebracht haben.

»Ich danke Ihnen, dass Sie gekommen sind, Captain«, sagte Connelly. Er hob die Augenbrauen. »Aber wahrscheinlich sollte ich Sie jetzt David nennen.«

Desh seufzte. »Enttäuscht?«

»Worüber – dass Sie den Dienst verlassen haben?«

Desh nickte.

»Wer könnte Ihnen das vorwerfen, nach dem, was im Iran passiert ist?«

Neun Monate zuvor hatte man Desh im Irak direkt hinter der iranisch-irakischen Grenze gefunden, als blutiges Bündel, das einzige überlebende Mitglied seines Teams, nachdem eine Operation im Iran auf furchtbare Weise schiefgelaufen war. Dabei hatte er drei Männer verloren, die für ihn wie Brüder gewesen waren. Wieder und wieder suchte die Erinnerung an diese grauenhafte Mission Desh heim. Er verfluchte sich, nicht klüger, schneller oder vorsichtiger gewesen zu sein. Er gab sich selbst die Schuld am Tod seiner Leute. Dass er überlebt hatte und nicht sie, nagte an ihm. Der Psychiater, zu dem man ihn beim Militär geschickt hatte, bestand darauf, dass dies eine ganz natürliche Reaktion sei. Dieses Wissen brachte Desh allerdings keinen Trost.

»Ich bin mir nicht sicher, ob Sie meine Frage beantwortet haben«, beharrte Desh.

»Okay – wie Sie wollen«, sagte Connelly. »Ja, als Colonel der Spezialkräfte bin ich enttäuscht. Sie waren einer der besten Leute, die wir hatten. Intelligent, entscheidungsfreudig, innovativ. Ich hasse es, einen Mann wie Sie zu verlieren.« Er öffnete den Mund, um weiterzusprechen, überlegte es sich jedoch anders.

»Und weiter?«, forderte Desh ihn auf.

Connelly schaute seinen Besucher lange Zeit an, dann seufzte er. »Als Freund, auf der anderen Seite«, erklärte er mit großem Ernst, »bedauere ich es zwar sehr, dass es eine Tragödie war, die diese Entscheidung ausgelöst hat. Aber ich glaube, Sie haben das Richtige getan – und ich freue mich für Sie.« Er hielt kurz inne. »So gut Sie auch sind«, fügte er hinzu und wählte seine Worte mit großem Bedacht, »Sie gehören einfach nicht in den Militärdienst.

Nicht etwa weil Sie respektlos sind und keine Geduld mit Hohlköpfen haben. Das stimmt zwar beides – aber der Hauptgrund ist der, dass Sie zu viel nachdenken. Und wenn es darum geht, andere töten zu müssen, haben Sie sich nie ein dickes Fell zugelegt. Als Kämpfer kann Ihnen so schnell niemand das Wasser reichen, aber das ändert nichts daran, dass Sie die Seele eines Wissenschaftlers besitzen, der über Büchern weit besser aufgehoben ist.« Connelly schüttelte den Kopf. »Das Militär hat Ihnen Ihren natürlichen Optimismus und Ihren Sinn für Humor geraubt. Und zwar schon lange vor der Sache im Iran.«

Deshs Augen verengten sich, als er sich Connellys Worte durch den Kopf gehen ließ. Er hatte immer das Talent besessen, in allem und jedem die humorvolle Seite zu sehen. Aber je intensiver er darüber nachdachte, desto mehr erkannte er, dass der Colonel recht hatte. Dieser wichtige Kern seiner Persönlichkeit hatte sich über die Jahre hinweg mehr und mehr aufgelöst.

Nachdem er den Dienst quittiert hatte, hatte er sich Fleming Executive Protection angeschlossen, dem größten Personenschutzdienst in Washington, vom Geheimdienst einmal abgesehen. Das Geschäft mit dem Personenschutz lief hervorragend, und die Bezahlung war gut. Aber Desh wusste, dass er diese Art von Arbeit einfach nicht mehr machen wollte. Derzeit war er gerade dabei zu überlegen, wie sich sein Leben weiter entwickeln sollte. Noch war er sich nicht sicher, in welche Richtung er als Nächstes gehen wollte. Nur eines wusste er genau – mit Waffen und Adrenalin oder Herausforderungen, bei denen es um Leben und Tod ging, durfte es nichts zu tun haben.

Am Ende hatte der Colonel es genau getroffen. Nur weil man etwas wirklich gut konnte, hieß das noch lang nicht, dass es auch der eigenen Persönlichkeit oder Psyche entsprach.

»Ich danke Ihnen, Colonel«, sagte Desh voller Ernst. »Ich weiß Ihre Ehrlichkeit wirklich zu schätzen.« Er wartete ein paar Sekunden und fragte dann: »Und wie sieht es bei Ihnen aus?« Damit signalisierte er, nicht länger das Gesprächsthema sein zu wollen.

Connelly zuckte mit den Schultern. »Hier hat sich nicht viel verändert, seit Sie gegangen sind. Wir sind noch immer dabei, den Kampf gegen den Terrorismus zu gewinnen – mit hundert kleinen Siegen jeden Tag.« Er verzog den Mund und fügte hinzu: »Das einzige Problem ist natürlich, dass wir jedes Mal gewinnen müssen – und sie müssen nur einmal gewinnen. Was bedeutet, dass ich mir den Luxus nicht leisten kann, auch nur einen einzigen Fehler zu machen.« Es trat eine lange Pause ein. »Aber ich habe Sie nicht hierhergebeten, um Sie mit meinen Problemen zu behelligen«, endete er.

Desh hob die Augenbrauen. »Nur mit einem Ihrer Probleme, richtig?«

Connelly lachte. »Allerdings«, gab er zu.

Ein paar Augenblicke lang herrschte im Raum peinliches Schweigen. Endlich senkte der Colonel den Blick und seufzte bedauernd. »David, so schön es auch ist, Sie wiederzusehen«, begann er, »ich wünschte, es könnte unter anderen Umständen sein. Aber Sie wissen – ich hätte Sie nicht hierhergebeten, wenn es nicht um eine Sache von äußerster Wichtigkeit ginge.«

»Das weiß ich, Colonel«, erwiderte Desh und zwang sich zu einem Lächeln. »Und genau das bereitet mir Sorge.«

Der Colonel öffnete eine Schublade, zog eine braune Fächermappe daraus hervor und schob sie über den Tisch. Desh nahm sie an sich. Auf Aufforderung von Connelly entnahm er der Mappe einen Schnellhefter, in dem sich eine Reihe Farbfotos befand, und betrachtete das oberste Bild. Es zeigte eine Frau etwa Mitte zwanzig, in schon leicht abgetragenen Jeans und einem einfachen Pullover mit V-Ausschnitt. Sie war hübsch. Genau die Art von Frau, die Deshs persönlichem Geschmack entsprach. Jugendlich frisch. Das Mädchen von nebenan. Er warf Connelly einen Blick zu und hob fragend die Augenbrauen.

»Kira Miller«, erklärte Connelly. »Achtundzwanzig Jahre alt. Etwa eins siebzig groß. Gewicht: etwa fünfundfünfzig Kilo.«

Desh schaute erneut auf das Foto. Die blauen Augen der jungen Frau funkelten fast verspielt, und sie zeigte ein unbefangenes, entspanntes Lächeln, Hinweis auf eine bodenständige, freundliche Persönlichkeit. Allerdings hätte Desh nie den Fehler gemacht, die Persönlichkeit eines Menschen nach einem einzigen Foto zu beurteilen.

»Geboren in Cincinnati, Ohio, hat die Middlebrook High School besucht«, fuhr Connelly mechanisch fort. »Eltern verstorben. Ein älterer Bruder, Alan, ebenfalls verstorben. Mit sechzehn Jahrgangsbeste der Middlebrook High. Abschluss in Molekularbiologie an der Universität Chicago – mit herausragenden Leistungen und mit neunzehn. Promotion in molekularer Neurobiologie in Stanford mit dreiundzwanzig.«

»Wann machen die meisten Leute ihren Doktor?«, erkundigte sich Desh.

»Mit siebenundzwanzig oder achtundzwanzig«, antwortete Connelly.

Desh nickte. »Hübsch und streberhaft gescheit. Genau mein Typ.«

»Und sie war auch, was ich noch vergessen habe zu erwähnen, der Star des Leichtathletikteams ihrer Schule.«

»Vielleicht war sie doch keine solche Streberin«, korrigierte Desh seine Einschätzung. Erneut betrachtete er das Bild und ertappte sich dabei zu wünschen, dass diese Kira Miller sich in der Geschichte, die Connelly Stück für Stück enthüllte, als die Jungfrau in Nöten erwies und nicht als die Schurkin.

Desh war über eins achtzig groß, hatte grüne Augen und kurze braune Haare. Er hatte sich zwar nie für besonders gutaussehend gehalten, aber die offene, freundliche Natur seines Gesichtes schien die Frauen magnetisch anzuziehen, weit mehr, als man dies nach seinem Aussehen erwarten sollte. Während sich allerdings oft gerade die schönsten Frauen zu ihm hingezogen fühlten, hatte er doch die Intelligenz, das Selbstbewusstsein und den Humor einer Frau weit mehr zu schätzen gelernt als ihre äußere Erscheinung. Er verkraftete dumme Frauen einfach nicht, und wenn sie noch so schön waren. Ebenso wenig konnte er Frauen ausstehen, die nicht auf dem Boden der Tatsachen lebten. Er fragte sich, was für eine Art Frau Kira Miller wohl war.

Ein Teil von ihm erkannte sehr wohl, wie dumm dieses primitive, beschränkte Interesse an einer Frau war, die für ihn nichts anderes war als ein Foto und ein Profil. Aber vielleicht war es auch einfach ein Zeichen, dass er sich langsam von seinem Trauma erholte. Seit der Sache im Iran hatte er sich innerlich wie betäubt gefühlt und jedes Interesse an irgendwelchen zwischenmenschlichen Beziehungen verloren. Aber vielleicht hatte sich auch gar nichts geändert. Vielleicht erlaubte er sich gerade deshalb den Schimmer eines Interesses für diese Frau, weil sie nichts anderes war als ein zweidimensionales Profil, unerreichbar für ihn, und noch dazu eine Frau, die garantiert mit einigen ungewöhnlichen »Altlasten« zu kämpfen hatte. Da bestand keine Gefahr, dass sich etwas daraus entwickelte, anders als bei einer ganz normalen Frau aus Fleisch und Blut, deren Bild sich nicht in einer streng geheimen Militärakte wiederfand.

Dennoch hoffte Desh, dass dieser neu entstandene Funke, so klein und so lächerlich er auch sein mochte, nicht gleich wieder erlosch. Es war Zeit, mehr herauszufinden. »Das klingt so, als ob sie zu gut wäre, um wahr zu sein«, bemerkte er süffisant.

In einem leichten Lächeln ohne jeden Humor zuckten Connellys Mundwinkel nach oben. »Sie wissen doch, was man über die Dinge sagt, die zu gut sind, um wahr zu sein.«

Desh runzelte die Stirn. »Dass sie normalerweise auch genau das sind.«

Connelly nickte.

Und Desh hatte seine Antwort. *Zu schade*, dachte er.

Also war die Lady wohl nicht die Jungfrau in Nöten.

2

Jim Connelly öffnete den kleinen weißen Kühlschrank, der an der Wand in seinem Büro stand, holte zwei Plastikflaschen mit kaltem Quellwasser heraus und reichte eine davon Desh. Desh bedankte sich mit einem Nicken, schraubte die Flasche auf und nahm einen tiefen Schluck. Connelly schob ihm einen hölzernen Untersetzer über den Tisch und nahm selbst einen Schluck.

»Nach allem, was wir wissen«, sagte er, »ist Kira Miller noch weit mehr ein Genie, als unsere Aufzeichnungen das vermuten lassen. Vor allem, wenn es um Gentherapie geht. Die Wissenschaftler, die in diesem Gebiet mit ihr zusammengearbeitet haben, erklären sie übereinstimmend zur brillantesten, intuitivsten heute lebenden Wissenschaftlerin.«

»Gentherapie?«

»Das ist genau das, was der Name vermuten lässt«, erklärte Connelly. »Es ist eine Therapie, um eine Krankheit, oder sogar einen Geburtsfehler zu heilen, indem man fehlerhafte Gene korrigiert. Oder völlig neue Gene implantiert.«

»Das ist machbar?«

»Ja, schon eine ganze Weile. Ich wusste das vorher auch nicht. Ich nehme an, diejenigen, die in diesem Bereich arbeiten, haben es ziemlich vernachlässigt, die Werbetrommel dafür zu rühren.«

»Oder wir beide haben den Kopf in den Sand gesteckt.«

Der Colonel lachte. »Das kann ich ebenfalls nicht ausschließen«, stimmte er amüsiert zu.

»Und wie macht man das, mit der Gentherapie?«

»Die populärste Methode ist es, Viren einzusetzen, die die Gene auf natürliche Weise in die Zellen des Wirtsorganismus einschleusen. Diese viralen Gene steuern unsere Zellmaschinerie und sorgen dafür, dass endlos viele Kopien ihrer eigenen Struktur hergestellt werden. Einige Arten, wie etwa die Herpesviren und die Retroviren, fügen ihre Gene aber tatsächlich direkt in die menschlichen Chromosomen ein.«

Deshs Gesicht zeigte einen Anflug von Abscheu. Auch wenn sich das alles auf einer submikroskopischen Ebene abspielte, der Gedanke, dass ein Virus sein genetisches Material in einem menschlichen Chromosom ablegte, beunruhigte ihn. »Retroviren«, überlegte Desh. »Sie meinen HIV?«

»Der Aidsvirus gehört der Familie der Retroviren an, ja. Aber ungeachtet des Virustyps ist es der Gedanke hinter der Gentherapie, modifizierte Formen dieser Viren sozusagen als Fahrzeuge zu benutzen, sie zu zwingen, bestimmte Gene auszuliefern und statt ihrer eigenen diese in die menschlichen Zellen einzufügen. Wenn Sie alle Bestandteile eines Retrovirus entfernen, die diese Organismen so unangenehm machen, und stattdessen ein menschliches Gen hinzufügen – zum Beispiel das, das die Insulinproduktion regelt –, dann fügt der Virus perfekt funktionierende Kopien dieses Gens in Ihre Chromosomen ein. Und damit gibt es keinen Diabetes mehr. So einfach ist das.«

»Der Aidsvirus könnte also tatsächlich eingesetzt werden, um Leben zu retten?«

»Sozusagen ausgehöhlt, seiner schädlichen Funktionen beraubt und auf die richtige Weise per Gentechnik präpariert, ja. Ironisch, nicht wahr?«

»Ziemlich«, nickte Desh. Das faszinierte ihn. Statt die Symptome einer Krankheit zu behandeln, lieferte die Gentherapie direkte Heilung – Mikrochirurgie an den Genen selbst, mithilfe von Viren. Also die Korrektur des Auslösers der Krankheit. »Das klingt absolut perfekt«, stellte Desh fest.

»Auf vielerlei Weise ist es das auch«, entgegnete Connelly nachdenklich. »Unglücklicherweise sind die Fortschritte auf diesem

Gebiet jedoch nicht so schnell und positiv, wie die Wissenschaftler sich das erhofft hatten. Auf dem Papier klingt das alles einfach, aber ich habe mir sagen lassen, in der Praxis ist es unglaublich kompliziert.«

»Nicht einmal auf dem Papier klingt es einfach«, bemerkte Desh trocken.

Wieder zuckten Connellys Mundwinkel nach oben. »Offensichtlich hat Miller aber ein echtes Talent dafür«, erklärte er. Er hob die Wasserflasche an seine Lippen und deutete auf die Fotos, die vor Desh auf dem Schreibtisch lagen.

Desh legte das erste Foto von Kira Miller mit der Rückseite nach oben auf den Tisch und betrachtete das zweite Bild. Es zeigte ein zweistöckiges Gebäude aus gelben Ziegelsteinen, nicht besonders einladend, mit einem großen Schild über der Tür, auf dem stand: NeuroCure Pharmaceuticals.

»Direkt nach ihrem Abschluss in Stanford hat sie bei NeuroCure angefangen«, fuhr Connelly fort. »Das ist ein börsennotiertes Biotech-Unternehmen. Sie war bei allen beliebt und zeigte anscheinend ebenso brillante Leistungen, wie man von ihr erwartet hatte.«

Er deutete erneut auf den Stapel an Bildern. Desh betrachtete das nächste Foto, auf dem ein kleines, unscheinbares Gebäude in der Mitte eines Gewerbegebiets zu sehen war. Am Gebäude war eine Adresse angebracht, aber kein Name.

»Das ist die Anlage für Tierversuche von NeuroCure«, erklärte der Colonel. »Es ist das Gebäude, in dem Kira Miller gearbeitet hat. Sie war für diese Anlage verantwortlich. Beachten Sie, dass es keinerlei Hinweise auf die Verbindung zu NeuroCure gibt. Oder darauf, dass sich im Inneren Versuchstiere befinden. Die Biotech-Leute halten das gerne unter dem Deckel, angesichts der ganzen engagierten Tierschützer von PETA und anderen Organisationen.«

Geistesabwesend strich sich Connelly mit zwei Fingerspitzen über den Schnurrbart. Diese Eigenart hatte er schon immer gehabt, seit Desh ihn kannte. »In ihren ersten zwei Jahren bei NeuroCure war Kira eine vorbildliche Mitarbeiterin, die höchste Leistungen erbrachte. Während dieser Zeit wurde sie zweimal befördert, und das gab es dort vorher so gut wie nie.« Der Colonel zog die Augenbrauen zusammen. »Aber in Stanford mit dreiundzwanzig zu promovieren ist ja auch recht ungewöhnlich.« Connelly beugte sich vor. »Und damit wären wir bei dem Zeitpunkt von vor etwa einem Jahr angekommen«, sagte er bedeutungsvoll. Seine Stimme klang müde.

»Lassen Sie mich raten«, fiel Desh ihm trocken ins Wort. »Das war der Zeitpunkt, an dem die Hölle ausbrach.«

»So kann man das sagen.«

»Interessant«, überlegte Desh. »Bisher haben Sie Kira Miller als vorbildliche Bürgerin dargestellt. Es muss ein ziemlich bedeutsames Jahr gewesen sein.«

»Sie haben keine Ahnung, wie bedeutsam«, erwiderte Connelly. Sein Tonfall ließ nichts Gutes erahnen.

3

Der Colonel bedeutete Desh, zum nächsten Bild überzugehen. Es zeigte einen kleinen, etwas fülligen Mann mit einem harten Gesichtsausdruck, eine Zigarette in der Hand.

»Larry Lusetti«, berichtete Connelly. »Privatdetektiv, Expolizist. Eines Morgens, vor etwa elf Monaten, wurde er in Kira Millers Eigentumswohnung in La Jolla tot aufgefunden, mit einem riesigen Loch im Schädel, von einer schweren Buchstütze aus Marmor, und mit unzähligen Schnittwunden am ganzen Körper. Nachdem man ihm den Schädel eingeschlagen hatte, stürzte er durch ein Panoramafenster auf die Veranda vor der Wohnung. Das erklärt die Verletzungen.« Er hielt kurz inne. »Kira muss es geschafft haben, ihn wieder hineinzuziehen und die Rollläden zu schließen, aber ein Nachbar hatte gehört, wie die Scheibe zerbrach, und die Sache untersucht. Als niemand auf sein Klingeln reagierte und dann Kira mit ihrem Wagen aus der Garage raste und direkt an ihm vorbeifuhr, hat er die Polizei gerufen.

Man hat Kira Miller nicht geschnappt, aber später an diesem Morgen entdeckte die Polizei, dass in die Wohnung des Opfers eingebrochen worden und das Unterste zuoberst gekehrt worden war. Wie sich herausstellte, hatte Lusetti eine Überwachungskamera mit Bewegungssensoren in seiner Wohnung installiert, versteckt in einer Hängepflanze. Wegen seiner Arbeit war er wohl ein wenig paranoid.«

Du bist nicht paranoid, wenn tatsächlich jemand hinter dir her ist, dachte Desh sarkastisch, doch er unterbrach den Colonel nicht.

»Lusettis Sekretärin wies die Behörden auf die Kamera hin. Und die zeigte dann sehr schön, wie Kira Miller die Wohnung durchwühlte und sich mit einer dicken Aktenmappe und Lusettis Laptop wieder aus dem Staub machte. Sie konnten das Filmmaterial ausreichend vergrößern, um die Beschriftung des Ordners zu sehen, den sie mitgenommen hatte. Dabei stellte sich heraus, dass es die Akte war, die Lusetti über sie angelegt hatte.«

»Interessant. Wissen wir auch, warum man ihr nachgeschnüffelt hat?«

Connelly schüttelte den Kopf. »Nein. Lusettis Sekretärin wusste nichts darüber. Und Kira Millers Akte war die einzige, die er zuhause aufbewahrte. Wir konnten keine anderen Aufzeichnungen finden, in denen sie auch nur erwähnt wurde – außer denen, die sie mitgenommen hat, natürlich.«

Wieder wies Connelly auf die Fotos, und Desh ging zum nächsten Bild über.

»Alan Miller«, erklärte Connelly. »Kiras älterer Bruder.«

Desh betrachtete das Foto eingehend. Blaue Augen. Gutaussehend. Er konnte die Familienähnlichkeit erkennen.

»Etwa um Mitternacht an diesem Tag hat man Alan in Cincinnati tot aufgefunden. Sein Haus war bis auf die Grundmauern abgebrannt, mit seiner verkohlten Leiche in den Überresten.«

»Brandstiftung?«

»Ohne jeden Zweifel. In der Nähe des Hauses fand man einen Mietwagen, verlassen, mit Spuren von Aceton, dem Brandbeschleuniger, der bei Brandstiftung häufig eingesetzt wird. Die DNS eines Haares, das man auf dem Fahrersitz gefunden hat, stimmte mit der DNS der Haare überein, die man in Kira Millers Eigentumswohnung sicherstellen konnte.«

»Und sie hatte den Wagen gemietet?«

»Ja. Unter einem falschen Namen. Der Name und der Führerschein, den sie beim Autovermieter vorgelegt hatte, konnten nicht zurückverfolgt werden. Aber der Angestellte dort hat ihr Foto aus einer Reihe von zehn Bildern herausgepickt, die man ihm gezeigt hat. Später hat die Polizei noch einen Taxifahrer ausfindig gemacht, der sie auf dem Foto erkannte. Er hat ausgesagt, er hätte sie ein paar Kilometer vom Haus ihres Bruders entfernt eingesammelt und zum Flughafen gebracht.« Connelly zog die Stirn in Falten. »Und dort endet ihre Spur. Wir nehmen an, sie hat einen Flug genommen. Aber wenn sie das getan hat, dann mit falschen Papieren.«

Desh zog Kira Millers Foto unter den anderen hervor und untersuchte es erneut. Sie wirkte so freundlich und anziehend. Aber das war nur eine sorgfältig geschaffene Maske. Lebend zu verbrennen, das war eine der grauenhafteren Möglichkeiten zu sterben. Jemanden mit kalter Berechnung auf solch sadistische Weise umzubringen – besonders, wenn es sich dabei um ein Familienmitglied handelte –, deutete auf eine psychopathische oder soziopathische Persönlichkeit hin. Und solche seelenlosen Monster waren meist schwer zu erkennen. Tatsächlich waren sie, wie Desh wusste, oft sehr intelligent, besaßen Ausstrahlung und waren höchst geschickt darin, ihre wahre Natur zu verbergen.

Nun nickte Connelly in Richtung des letzten Fotos, das Desh in der Hand hielt. Darauf war ein hochgewachsener Mann zu sehen, wahrscheinlich Anfang fünfzig, mit welligen und anscheinend ungekämmten, mit Grau durchsetzten dunklen Haaren, gekleidet in legere Hosen und ein Hemd. Er besaß ein langes, schmales Gesicht und den wilden, geistesabwesenden Blick, der Desh an den sprichwörtlichen zerstreuten Professor erinnerte.

»Tom Morgan. Er war der wissenschaftliche Leiter bei NeuroCure und Kiras Vorgesetzter. Fast genau drei Jahre, nachdem er Kira eingestellt hatte, kam er bei einem Autounfall ums Leben. Angesichts der jüngsten Vorfälle gehen wir jetzt davon aus, dass es möglicherweise kein Unfall war.«

Mit gerunzelter Stirn schwieg Desh eine Weile und verarbeitete, was er bislang gehört hatte. »Sie sagten, ihre Eltern seien verstorben. Wie sind sie gestorben?«

»Ich wusste, dass Sie sofort diese Frage stellen würden«, bemerkte Connelly anerkennend. »Sie haben wirklich ein einzigartiges Talent dafür, Schlussfolgerungen zu ziehen.«

»Danke, Colonel«, erwiderte Desh. »Aber diese Verbindung ist wirklich nicht schwer herzustellen.«

»Oh, da bin ich anderer Meinung. Aber wie auch immer – um Ihre Frage zu beantworten: Ihre Eltern sind ebenfalls bei einem Autounfall umgekommen. Während sie in der Schule war. Wie bei Morgan auch, hatte die Polizei zu der Zeit nicht den Verdacht, es könnte mehr dahinterstecken, und hat die Sache nicht weiter untersucht. In Anbetracht der späteren Entwicklung können wir allerdings nicht ausschließen, dass ihre Tochter auch damit etwas zu tun hatte.«

Desh wusste, die typischen Anzeichen für soziopathisches Verhalten waren oft schon in der Kindheit vorhanden – sofern jemand sich die Mühe machte, danach Ausschau zu halten. Wenn Kira Miller es fertigbrachte, ihren Bruder kaltblütig zu verbrennen, hatte sie wahrscheinlich auch keine Skrupel, ihre Eltern umzubringen. Eine gründliche Untersuchung mysteriöser Todesfälle und Fälle von verschwundenen Personen aus ihrer Umgebung konnte interessante Erkenntnisse erbringen. Vielleicht hatte der Bruder, Alan, dem Privatdetektiv Lusetti geholfen. Das war als Annahme so glaubhaft wie jede andere, um zu erklären, warum sie ihn so bald nach der Entdeckung der Akte umbrachte, die Lusetti über sie angelegt hatte. Alan Miller konnte wahrscheinlich mehr als eine Leiche zum Vorschein bringen, die seine Schwester im Keller vergraben hatte – und vielleicht durfte man das sogar wörtlich verstehen.

»Gibt es noch andere unerklärliche Todesfälle in ihrer Umgebung?«, fragte Desh.

Connelly nickte grimmig. »Als sie zwölf war, ist ein Onkel beim Schwimmen ertrunken – und er war als geübter Schwimmer bekannt. Dann gab es noch zwei weitere Vorfälle mit Kiras Lehrerinnen im Jahr darauf. Die eine Lehrerin wurde tot in ihrer Wohnung gefunden. Ihr Gesicht war so von Schwefelsäure zerfressen, dass man sie nicht mehr erkennen konnte. Die andere Lehrerin verschwand eines Tages und ist nie wieder aufgetaucht. Beide Fälle gelten als ungelöst.«

Die so atemberaubend frisch und unschuldig aussehende junge Frau auf dem Bild war also eine Psychopathin – und im mindesten Fall eine Doppelmörderin. Es war eine entsetzliche Geschichte, die Connelly da berichtet hatte. Aber Desh wusste, das Schlimmste kam erst noch. Es konnte nur einen Grund dafür geben, warum diese ganze Sache die Aufmerksamkeit des Colonels geweckt hatte. »Und wie sieht die terroristische Verbindung aus?«

Connelly seufzte tief, als ob er gehofft hätte, diese Diskussion irgendwie vermeiden zu können. Wieder rieb er sich über den Schnurrbart und sagte: »Im Laufe der Untersuchung von Lusettis Tod und der Suche nach Kira Miller fand die Polizei Beweise dafür, dass sie mit einigen bekannten terroristischen Organisationen in Verbindung stand, darunter El Kaida und Islamischer Dschihad.«

»Nett«, bemerkte Desh trocken.

»Der Fall wurde sofort an das Ministerium für Innere Sicherheit übergeben. In der Akte befindet sich ein detaillierter Bericht. Man entdeckte sehr schnell, dass sie überall in der Welt Konten über insgesamt mehrere Millionen Dollar besitzt, teilweise gut verborgen, einschließlich mehrerer Schweizer Nummernkonten. Man ist sicher, dass man noch längst nicht alle Konten gefunden hat. Sie hat ziemlich ausgeklügelte Methoden eingesetzt, um die Spur des Geldes und jede Verbindung zu sich selbst zu verschleiern. Man hat auch diverse falsche Identitäten aufdecken können, ist sich aber sicher, dass sie noch weitere besitzt.«

»Mit Dschihadisten zusammenzuarbeiten, ist eine ungewöhnliche Wahl für eine westliche Frau, selbst für eine Soziopathin. Diese Gruppen sind nicht gerade als fortschrittlich bekannt, wenn es um den Platz einer Frau in der Gesellschaft geht.«

»Ich gebe zu, manches an der Sache ist ein echtes Rätsel. Sie ist keine Muslimin, und es gibt auch keinerlei Hinweise darauf, dass sie diese Ideologie unterstützt. Vielleicht geht es ihr dabei nur ums Geld. Ich vermute allerdings eher, es gibt da etwas, das wir übersehen.«

»Glauben Sie, sie ist fasziniert von der Gefahr, die damit verbunden ist, mit Terroristen zusammenzuarbeiten?«

Connelly zuckte mit den Schultern. »Schwer zu sagen. Psychopathische Persönlichkeiten handeln nicht notwendigerweise aus nachvollziehbaren Motiven heraus. Jeffrey Dahmer hat siebzehn Menschen umgebracht und ihr Fleisch gegessen – und drei der Schädel fand man in seinem Kühlschrank. Das lässt sich mit normalen Motiven nicht mehr erklären.«

»Wieso?«, entgegnete Desh sarkastisch. »Das war doch perfekt rationales Verhalten. Er wollte einfach nicht, dass die Schädel in der Wärme verderben.«

Kurz flog ein Lächeln über Connellys Gesicht. »Im Bericht werden Sie auch lesen können, dass man in ihrer Wohnung ein Floating-Becken gefunden hat. Eines der besten Modelle auf dem Markt. Das ist als Wohnzimmereinrichtung ein ziemlich ungewöhnliches Gerät.«

»Floating-Becken?«

»Früher hat man sie Reizabschirmungskammern genannt. Im Wesentlichen ist es ein riesiger Sarg, gefüllt mit Wasser und Bittersalz. Man versiegelt sich in einem solchen Becken und schwimmt dann wie ein Korken im Wasser, gewichtslos, in totaler Stille und totaler Dunkelheit. Während man sich in einem solchen Tank befindet, ist man von allen äußeren Reizen nahezu abgeschirmt.« Connelly verzog das Gesicht. »Man kann es sich nur ausmalen, was sie damit wohl angestellt hat. Vielleicht bizarre Rituale abgehalten? Leute tagelang darin eingesperrt, als eine Art Foltermethode?« Er schauderte. »Diese Frau ist unser schlimmster Albtraum – ein brillanter Geist, aber vollkommen unberechenbar. Kein Gewissen. Und keine Schuldgefühle.«

Im Raum wurde es still. Beide Männer hingen ihren Gedanken nach. Desh wusste genau – ein Problem, das Connelly mit all seinen nahezu unendlichen Ressourcen nicht lösen konnte und das ihm wichtig genug erschien, um Desh hinzuzuziehen, musste mehr als übel sein. Er war sich nicht sicher, ob er wirklich mehr über den Fall erfahren wollte. Vielleicht sollte er jetzt einfach gehen. Es spielte ohnehin keine Rolle. Erledige einen Schurken und schon ist der nächste da, der seinen Platz einnimmt. Dennoch konnte er sich nicht dazu überwinden, dieser Sache den Rücken zu kehren. Wenigstens nicht, solang seine Neugier noch nicht ganz befriedigt war.

Er holte tief Luft und schaute Connelly direkt in die Augen. »Lassen Sie uns endlich zum Punkt kommen, Colonel. Worüber reden wir hier wirklich? Biologische Kriegsführung?«

»Genau das. Und sie ist momentan die beste Wissenschaftlerin auf diesem Gebiet, vielleicht sogar die beste überhaupt.« Connellys Gesichtsausdruck, angesichts der Natur der Ereignisse, über die er berichtet hatte, ohnehin schon düster, verschlechterte sich weiter.

»In Anbetracht ihrer Fähigkeiten und ihrer Erfahrung in der Manipulation von Viren bin ich mir sicher, sie kann die Biester noch tödlicher und noch ansteckender machen«, erklärte Desh. »Aber zu welchem Zweck? Solche Viren kann man nicht mehr unter Kontrolle halten. Sie könnten ohne weiteres für Terroristen zu einem Bumerang werden. Ich weiß, diese Gruppen sind meist nicht sehr wählerisch darin, wen sie umbringen – aber zumindest die führenden Mitglieder haben garantiert keine Eile, die zweiundsiebzig Jungfrauen zu treffen, die sie im Himmel erwarten.«

»Meine Experten für Biowaffen sagen mir, jemand mit ihren Fähigkeiten kann das Problem bei der Eindämmung durch molekulare Auslöser umgehen. Die DNS muss ja nicht nur ins Gen eingefügt, sie muss auch gelesen und in Genprodukte umgesetzt werden«, erklärte Connelly. »In der DNS gibt es Promotorbereiche, die regeln, wann das geschieht. Auslöser also. Jemand, der so begabt ist wie Kira Miller, kann diese Auslöser entsprechend den eigenen Anforderungen manipulieren. Das ist dann so, als wenn ein Virus Ihren Computer infiziert. Er bleibt inaktiv, bis zu der Zeit, die von dem Arschloch vorherbestimmt worden ist, das den Virus programmiert hat. Dann wird er auf einmal aktiv und zerstört Ihre Dateien oder greift Ihre Passwörter ab und so weiter.«

Nach einem tiefen Atemzug fuhr Connelly fort: »Wir vermuten, sie manipuliert den stinknormalen Erkältungsvirus so, dass er, wie die Retroviren, etwas in die menschlichen Chromosomen einschleusen kann. Und zwar spezielle Gene für den Ebolavirus.«

Seine Stimme klang sehr ernst. »Wie jede Erkältung, würde auch diese sich sehr schnell ausbreiten. Nur dass jetzt die Infizierten nicht nur mit einer Schnupfennase rechnen müssten, sondern mit einer zusätzlichen Komplikation: mit den Genen, die für das massive hämorrhagische Fieber verantwortlich sind, das mit Ebola einhergeht. Und das ist in fast allen Fällen tödlich. Die Opfer leiden außerdem unter Erbrechen, Durchfall und unkontrollierbaren Blutungen, innerlich wie äußerlich. Sie bluten aus den Augen, der Nase – überall.«

Deshs Magen zog sich zusammen. Ebola war der tödlichste aller bekannten Viren. Es hätte ihn eigentlich nicht überraschen sollen, dass so vielversprechende Dinge wie die Gentherapie und die Molekularbiologie ebenso zum Töten wie zum Heilen herangezogen werden konnten. Die Menschheit schien die wahrhaft einzigartige Fähigkeit zu besitzen, für jede konstruktive Technologie auch einen zerstörerischen Einsatz zu finden. Erfinde den Computer – und schon kann man sich sicher sein, dass ein anderer die passenden Schadprogramme dazu entwickelt. Erfinde das Internet, einen unvorstellbaren Schatz an Informationen – und schon sind da Leute, die es ausnutzen, um andere für ihre Hasskampagnen zu rekrutieren. Oder versuchen, einen Tummelplatz für Kinderpornografie, Sexualstraftäter und Betrüger daraus zu machen. Nie versäumt es die Menschheit, einen Weg zu finden, um zu ihrem eigenen größten Gegner zu werden.

»Ich verstehe allerdings noch nicht, wie die Terroristen sicher sein können, selbst vom Ebolavirus verschont zu bleiben«, wandte Desh ein.

»Das können sie nicht. Aber an der Sache ist noch mehr dran. Und genau das ist der Punkt, wo der molekulare Auslöser ins Spiel kommt. Sie erinnern sich – die Gene müssen nicht nur eingeschleust, sondern auch aktiviert werden.«

»Und wer oder was aktiviert sie?«

»Wir gehen davon aus, dass Miller sie so manipulieren kann, dass ein bestimmter chemischer Stoff zum Auslöser wird. Zum Beispiel ein Inhaltsstoff eines bestimmten Nahrungsmittels. Sobald man diesen Stoff aufnimmt, beginnt das eingefügte genetische Material von Ebola sich in den Zellen des Opfers zu vervielfältigen und aktiv zu werden. Und sobald etwas diese Gene aktiviert hat, kann sie nichts mehr aufhalten. Die Zellen des Opfers verwandeln sich in tickende Zeitbomben. Ein paar Tage später, ein paar Wochen später – und die Bombe explodiert. Das Opfer stirbt.« Connelly zog die Augenbrauen in die Höhe. »Und jetzt raten Sie, welches Nahrungsmittel den Auslöser spielt.«

Desh schaute ihn erwartungsvoll an. Er hatte keine Ahnung.

»Schweinefleisch.«

Deshs Augen weiteten sich. Natürlich war es Schweinefleisch, was sonst? Zwar wussten nur diejenigen an der Spitze der Pyramide der Dschihadisten über das Komplott Bescheid, aber nachdem die Religion der Muslime den Verzehr von Schweinefleisch verbietet, waren alle ihre Anhänger sicher. Und Desh wusste, wie diese Leute dachten. In ihren Augen verdiente es jeder Muslim, der dieses Verbot ignorierte und dennoch Schweinefleisch aß, ohnehin zu sterben.

»Unsere organischen Chemiker sagen mir, es existieren verschiedene komplexe Moleküle, die für Schweine spezifisch sind. Wir glauben, der Ebolavirus soll durch eines dieser Moleküle ausgelöst werden. Aber es gibt noch etwas, das für die Terroristen einen gewissen Schutz bedeutet. Auch wenn die Gene ausgelöst worden sind, fehlen doch die viralen Komponenten. Damit sind diese Viren nicht so leicht übertragbar wie das natürliche Ebola. Solang sie kein Schweinefleisch essen, müssen sie sich keine Sorgen machen.«

Desh schürzte verächtlich die Lippen. Es war ein meisterhafter Plan. Aus der Sicht der Terroristen. So erschreckend und grauenhaft ihre Strategie auch war, sie besaß durchaus Kühnheit und eine gewisse Kreativität. Pikanterweise würden dabei nicht nur die gläubigen Muslime verschont, sondern auch streng religiöse Juden. Das war das einzige Haar in der Suppe eines ansonsten perfekten Plans. Dass ausgerechnet ihre verhasstesten Feinde von dem Virus ebenfalls unberührt bleiben mussten, würde dem einen oder anderen garantiert Magengeschwüre verursachen. Es entbehrte nicht einer gewissen Ironie.

»Und diese Miller könnte das wirklich durchziehen?«, erkundigte sich Desh.

»Was die Gentechnik betrifft, ist das so ziemlich das komplizierteste Projekt, das man sich nur vorstellen kann. Aber wenn es irgendjemand auf der Welt fertigbringt, dann Kira Miller.«

»Wie sehen die erwarteten Verlustzahlen aus?«

»Das hängt davon ab, wie effizient der von ihr entwickelte Virus die Gene einschleusen kann und wie effektiv die für Schweinefleisch spezifischen organischen chemischen Stoffe diesen Prozess auslösen können. Im schlimmsten Fall Hunderte von Millionen auf der ganzen Welt. Im besten Fall, angesichts der qualitativ hochwertigen und gut entwickelten Medizin im Westen, vielleicht ein paar Hunderttausend.«

Desh wurde bleich. Dieser Angriff besaß das Potenzial, tödlicher zu sein als eine Atombombe in einer Millionenstadt. Und infolge seiner Natur musste der Angriff einen rasenden Flächenbrand an Unvernunft und Panik auslösen, mit Auswirkungen auf die Zivilisation, die sich nicht kalkulieren ließen. »Und das wäre erst der Anfang«, murmelte er entsetzt.

»Exakt«, nickte Connelly. »Die Leute würden sofort befürchten, dass noch andere Zeitbomben in ihrem genetischen Material verborgen sind, die bei einem Bissen vom falschen Essen hochgehen. Am Ende wüsste niemand mehr, welche Nahrungsmittel man überhaupt noch sicher essen kann. Die Gerüchteküche hätte Hochkonjunktur, mit Angst überall. Ganze Wirtschaften könnten zusammenbrechen. Selbst die wohlgeordnetsten Gesellschaften der Welt müsste das nahezu über Nacht in Chaos und Zerstörung stürzen.«

Desh war klar – ein solcher Plan, wenn er gelang, musste die Zivilisation Hunderte von Jahren zurückwerfen – und genau das war es, was die Dschihadisten anstrebten. Kein Wunder, dass Kira Miller so reich war. Wenn sie El Kaida davon überzeugen konnte, dass sie in der Lage war, diesen Plan auszuführen, konnte sie den

Preis für ihre Arbeit selbst bestimmen. Einen eiskalten Psychopathen wie sie konnten Tod und Zerstörung in diesem unvorstellbaren Ausmaß ja nun nicht schrecken.

»Möglicherweise sind wir an irgendeinem Punkt gezwungen, eine Warnung herauszugeben, kein Schweinefleisch zu essen«, erklärte Connelly. »Aber das kann uns nicht viel helfen. Schon die Warnung selbst würde genau die Massenhysterie auslösen, die wir gerade verhindern wollen. Die Nachricht kann gar nicht alle erreichen, und andere würden sie ignorieren, weil sie an irgendeine Verschwörung der Regierung glauben. Außerdem sind wir ziemlich sicher, dass die Dschihadisten noch einen Notfallplan haben, mit einem anderen Auslöser. Vor Plan A zu warnen, würde nur dazu führen, dass sie Plan B aktivieren. Die terroristischen Führer wüssten noch immer, welche Nahrungsmittel es zu vermeiden gilt. Wobei sie unter den Umständen allerdings sicherlich ein paar ihrer Anhänger verlieren werden, weil sie dieses Wissen gewiss nur mit ein paar Auserwählten teilen wollen.«

Desh schüttelte angewidert den Kopf. Wenn es einmal so weit kam, konnte es die Terroristen auch nicht aufhalten, dass unzählige ihrer eigenen Glaubensgenossen im wahrsten Sinn des Wortes dran glauben mussten.

Langsam schob Desh die Fotos zurück in den Umschlag, den er wieder in die Fächermappe zurücklegte. Schon bevor er in Fort Bragg eingetroffen war, hatte er sich innerlich wie tot gefühlt. Sich auf dem Gelände zu bewegen, die Erinnerung an eine Vergangenheit, die er so verzweifelt zu vergessen versuchte, hatte die Sache noch verschlimmert. Und jetzt das. Ihm war schlecht. Er musste die Besprechung so schnell wie möglich hinter sich bringen, um frische Luft schnappen zu können. Die hoffentlich nicht mit mutierten Viren verseucht war. »Und warum«, fragte er betont, »bin ich jetzt hier?«

Connelly seufzte. »Kira Miller ist seit dem Mord an ihrem Bruder untergetaucht, seit mittlerweile einem Jahr. Sie ist einfach verschwunden. Wie auf magische Weise. Wir haben Grund zur Annahme, dass sie im letzten November in San Diego war, aber jetzt könnte sie überall sein. Eine massivere Verbrecherjagd als bei ihr haben wir bislang nur für Bin Laden und ein paar wenige andere veranstaltet, und es hat nicht das Geringste gebracht. Manche glauben sogar, dass sie inzwischen tot ist, aber davon können wir, das ist ja offensichtlich, nicht ausgehen.«

»Ich frage erneut«, drängte Desh, »warum bin ich hier? Ist das Plan B? Ihr einen einzelnen Mann auf den Hals zu hetzen, wenn ganze Armeen keinen Erfolg haben?«

»Glauben Sie mir, wir haben nicht bis jetzt gewartet, den Ansatz mit dem einsamen Helden auszuprobieren. Schon seit mehreren Monaten senden wir immer wieder einzelne Agenten los. Die besten und klügsten. Bisher hatten sie keinerlei Erfolg.«

»Und was bin dann ich?«, bemerkte Desh spöttisch. »Plan E? Wie kommen Sie darauf, dass ich sie finden kann, obwohl die erste Wahl reihenweise Fehlschläge hinnehmen musste?«

»Zunächst einmal – wären Sie beim Militär geblieben, wären Sie meine erste Wahl gewesen. Das wissen Sie, David. Sie kennen meine Einschätzung Ihrer Fähigkeiten. Allerdings bin ich nicht davon ausgegangen, dass man mir die Erlaubnis erteilen könnte, einen Zivilisten anzuheuern – deshalb habe ich Sie niemals empfohlen.«

Desh wirkte verwirrt. »Und wieso bin ich dann hier?«

»Irgendjemand von weiter oben in der Nahrungskette hat Ihren Wert erkannt und mich gebeten, Sie zu rekrutieren. Ich war begeistert. Sie sind nicht nur als Soldat unerreicht, Sie haben auch mehr Terroristen der höchsten Ebene auf der Flucht gefasst als jeder andere, als Sie noch bei uns waren. Niemand ist bei der Verfolgung so kreativ und beharrlich wie Sie. Kira Miller hat ein Talent für Gentherapie. Und Sie haben ein Talent dafür, die zu finden, die nicht gefunden werden wollen.«

Connelly lehnte sich vor und fixierte Desh ohne zu blinzeln. »Und Sie sind jemand, dem ich absolut vertraue – jemand außerhalb des Systems. Diese Frau besitzt Unmengen an Geld und ist in der Lage, andere leicht zu überzeugen. Ich schließe es nicht einmal aus, dass sie längst einen Weg gefunden hat, uns zu überwachen oder einige unserer Leute zu bestechen.«

»Sie glauben also, es gibt einen Spion im eigenen Lager?«

»Um ehrlich zu sein … nein. Aber wo der Einsatz so hoch ist, will ich kein Risiko eingehen.«

Desh nickte. Dagegen hatte er kein Argument.

»Wir haben als Organisation versagt. Die Einzelkämpfer, die wir losgeschickt haben, haben ebenso versagt. Es könnte dafür viele gute Erklärungen abgeben, aber auf jeden Fall ist jetzt der Zeitpunkt gekommen, dass wir etwas anderes ausprobieren müssen.« In Gedanken versunken, strich er sich über den Schnurrbart. »Sie haben ein einzigartiges Talent für diese Sache, und Sie müssen Ihre Berichte nicht über die militärischen Kanäle leiten. Dabei wollen wir es belassen. Arbeiten Sie mit Ihren eigenen Ressourcen, nicht mit unseren. In der Akte finden Sie die Berichte Ihrer Vorgänger und alle Informationen, die sie über Kira Miller sammeln konnten.«

»Ich nehme an, ich finde in der Akte auch Informationen über die Versuche, sie ausfindig zu machen?«

»Das nicht, nein«, antwortete Connelly. »Wir wollen Ihre Denkweise nicht durch die früheren Versuche beeinflussen. Sie beginnen quasi ganz von vorn. Und Sie kommunizieren nicht mit mir. Ich will gar nicht wissen, was Sie unternehmen. In der Akte steht eine Kontaktnummer, unter der Sie anrufen, sobald Sie sie gefunden haben. Die Person am anderen Ende wird sich um alles kümmern. Folgen Sie von diesem Zeitpunkt an genau den Anweisungen dieses Mannes.«

»Sobald ich sie gefunden habe? Nicht falls?«

»Sie werden sie finden«, erklärte Connelly mit absoluter Überzeugung. »Dessen bin ich mir sicher.«

»Das sind zwei sehr fragwürdige Annahmen, von denen Sie da ausgehen«, wandte Desh ein. »Und die erste ist, dass ich mich überhaupt dazu bereiterkläre, den Job anzunehmen.«

Connelly sagte nichts. Wie dichter Nebel hing das Schweigen im Raum.

Desh fühlte sich hin- und hergerissen. Ein nicht unwichtiger Teil von ihm wollte einfach aufstehen und davonmarschieren. Connelly fand entweder einen Weg, das Problem zu lösen – oder eben nicht. Die Welt würde sich dennoch weiterdrehen – unabhängig davon, ob Desh den Fall übernahm oder ablehnte. Es gab noch viele andere talentierte Leute außerhalb des Systems. Sollte doch einfach einer von denen den Helden mimen. Er hatte sich an diesem Heldengeschäft lang genug versucht – und versagt.

Auf der anderen Seite – was, wenn er tatsächlich eine spezielle Fähigkeit besaß und deshalb vielleicht wirklich in der Lage wäre, der Sache zu einer positiven Wendung zu verhelfen? Wenn er jetzt ablehnte und der Angriff tatsächlich stattfinden würde und obendrein noch erfolgreich wäre, wie könnte er sich dann noch selbst in die Augen schauen? Jeden einzelnen Tag hatte er sich in Gedanken dafür gegeißelt, die Operation im Iran überlebt zu haben, während seine Männer es nicht geschafft hatten. Schuld- und Verlustgefühle nagten ohnehin bereits an seiner Seele. Im Vergleich dazu, wie sie ihn quälen würden, wenn er sich fragen müsste, ob er am Ende doch der Einzige gewesen wäre, der Kira Miller hätte finden und aufhalten können, verblassten sie allerdings zu nichts.

Auch wenn er sich einen klaren Kopf hatte verschaffen und große Entfernung zwischen sich und jeden hatte legen wollen, den er aus seinem bisherigen Leben kannte – seine Beziehung zu Connelly war sehr eng gewesen und konnte eines Tages auch wieder sehr eng werden. Es gab nur wenige Menschen, die er so bewunderte wie Jim Connelly.

Desh richtete seinen Blick lang und eindringlich auf den Colonel. »Okay«, sagte er endlich müde. In seinem Gesicht spiegelte sich Resignation wider. »Ich werde Ihnen helfen.« Bitter schüttelte er den Kopf, wütend auf sich selbst, dass er nicht in der Lage war abzulehnen. »Ich werde mein Bestes geben«, fügte er seufzend hinzu. »Mehr kann ich nicht tun.«

»Danke, David«, sagte Connelly erleichtert. »Mehr kann niemand tun.«

Der Colonel schwieg kurz und sah auf einmal aus, als ob er sich ziemlich unbehaglich fühlte. »Jetzt, wo Sie wieder mit an Bord sind, muss ich noch etwas ergänzen. Ich muss darauf bestehen, dass Sie nicht selbst versuchen, sie zu fassen. Ihr Job ist es, sie zu finden – und damit Ende. Es ist die Aufgabe der Person, deren Nummer Sie in der Akte finden, Miller dann tatsächlich festzusetzen.« Er hielt kurz inne. »Ich muss sicherstellen, dass das absolut klar ist, bevor Sie gehen.«

Ungläubig starrte Desh Connelly an. »Das ist mir schon klar, Colonel. Was mir nicht klar ist, ist der Grund dahinter. Was ist, wenn ich sie finde und die Situation perfekt ist, um sie zu ergreifen? Ich muss zuschlagen können, wenn die Umstände es verlangen. Bis ich dann jemanden angerufen habe, der alles organisiert hat, und irgendwelche Einsatzteams auftauchen, könnte sie uns schon längst wieder entwischt sein. Das kann ich nicht zulassen – dazu ist sie viel zu schwer zu fassen und viel zu wichtig.« Grimmig schüttelte er den Kopf. »Das ist eine geradezu idiotische Strategie!«, knurrte er.

Der Colonel seufzte. »Ich kann Ihnen da nur zustimmen. Aber das sind meine Befehle. Ich habe genau die Punkte, die Sie gerade vorgebracht haben, so engagiert und heftig wie möglich vertreten, aber ich konnte mich nicht durchsetzen. Das ist also etwas, mit dem wir einfach fertigwerden müssen.«

»Na gut«, sagte Desh verärgert. »Ich bin jetzt Zivilist. Wenn irgendjemand in der Befehlskette sich gerade einer Lobotomie unterzogen hat, kann ich nichts dagegen tun.«

»Es gibt auch eine gute Nachricht«, fuhr Connelly fort. »Eine wichtige Auseinandersetzung mit meinen Vorgesetzten konnte ich gewinnen.« Er grinste durchtrieben. »Ich konnte sie davon überzeugen, dass es alles andere als einfach werden würde, Sie zurückzugewinnen. Deshalb hat man mich autorisiert, als Vorschuss auf die zu erwartenden Auslagen vorab zweihunderttausend Dollar zu zahlen, fällig mit Unterzeichnung des Vertrags. Es ist schon alles vorbereitet. Wir können das Geld sofort überweisen. Sie haben es innerhalb einer Stunde zu Ihrer Verfügung.« Dann lehnte er sich vor, um den nächsten Satz zu unterstreichen. »Und wenn Sie Erfolg haben, wartet eine weitere Million auf Sie.«

Deshs Augen weiteten sich. Eine Zahlung in dieser Größenordnung konnte den weiteren Verlauf seines Lebens dramatisch verändern. Das würde es ihm erlauben, die gewalttätige Welt endgültig hinter sich zu lassen, die er bisher gekannt hatte, und sich einen neuen Weg zu suchen. Ohne Geldsorgen. »Danke, Colonel«, sagte er. »Das ist eine verdammte Menge Geld.« Nach einer kurzen Pause fügte er hinzu: »Aber Sie wissen, ich bin Ihretwegen bereit einzuspringen – und wegen der Schwere der Bedrohung. Nicht wegen des Geldes.«

Connellys Augen funkelten. »Das weiß ich«, erwiderte er. »Es ist Ihnen vielleicht aufgefallen, dass ich das Geld erst zur Sprache gebracht habe, nachdem Sie bereits zugestimmt hatten.« Er lächelte. »Bedenkt man, dass das Kopfgeld für Bin Laden am Ende bei fünfundzwanzig Millionen Dollar gelandet ist und welche schwerwiegenden Folgen es hat, wenn es uns nicht gelingt, Miller zu stoppen, macht die Regierung mit Ihnen das beste Geschäft, das man sich nur denken kann.«

Desh lächelte. »Nun, solang die Regierung nur glücklich ist …«, bemerkte er trocken und hob in gespielter Aufrichtigkeit die Hände. Dann dachte er kurz nach. »Und was ist mit Fleming Executive Protection?«

»Machen Sie sich darüber mal keine Gedanken. Wir werden dafür sorgen, dass Ihr Terminkalender im nächsten Monat leer ist und man Sie dort dennoch in guter Erinnerung behält.« Connellys Mundwinkel zuckten amüsiert. »Sie dürfen sich darauf verlassen, wir werden darauf achten, dass weder Ihre Karrierechancen noch Ihr … ähm … Ansehen darunter leiden müssen.« Er lächelte in sich hinein. »Sind wir uns einig?«

Desh nickte. »Das sind wir.«

»Gut. Es tut mir leid, dass ich Sie für eine letzte Mission zurückholen muss, David – aber ich weiß einfach, Sie sind der richtige Mann für diesen Job.«

Desh erhob sich. »Ich hoffe, dass Sie damit richtig liegen, Colonel. Ich werde, wie immer, versuchen, Sie nicht zu enttäuschen.« Dann schaute er Connelly misstrauisch an, als ihm endlich etwas aufging, das er vorhin beinahe überhört hätte. »Sie sagten, der Transfer des Geldes ist schon vorbereitet?«

»Ein Wort von mir, und alles ist erledigt.«

»Können Sie mir vielleicht erklären«, bemerkte Desh, die Augen zusammengekniffen, »wie es kommt, dass Sie die Informationen über mein neues Bankkonto besitzen, ohne dass ich Ihnen die Daten gegeben habe?«

Connelly hob gespielt unschuldig die Augenbrauen. »Sie glauben also nicht, das war einfach nur gut geraten?«, bemerkte er mit einem Schulterzucken.

Desh erlaubte sich ein amüsiertes Grinsen. Er öffnete seine Aktentasche und brachte die Fächermappe darin unter.

Nun stand Connelly ebenfalls auf. Er streckte den Arm aus und schüttelte Desh warmherzig die Hand. »Viel Glück, David«, sagte er ernst. »Und seien Sie vorsichtig!«

»Ich werde so schnell bestimmt kein Schweinefleisch mehr essen, wenn Sie das meinen«, entgegnete Desh ironisch, in dem Versuch, seine Angst und Bedenken zu verbergen.

Dann nahm er seine Aktentasche in die Hand und marschierte entschlossen hinaus.

4

Nachdem er Fort Bragg verlassen hatte, fuhr David Desh in ein nahes Einkaufszentrum. Er parkte seinen Suburban ganz am Rand des ziemlich vollen Parkplatzes und verschaffte sich so seine eigene private Insel, abgeschnitten vom Festland der restlichen Automassen. Dann zog er die Unterlagen über Kira Miller heraus und studierte sie. Die fünf Stunden Fahrt zurück nach Washington verschafften ihm die perfekte Gelegenheit, schon einmal darüber nachzudenken, was er gelesen hatte, und seine Einstiegsstrategie zu planen.

Nach etwas mehr als einer Stunde schob er die Akte wieder in die Tasche und begab sich auf den Rückweg. Die Akte hatte ihm nicht viele Informationen verschafft, auf denen er aufbauen konnte. Das hatte er auch nicht erwartet. Wenn irgendetwas bei dieser Frau einen offensichtlichen Ansatz geliefert hätte, dann wäre der längst von anderen gefunden und ausprobiert worden.

Kira Miller war sehr gut in der Lage gewesen, ihre wahre Natur zu verbergen. Schon als Kind war sie extrem begabt und ehrgeizig, hatte immer versucht, sich unter anderen hervorzutun. Wenn sie sich etwas vorgenommen hatte, dann hatte sie es auch erreicht. Das hatte ihr beim Aufwachsen nicht immer unbedingt viele Freunde verschafft. Dass sie in der Schule mehrere Jahre übersprungen hatte, war garantiert auch nicht unbedingt etwas gewesen, das für einen großen Freundeskreis sorgte.

Auch als Erwachsene hatte sie nur wenige Freunde gehabt und sich immer auf das konzentriert, was sie sich vorgenommen hatte.

Ob es nun der Rekord als jüngste Doktorandin aller Zeiten in molekularer Neurobiologie an der Universität Stanford war oder der rasche Aufstieg auf der Karriereleiter ihres Unternehmens. Als Studentin hatte sie sich ab und zu mit Männern getroffen, aber keine Beziehung hatte länger als acht oder neun Monate gedauert. Desh war klar – auf die meisten Männer musste ihr scharfer Verstand abschreckend wirken.

In den Unterlagen hatte er weitere Einzelheiten zu allem gefunden, was Connelly ihm bereits berichtet hatte: ihre Kommunikation mit den terroristischen Gruppen, wie man diese entdeckt hatte, die wasserdichten Beweise gegen sie im Mordfall Lusetti und ihres Bruders und das Komplott mit dem Ebolavirus per Gentherapie.

Die polizeilichen Untersuchungen hatten ergeben, dass sie vor den Morden spätabends und nachts ungewöhnlich häufig und lang in den Tierversuchslaboren von NeuroCure gearbeitet hatte. Irgendwie war es ihr gelungen, diese Aktivitäten verborgen zu halten. Ihr Mitarbeiterausweis, den sie brauchte, um nach den üblichen Arbeitszeiten ins Labor zu kommen, hätte zwar eigentlich ihre Identität und die Zeiten, in denen sie sich dort aufhielt, im zentralen Computer festhalten müssen. Nur hatte sie die Software so manipuliert, dass davon nichts zu finden war.

Die Ermittler hatten auch herausgefunden, dass Kira weit mehr Nagetiere beim Lieferanten bestellt hatte, als das Unternehmen für die Versuche brauchte. Da sie für die Inventarisierung selbst zuständig war, hatte das vorher niemand entdeckt.

Es lag auf der Hand – sie hatte nahezu jede Nacht heimlich Tierversuche durchgeführt. Im Rückblick ergab das einen Sinn – einen erschreckenden Sinn. Sie musste den Dschihadisten irgendeinen Beweis dafür geliefert haben, dass sie tatsächlich in der Lage war, die Strategie umzusetzen, die sie vorgeschlagen hatte. Einen tierischen Machbarkeitsbeweis. Nur so konnte sie erreichen, dass man ihr die gewaltigen Summen zahlte, die man auf Konten überall in der Welt verteilt gefunden hatte.

Connelly und das USASOC hatten riesige Ressourcen zu ihrer Verfügung, sowohl menschliche als auch andere – und trotzdem waren sie dem Ziel, diese Frau zu finden, nicht einmal nahe gekommen. Nur jemand, der extrem vorsichtig und extrem klug war, konnte einer von der Regierung unterstützten und finanzierten Verfolgungsjagd so lang entgehen. Und genau das war das Problem an der Sache. Die Gejagte war weit schlauer als die Jäger. Auch ohne seine eigene beträchtliche Intelligenz gönnerhaft herunterzuspielen, war es ihm klar, dass sie in Bezug auf den IQ in einer ganz anderen Liga spielte. Und wie sollte man jemanden fangen, der klüger war als man selbst?

Es war alles eine Sache der eigenen Haltung. In einem solchen Fall durfte man keine Strategie entwerfen, die darauf aufbaute, dass die Zielperson irgendwann einen Fehler machte. Aber genau das war es wahrscheinlich, wie die anderen vorgegangen waren. Stattdessen musste man sich darauf konzentrieren, dass ihr kein Fehler unterlief. Man ging einfach davon aus, dass sie alles richtig machte. Das war die Antwort.

So sehr er auch die endlose Gewalt hassen gelernt hatte, mit der er so lang Berührung gehabt hatte – die Aufgabe, den Aufenthaltsort eines gefährlichen Gegners herauszufinden, der auf keinen Fall aufgespürt werden wollte, fand er absolut fesselnd. Es war die ultimative Herausforderung. Er musste unter den knapp sieben Milliarden Bewohnern dieses Planeten einen einzelnen Menschen aufspüren, der sich überall auf der unvorstellbar großen Erdoberfläche verbergen konnte. Wie konnte er seine Suche eingrenzen?

Er schoss an einem riesigen Laster vorbei, der ihm fast vorkam, als ob er stillstünde, vollkommen in seinen Überlegungen gefangen. Er fuhr von Natur aus schnell, und wenn er sich nicht mühsam beherrschte, lag seine Geschwindigkeit meistens mindestens dreißig Kilometer pro Stunde über der Geschwindigkeitsbeschränkung. Trotz seiner bewussten Anstrengungen, diesen Impuls zu kontrollieren, hatte er das Gefühl, ein hoffnungsloser Fall zu sein, der dringend ein Programm in zwölf Schritten zur Bekämpfung seiner Geschwindigkeitsabhängigkeit brauchte.

Wo bist du, Kira Miller, fragte er sich, als er erneut die Fahrspur wechselte, zwei Autos überholte und sich dann auf der äußersten linken Spur einreihte, um rasch alle anderen hinter sich zu lassen.

Lebte sie irgendwo in einer Höhle? Vielleicht. Aber nicht sehr wahrscheinlich. Er würde mit der Annahme beginnen, dass sie sich noch immer in den Vereinigten Staaten aufhielt und sich sozusagen in aller Öffentlichkeit versteckte, weil das Offensichtliche oft schwerer zu finden ist als das sorgfältig Verborgene. Sie versuchte sich an einer atemberaubend komplexen Meisterleistung der Gentechnik. Aus den Berichten in der Akte wurde klar, dass sie dafür mindestens eine Spezialausrüstung brauchte, geklonte Gene, ultraschnelle DNS-Sequenziergeräte, biologische Reagenzstoffe und genetisch identische Versuchstiere. Ein Terroristenlager im Iran oder in Afghanistan – und selbst die bestausgerüstetsten Labore in diesen Ländern – konnten ihre Bedürfnisse nicht erfüllen, die noch dazu mit dem Fortschritt ihrer Arbeit ständig wuchsen.

Desh entschloss sich, mit der Suche zu beginnen, indem er sich auf ihren Computer konzentrierte. Ganz gleich, wo sie sich versteckte und was sie von ihrem früheren Leben aufgegeben hatte, um den Verfolgern zu entgehen – er konnte sich nicht vorstellen, dass sie auch dem Internet den Rücken gekehrt hatte. Vor allem nicht, weil sie es als Quelle für die Unmenge an Informationen über Biotechnologie für ihre eigene fortschreitende Forschung brauchte. Allerdings gab es Mittel und Wege, Computer und das Internet zu nutzen, ohne Spuren zu hinterlassen. Und sie hatte bereits eine ebenso bemerkenswerte wie alarmierende Fähigkeit im Umgang mit Computern gezeigt, als sie die Sicherheitssoftware von NeuroCure manipuliert hatte. Unter Millionen von Laptops ein bestimmtes einzelnes zu finden, das ausgerechnet auf Kira Millers Schoß lag, war so, wie eine Nadel in einem Heuhaufen mit den Ausmaßen von Texas zu finden.

Desh runzelte die Stirn. Ihm fiel auf, dass diese Analogie noch zu positiv war. Diese eine bestimmte Nadel war noch dazu mobil und würde sich nur noch tiefer in den Heuhaufen graben, wenn sie ahnte, dass sich ihr jemand näherte.

5

Etwa dreißig Minuten vor der Ankunft in seiner Wohnung klingelte Deshs Handy in seiner Hemdtasche. Er zog es heraus und warf einen schnellen Blick auf das Display. Wade Fleming, stand da.

Er schnippte das Klapphandy auf. »Hallo, Wade.«

»Hallo, David«, kam die Antwort. Sein Chef verschwendete keine Zeit mit Geplauder. »Kennst du eine Frau namens Patricia Swanson?«

Mit gerunzelter Stirn dachte Desh nach. »Ich glaube nicht«, antwortete er und zuckte mit den Schultern. »Natürlich kann es sein, dass ich sie schon mal getroffen und nur wieder vergessen habe.«

»Wenn du dich nicht an sie erinnerst, hast du sie auch nicht getroffen, glaub mir«, entgegnete sein Chef mit absoluter Überzeugung. »Sie ist der absolute Hammer. Material für Herrenmagazine.«

»Okay, ich glaub es dir«, erwiderte Desh. »Und was ist mit ihr?«

»Sie war vor etwa einer Stunde hier im Büro. Und hat ausdrücklich nach dir gefragt.«

»Hat sie gesagt, dass sie mich kennt?«

»Nein. Sie sagt, sie will im Laufe des nächsten Monats Urlaub in ein paar exklusiven Ferienresorts im Land machen, befürchtet, dass ihr ein Stalker auf den Fersen ist, und sucht einen Beschützer. Sie behauptet, sie hätte auf unserer Internetseite dein Bild gesehen und deine Biografie gelesen und besteht darauf, dass du ihr zugewiesen wirst. Ich habe ihr schon gesagt, dass du im nächsten Monat sehr beschäftigt bist und ihr stattdessen Dean Padgett angeboten.« Jetzt konnte man Fleming seine Missbilligung anhören. »Sie wollte ihn nicht. Sie besteht auf dir und ist sogar bereit, extra zu bezahlen, wenn du sie begleitest.« Er hielt kurz inne. »Um ehrlich zu sein, David – ich glaube eher, du hast einen Stalker, nicht sie. Wahrscheinlich ist sie nur eine gelangweilte, verwöhnte reiche Göre auf der Suche nach einem Abenteuer. Und was ist schon aufregender, als einen Bodyguard zu verführen? Wahrscheinlich hat sie zu viele Filme gesehen. Jedenfalls, ich habe das Gefühl, sie sieht dich mehr als bezahltes Sexspielzeug statt als Leibwächter.« Er lachte. »Ich war schon fast versucht, ihr zu erzählen, dass du schwul bist, und ihr anzubieten, den Job selbst zu übernehmen«, bemerkte er grinsend.

Desh schüttelte den Kopf und lächelte amüsiert. Jim Connelly hatte versprochen, dafür zu sorgen, dass er den nächsten Monat frei hätte. Diesen Plan auszuhecken hatte ihm bestimmt einen Riesenspaß gemacht. Auf jeden Fall hatte er keine Zeit verschwendet, die Sache ins Rollen zu bringen.

»Und wann fange ich an?«

»Morgen früh, falls du den Job übernimmst.«

»Falls ich den Job übernehme?«

»Ich habe ihr gesagt, ich brauche dein Einverständnis.«

»Tatsächlich? Das wäre ja das erste Mal.«

»Schau mal, David – so klasse sie auch aussieht, ich habe hier schließlich keinen Escortservice. Ich möchte nur, dass du dir sicher bist, worauf du dich da einlässt. Ich habe sie ja bereits gesehen, und wenn sie es darauf anlegt, kann ihr gewiss kein Mann lang widerstehen.« Er seufzte. »Andererseits zahlt sie eine Menge Geld, und vielleicht hat sie ja auch wirklich einen Stalker. Möglicherweise hat sie bloß deine Erfahrung bei den Spezialkräften beeindruckt und nicht dein freundliches Lächeln. Aber ich habe da so meine Zweifel. Deshalb bestehe ich nicht darauf, dass du das übernimmst.«

»Danke, Wade«, erwiderte Desh und fuhr mit gespielter Opferbereitschaft fort: »Aber wenn es von mir verlangt wird, mich der großen Gefahr der Aufmerksamkeit einer schönen Frau zu stellen, werde ich genau das tun. Natürlich nur für deine Agentur.«

»Natürlich«, wiederholte Fleming trocken. »Jeder weiß, wie loyal du der Agentur gegenüber bist. Ich werde dir die Daten für diesen Auftrag per E-Mail senden. Und natürlich auch die Information, wo du sie finden kannst.« Eine lange Pause trat ein. »Und hoffentlich denkst du immer daran, dass wir anderen dicke behaarte Kerle schützen und Kugeln und Laser-Lenkflugkörpern ausweichen müssen, während du gemütlich mit einer echten Sexbombe am Strand liegst und UV-Strahlen das Einzige sind, dem du ausweichen musst.«

»Keine Ursache, Wade. Das tue ich doch gerne für euch. Du weißt, ich bin ein echter Teamplayer.«

»Aber ich will mir um dich wirklich keine Sorgen machen müssen, David«, bemerkte Fleming sarkastisch. »Also achte darauf, dass du Sonnencreme mit mindestens Sonnenschutzfaktor 30 nimmst.«

»Guter Tipp«, kommentierte Desh amüsiert.

»Weißt du, was mich an der Sache wirklich aufregt?«

»Dass sie nicht nach dir gefragt hat?«

Desh hörte ein leises Lachen. »Davon einmal abgesehen«, sagte Fleming gutmütig. »Nein, was richtig ärgerlich ist, ist die Tatsache, dass du der Agentur im nächsten Monat wahrscheinlich mehr Geld einbringen wirst als jeder andere. Vielleicht sollte ich tatsächlich einen Escortservice aufmachen.« Nach einer kurzen Pause sagte Fleming: »Pass auf dich auf, David.« Und konnte es sich nicht verkneifen, »Du verdammter Glückspilz« hinzuzufügen, bevor er auflegte.

6

Desh klopfte an die fleckige Holztür, direkt unterhalb des Spions und oberhalb des billigen Messingschilds, das verkündete, dass dies Wohnung 14 D war. Er hatte an diesem Morgen in seiner Wohnung das Laptop aus der Dockingstation geholt und ihn jetzt unter den Arm geklemmt. Er trug klobige Dockers-Schuhe, ein blaues Polohemd und eine beigefarbene Windjacke, in der er seine .45er-Halbautomatik von Heckler & Koch verborgen hatte. Eine weit kleinere SIG SAUER mit Neun-Millimeter-Kaliber steckte hinten im Bund in seiner Hose, und zwei identische Kampfmesser in Lederscheide hatte er sich an die Waden gebunden.

Kira Miller arbeitete für terroristische Gruppen, die vor nichts zurückschrecken würden, um sie zu schützen. Gruppen, die eher den Tod feierten als das Leben und sich über jede Chance freuen würden, Deshs Kopf mit einer Metallsäge zu entfernen – während er ihn noch benutzte –, solang es nur ihre Sache voranbrachte. Je näher er ihr kam, desto gefährlicher wurde es für ihn. Vielleicht waren seine Vorsichtsmaßnahmen verfrüht, aber warum sollte er ein Risiko eingehen?

In der Wohnung hörte Desh Bewegungen.

»David Desh?«, kam die Frage von hinter der Tür, laut genug, dass Desh sie verstehen konnte.

»Richtig«, bestätigte Desh.

»Adam Campbells Freund?«

»In voller Lebensgröße, ja.«

Deshs Freund Adam, ein ehemaliger Soldat und mittlerweile Privatdetektiv, hatte dieses Treffen noch am Abend zuvor für ihn vereinbart, direkt nachdem Desh aus Fort Bragg zurückgekommen war.

»Haben Sie mein Honorar dabei?«

Desh holte sechzig Hundertdollarscheine aus einem Umschlag und breitete sie fächerförmig vor dem Spion aus. Es klirrte, als die Kette gelöst wurde, und ein lautes Klicken verriet, dass ein Bolzenschloss zurückgeschoben wurde. Dann öffnete sich die Tür mit einem leisen Quietschen.

Desh betrat eine kleine, überfüllte Wohnung. Überall lag der schwere Moschusduft einer ausgedehnten menschlichen Bewohnerschaft in der Luft, von dem Desh wusste, wie einfach er sich mit einem offenen Fenster und ein wenig frischer, kühler Herbstluft bekämpfen ließ. Unter einem schweren Glastisch versammelten sich vier hochwertige Computer, alle über ein Schlangennest an improvisierten Kabeln miteinander verbunden. Auf dem Tisch standen drei Plasmabildschirme mit HD-Auflösung, dort lag auch eine Funktastatur. An der Wand hing ein gerahmtes Plakat:

> DER HACKERKRATISCHE EID
> Ich schwöre, meine hervorragenden Kräfte für das
> Gute zu verwenden, nicht für das Böse.

Außer diesem Plakat und einem Schwarz-Weiß-Poster von Albert Einstein, der die Zunge herausstreckte, bestand der gesamte Wohnbereich aus dem erwähnten Glastisch, einer einzelnen Couch, einem Plasmafernseher und einer winzigen Küche.

Desh versuchte, den Mann einzuschätzen, der vor ihm stand. Sein Name war Matt Griffin, und er war ein echter Bär von einem Mann, mindestens eins sechsundneunzig groß mit einem Gewicht von knapp einhundertvierzig Kilo, einem buschigen braunen Bart und langen welligen Haaren. Fast hätte man ihn als eine Kreuzung aus Mann und Wookiee beschreiben können. Trotz seiner einschüchternden Größe strahlte er eine Harmlosigkeit aus, die besagte, dass von ihm keinerlei Gefahr ausging. Seine Körperfülle und sein Aussehen konnten einen zwar leicht dazu verführen, ihn für einen Neandertaler zu halten, aber er sprach mit der intellektuellen Affektiertheit eines Harvard-Professors. Desh gab ihm das Geld und wartete geduldig, während Griffin bis sechzig zählte.

Dann lächelte der Hüne freundlich. »In Ordnung, Mister Desh. Für eine Woche stehe ich Ihnen zur Verfügung. Was kann ich für Sie tun?«

Natürlich hatte man auch bei Fleming Executive Protection eine ganze Reihe an Computerexperten, aber die konnte Desh für diesen Auftrag nicht einsetzen. Außerdem befand er sich ja angeblich ohnehin im Playboy-Wunderland. Von Matt Griffin hieß es, er sei der Beste im Geschäft. Normalerweise arbeitete er für große Unternehmen, für die er ziemlich banale Dinge erledigte, aber ab und zu half er Privatdetektiven aus. Solang er der Meinung war, dass es für die richtige Sache geschah, war er auch bereit, sich illegal als Hacker zu betätigen. Es musste nur ein Delikt ohne Opfer sein – zum Beispiel, um eine vermisste Person zu finden oder einem gewalttätigen Kriminellen das Handwerk zu legen. Deshs Freund Adam hatte schon mehrere Male mit Griffin zusammengearbeitet und war voller Lob für den Mann, der seinen hackerkratischen Eid offensichtlich sehr ernst nahm und nur mit Leuten arbeitete, bei denen er sich sicher sein konnte, dass ihre Absichten ehrenhaft waren. Adam hatte sich für Desh verbürgt und Griffin gesagt, er könne ihm vollständig vertrauen.

Desh stellte sein Laptop auf die einzige freie Stelle an einer Ecke des Glastischs. Der Hüne betrachtete das Gerät neugierig, sagte jedoch nichts. Desh überreichte ihm ein Blatt, auf dem er Kira Millers Namen, die letzte bekannte Adresse privat und geschäftlich, E-Mail-Adressen und Telefonnummern notiert hatte.

Rasch überflog Griffin die Informationen. »NeuroCure«, sagte er interessiert und ließ sich vor seinen Bildschirmen auf einem schwarzen Drehstuhl nieder. Desh blieb stehen. »Entwickeln die nicht gerade eine Behandlung gegen Alzheimer?«, fragte Griffin.

»Sehr gut«, lobte Desh. »Sie kennen sich offensichtlich in Biotechnologie aus.«

Griffin schüttelte den Kopf. »Ich fürchte, ich habe fast keine Ahnung von Biotechnologie«, gestand er. »Aber meine Tante leidet unter der Krankheit, deshalb bin ich stets geneigt, mich in potenzielle Behandlungsmethoden einzulesen.«

Stets geneigt … mich einzulesen – Desh fand den Widerspruch zwischen dem wikingerhaften Erscheinungsbild Griffins und seiner hochtrabenden Sprechweise amüsant. »Das mit Ihrer Tante tut mir leid«, bemerkte Desh voller Mitgefühl.

Der Hüne nickte ernst. »Warum sagen Sie mir nicht einfach, was Sie suchen? Bitte so vollständig wie irgend möglich. Ich kann Ihnen versichern, nichts, was Sie sagen, wird diesen Raum jemals verlassen.«

»Das ist gut. Absolute Vertraulichkeit ist in diesem Fall entscheidend. Für Ihre Gesundheit ebenso wie für meine eigene.« Desh schaute Griffin ein paar Sekunden direkt in die Augen, ohne zu blinzeln. Das wirkte meistens ziemlich einschüchternd. »Ich weiß, Sie sind ein Mann von Integrität«, fuhr er fort. »Und es wäre auch eine ziemlich schlechte Idee, mein Vertrauen zu missbrauchen …«

»Sparen Sie sich Ihre Drohungen«, erklärte der Hüne ruhig. »Die verschleierten ebenso wie die direkten. Sie müssen sich keine Sorgen machen. Ich nehme meine Verantwortlichkeiten in dieser Hinsicht äußerst ernst. Wie ich Ihnen sagte – Ihre Informationen sind bei mir sicher.«

Desh wusste, er hatte keine andere Wahl – er musste diesem Hacker in Übergröße einfach vertrauen. Noch eine Weile starrte er ihn an, dann gab er sich einen Ruck und berichtete von Kira Millers Zeit bei NeuroCure und den Ereignissen, die sich vor einem Jahr zugetragen hatten. Griffin machte sich Notizen auf einem großen Block. Die terroristischen Verbindungen und die Schweizer Nummernkonten behielt Desh für sich. Er schloss seinen Bericht mit der Spur, die am Flughafen von Cincinnati endete.

Als Desh am Ende angekommen war, pfiff Griffin durch die Zähne. »Faszinierend«, bemerkte er. »Und sehr beunruhigend.«

Es gefiel Desh, dass Griffin überhaupt keine Fragen darüber stellte, warum Desh es auf sich genommen hatte, nach einer

Psychopathin zu forschen, die von den Behörden für den brutalen Mord an mehreren Unschuldigen gesucht wurde.

»Der Punkt, an dem ich beginnen möchte«, erklärte Desh, »ist der: Ich will wissen, welche wissenschaftlichen Zeitschriften diese Kira Miller vor einem Jahr abonniert hatte. Dabei bin ich an keinen Magazinen interessiert, die sie sich an den Arbeitsplatz schicken ließ. Ich brauche die Zeitschriften, die an ihre Privatadresse gegangen sind.«

»Haben Sie eine Liste der wissenschaftlichen Magazine, die in Frage kommen?«

»Ich fürchte nein. Unglücklicherweise habe ich bei einer eigenen Onlinerecherche entdeckt, dass es Hunderte von wissenschaftlichen Journalen in Millers Fachgebieten gibt.«

Der Hüne runzelte die Stirn. »Dann kann es sein, dass die Suche eine nicht unerhebliche Zeit in Anspruch nimmt. Wenn Sie mir den Namen eines Magazins nennen können, kann ich Ihnen sagen, ob sie es abonniert hatte. Aber es gibt leider keine Möglichkeit, mit ihrer Adresse zu beginnen und eine Rückwärtssuche nach den Magazinen zu starten.« Er hob die Augenbrauen. »Es sei denn, natürlich, Sie sind bereit, mit Sozialtechnik zu arbeiten.«

Desh war mit diesem beschönigenden Begriff aus der Hackerszene vertraut. »Sie meinen, sich die Informationen von Menschen zu holen, nicht von Computern.«

»Exakt. Hacking ist nicht nur der Einsatz von Computern. Die besten Hacker sind diejenigen, die auch am kompetentesten darin sind, sich Informationen von Menschen zu beschaffen, die immerhin das schwächste Glied in der Informationskette sind.«

Desh betrachtete Griffin interessiert. »Okay«, meinte er. »Ich spiele mit.«

»Großartig«, strahlte Griffin. Er drehte seinen Stuhl in Richtung der Bildschirme. Seine Finger flogen über die Tastatur. Er rief eine Internetseite nach der anderen auf. Desh schaute ihm über die Schulter. Das Quartett der teuren, miteinander verbundenen Computer arbeitete mit blitzartiger Geschwindigkeit, und Griffins Internetverbindung war die beste, die man für Geld kaufen konnte.

Von den speziellen Verbesserungen durch seine eigene Hand einmal ganz abgesehen. Das Endergebnis war, dass die Internetseiten voller Daten und Bilder und Grafiken auf dem riesigen Monitor rascher auftauchten, als man ihnen mit dem Auge folgen konnte.

Griffin scrollte durch verschachtelte Menüs und klickte schneller auf spezielle Optionen, als Desh sie auch nur halbwegs lesen konnte. Wenige Augenblicke später befand der Hacker sich schon viele Ebenen tief in den internen Dateien der Washingtoner Polizei.

»Es überrascht mich, wie leicht man in ein polizeiliches Sicherheitssystem eindringen kann«, murmelte Desh.

Griffin schüttelte den Kopf. »Das können Sie nicht«, erklärte er. »Ihre Firewalls und Sicherheitssysteme sind auf dem neuesten Stand der Technik. Aber ich habe letztes Jahr einen Weg hineingefunden und dabei die Möglichkeit eines Backdoor-Zugriffs eingerichtet, damit ich jederzeit zurückkehren kann, wenn ich weitere Informationen benötige. Außerdem kann ich das System der Polizei in Washington auch nutzen, um die Computer der Polizeibehörde in San Diego nach den Ergebnissen der Ermittlungen im Mordfall Larry Lusetti zu durchsuchen.« Noch immer rief Griffin ständig neue Seiten auf. Kurz darauf hatte er die Akte, die er gesucht hatte. Rasch überflog er sie und hielt zwischendurch mehrfach inne, um sich ein paar Namen, eine Telefonnummer und ein Datum auf seinen Block zu kritzeln.

Der Hüne nahm einen tiefen Atemzug. »Ich glaube, ich bin bereit.« Er nahm das Telefon und rief die Nummer an, die er aufgeschrieben hatte. Es antwortete eine Frau namens Jill, doch innerhalb einer Minute hatte er Roger Tripp am Telefon, den Postboten, der seit vielen Jahren die Post in dem Bereich austrug, in dem auch Millers Eigentumswohnung lag.

»Hallo, Mister Tripp«, sagte Griffin. »Haben Sie eine Minute Zeit?«

»Nun … Eigentlich wollte ich gerade mit dem Austragen beginnen«, antwortete der widerstrebend. »Worum geht es denn? Jill hat gesagt, Sie sind von der Polizei?«

»Das ist richtig, Sir. Ich bin Detective Bob Garcia.« Griffin warf einen schnellen Blick auf den Block. »Ich arbeite mit Detective Marty Fershtman zusammen. Sie erinnern sich vielleicht, dass Detective Fershtman Sie am 28. September des letzten Jahres zu einer gewissen Kira Miller befragt hat. Es ging dabei um Ermittlungen in einem Mordfall.«

»Ich erinnere mich«, bestätigte Tripp, noch immer misstrauisch.

»Großartig. Das dauert wirklich nur eine Minute. Wir haben unsere Ermittlungen fortgeführt, und dabei ist eine weitere Frage aufgetaucht, von der wir hoffen, dass Sie uns helfen können, sie zu beantworten.«

»Ich werde es versuchen«, versprach der Postbeamte.

»Hervorragend. Können Sie sich vielleicht an die Namen von Zeitschriften erinnern, die Sie an Dr. Miller ausgeliefert haben? Um genau zu sein, geht es um wissenschaftliche Magazine. Sie wissen, was ich meine?«

»Ich glaube schon«, erwiderte Tripp, der nicht die geringste Neugier zeigte, warum die Polizei sich für diese Art von Informationen interessierte. »Sie waren schon ziemlich auffällig, wissen Sie? Weil sie eben so selten in der Post sind. Und das war weiß Gott keine leichte Lektüre. Lassen Sie mich überlegen.« Er schwieg eine Weile, um die Magazine vor seinem geistigen Auge zu visualisieren. »*Human Brain Mapping* – daran erinnere ich mich am besten. Und dann .... ähm ... das *Journal of Cognitive Neuroscience.* Entweder war das der Name, oder etwas, das ziemlich ähnlich klang. Und dann war da noch ... ähm ... ja, das *Journal of Applied Gerontology.* Ich möchte jetzt nicht meinen Kopf darauf verwetten, dass es die exakten Titel waren, aber ich bin mir schon ziemlich sicher.«

Griffin hatte eifrig mitgeschrieben. Er zwinkerte Desh zu, dann dankte er Tripp und beendete das Telefonat.

»Bemerkenswert«, kommentierte Desh, seine Stimme voller Respekt. Zwar hatte er seine Suche nach Kira Miller damit beginnen wollen, dass er die wissenschaftlichen Magazine identifizierte, die sie unbedingt für ihre Arbeit brauchte, aber er war sich alles andere als sicher gewesen, ob ihm dies gelingen konnte. Griffin allerdings hatte die Titel sofort herausgefunden, ohne sich dafür auch nur anstrengen zu müssen.

»Ziemlich effektiv, finden Sie nicht auch? Sofern Sie die Computerfähigkeiten besitzen, sich Informationen besorgen zu können, die sofort eine gewisse Glaubwürdigkeit begründen, liegt Ihnen die Welt zu Füßen. Und was könnte glaubwürdiger sein als der Name des Polizisten, der Tripp befragt hat? Sobald Sie eine lautere Absicht dargelegt haben, erzählen die meisten Leute Ihnen so gut wie alles.«

»Das sieht ganz danach aus«, erwiderte Desh amüsiert. »Herzlichen Dank für diese interessante Demonstration.«

»Keine Ursache«, grinste Griffin. »Und jetzt weiter?«

»Können Sie sich in die Abonnentendatenbanken dieser Magazine hacken?«

»Ich versuche, mich nicht dadurch beleidigt zu fühlen, dass Sie das als Frage formuliert haben«, bemerkte Griffin. »Ebenso gut könnten Sie Mozart fragen, ob er den Flohwalzer spielen kann. Das ist doch der Grund, aus dem Sie mir so viel Geld bezahlen.« Und schon war er wieder mit olympiaverdächtiger Geschwindigkeit in den ganzen Symbolen und Menüs unterwegs.

»Sobald Sie Zugriff haben … ähm, Amadeus«, erklärte Desh, »möchte ich mich auf diejenigen konzentrieren, die vor neun bis zwölf Monaten Onlineabos für alle drei Zeitschriften erworben haben, oder auch nur für zwei davon. Die Chancen stehen gut, dass Kira Miller dabei ist.«

»Das kann eine Weile dauern«, warnte Griffin. Er stand auf, ging die paar Schritte in seine kleine Küche, hob mühelos einen der beiden schweren Korbstühle auf, die um den Küchentisch herum standen, und stellte ihn neben seinen Schreibtischstuhl. Desh wusste das zu schätzen und setzte sich. Er beobachtete Griffin, der mit nahezu übermenschlichem Geschick mit zahlreichen Bildschirmen und Programmen hantierte.

Etwa eine Stunde später war es ihm endlich gelungen, sich in die Systeme der Zeitschriften einzuhacken, doch die nachfolgende Analyse der Abonnentendatenbanken erwies sich als fruchtlos.

Nicht eine einzige Person hatte im vergangenen Jahr mehr als eines dieser Journale abonniert, weder online noch per Post.

»Vielleicht hat sie festgestellt, dass sie auch ohne diese Magazine leben kann, während sie untergetaucht ist«, deutete Griffin an.

Desh schürzte die Lippen, voll konzentriert. Seine beste Chance, Miller zu finden, war die, davon auszugehen, dass sie keine Fehler machte. »Okay, Matt«, erklärte er, »lassen Sie uns ein gedankliches Experiment versuchen. Gehen wir einmal davon aus, diese Frau besitzt Ihre Fähigkeiten beim Umgang mit Computern.«

Dieser Gedanke schien Griffin zu amüsieren. »Meine Fähigkeiten? Meine Vorstellungskraft mag zwar extraordinär sein, aber an eine solche Möglichkeit reicht sie kaum heran.« Er zwinkerte Desh zu.

Extraordinär … Wieder so ein Begriff; wo andere simple Adjektive wie *groß* gewählt hätten. »Ich will Ihre Vorstellungskraft nicht überbeanspruchen, Matt«, entgegnete er. »Ich mache es Ihnen einfach. Stellen Sie sich vor, Sie sind auf der Flucht. Und Sie wissen, dass Computerexperten überall nach Spuren von Ihnen suchen, um Sie zu finden. Würden Sie auf den Gedanken kommen, dass man versucht, Sie über Ihre Onlineabos zu finden, so wie wir das gerade getan haben?«

»Auf jeden Fall«, kam sofort die Antwort.

»Und was würden Sie tun, wenn Sie diese Magazine unbedingt brauchen?«

Griffin dachte kurz nach. »Mit Weiterleitungen arbeiten«, antwortete er. »Ich würde die Firewalls durchbrechen und mir eine riesige Anzahl an Computern auf der ganzen Welt sichern, die mit dem Internet verbunden sind. Diese setze ich dann als Relais ein. Dadurch werden die Onlinemagazine, wenn sie ankommen, erst einmal über ein kompliziertes Netz aus diesen Rechnern weitergeleitet, bevor sie mich erreichen. Mit einer ausreichenden Anzahl an Relais hinterlasse ich nahezu keine Spur, die zu mir zurückverfolgt werden kann.«

Desh überlegte. »Und was wäre, wenn Sie den ganzen Leuten, die nach Ihnen forschen, nicht einmal die Befriedigung verschaffen wollten zu erfahren, dass Sie irgendwo da draußen sind und diese

Magazine online beziehen? Selbst wenn Sie dafür sorgen könnten, dass man Sie nicht aufspüren kann – vielleicht wollen Sie ja, dass alle denken, Sie sind komplett verschwunden oder sogar tot.«

Wieder antwortete Griffin sehr schnell. »In diesem Fall würde ich mich bei den Zeitschriften einhacken und ein Abonnement stehlen. Dann existiert in der Abonnentendatenbank keine Aufzeichnung, die irgendwelche Experten finden könnten.« Nach einer kurzen Weile fügte er hinzu: »Außerdem müsste ich dann nicht einmal für den Zeitschriftenbezug bezahlen. Wenn ich so darüber nachdenke, ist dies ohnehin der beste Grund dafür, so vorzugehen.«

»Um Geld zu sparen?«

»Nein. Um eine Identität zu sparen.«

Deshs Augen verengten sich, als ihm die Bedeutung dessen klar wurde, was Griffin gerade gesagt hatte. »Ich verstehe. Der einzige Weg, für ein solches Abo zu bezahlen, ist natürlich eine Kreditkarte.«

»Exakt«, nickte der Hüne. »Wenn also diejenigen, die nach Ihnen suchen, diesen Kauf aufdecken, ist auf jeden Fall die falsche Identität aufgeflogen, selbst wenn man Sie selbst nicht aufspüren kann.«

»Okay. Gehen wir einmal davon aus, sie hat tatsächlich Abonnements gestohlen. Könnten Sie einen solchen Diebstahl nachverfolgen?«

Griffin blickte zur Decke, als er sich die verschiedenen Facetten dieses Problems durch den Kopf gehen ließ. »Ich denke schon«, meinte er schließlich.

»Nun kommen Sie schon, Matt«, schimpfte Desh. »Jemand mit Ihrem außerordentlichen Talent? Das sollte Sie doch nur ein Fingerschnippen kosten.«

»Ich nehme das jetzt einmal als Herausforderung«, sagte Griffin.

»Gut«, bemerkte Desh, Entschlossenheit im Blick. »Genauso hatte ich das auch gemeint.«

7

Etwa eine Stunde lang arbeitete Matt Griffin an diesem Problem. Desh schaute geduldig zu. Als es Mittag wurde, schlug er vor, etwas zu essen zu besorgen, ein Angebot, das Griffin gerne annahm. Fünfunddreißig Minuten später war Desh zurück, mit einer Papiertüte voller weißer Pappbehälter mit verschiedenen chinesischen Spezialitäten zum Mitnehmen.

Griffin öffnete ihm die Tür mit einem selbstzufriedenen Grinsen. »Ich habe es geschafft!«, verkündete er triumphierend.

»Fantastisch!«, freute sich Desh, übergab ihm die Tüte und schloss die Tür hinter sich. »Was haben Sie gefunden?«

»Sie hatten recht mit Ihrer Einschätzung – diese Kira Miller ist gut. Sie ist sogar sehr gut.«

Griffin setzte sich in seinen Drehstuhl und stellte die Tüte mit dem Essen neben sich ab. »Wenn ihr Fachgebiet tatsächlich Biologie ist, statt Computer, hat sie den Preis als Anfänger des Jahres verdient.«

Mit einer Hand hob Desh den Korbstuhl hoch und stellte ihn so auf, dass er Griffin ins Gesicht sehen konnte. Er beobachte den Hünen aufmerksam.

Dieser fuhr fort: »Es stellte sich heraus, dass alle drei Magazine eine ganze Reihe von … ähm … nun, nennen wir sie einfach einmal Abonnenten mit Rabatt haben, von denen sie nichts wissen. Ich muss sagen, angesichts der Natur dieser Zeitschriften überrascht mich das.«

»Sie sind davon ausgegangen, dass die Leser solch wissenschaftlicher Journale sich nicht mit Bagatelldiebstählen abgeben?«

Griffin nickte.

»Mich überrascht inzwischen gar nichts mehr«, sagte Desh zynisch. »Und wie haben Sie unter diesen Dieben die richtige Person gefunden?«, drängte er dann, bevor die Diskussion abschweifen konnte.

»Zwei der Magazine wurden über dieselbe E-Mail-Adresse abgeschöpft wie vor etwa zehn Monaten. Keine anderen gestohlenen Abonnements wiesen dieselbe Signatur auf.«

»Gute Arbeit«, bemerkte Desh anerkennend. »Und jetzt zur schlechten Nachricht.«

»Weshalb glauben Sie, dass es eine schlechte Nachricht gibt?«

»Weil die Sache so einfach ganz gewiss nicht sein kann.«

Griffin lächelte. »Sie haben recht. Es ist eine Sackgasse. Sie geht weit ausgeklügelter vor, als ich vermutet hatte. Die Onlinemagazine werden durch ein undurchdringliches Labyrinth an Rechnern geleitet. Selbst jemand, der besser ist als ich«, er grinste, »falls es eine solche Person überhaupt gibt, natürlich, kann diese Relais nicht alle nachverfolgen, um Millers Computer zu finden.«

Desh runzelte die Stirn. »Wenigstens wissen wir jetzt, dass sie noch am Leben ist.«

»Und sich noch immer über die neuesten Forschungsergebnisse informiert«, ergänzte Griffin.

Desh deutete auf das Essen. »Schlagen Sie zu«, meinte er.

Griffin holte Plastikgabeln und mit einem fröhlichen Blumenmuster in Gelb und Orange geschmückte Pappteller in einer Größe aus der Küche, wie Desh sie vorher noch nie gesehen hatte. Der Hüne reichte Desh einen Teller samt Gabel und kippte sich dann zwei volle Container Hühnchen in Cashew-Soße auf seinen eigenen, zusammen mit einem Container Reis. Desh tat sich zu seinem Reis einen halben Container Hühnchen mit Broccoli auf und stocherte darin herum. Der Hüne hingegen schaufelte das Essen so schnell in sich hinein, wie er im Internet navigiert hatte.

»Sie haben hervorragend gearbeitet, Matt«, lobte Desh. »Wir sind weit schneller vorangekommen, als ich erwartet hatte. Aber das Ergebnis ist genau das, wovon ich ausgegangen bin.«

»Haben Sie irgendwelche Ideen, wie wir weiter vorgehen können?«

Desh nickte nachdenklich. »Ja, die habe ich. Wir können Miller wegen all der Weiterleitungen nicht aufspüren. Aber können wir die Relais nutzen, um sie zu kontaktieren?«

Griffin hob die Augenbrauen. »Ein interessanter Gedanke.«

»Nun?«, drängte Desh.

»Natürlich, das geht ganz einfach. Sagen Sie mir einfach, was ich ihr übermitteln soll, und ich sende es«, bot Griffin an.

Desh hob die Hand. »Noch nicht. Ich möchte sie zuerst anpingen und ihr eine Tracking-Software senden, die sie natürlich sofort entdeckt und deaktiviert.«

»Zu welchem Zweck?«

»Damit sie weiß, da draußen ist jemand, der sie genau in diesem Versteck sucht.«

»Sind Sie sicher, dass das eine gute Idee ist? Dadurch ist sie gewarnt. Außerdem muss sie dann versuchen, so viel wie möglich über denjenigen herauszufinden, der sie verfolgt. Wenn ich diese Frau wäre, würde ich den Ping sofort zu uns zurückverfolgen.«

Desh lächelte. »Und genau darauf baue ich.« Er stand auf und holte sein Laptop. »Ich möchte, dass Sie alles auf meinem Laptop vorbereiten, damit sie den Ping, wenn sie versucht, die Quelle zu finden, zu meinem Laptop nachverfolgt.« Er hielt inne. »Das bringt natürlich nur dann etwas, wenn sie nicht ohnehin schon längst weiß, wer ich bin und dass ich hinter ihr her bin. Was ich nicht ausschließen kann. Installieren Sie mir einfach Software, die jedes Eindringen überwacht und so viel wie möglich über dessen Quelle aufzeichnet. Außerdem möchte ich, dass Sie einen Tracker anbringen. Wenn sie tatsächlich in mein System eindringt, kann ich mich anhängen und den Brotkrumen zurück zu ihr folgen, wie Hänsel und Gretel.«

»Genau das wird sie erwarten. Ich schlage vor, dass ich einen offensichtlichen Tracker setze, den sie finden soll, und dann ein subtileres Programm zur Nachverfolgung installiere. Allerdings vermute ich, dass sie unser Ablenkungsmanöver durchschauen wird.« Griffin zuckte mit den Schultern. »Einen Versuch ist es immerhin wert.«

Desh ging ebenfalls nicht davon aus, dass die Tracking-Software ein Ergebnis bringen konnte. Das war eigentlich auch nicht sein Plan. Was er Griffin bewusst nicht mitgeteilt hatte, war, dass er vorhatte, auf seinem Computer Informationen einzubetten, die Kira Miller finden sollte und aus denen hervorging, dass er kurz davor stand, sie aufzuspüren. Vielleicht konnte er sie dadurch unter Zugzwang setzen. Wenn er sie tatsächlich davon überzeugte, dass er bei seiner Verfolgung geschickt genug war, eine echte Gefahr für sie darzustellen, schluckte sie den Köder womöglich und begab sich auf die Suche nach ihm. Das war die beste Strategie, die er im Laufe seiner fünfstündigen Fahrt zurück nach Washington hatte entwickeln können. Wenn der Berg nicht zum Propheten kommt …

Desh überreichte Griffin sein Laptop und schaute zu, als der Hüne wieder seine Magie einsetzte, Software herunterlud und Fallen in seinem System anbrachte.

Nach etwa zehn Minuten zeigte sein Gesicht einen beunruhigten Ausdruck. Er warf Desh einen kurzen Blick zu, sagte jedoch nichts, sondern arbeitete noch eine Weile mit Maus und Tastatur weiter. Endlich stellte er seine Arbeit ein und schaute Desh an, mit Sorge in den Augen. »Ich fürchte, Ihr Plan wird nicht funktionieren«, sagte er grimmig.

Verwirrt legte Desh den Kopf schief. »Wieso nicht?«

»Weil Sie recht hatten. Sie weiß bereits, dass Sie hinter ihr her sind.«

»Und wie in aller Welt haben Sie das herausgefunden?«

»Weil ich gesehen habe, dass Sie sich bereits auf Ihrem Computer umgesehen hat«, erklärte Griffin. »Und zwar letzte Nacht.«

Deshs Magen verkrampfte sich. »Und da sind Sie sicher?«

»Ich fürchte ja. Ich habe es zweimal überprüft. Sie hat die Firewall überwunden und ist in Ihr System eingedrungen. Dort hat sie alles heruntergeladen, was sie brauchte.«

»Was meinen Sie mit ›alles‹?«

»Ich meine damit alles, wirklich alles. Sie hat alles kopiert, Ihre Festplatte, Ihre E-Mail-Protokolle – alles.« Griffin schaute zurück zum Computerbildschirm und schüttelte ungläubig den Kopf. »Womöglich ist sie wirklich ebenso gut wie ich«, erklärte er, mit einer kleinen Spur Bewunderung in der Stimme.

8

Matt Griffin suchte stundenlang auf Deshs Laptop nach Spuren, ohne am Ende auch nur eine einzige gefunden zu haben. Kira Miller hatte für diesen Diebstahl sozusagen computertechnische Handschuhe getragen und keine Fingerabdrücke oder DNS zurückgelassen, die ihnen einen Hinweis hätten geben können.

Griffin entdeckte allerdings, dass sie sich einen Backdoor-Zugang angelegt hatte. So konnte sie jederzeit ohne Mühe wieder in das Allerheiligste des Laptops eindringen und sich weitere, neue Daten holen – und zwar unabhängig von einer zwischenzeitlich womöglich verbesserten Sicherheit.

Connellys Verdacht war also tatsächlich begründet – es gab eine undichte Stelle bei USASOC. Groß genug, um einen ganzen Supertanker passieren zu lassen. Ob dahinter ein interner Verräter steckte oder sie sich anderer Methoden bediente, war unklar. Aber jedenfalls war die undichte Stelle die einzige Erklärung dafür, dass Kira Miller von der Beauftragung Deshs praktisch schon vor ihm gewusst hatte. Sie war ihm bereits zu einem Zeitpunkt einen Schritt voraus gewesen, als er noch gar keinen Schritt gemacht hatte. Das war äußerst beunruhigend. Hätte Griffin nicht versucht, eine hochentwickelte Tracking-Software auf seinem Laptop zu installieren, hätte Desh nicht einmal gewusst, dass das Gerät bereits gehackt worden war.

Ebenso musste Kira Miller auch die Computer all seiner Vorgänger durchschnüffelt haben. Nur hatten die das niemals entdeckt. Hätten sie es bemerkt, hätte Connelly ihn gewarnt. Nachdem Miller freien Zugang zu ihren Rechnern gehabt hatte, war es kein Wunder, dass sie sie nicht hatten finden können. Es war nicht sehr schwer, einem Verfolger auszuweichen, der, und zwar buchstäblich, jede seiner Bewegungen vorher bekanntgab.

Beinahe hätte Miller auch Desh mit heruntergelassenen Hosen erwischt. Aber er hatte Glück gehabt. Nach dieser Entdeckung spielte es ihm direkt in die Hände, dass sie in sein Laptop eingedrungen war. Er hatte sie zu seinem Computer führen und falsche Informationen als Köder auslegen wollen. Jetzt allerdings hatte er die perfekte Leitung direkt zu ihr bereits in der Hand – und zwar eine, die in Millers Augen über jeden Verdacht erhaben war. Deshalb gab er Griffin die Anweisung, den Backdoor-Zugang nicht anzurühren.

Nun konnte Desh, während er weiter nach ihr suchte, genau planen, wie er seine Falle bestücken wollte. Er wusste, er musste geduldig sein. Dass er ihr bereits nach ein oder zwei Tagen auf der Spur war, würde sie niemals glauben. Also musste er ein wenig länger warten. Und je mehr Fortschritte er erzielen konnte, bevor er seine Falle vorbereitete, desto besser. Je mehr Hinweise er fand, desto überzeugender konnte er die falschen Informationen gestalten.

Desh kehrte in seine Hochhauswohnung im Herzen Washingtons zurück. Entschieden hatte er sich für diese Wohnung vor allem wegen ihrer Lage und des hervorragenden Fitnesscenters im Haus. Sein tägliches Training war zwar längst nicht mit dem zu vergleichen, das er während seiner Zeit bei den Spezialkräften absolviert hatte, sorgte aber zumindest dafür, dass er sich in ausgezeichneter Form befand.

Die Wohnung war zwar vornehm, allerdings ziemlich beengt. Nicht dass ihn das störte. Er war Single, brauchte also ohnehin nicht viel Platz, und der Personenschutz verlangte es außerdem, dass er häufig auf Reisen war. Geld zu sparen, während er Pläne für den neuen Kurs schmiedete, den sein Leben nehmen sollte, war ihm wichtiger als ein paar Quadratmeter mehr. Seine Wohnung war ordentlich, aber er war zu beschäftigt und zu betäubt gewesen, um ihr seinen persönlichen Stempel aufzudrücken. Sein Kunstgeschmack war sehr vielseitig. Er liebte die unmöglichen, die Realität verbiegenden Konstruktionen von Escher ebenso wie den Surrealismus von Dalí oder die abgeklärten impressionistischen Werke von Monet. Aber die gerahmten Reproduktionen seiner Lieblingswerke lagerten noch immer, in braunes Papier eingewickelt, in seinem Kleiderschrank. Es war ein deutliches Zeichen, wie sehr ihm der Antrieb fehlte und wie sehr er bereits in echte Depressionen verfallen war. Noch verräterischer war die Tatsache, dass sich all seine Bücher noch in ihren Kisten befanden. Und er liebte Bücher mehr als alles andere, hatte im Laufe der Zeit viele Tausende gesammelt und sich früher immer sehr daran gefreut, von Regalbrett über Regalbrett an Schmökern umgeben zu sein.

Connelly hatte ihn gleich durchschaut. Schon vor der Sache im Iran hatte Desh in Erwägung gezogen, die militärische Laufbahn zu verlassen – und mit dieser Entscheidung schwer gekämpft. Auf der einen Seite konnte er die Freundschaft und Kameraderie in seiner Delta-Truppe und die Bedeutung seiner Arbeit nicht hoch genug schätzen. Was er machte, hatte Abertausende von Unschuldigen vor schrecklichem Leid und dem Tod durch ABC-Bomben, Nervengas, entgleisende Züge und andere Grausamkeiten bewahrt. Darunter waren auch Kinder, die in manchen Fällen sogar die speziellen Ziele geplanter Angriffe boten, so gewissenlos das auch war. Viele Leute im Westen lebten in seliger Unwissenheit und ahnten nichts davon, dass die Zukunft der fortschrittlichen Gesellschaft alles andere als gesichert war. Desh war immer an vorderster Front gewesen und hatte mit eigenen Augen den Fanatismus gesehen, der drohte, die Uhren der Welt tausend Jahre oder mehr zurückzudrehen. Er hatte mitgeholfen, eine unbeugsame und zerstörerische Ideologie zu bekämpfen. Eine Ideologie, die wie ein Feuer durch die gesamte Welt zog und die Zivilisation verschlingen würde, wenn man sie nicht besiegte.

Auf der anderen Seite hatte er aber auch davon geträumt, sich eines Tages irgendwo häuslich niederzulassen. Eine Familie zu gründen. Vater zu werden. Und solang er bei den Spezialkräften war, kam das nicht in Frage. Er war ständig unterwegs, wurde ins Ausland geschickt, auf Missionen, über die er mit niemandem sprechen durfte. Auch nicht mit einer potenziellen Ehefrau. Verheiratet zu sein bedeutete, dass zwei Menschen ihr Leben miteinander teilten. Aber solang er bei Delta blieb, konnte er seinen Teil dieser gegenseitigen Absprache nicht erfüllen. Und wenn er Kinder hätte, würden sie sich jedes Mal, wenn er aufbrach, fragen, ob dies vielleicht die Mission war, von der Dad nicht zurückkehren würde. Oder höchstens im Leichensack. Zerstückelt, verbrannt. Und dann wären seine Kinder vaterlos. Was für ein Leben wäre das für sie? Die Antwort war – überhaupt kein Leben. Deshalb hatte er sich bislang geweigert, eine Familie auch nur in Betracht zu ziehen.

Aber jetzt hatte er keine Ausrede mehr dafür, den Gedanken an eine Ehefrau oder eine Familie nicht zu verfolgen. Er war nicht länger beim Militär. Und schon bald würde er sich nicht einmal mehr mit etwas befassen, das so gefährlich war wie der Personenschutz bei Führungskräften und anderen hochgestellten Personen. Er hatte lang genug in Selbstmitleid gebadet. Desh gab sich selbst ein Versprechen: Sobald er diesen letzten Auftrag erledigt hatte, wollte er versuchen, das zu überwinden, was im Iran passiert war, und ein neues Leben beginnen.

Er wühlte in seinem fast leeren Kühlschrank und fand gerade noch genug Reste, um ein Abendessen zu zaubern. Dann verbrachte er viele Stunden damit, den Inhalt seines Laptops und die Vielzahl an E-Mails durchzusehen. Er musste genau wissen, auf welche Daten Kira Miller Zugriff hatte.

Am Ende setzte er sich mit der Akte über sein Jagdobjekt im Wohnzimmer in einen bequemen Sessel und las das Dossier erneut. Er wusste, bevor das alles vorbei war, würde er die Akte sicherlich noch Dutzende Male lesen. Jedes Mal erfuhr er mehr über Miller, konnte das gesamte Material unter einem etwas anderen Blickwinkel betrachten und neue Einblicke gewinnen.

Deshs Handy vibrierte, ein unwillkommenes Eindringen in seine Gedanken. Er griff in die Tasche, zog es hervor und schaute auf das Display. Es war eine SMS von Matt Griffin:

entscheidende entdeckung. wichtig. kommen sie sofort. kein anruf. pc, wände, handys – alle haben ohren

Innerhalb von Sekunden versetzte diese Nachricht Desh in Alarmbereitschaft. Griffin hatte etwas Wichtiges gefunden. Gab es Grund zur Annahme, dass Kira in mehr als nur Deshs Computer eingedrungen war? Vielleicht war Griffin übervorsichtig, vielleicht auch nicht. Desh gefiel es, dass er lieber auf Nummer sicher ging. Ihm war der freundliche Hacker von Anfang an sympathisch gewesen, und der Mann hatte bereits bewiesen, dass sein guter Ruf wohlverdient war.

Jetzt wurde es Zeit herauszufinden, ob dieser Computerexperte sein hohes Honorar tatsächlich wert war.

Desh bewaffnete sich wie üblich, zog ein Oxford-Hemd und eine Windjacke an und machte sich auf den Weg zu Griffin. Seine Gedanken rasten dabei fast so schnell wie sein gepanzerter Suburban. Es war nicht viel Verkehr. Trotzdem hätte die Fahrt eigentlich fünfundvierzig Minuten dauern sollen. Er schaffte es in etwas über dreißig.

Als er den kurzen, muffigen Flur zu Griffins Wohnung entlangmarschierte, flatterte Deshs Magen. Er konnte es kaum erwarten zu erfahren, was der Hüne herausgefunden hatte. Er eilte an Türen vorbei und war endlich bei der mit der Nummer 14 D angekommen. Er klopfte einmal und wartete. Dabei stellte er sich direkt vor dem Spion auf, damit Griffin ihn rasch identifizieren konnte.

Statt dass er, wie beim letzten Mal, das Klirren und Klicken von Kette und Riegel hörte, drehte sich plötzlich der Türknauf. Die vielen Jahre seiner Einsätze hatten sein Unterbewusstsein darin geschult, auf Unerwartetes zu reagieren, und sei es eine Kleinigkeit, lang bevor sein Bewusstsein es verarbeiten konnte. Er befand sich sofort im absoluten Alarmzustand, noch bevor die Tür sich öffnete und eine Frau zu sehen war, eine Waffe auf ihn gerichtet.

Er hatte mit etwas gerechnet, ohne zu wissen, womit genau, und sich bereits vorwärtsbewegt. Desh wollte ihr mit dem rechten Arm die Waffe aus der Hand schlagen und warf sich gleichzeitig seitwärts. Doch noch in der Bewegung erkannte er, die Frau hatte genau das vorausgesehen und war rasch zurückgewichen. Sie feuerte die Waffe ab, während sie zurücktrat, doch trotz ihres schnellen Zurückweichens war sie gezwungen, den Arm zur Seite zu reißen, um Deshs massivem Schlag zu entgehen.

Hätten in der Waffe normale Patronen gesteckt, Desh hätte den Auftakt für sich entscheiden können. Trotz ihrer schnellen Reaktion und ihrer perfekten Reflexe hatte er ihr das Ziel so verrissen, dass der Schuss nur sein Bein traf. Selbst mit einer solchen Verletzung hätte er sich noch immer sofort auf einen Angreifer stürzen und ihn überwältigen können.

Aber sie feuerte keine Munition ab – sie feuerte Strom.

Bei einem Elektroschocker war der Treffer im Bein ebenso wirksam wie einer in Brusthöhe. Anstelle von Kugeln flogen zwei Elektrodenpfeile aus ihrer Waffe, die wie Klettband an Deshs Hose haften blieben und umgehend ihre massive elektrische Ladung freigaben. Die Elektrizität überwältigte die winzigen elektrischen Signale, die sein Gehirn an seine Muskeln sandte, um sie zu kontrollieren. Durchgeschüttelt von Zuckungen, brach er auf dem Boden zusammen, orientierungslos und gelähmt.

Schon in dem Augenblick, in dem die Angreiferin hinter der Tür zum Vorschein gekommen war, hatte er gewusst, das konnte nur eine einzige Person sein – Kira Miller.

Vage wurde ihm in seinem benebelten Hirn bewusst, dass er auf dem Boden lag, absolut hilflos, während sich eine der gefährlichsten Frauen der ganzen Welt über ihn beugte.

TEIL ZWEI

Begegnung

9

Schwach hatte Desh das Gefühl, dass seine Gliedmaßen und sein Torso in eine andere Position gebracht wurden und jemand seinen Körper ein paar Meter über den Boden schleifte, wie einen Zementsack. Dann hörte er, wie die Wohnungstür leise geschlossen wurde. Aus dem Augenwinkel heraus konnte er Kira Miller sehen. Sie hielt eine große schwarze Reisetasche in der Hand, in der sich drei Fächer mit Reißverschluss befanden. Ihre Haare waren jetzt länger, als sie es auf dem Bild gewesen waren, das er gesehen hatte, und sie hatte sie blond gefärbt. Sie trug unförmige Kleidung, die ihr viel zu groß war und dafür sorgte, dass sie mindestens fünf Kilo fülliger wirkte, und eine Brille mit Metallrahmen. Sogar in seinem benommenen Zustand war er von ihrer Verkleidung beeindruckt, die ebenso einfach wie effektiv war. Sofern man keine Gründe hatte zu vermuten, dass diese Frau Kira Miller war, hätte man sie in einer Menschenmenge nur mit großer Mühe erkannt.

Matt Griffin, wie Desh jetzt sehen konnte, lag als unbeweglicher Berg auf dem Teppichboden, etwa einen Meter entfernt. Er war bewusstlos. Oder Schlimmeres.

Miller wusste, dass Deshs Betäubung höchstens fünf Minuten anhalten konnte, und verschwendete keine Zeit. Mit einer Geschwindigkeit, die einem Versuch alle Ehre gemacht hätte, ins Guinness-Buch der Rekorde zu kommen, zog sie ihm Windjacke und Uhr aus und durchsuchte ihn. Dabei ließ sie keinen Zentimeter aus. Die beiden Waffen und die Messer hatte sie sofort gefunden und ihn davon befreit, ebenso von seinem Schulterholster.

Nachdem sie das erledigt hatte, zog Kira Miller eine Stoffschere aus Edelstahl aus der Reisetasche und schnitt in Windeseile durch Deshs Hemd und Unterhemd. Beide Kleidungsstücke warf sie beiseite und holte ein großes graues Sweatshirt aus der Tasche, das sie ihm überstreifte, als wäre er ein kleines Kind. Sie ging dabei geschickt, aber nicht sanft vor. Dann zog sie eine Reihe dünner weißer Plastikstreifen heraus, zwischen sechzig Zentimeter und eins zwanzig lang.

Desh erkannte die Streifen sofort – es waren Kunststoffhandschellen. Genaugenommen waren es riesige Kabelbinder, die man nur entfernen konnte, wenn jemand das gehärtete, spritzgegossene Nylon durchschnitt – eine erstaunlich schwierige Aufgabe.

Sie zog Deshs Arm zur Seite, soweit es ging, legte einen der Kunststoffstreifen um sein Handgelenk und zurrte ihn fest. Dann zog sie Griffins schweren, leblosen Arm näher an Deshs heran und band die beiden Männer mit einem der Plastikbänder zusammen.

Nachdem sie das erledigt hatte, trat sie einige Schritte zurück. Damit zeigte sie Respekt vor Deshs Ausbildung und Fähigkeiten. Sie war klug – und vorsichtig. Selbst der geübteste Straßenkämpfer oder Kampfsportler konnte einen wachsamen Angreifer, der sich in ausreichender Entfernung hielt, nicht entwaffnen. Zusätzlich hatte sie ihn an einen nahezu unbeweglichen Anker gefesselt – die einhundertvierzig Kilo lebloses Gewicht von Matt Griffin. Der, wie Desh zu seiner Freude bemerkte, flach atmete. Wenigstens war er nicht an eine Leiche gefesselt. Zumindest noch nicht. Bisher war Millers Taktik fehlerlos gewesen.

Als die Wirkung des Elektroschockers langsam nachzulassen begann, hielt Kira Miller ein Blatt Papier hoch. Mit schwarzem

Marker hatte sie in Großbuchstaben eine Nachricht darauf geschrieben:

SAGEN SIE EIN EINZIGES WORT. ATMEN SIE AUCH NUR ZU LAUT, JAGE ICH IHNEN EINE KUGEL IN DEN KOPF.

Um ihre Warnung zu unterstreichen, legte sie einen Finger gegen ihre Lippen und richtete die Waffe auf ihn. Dann hielt sie ein zweites Blatt Papier hoch.

NICKEN SIE, WENN SIE VERSTANDEN HABEN.

Desh nickte vorsichtig. Angesichts des Ausdrucks in ihren Augen hatte er keine Zweifel daran, dass sie ihre Drohung wahrmachen würde.

Nun hielt sie ein drittes Blatt Papier in die Höhe. Ganz offensichtlich hatte sie ihren Angriff mit größter Präzision geplant.

ZIEHEN SIE SICH AUS. VON DER TAILLE ABWÄRTS. KOMPLETT NACKT. KEINE WORTE. KEIN LAUT.

Desh drückte die Zehen gegen die Ferse des anderen Schuhs und streifte ihn ab. Das Gleiche wiederholte er auf der anderen Seite. Ungeschickt entledigte er sich seiner Socken, der Hose und der Unterhose. Aus einer liegenden Position heraus und an Griffin gefesselt war das eine schwierige Aufgabe, bei der er auf dem Boden herumzappeln musste wie ein Fisch auf dem Trockenen und sich verbiegen wie ein Zirkuskünstler.

Dabei konzentrierte sich Desh zu sehr auf die unmittelbare Bedrohung für sein Leben, um irgendwelche Energie darauf zu verschwenden, sich seiner Nacktheit zu schämen. Allerdings entspricht es nun einmal der menschlichen Natur, sich nackt verletzlicher zu fühlen. Desh war da keine Ausnahme.

Kira warf ihm eine graue Jogginghose zu, die zu dem Sweatshirt passte, das er jetzt trug. Durch eine Kopfbewegung bedeutete sie ihm, die Hose anzuziehen. Er beeilte sich, der Aufforderung nachzukommen. Alles in allem schien sie zwar seinen Geschmack in Sachen Kleidung nicht zu teilen. Dass sie sich allerdings die Zeit nahm, dafür zu sorgen, dass er überhaupt wieder bekleidet war, ließ ihn Hoffnung schöpfen. Wäre es ihr Plan gewesen, ihn in der

Wohnung hinzurichten, wäre es darauf nicht angekommen. Andererseits musste Desh an Jeffrey Dahmer denken. Es war gefährlich, im Hinblick auf ihre Handlungen oder Motive zu übereilten Schlüssen zu kommen. Vielleicht tanzte sie nach einer Musik, die nur sie allein hören konnte.

Nachdem er die Hose angezogen hatte, warf sie ihm ein Paar Slipper aus weichem Leder zu, die sie ebenfalls aus der Tasche holte. Er schaffte es hineinzuschlüpfen. Die Schuhe passten perfekt. Und warum auch nicht? Schließlich hatte er schon mehrfach Schuhe online gekauft, und dank ihres Zugriffs auf die Bestellbestätigungen kannte sie ja seine Größe.

Nun warf sie ihm drei der großen Kabelbinder zu, einen nach dem anderen. Wortlos hob er sie auf. Sie hielt ein weiteres Blatt Papier hoch.

EINEN FEST UM JEDES FUSSGELENK. DEN ANDEREN DAZWISCHEN.

Es dauerte mehrere Minuten, bis Desh das geschafft hatte. Jetzt waren seine Füße mithilfe einer unzerreißbaren, aus drei Gliedern bestehenden Kunststoffkette aneinander gefesselt. Er hatte dazwischen etwa vierzig Zentimeter Spiel gelassen.

Kira bedeutete ihm, er solle sich auf den Bauch rollen und die Arme auf den Rücken legen. Irgendwie schaffte er es, obwohl er Griffins Arm dabei mitziehen musste. Sie kam heran. Mit einer Hand hielt sie ihm die Pistole gegen den Kopf, mit der anderen fesselte sie seine Handgelenke aneinander. Dabei zog sie die Kabelbinder so fest zu, dass der Kunststoff in die Haut einschnitt.

Kaum waren nach seinen Fußgelenken nun auch Deshs Handgelenke gesichert, löste Kira mit einem raschen Schnitt ihres eigenen Messers die Verbindung zu Griffin und kehrte schnell zu ihrer Position in sicherer Entfernung zurück. Desh fiel auf, dass sie sehr beweglich und leichtfüßig war – eine typische Leichtathletin.

Jetzt bedeutete Miller ihm aufzustehen. Was er tat, linkisch und unter großen Schwierigkeiten. Sie öffnete die Wohnungstür, überprüfte den Gang und wies nach draußen. Desh, der seine Füße nur ein kleines Stück voneinander entfernen konnte, war gezwungen, mit einer Serie rascher kleiner Schritte zu schlurfen. Kira folgte ihm in einer Entfernung von knapp drei Metern. Die Waffe hatte sie in ihrem übergroßen Pullover verborgen, doch sie zielte noch immer direkt auf ihn.

Es war schon nach zehn Uhr abends. Der Flur blieb verlassen. Direkt vor dem Ausgang vom Haus stand ein Mietwagen, eine große Limousine von Ford. Desh schlurfte in diese Richtung. Miller drückte auf einen Knopf am Autoschlüssel, und der Kofferraum sprang auf. Er war komplett leer.

Auch ohne dass Kira es ihm mit einer Handbewegung bedeutete, wusste Desh, was er zu tun hatte.

Mit einem sinkenden Gefühl im Magen beugte er sich vor und tauchte mit dem Kopf zuerst in den Kofferraum ab. Angesichts des beschränkten Raums musste er sich fest zusammenrollen, um hineinzupassen.

Kira verschwendete keine Zeit. Sobald er sich vollständig im Kofferraum befand, schloss sie den Deckel mit einer glatten, schnellen Bewegung, und Desh wurde in eine alles umschließende, beengende Dunkelheit getaucht.

10

Kira Miller fuhr etwa neunzig Minuten. So langsam begann die Luft im Kofferraum, die von Anfang an abgestanden gewesen war, immer verbrauchter zu werden. Es gab lange Strecken, auf denen die Fahrt relativ glatt verlief. Wahrscheinlich befanden sie sich dann gerade auf einer Schnellstraße. Doch es gab kurze Zwischenspiele, in denen Desh heftig herumgeworfen wurde. Endlich, nach einer Zeit, die Desh endlos vorgekommen war, hielt der Wagen endgültig an. Kurz darauf wurde der Kofferraumdeckel wieder geöffnet.

»Raus mit Ihnen!«, befahl Kira mit leiser Stimme. So gut sie konnte, schirmte sie Desh gegen die Blicke möglicher Passanten ab. Sie hielt den Elektroschocker in einer Hand und die schwarze Reisetasche in der anderen, und es war offensichtlich, dass sie nicht gedachte, ihm behilflich zu sein.

»Klettern Sie raus, mit den Beinen zuerst«, wies sie ihn an. »Und zwar ruhig. Ziehen Sie Aufmerksamkeit auf sich, ist das das Letzte, was Sie in Ihrem Leben gemacht haben.«

In seinem gefesselten Zustand, ganz zu schweigen von den Folgen einer so langen Zeit, die er äußerst beengt verbracht hatte, und den Stößen während eines Teils der Strecke, kostete es Desh eine wahrhaft herkulische Anstrengung, ihrer Aufforderung nachzukommen, aber er schaffte es. Sie befanden sich vor einem heruntergekommenen Motel, das sich wie eine einstöckige Schlange um einen mit Schlaglöchern übersäten Parkplatz legte. Das Gebäude war kaum gepflegt, und der ganzen Anlage fehlte nahezu vollständig die Außenbeleuchtung.

Miller hatte direkt vor dem Eingang zu einem der Zimmer geparkt. Rasch führte sie Desh hinein. Sofort nach dem Betreten überfiel sie ein unverkennbarer Modergeruch, kombiniert mit einem schalen, verrauchten Gestank, verursacht durch Tausende von Zigaretten, die hier im Laufe der Zeit geraucht worden waren. Die Tür gab einen engen Flur frei, etwa anderthalb Meter lang, mit dem Badezimmer direkt auf der rechten Seite, der sich dann zu einem erstaunlich großen Zimmer erweiterte. Lange, schreiend bunte Vorhänge hingen vor dem einzigen Fenster. Die verblasste Tagesdecke auf dem Bett zierte ein Brandfleck. Das Zimmer bildete die Hälfte eines Komplexes aus zwei Räumen, die an der Kopfseite aufeinanderstießen, statt, wie sonst häufig, Seite an Seite zu liegen. An der rückwärtigen Wand standen zwei schmale Holztüren offen und schufen einen engen Korridor zwischen zwei getrennten, aber identischen Zimmern. Ganz offensichtlich hatte Kira beide Räume gemietet, im anschließenden jedoch das Licht ausgeschaltet gelassen.

»Aufs Bett mit Ihnen«, befahl sie ihm. »Mit dem Rücken gegen das Kopfteil.«

Desh kletterte weisungsgemäß auf das Bett, das etwas breiter war als ein normales Einzelbett. Sie legte zwei Kunststoffstreifen um die äußeren Holzpfosten auf beiden Seiten des schmalen Kopfteils und schlang sie durch seine Plastikhandschellen.

Eine Lampe, die auf einem kleinen Beistelltisch neben dem Bett stand, beleuchtete den gesamten Raum. Kira hatte eine dünne Schnur um das Kabel gelegt und das freie Ende zu einer Schlinge gebunden. Jetzt nahm sie die Schlinge vom Boden auf, ging zur Tür, legte sie um den Griff und zog sie fest. Dadurch straffte sich das Lampenkabel, soweit es nur möglich war, ohne den Stecker aus der Steckdose zu ziehen. Sie musste das sorgfältig abgemessen haben. Dann legte sie ebenso schnell wie geschickt an der Stelle, wo er in das Zimmer überging, einen Stolperdraht über den Eingangsflur, etwa dreißig Zentimeter über dem Boden.

Als sie das erledigt hatte, zog sie ein hochmodernes Nachtsichtgerät aus ihrer Tasche und legte es an. Sie schloss den Riemen und behielt es auf dem Kopf, wo sie es jederzeit über die Augen ziehen konnte. Sie holte einen schwarzen Overall hervor, hergestellt aus einem ungewöhnlichen Material, das zum Teil aus Kristallen zu bestehen schien, schlüpfte hinein und zog den Reißverschluss hoch. Dadurch war ihr gesamter Körper bis zum Kinn bedeckt. Anschließend zog sie einen Holzstuhl zurück, bis er etwa sechs Meter vom Bett entfernt stand, und stellte ihn so auf, dass er vom Flur aus nicht zu sehen war. Alle ihre Aktivitäten waren perfekt geplant und wurden mit militärischer Effizienz ausgeführt.

Nach dem Abschluss ihrer Vorbereitungen warf Miller ihre Brille mit dem Metallgestell in die Tasche, setzte sich auf den Stuhl und schaute zu Desh herüber.

Sie seufzte schwer. »Sind Sie in Ordnung?«, fragte sie, und ihre Stimme zeigte echte Besorgnis.

Ungläubig riss Desh die Augen auf. Nach all dem, was gerade stattgefunden hatte, war das ihre erste Frage? Wieso gab sie vor, um sein Wohlbefinden besorgt zu sein? »Warum bin ich hier?«, knurrte er, nachdem das Sprechen jetzt offensichtlich nicht mehr mit dem Tode bestraft wurde.

Ihre Stirn legte sich in Falten. Es wirkte fast so, als ob sie das alles bedauern würde. »Ich muss mit Ihnen sprechen. Sie davon überzeugen, dass ich nicht die Verbrecherin bin, für die Sie mich halten. Dass ich unschuldig bin.«

Desh war vollkommen verblüfft. »Unschuldig? Wollen Sie mich auf den Arm nehmen? Zuerst drohen Sie damit, mir eine Kugel in den Kopf zu jagen, und dann behaupten Sie, Sie seien unschuldig?«

Desh wusste nicht, was er erwartet hatte. Folter? Morddrohungen? Die Behauptung, unschuldig zu sein, hatte jedenfalls ganz sicher nicht auf der Liste der Möglichkeiten gestanden. Aber warum behauptete sie das? Er war ihr doch ohnehin ausgeliefert. Wollte sie ihn einfach nur aus der Fassung bringen?

Wieder runzelte sie die Stirn. »Schauen Sie, es tut mir echt leid, was ich Ihnen alles zumuten musste. Wirklich. Glauben Sie mir, ich hätte es lieber gehabt, wenn Ihr erster Eindruck von mir ein anderer gewesen wäre. Aber ich bin trotzdem unschuldig.«

Desh schnaubte. »Für wie dumm halten Sie mich eigentlich?«, blaffte er. »Sie jagen genügend Strom durch mich hindurch, um den gesamten Broadway zu erhellen, Sie bedrohen wiederholt mein Leben. Sie lassen Matt Griffin einfach zurück, schwerverletzt oder sogar tot. Und jetzt haben Sie mich ans Bett gefesselt und fuchteln noch immer mit Ihrer Waffe herum.« Er schüttelte den Kopf. »Irgendwie fehlt mir der Durchblick, wie sich das alles zu einer unschuldigen Frau zusammenaddiert«, schloss er bitter.

»Ich kann Ihnen versichern, Ihrem Hackerfreund geht es gut. Ich habe ihm einfach nur ein sehr wirksames Schlafmittel verpasst. Morgen früh wird er so erfrischt aufwachen wie seit Jahren nicht mehr; ohne jede Erinnerung daran, was passiert ist. Ich musste so handeln. Sie sind viel zu gefährlich, als dass ich Ihnen auch nur einen winzigen Spielraum hätte lassen können. Das war meine einzige Möglichkeit.«

»Und wie kommen Sie darauf, dass es keine andere Möglichkeit gab?«

»Versetzen Sie sich doch einfach mal in meine Lage. Wenn Sie eine freundliche Unterhaltung mit jemandem führen wollen, dem man bereits eingeredet hat, Sie seien der Teufel persönlich, der noch dazu ein Training für Spezialkräfte hinter sich hat und konstant überwacht wird – wie würden Sie das anstellen?«

Desh ignorierte ihre Frage. »Wieso denken Sie, dass ich konstant überwacht werde?«

»Weil die Leute, die hinter Connelly stehen, nichts unversucht lassen werden, um mich in die Finger zu bekommen«, erwiderte sie mit absoluter Überzeugung. »Und zwar nicht aus den Gründen, die Sie vermuten«, ergänzte sie. »Glauben Sie wirklich, man hat Sie einfach losgeschickt und lässt Sie tun und lassen, was Sie wollen? Dazu bin ich denen viel zu wichtig. Sie können sich darauf verlassen – seit Sie diesen Auftrag angenommen haben, hat man jeden Ihrer Schritte verfolgt.«

Desh zog die Augenbrauen hoch. »Die Leute hinter Connelly?«, wiederholte er.

»Connelly ist bei diesem Spiel nur ein Werkzeug«, sagte sie unverblümt. »Ebenso wie Sie. Diejenigen, die dabei die Strippen ziehen, sind auch diejenigen, die Sie überwachen.«

»Wenn man jeden meiner Schritte verfolgt, wie Sie sagen – wie kommt es dann, dass man bei meiner Entführung nicht eingeschritten ist?«

Kira schüttelte den Kopf. »Man hat Ihnen keine Leute auf den Hals gehetzt«, antwortete sie. »Dafür sind Sie viel zu gut ausgebildet, um mit solch groben Methoden zu arbeiten. Selbst wenn man zwei oder drei verschiedene Leute auf Sie ansetzen würde – irgendwann merken Sie, dass Sie beobachtet werden, und schon geht der Schuss nach hinten los.« Sie machte eine Pause. »Außerdem ist das eine Verschwendung von Arbeitskraft. Man hat darauf gebaut, dass Sie, wenn Sie mich überhaupt finden, Wochen dafür brauchen. Unter den Umständen war eine Fernüberwachung zunächst einmal ausreichend.«

»Aha«, bemerkte er herablassend. »Wahrscheinlich hat man mir auch unsichtbare Peilsender in die Unterhose geklebt.«

Sie lächelte. »Ich muss zugeben, das ist wirklich sehr unwahrscheinlich.« Ihre Augen funkelten amüsiert, aber sie wirkte immerhin etwas verlegen. »Allerdings konnte ich das auch nicht ganz ausschließen. Ich gehe lieber auf Nummer sicher. Bisher hat mir das immer geholfen.«

Desh fühlte sich unwillkürlich von ihren strahlenden Augen und ihrem unbefangenen Lächeln angezogen. Ihr Charme und ihre Attraktivität waren noch mächtiger und entwaffnender, als er vom Foto her angenommen hatte. Ihre Gesichtszüge hätten nicht weicher oder weiblicher sein können. Ihre Bewegungen wirkten geschmeidig und athletisch, trotz der unförmigen Kleidung, und ihre Stimme klang sanft und angenehm. Ihre Wimpern waren lang, ihr Kinn und ihre Wangenknochen schön ausgeprägt. In ihren großen, ausdrucksvollen blauen Augen stand Wärme.

Desh zwang sich dazu zu blinzeln und den Bann zu durchbrechen. Er ärgerte sich über sich selbst, dass er auf sie überhaupt anders als mit Abscheu und Abneigung reagierte. »Sie haben sich große Mühe damit gegeben, dass in Griffins Wohnung kein Wort gefallen ist. Offensichtlich gehen Sie also davon aus, dass es dort Wanzen gibt.«

Sie seufzte. »Ich fürchte, ja.«

»Und wie hätte man das schaffen sollen, die Wanzen in seiner Wohnung zu installieren? Bis vor sechsunddreißig Stunden wusste ich ja noch nicht einmal etwas von seiner Existenz.«

»Man überwacht Ihre Telefonate. Wahrscheinlich hat man ihn kurz aus der Wohnung gelockt und die Wanzen dort angebracht, sobald man von Ihrem Termin bei ihm wusste. Wie gesagt, ich bin mir nicht ganz sicher, aber ich habe meine Aktion unter dieser Annahme geplant.«

»Sie haben also auch die SMS geschrieben, die mich in Griffins Wohnung gelockt hat?«

Miller nickte.

»Gut gemacht«, knurrte er. Sein Gesicht zeigte eine Abscheu, die allerdings für ihn selbst bestimmt war. Wie hatte er nur so nachlässig sein können? Doch so sehr er sich auch über sich selbst ärgerte – Kira Millers Kühnheit hatte ein entscheidendes Überraschungsmoment zu ihren Gunsten geschaffen. Sie war über ihn von Anfang an informiert gewesen, wahrscheinlich sogar schon, bevor er den Auftrag angenommen hatte, und dann hatte sie mit atemberaubender Geschwindigkeit und Entschlossenheit gehandelt, um ihn mit Taktiken, die sie vorher noch nie eingesetzt hatte, völlig unvorbereitet zu treffen. Dagegen hatte er keine Chance gehabt.

Eigentlich hätte Desh erwartet, dass sie sich hämisch über den geglückten Coup freute, doch sie wirkte noch immer so, als ob sie sich eher dafür entschuldigen wollte.

»Nach Ihrer eigenen Logik«, hielt er fest, »ist Ihnen also eine erfolgreiche, stumme Entführung gelungen. Meine Kleidung, mein Handy, Auto und Waffen sind bei Griffin geblieben. Es gibt nichts mehr, das verwanzt sein oder einen Sender tragen könnte.« Er zeigte auf die Tür des Zimmers. »Warum also der Stolperdraht und die anderen Vorsichtsmaßnahmen? Man kann auf Nummer sicher gehen – aber man kann es auch übertreiben.«

»Oh, man wird uns hier auf jeden Fall finden. Wenn wir Glück haben, sind wir zu dieser Zeit schon längst verschwunden. Andererseits muss ich auch darauf vorbereitet sein, dass diese Leute vielleicht mal Glück haben.«

»Welche Form sollte dieses Glück denn annehmen?«

»Früher oder später – hoffentlich später – werden sie entdecken, dass die Sender in Ihrem Auto, an Ihrer Kleidung oder wo auch immer schon eine Weile lang keine Standortveränderung mehr anzeigen. Dann verfolgt man Ihren Weg in Griffins Wohnung und stellt fest, dort sind Sie nicht. Vielleicht hat man sich sogar dazu entschlossen, den Parkplatz vor seinem Gebäude per Satellit zu überwachen. Wenn diese Leute Glück haben und es ihnen gelingt, ein Bild von meinem Auto zu erhalten, kann das ihre Suche gewaltig beschleunigen.« Kira hielt inne. »Ich hoffe einfach nur, sie treffen nicht ein, bevor ich meine Mission erfüllt habe.«

»Aha«, sagte er. »Und welche Mission ist das?«

Sie schaute ihm lang in die Augen, seufzte wieder. »Ich will, dass Sie die Seite wechseln«, sagte sie endlich mit großem Ernst.

11

Wie betäubt saß Desh auf dem Bett. In der Ferne konnte er durch die dünnen Wände des Motelzimmers ein Martinshorn hören.

Nach einer Weile schüttelte er den Kopf. »Die Zeit können Sie sich sparen«, erklärte er grimmig. »Machen Sie, was Sie wollen. Ihrer Seite werde ich mich auf jeden Fall nicht anschließen. Unter keinen Umständen.«

»Angesichts dessen, was Sie glauben, über mich zu wissen, ist diese Haltung bewundernswert«, räumte sie ein, nicht weniger grimmig als er. »Aber wenn Sie nichts dagegen haben, versuche ich es trotzdem. Ich wiederhole noch einmal – die Berichte, die man Ihnen über mich gegeben hat, sind ein reines Fantasiegespinst.« Sie verzog bitter das Gesicht. »Aber man muss es den Puppenspielern lassen – sie haben alles so manipuliert, dass es für mich wirklich schwer ist, mich zu verteidigen.«

Fragend hob Desh die Augenbrauen.

»Man hat Ihnen erzählt, ich sei eine brillante Psychopathin. Eine Meisterin im Manipulieren. Jemand, der Ihnen an einem Tag alle Gliedmaßen einzeln vom Leib reißt und am nächsten mit fliegenden Fahnen einen Lügendetektortest besteht. Richtig?«

Desh antwortete nicht.

»Das macht natürlich alles verdächtig, was ich sage. Und je vernünftiger es klingt, desto verdächtiger ist es – weil man Sie ja genau darauf getrimmt hat zu glauben, dass alles nur Lüge und Manipulation ist.« Man konnte es ihrer Stimme anhören, wie frustriert sie war. »Haben Sie jemals einen Wunderheiler im Fernsehen gesehen?«, fragte sie dann.

Desh nickte und fragte sich, worauf sie wohl abzielte.

»Es gab da mal jemanden, der hat über einen von ihnen Beweise gesammelt und nachgewiesen, dass alles nur Betrug war. Der Wunderheiler arbeitete mit Leuten zusammen, die in Windeseile recherchierten, was sie nur konnten, und ihm die Ergebnisse über einen versteckten Ohrkopfhörer übermittelt haben. Das wirkte dann so, als ob er auf ein göttliches Wissen zurückgreifen könnte, etwas in dieser Richtung. Aber wissen Sie, was passiert ist, als man den gläubigen Anhängern dieses Wunderheilers die Beweise vorgeführt hat?«

»Sie hörten sofort auf, seine gläubigen Anhänger zu sein?«

»Eine vernünftige Annahme – aber nein. Sie glaubten noch fester an ihn als zuvor – und behaupteten einfach, die Beweise seien gefälscht. Sie waren ernsthaft der Überzeugung, dass diese Filme, die nachwiesen, wie der angebliche Wunderheiler arbeitete, ein Werk des Teufels wären, um einen großen Mann in Misskredit zu bringen.« Ein weiteres Mal seufzte sie, und auf einmal wirkte sie müde und erschöpft. »Ich kann nur hoffen, dass mit Ihnen nicht etwas Ähnliches passiert.«

Zornig legte Desh die Stirn in Falten. »Und warum hoffen Sie, dass mit mir nicht etwas Ähnliches passiert?«, fragte er heftig. »Warum spielt es für Sie eine Rolle, was ich denke? Und selbst wenn Sie mich überzeugen könnten – was sollte Ihnen das bringen? Sie brauchen mich doch gar nicht. Schließlich haben Sie ganze terroristische Organisationen in Ihrer Hand.«

»Versuchen Sie doch wenigstens, die Möglichkeit einmal in Betracht zu ziehen, dass ich nicht die Person bin, von der man Ihnen gesagt hat, dass ich sie wäre«, erwiderte sie entnervt. »Ich habe keinerlei Verbindung zu irgendwelchen Terroristen!«

»Ist es auch eine Lüge, dass Sie über jede Menge Geld in der ganzen Welt verfügen?«

»Nein, das ist keine Lüge – das stimmt.«

»Also selbst wenn Sie die Wahrheit sagen – Sie können so viele Leibwächter und Söldner anheuern, wie Sie nur wollen.«

»Ja, das könnte ich. Aber ich bin den Leuten, die hinter mir her sind, zu viel wert. Ich kann dieser Art Mensch nie voll vertrauen. Das habe ich aus eigener schmerzlicher Erfahrung gelernt.« Sie deutete auf Desh. »Sie, auf der anderen Seite, streben ausschließlich danach, das Richtige zu tun, ohne Rücksicht darauf, ob sich das finanziell lohnt oder nicht. Sie sind ein Mann, der integer ist, der Mitgefühl hat, und zwar trotz des Berufes, den Sie ergriffen haben – eines Berufes, in dem es immer um Gewalt geht. Davon abgesehen, besitzen Sie auch noch eine einzigartige Persönlichkeit, eine anständige Lebensphilosophie und eine ganze Reihe von Talenten.«

»Das ist ein ziemlich detailliertes Charakterbild – und das alles auf der Basis von ein paar Informationen auf einem Laptop«, bemerkte Desh abschätzig.

Sie lächelte wissend. »Wenn Sie Hunderte von persönlichen E-Mails lesen, bekommen Sie überraschend schnell ein Gefühl für jemanden. Aber Ihr Laptop war nicht meine erste Station – es war meine letzte. Solang Sie nur wissen, wo Sie nachschauen müssen, steht heutzutage alles per Computer zur Verfügung. Alles. Ihre Berichte von der Uni. Ihre Personalakte mit Protokollen über Ihre Missionen und Auszeichnungen. Welche Bücher Sie online kaufen – eben einfach alles.«

»Psychiatrische Beurteilungen?«, ergänzte Desh anklagend. Mit Unbehagen erinnerte er sich daran, wie sehr er während der wenigen Sitzungen mit dem militärischen Psychiater, nachdem sein Team im Iran abgeschlachtet worden war, seine Seele hatte bloßlegen müssen. Wenn sie diese Unterlagen gesehen hatte, war das die größte Verletzung seiner Privatsphäre, noch größer als die bei allen anderen Aufzeichnungen.

Kira senkte den Kopf und nickte dann verlegen. »Es tut mir leid«, sagte sie sanft und erschien dabei wieder vollkommen aufrichtig. »Seit dem Moment, in dem man Sie beauftragt hat, habe ich alles gelesen, was ich in die Finger kriegen konnte, um Sie als Person zu verstehen. Auch diese Dokumente. Ich werde Sie nicht belügen.« Sie hob den Kopf und schaute Desh wieder an. »Die anderen, die Connelly geschickt hat, um mich zu finden, habe ich ebenso studiert wie Sie«, erklärte sie. »Und genauso gründlich. Aber sie waren alle nicht das, wonach ich gesucht habe.« Sie lehnte sich vor, ernsthaft, entschlossen. »Und Sie sind es. Da bin ich sicher.«

Deshs Mundwinkel zuckten in einem leichten ironischen Lächeln nach oben, und er schüttelte ungläubig den Kopf.

»Ich weiß, ich weiß«, stieß sie frustriert hervor. »Schmeicheleien sind für Leute, die andere manipulieren wollen, beliebte Werkzeuge, und Sie nehmen mir das alles nicht ab. Aber es ist trotzdem die Wahrheit.« Sie zögerte kurz. »Schauen Sie … David … Sie haben es doch selbst gesagt – ich hätte mit Leichtigkeit andere mit Ihren Fähigkeiten einstellen können, wenn es mir darum gegangen wäre.«

Desh antwortete nicht. Dass sie ihn beim Vornamen nannte, widerstrebte ihm zutiefst.

»Weshalb also sollte ich mich dazu entschließen, mir die Mühe zu machen, Sie zu entführen«, fuhr Miller fort, »und mich dem enormen Risiko auszusetzen, das damit verbunden ist, statt einfach nur einen Söldner – oder, wenn wir denn schon dabei sind, einen meiner terroristischen Freunde – anzurufen?«

»Weil ich spezielle Qualitäten besitze«, kommentierte er misstrauisch. »Das habe ich schon verstanden.«

Kira stieß hörbar die Luft aus. »Ich wusste, dass es nicht einfach wird«, sagte sie resigniert. »Es gibt nur eine einzige Möglichkeit, wie ich jemals hoffen kann, Ihr Vertrauen zu gewinnen. Das weiß ich. Ich verspreche Ihnen was: Sobald ich gesagt habe, was ich Ihnen sagen will, entferne ich Ihre Handschellen und gebe Ihnen meine Waffe. Wenn das meine Ehrlichkeit nicht beweist, weiß ich auch nicht.«

Auch darauf antwortete Desh nicht. Sie bemühte sich darum, dass er in seiner Wachsamkeit nachließ, indem sie ihm falsche Hoffnungen machte. Vielleicht, um einen Fluchtversuch zu verhindern. Aber das würde nicht funktionieren. Ob sie es wirklich ernst damit meinte, dass sie ihn befreien wollte, das konnte er immer noch dann glauben, wenn er es tatsächlich erlebte. In der Zwischenzeit ging er weiterhin davon aus, dass er ein toter Mann war, wenn ihm nicht die Flucht gelang.

Trotzdem war er fasziniert von der unerwarteten Richtung, die die Diskussion genommen hatte. »Okay«, sagte er schließlich und gab vor, ihr zu glauben. »Abgemacht. Beginnen Sie ruhig mit Ihrem Überredungsversuch. Erzählen Sie mir Ihre Version der Wahrheit.« Er zerrte an den Plastikbändern und fügte hörbar bitter hinzu: »Fesseln Sie mich mit Ihren Worten.«

Sie zuckte zusammen. Ihr Gesichtsausdruck zeigte ganz klar ihr Bedauern. Ihre Körpersprache wirkte auf Desh vollkommen echt. Desh wurde klar, als Schauspielerin war sie ebenso brillant wie als Biologin.

»Die Informationen, die Sie über meine Kindheit und meine Ausbildung haben, sind korrekt«, begann sie leise. »Nur dass meine Eltern wirklich bei einem tragischen Unfall ums Leben gekommen sind. Ich hatte mit ihrem Tod nichts zu tun.«

»Im Bericht stand nichts davon, dass es Ihre Schuld war.«

»Aber das haben Sie angenommen, oder etwa nicht?«

Desh schwieg.

»Natürlich haben Sie das angenommen«, bekräftigte sie.

»Wollen wir uns jetzt darüber streiten, was ich angenommen habe, oder wollen Sie mich von Ihrer Unschuld überzeugen?«

Kira seufzte unglücklich. »Sie haben recht«, räumte sie ein. Sie straffte sich und nahm ihren Bericht wieder auf. »Ich zeigte in der Schule herausragende Leistungen und habe später meine Berufung in der Gentherapie gefunden. Viele, die in meinem Bereich arbeiten, haben mir bestätigt, ich besitze die Art an Verständnis und Intuition, die nur selten zu finden ist. Mit der Zeit habe ich das sogar selbst geglaubt. Um ehrlich zu sein, war ich fest davon überzeugt, ich könnte die Welt verändern. Die gesamte Medizin auf dramatische Weise beeinflussen.« Sie schwieg ein paar Atemzüge lang. »Aber der entscheidende Punkt, wenn man etwas ändern will, ist die Auswahl des richtigen Problems, um dessen Lösung man sich bemüht. Ich wollte von Anfang an das Problem angehen, das die größte Herausforderung darstellt. Auf die Gefahr hin, arrogant zu wirken – wenn man erkennt, dass man ein da Vinci ist, dann schuldet man es der Welt auch, Meisterwerke zu malen und keine Cartoons.«

»Lassen Sie mich raten«, unterbrach Desh sie. »Sie werden mir jetzt erzählen, das Projekt, an dem Sie gearbeitet haben, hätte überhaupt nichts mit biologischen Waffen zu tun.«

»Natürlich nicht!«, schnaubte sie gereizt. »Ich hatte mich entschieden, mich an die Lösung des ultimativen Problems zu begeben. Eines Problems, dessen Lösung die Lösung aller anderen Probleme, ob nun medizinischer oder anderer Art, zu einem Kinderspiel machen konnte.« Selbst im schwachen Licht konnte er sehen, wie ihre Augen funkelten. »Haben Sie eine Vermutung, was das sein könnte?«, forderte sie ihn heraus.

Erwartungsvoll schaute sie ihn an. Sie wollte ganz offensichtlich, dass er selbst die Antwort fand. Geduldig wartete sie, während er sich die Sache durch den Kopf gehen ließ.

»Was?«, meinte er nach fast einer Minute zögernd. »Sie wollten einen superfortschrittlichen Computer bauen?«

»Fast«, ermutigte sie ihn und wartete, bis er die letzten Verbindungen hergestellt hatte.

Deshs Stirn legte sich in Falten, als er konzentriert nachdachte. Der einzige Weg, um es ganz allgemein einfacher zu machen, sämtliche Probleme zu lösen, war die Schaffung besserer Werkzeuge, um solche Lösungen zu finden. Wenn aber die Verbesserung der Fähigkeiten der Computer nicht der Ansatz war – was dann? Seine Augen weiteten sich, als die Antwort auf einmal offensichtlich wurde. Schließlich war sie Expertin für molekulare Neurobiologie, nicht für Computerwissenschaft. »Sie wollten die Intelligenz verbessern«, sagte er endlich. »Die menschliche Intelligenz.«

»Genau!«, nickte sie und strahlte dabei wie eine Lehrerin, die mit einem besonders guten Schüler sehr zufrieden ist. »Stellen Sie sich nur vor, was wäre, wenn Sie über unendliche Intelligenz verfügen könnten. Über unendliche Kreativität. Dann könnten Sie ganz leicht jedes Problem lösen, dem Sie sich widmen – in kürzester

Zeit.« Sie zögerte. »Natürlich gibt es keine unendliche Intelligenz. Aber jede wesentliche Steigerung von Intelligenz und Kreativität wäre ein Geschenk an die Menschen, das ständig weitere Geschenke schafft. Gab es ein besseres Problem, dessen Lösung ich mich widmen konnte?«

»Sie wollen mir doch nicht etwa sagen, Sie haben die Lösung tatsächlich gefunden?«, fragte er skeptisch.

»Doch«, bestätigte sie und wirkte dabei müde, keineswegs triumphierend oder auch nur glücklich über die behauptete Leistung.

»Aber keine Verbesserung wie im Roman *Blumen für Algernon*, oder?«, bemerkte er. Er war sich sicher, die Unverfrorenheit konnte sie einfach nicht besitzen zu behaupten, sie hätte eine solche Intelligenzsteigerung erreicht, wie sie in diesem Science-Fiction-Buch beschrieben wurde.

Ihre Mundwinkel zuckten in einem Lächeln nach oben. »Nein. Meine Ergebnisse waren noch weit beeindruckender«, antwortete sie ganz sachlich.

12

Desh war bereit, es ihr abzunehmen, dass sie eine gewisse Verbesserung ihrer eigenen Intelligenz erreicht hatte – aber nicht das. »Unmöglich!«, beharrte er. »Selbst für Sie.«

»Nicht unmöglich«, widersprach sie. »Ich verfüge über ein tiefes Wissen der Neurobiologie und eine Intuition auf der Ebene eines Genies, was die Gentherapie betrifft. Kombinieren Sie das mit einer Hingabe, die nur auf ein Ziel hinarbeitet, und praktischem Herumprobieren, und es wird machbar.«

»Wollen Sie mir jetzt sagen, ich spreche gerade mit jemandem, der einen IQ von eintausend erreicht hat? Oder gar mehr?«

Sie schüttelte den Kopf. »Die Wirkung ist nur vorübergehend. Ich bin jetzt einfach wieder nur mein normales Ich.«

»Wie praktisch!«, höhnte Desh. »Nicht dass ich gerade einen IQ-Test dabeihätte.« Er dachte einen Augenblick lang nach und schüttelte dann den Kopf. »Ich glaube Ihnen nicht. Wir haben uns zu den intelligentesten Wesen auf diesem Planeten entwickelt. Aber ich bin sicher, es gibt da eine Grenze. Und selbst wenn wir die noch nicht erreicht haben – wir sind sehr nahe dran.«

»Machen Sie Witze?«, protestierte sie mit Feuereifer. »Wir können das Potenzial eines menschlichen Gehirns noch nicht einmal ansatzweise verstehen! Selbst ohne jede Optimierung ist es bereits schneller und mächtiger als die besten Supercomputer, die, von menschlichen Gehirnen ersonnen!, jemals gebaut wurden. Die theoretischen Möglichkeiten sind atemberaubend – wir könnten Abertausende von Malen besser sein als ein Supercomputer.«

»Das menschliche Gehirn ist nicht schneller als ein Supercomputer«, wandte Desh ein. »Es ist nicht einmal so schnell wie ein billiger Taschenrechner!«

»Das liegt daran, dass wir für mathematische Aufgaben einfach nicht programmiert sind«, erklärte Kira. »Wir haben uns mit der Zeit entwickelt, richtig? Die Evolution kennt nur zwei Dinge, die wichtig sind – Überleben und Fortpflanzung. Unser Gehirn ist darauf getrimmt, unser Überleben in einer feindlichen Welt zu sichern und uns dazu zu bringen, Sex zu haben. Das war es auch schon.« Amüsiert ergänzte sie: »Und wenn es um die Beschäftigung mit Sex geht, sind die Gehirne der Männer ganz besonders optimiert. Verstehen Sie mich nicht falsch – ich kritisiere die Männer nicht. Ich bin mir sicher, ein paar unserer männlichen Vorfahren haben nicht die ganze Zeit an Sex gedacht. Aber dieser Charakterzug ist inzwischen ausgestorben. Und wissen Sie auch warum?«

Desh blieb stumm.

»Weil die anderen Männer für Nachwuchs gesorgt haben – und die an Sex Desinteressierten nicht«, gab sie sich lächelnd selbst die Antwort.

Unter anderen Umständen hätte Desh ihr Lächeln erwidert, doch er zwang sich zu einem ausdruckslosen Gesicht und einem eisigen Blick. Er war schließlich Geisel einer Psychopathin. Das konnte er sich einfach nicht leisten, ihrem Charme zu verfallen.

»Wie auch immer«, seufzte sie, sichtlich enttäuscht, dass ihr kurzer Versuch, Ungezwungenheit herzustellen, missglückt war. »Mein Punkt ist der – wir sind einfach nicht auf Mathematik eingestellt. Hilft es uns, einen Löwen zu töten und zu überleben, wenn wir in der Lage sind, die Quadratwurzel zu ziehen? Nein. Was uns hilft, ist die Fähigkeit, zielsicher einen Speer zu werfen. Oder einem Speer auszuweichen, den ein Feind geworfen hat. Und denken Sie daran – anders als bei einem Computer steuert unser Gehirn jede Bewegung, jeden Atemzug und Herzschlag, jedes Blinzeln und sogar unsere Gefühle. Während es die ganze Zeit, ohne Pause, unglaubliche Mengen an sensorischen Informationen aufnimmt. Unsere Retina allein besteht aus über einhundert Millionen Zellen, die ständig visuelle Informationen an unser Gehirn weiterleiten, und zwar in extrem hoher Auflösung, wie ich hinzufügen möchte. Wenn ein Computer unsere gesamten Körperfunktionen überwachen und steuern müsste und nebenher auch noch einem nicht endenden Strom an Informationen ausgesetzt wäre, die er herunterladen und verarbeiten und auf die er reagieren muss, dann wäre er so überlastet, dass er schmelzen würde.«

Obwohl er es nicht wollte – Desh war fasziniert. Vielleicht war sie tatsächlich der Teufel, überlegte er grimmig. Er saß auf dem Bett, gefesselt, kämpfte um sein Leben – und dennoch reagierte er ganz gegen seinen Willen sowohl physisch als auch intellektuell positiv auf sie.

»Der Fadenwurm Caenorhabditis elegans funktioniert perfekt mit einem Nervensystem, das gerade mal dreihundertzwei Neuronen enthält«, fuhr Kira fort. »Wissen Sie, wie viele Nervenzellen es im menschlichen Gehirn gibt?«

»Mehr als dreihundertzwei«, erwiderte Desh trocken.

»Einhundert Milliarden«, betonte Miller. »Einhundert Milliarden Neuronen! Und zwischen ihnen gibt es etwa einhundert Billionen synaptische Verbindungen. Ganz zu schweigen von den etwa drei Millionen Kilometern an Nervenzellfortsätzen, den Axonen. Ständig laufen elektrische Signale die neuronalen Bahnen entlang, hin und her, wie bei einem Flipperautomaten, und schaffen Gedanken und Erinnerungen. Die mögliche Anzahl an neuronalen Bahnen, die ein menschliches Gehirn formen kann, ist tatsächlich grundsätzlich unendlich. Und ein Computer arbeitet lediglich mit zwei verschiedenen Zuständen – null oder eins. Ein Kreislauf ist entweder geschlossen oder nicht. Unser Gehirn ist weit komplizierterer Dinge fähig. Angesichts der Vielzahl der möglichen Schaltungen, die ein Gehirn für mathematische Berechnungen oder Gedanken oder Erfindungen einsetzen kann, müsste jeder Computer sich beschämt verstecken.«

»Okay«, räumte Desh ein. »Was auch immer sonst wahr oder unwahr ist – Sie sind auf jeden Fall eine hervorragende molekulare Neurobiologin, das räume ich ein. Das Gehirn besitzt ein erhebliches Potenzial.« Er hob die Augenbrauen. »Aber wie schaffen Sie es, dieses Potenzial anzuzapfen?«

»Gute Frage«, lobte sie. »Wenn Sie denken wie ich, beginnen Sie damit, die Unterschiede in der Architektur des Gehirns bei Genies und den Menschen zu untersuchen, die geistig mittelschwer behindert sind.«

»Was bedeutet mittelschwer behindert?«

»Ich meine damit einen IQ von vierzig bis fünfundfünfzig. Diese Menschen kommen in der Entwicklung auf einen Stand, der in etwa dem eines Kindes in der zweiten Klasse entspricht. Die Bandbreite der menschlichen Intelligenz ist bemerkenswert. Sie reicht von geistig Schwerbehinderten mit einem IQ von weniger als fünfundzwanzig bis hin zu den wenigen Genies, die auf über zweihundert kommen. Die Natur hat die Formbarkeit des menschlichen Gehirns und der menschlichen Intelligenz schon lang bewiesen, bevor ich aufgetaucht bin. Außerdem habe ich versucht, alles, was ich nur konnte, über die autistisch veranlagten Inselbegabten in Erfahrung zu bringen.«

»Ist das ein neuer Begriff für die Menschen, die man früher als geistig zurückgeblieben mit Fähigkeiten auf einem bestimmten Gebiet bezeichnet hat?«

»Genau – so wie Dustin Hoffman im Film *Rain Man*.«

Desh nickte. »Ich bin damit vertraut.«

»Gut. Dann wissen Sie ja auch, dass es autistisch veranlagte Inselbegabte gibt, die mindestens ebenso schnell rechnen können wie Ihr billiger Taschenrechner, und im Handumdrehen riesige Zahlen addieren oder sogar Wurzelberechnungen anstellen können. Und andere von ihnen können sich ganze Telefonbücher merken, und zwar genau so.« Sie schnippte mit den Fingern.

Deshs Augen verengten sich nachdenklich. Entwicklungsgestörte Menschen mit einer speziellen Begabung in einem Bereich boten tatsächlich eine einzigartige Perspektive für das Erforschen des Potenzials des menschlichen Gehirns.

»Diese Menschen erbringen erstaunliche Leistungen in einem speziellen Bereich – aber ihre emotionale Intelligenz ist sehr gering, und es fehlt ihnen an Verständnis. Außerdem besitzen sie oft ein schlechtes Urteilsvermögen. Und warum? Weil sie einfach anders programmiert sind als Sie und ich. Mein Ziel war es, die genetische Grundlage dieser Unterschiede in den neuronalen Mustern zu identifizieren. Ich wollte praktisch die Unterschiede der Gehirne von autistisch veranlagten Inselbegabten und normalen Menschen kartografieren, wenn man so will. Mein Ziel dabei war, am Ende einen Weg zu finden, um ein normales Gehirn vorübergehend umzuprogrammieren und dadurch Fähigkeiten zu erreichen, die denen bei einer Inselbegabung entsprechen. Natürlich sollten diese Fähigkeiten schon anders aussehen, umfassender sein und nicht die auffälligen Nachteile aufweisen, die der Autismus mit sich bringt. Ich wollte das menschliche Gehirn nicht nur für mathematische Berechnungen und Erinnerungskunststücke optimieren, sondern vor allem im Hinblick auf Intelligenz und Kreativität – und dabei seine nahezu unbegrenzte Macht anzapfen.«

»Über den Einsatz von Gentherapie?«

»Richtig«, bestätigte Kira. »Die Struktur des Gehirns verändert sich ständig. Jeder Gedanke, jede Erinnerung, jede Sinnesempfindung und jede Erfahrung formt das Gehirn um – allerdings nur sehr, sehr leicht. Ich habe herausgefunden, dass die Unterschiede in den Gehirnen zwischen autistisch veranlagten Inselbegabten und normalen Menschen haarfein sind. Und das funktioniert alles ein bisschen wie die Kristallbildung – sobald Sie erst einmal einem kleinen Teil des Gehirns eine effizientere, optimierte Struktur verliehen haben, setzen Sie damit eine Kettenreaktion in Gang, die den Rest regelt. Es gibt eine ganze Reihe von fötalen Genen, die dafür verantwortlich sind, während der ursprünglichen Entwicklung des Gehirns im Mutterleib die neuronalen Muster einzurichten. Diese Gene werden nach der Geburt abgeschaltet. Mithilfe der Gentherapie kann ich diese

Gene jedoch beliebig reaktivieren, in der gewünschten Folge und im gewünschten Ausmaß.«

Kira machte eine Pause, um es Desh zu erlauben, alle diese Informationen zu verarbeiten und vielleicht Fragen zu stellen.

»Machen Sie weiter«, forderte er sie auf.

»Ich habe mit Tierversuchen an Nagetieren begonnen. Dabei habe ich die Anlagen von NeuroCure genutzt, spätabends und nachts, damit ich die Forschung geheim halten konnte.«

»Warum wollten Sie das geheim halten? Dieser Ansatz ergibt doch einen Sinn – selbst für einen dummen Landser wie mich.«

»Ich weiß zu viel über Sie, um Ihnen diese Masche mit dem dummen Soldaten abzunehmen, David.«

»Ich wiederhole meine Frage«, beharrte Desh. »Warum haben Sie Ihre Forschungen nicht ganz offen betrieben?«

»Ich wünschte, das hätte ich machen können«, erwiderte Kira. Sie ballte die Hand zur Faust und streckte dann einen Finger nach oben. »Nummer eins, die meisten meiner wissenschaftlichen Kollegen würden das für ein sinnloses Unterfangen halten, das auf jeden Fall nicht zu einem Erfolg führen kann.« Sie hielt einen weiteren Finger hoch. »Nummer zwei, die FDA, die Behörde, die für Lebensmittel- und Arzneimittelsicherheit zuständig ist, lässt zwar zu, dass Sie einem menschlichen Körper fremdartige biologische oder chemische Stoffe zuführen – aber nur dann, wenn es darum geht, eine Krankheit oder einen unerwünschten medizinischen Zustand zu beheben. Der Versuch, die Fähigkeiten von jemandem zu verbessern, der völlig gesund ist … Nun, das wird einfach nicht gerne gesehen.«

»Weil es zu sehr wirkt, als wolle man Gott spielen?«, vermutete Desh.

»Einmal das, und dann wird es auch als unnötiges Risiko betrachtet. Die FDA würde Experimente wie diese niemals genehmigen. Und ohne die Genehmigung der Behörde sind Tests an Menschen illegal.«

»Auch wenn Sie alles an sich selbst testen?«

Sie nickte. »Auch dann, ja. Ich habe meine gesamte Karriere und meinen Ruf aufs Spiel gesetzt. Wenn jemand herausgefunden hätte, was ich da nachts gemacht habe – glauben Sie mir, man hätte mir keinen Beifall gespendet. Vor allem deshalb nicht, weil ich mich an den Sitz der menschlichen Seele gewagt habe, an die Architektur des Gehirns, und sie verändern wollte. Ich wollte Gott spielen, wie Sie schon gesagt haben. Die Sache besitzt eine ethische und moralische Dimension, die ziemlich kompliziert ist.«

»Aber das hat Sie nicht aufhalten können«, sagte Desh anklagend.

Sie schüttelte heftig den Kopf, doch ihre Gesichtszüge zeigten einen Hauch von Bedauern. »Nein«, seufzte sie. »Ich war fest davon überzeugt, dass mir diese Umprogrammierung des Gehirns gelingen würde. Das Einzige, was auf dem Spiel stand, war ich selbst. Und das war angesichts der enormen Möglichkeiten im Erfolgsfall ein geringer Preis.«

»Der Zweck heiligt die Mittel?«

»Was hätten Sie denn an meiner Stelle getan?«, verteidigte sie sich. »Nehmen Sie doch einmal einen Moment lang an, Sie hätten Grund zur Annahme, dass Sie eines der entscheidenden Probleme lösen könnten, denen die Menschheit ausgesetzt ist. Nehmen Sie an, Sie könnten Technologien entwickeln, die die Gesellschaft revolutionieren. Nur müssten Sie auf dem Weg zu diesem Ziel ein paar der Regeln eben jener Gesellschaft umgehen. Würden Sie es tun?«

Desh weigerte sich, in dieses Gedankenspiel hineingezogen zu werden. »Es tut nichts zur Sache, was ich tun würde«, meinte er. »Wichtig ist nur, was *Sie* getan haben.«

Miller war nicht in der Lage, ihre Enttäuschung über seine Antwort komplett zu verbergen, aber sie nahm ihre Erzählung wieder auf. »Das Labor von NeuroCure war für meine Bedürfnisse ideal. Wir arbeiteten gerade an einer Behandlungsmethode für die Alzheimer-Krankheit, deshalb war alles schon auf das Studium der Intelligenz und des Erinnerungsvermögens vorbereitet. Ich setzte mein ganzes Wissen über das menschliche Gehirn und autistisch veranlagte Inselbegabte ein und entwickelte Kombinationen von viralen Vektoren, in die ich neuartige DNS-Konstrukte eingefügt hatte. Ich hoffte, dass ich mit diesen Cocktails mein Ziel erreichen könnte, und testete sie an Laborratten.«

»Ich würde gerne bemerken, dass die Gehirne von Ratten und Menschen sich nicht sehr ähnlich sind«, protestierte Desh.

»Nun, fairerweise muss ich sagen, es bestehen … kleine Unterschiede«, entgegnete sie amüsiert. »Wenn Sie allerdings die Frage stellen, ob es genügend Ähnlichkeiten gibt, um den Ergebnissen solcher Tierversuche Bedeutung zu verleihen, dann lautet die Antwort: Ja, die gibt es.«

»Sie waren also in der Lage, sich Ihren eigenen Algernon zu schaffen?«

»Algernon war eine Maus – und ich habe vorwiegend mit Ratten gearbeitet«, erklärte sie, »aber davon abgesehen, ja. Meine Ratte Nummer vierundneunzig zeigte eine dramatische Verbesserung ihrer Intelligenz. Anschließend habe ich noch ein weiteres Jahr damit verbracht, die Mischung zu perfektionieren.«

»Und dann haben Sie den Cocktail an sich selbst getestet.«

Sie nickte.

»Und was ist passiert? Sie wurden zum Supergenie?«

»Nein. Es hat mich fast umgebracht.« Man sah ihr an, wie sehr die Erinnerung sie mitnahm. »Offensichtlich sind sich die Hirne von Ratten und Menschen tatsächlich nicht so ähnlich«, bemerkte sie ironisch. »Wer hätte das gedacht?«

»Was genau ist passiert?«

Kira veränderte ihre Haltung. Schmerz zeigte sich in ihren Gesichtszügen. »Es gab eine Vielzahl von negativen Auswirkungen. Ich werde sie nicht alle beschreiben. Ich habe mein Gehör vollständig verloren, erlebte einige halluzinogene und bizarre sensorische Empfindungen, als ob ich LSD genommen hätte. Ich hatte rasende Kopfschmerzen.« Sie stockte. »Aber das Schlimmste war, dass ich herausfand, dass diese Umprogrammierung Teile meines vegetativen Nervensystems in Mitleidenschaft gezogen hatte. Herzschlag und Atmung erfolgten nicht mehr automatisch.« Das Entsetzen stand ihr ins Gesicht geschrieben. »Jede einzelne Sekunde während der insgesamt drei Stunden, die die Verwandlung anhielt, musste ich ständig mein Herz daran erinnern zu schlagen und meine Lungen daran zu atmen, wieder und wieder. Und das, während ich mit Halluzinationen zu kämpfen hatte, als ob ich unter dem Einfluss von Rauschgift stünde.« Sie schauderte. »Es waren die bei weitem längsten und schrecklichsten Stunden meines Lebens.«

Desh war jetzt komplett gefesselt. »Und dieses Erlebnis hat Sie nicht abgeschreckt?«

»Doch, beinahe«, antwortete sie sehr ernst. »Beinahe. Aber die Arbeit mit den Ratten hatte mir gezeigt, das Ganze war ein sich wiederholender Prozess. Die ersten achtundsiebzig Ratten waren gestorben. Daher wusste ich, dass ich diesem Schicksal entgangen war – knapp. Aber beginnend mit Ratte Nummer neunundsiebzig war es mir möglich gewesen, die Umprogrammierung nach und nach zu verfeinern, ohne weitere Verluste, bis ich schließlich bei Ratte Nummer vierundneunzig angekommen war.«

»Und Sie dachten, Sie könnten diesen Vorgang einfach erneut durchlaufen, mit sich selbst als Laborratte?«

»Genau. Die nächsten Experimente führte ich in einem Floating-Becken durch. So konnte ich verhindern, dass ständig irgendwelche Sinnesempfindungen mein Gehirn bombardierten und die neuronalen Netze verstopften. Dadurch konnte ich mich auf das konzentrieren, was sich im kreativen Zentrum meines Gehirns abgespielt hat.« Gedankenverloren starrte sie in die Luft. »Es hat mich weitere achtzehn Monate gekostet, bis ich den derzeitigen stabilen Intelligenzgrad erreichen konnte, in Schritten von jeweils fünfzig bis einhundert IQ-Punkten. Je mehr ich meine eigene Intelligenz verbesserte, desto leichter fiel es mir, weitere Verbesserungen einzubauen. Auf jeder neuen Intelligenzebene konnte ich Probleme in Minuten lösen, die mich auf der früheren Wochen gekostet hatten.«

Desh dachte über das nach, was sie berichtet hatte. War es wirklich denkbar, dass sie eine derart unglaubliche Verbesserung erreicht hatte? Vielleicht. Die Existenz von autistisch veranlagten Inselbegabten ließ das zumindest als Möglichkeit erscheinen. Sie hatte es ja erwähnt, und es war nicht zu leugnen – diese Menschen konnten ohne jede Mühe die Wurzel einer Zahl berechnen oder ganze Telefonbücher nach einmaligem Lesen auswendig aufsagen. Wie lang würde *er* brauchen, um dieselbe Leistung zu erreichen? Die Antwort auf diese Frage war einfach – es war unmöglich.

Ihre Geschichte war sehr weit hergeholt, aber wenigstens bisher in sich schlüssig und erklärte darüber hinaus auch sowohl ihre nächtlichen Experimente im Labor als auch den Floating-Tank, den man in ihrer Wohnung gefunden hatte.

»Bis zu welchem IQ haben Sie es gebracht?«, wollte er wissen.

»Es gab am Ende keine Möglichkeit mehr, das zu messen. Selbst die schwierigsten Probleme in einem standardmäßigen IQ-Test konnte ich sofort lösen. Und eine Zahl in dieser Größenordnung hätte letztlich auch keine Bedeutung mehr.«

Desh überlegte. »Wie haben Sie sich diesen viralen Gencocktail eigentlich verabreicht?«

»Anfangs habe ich ihn mir injiziert. Am Ende konnte ich jedoch Fortschritte erzielen und war in der Lage, die Mischung in ausgehöhlten Gelkapseln unterzubringen, die ich einfach geschluckt habe. Das ist fast dasselbe, wie wenn ich die Mischung getrunken hätte – nur dass die Gelkapseln für eine exakte Dosierung sorgen. Außerdem sind sie praktischer. Eine solche Kapsel erreicht den Magen, löst sich dort auf und gibt das Gemisch gentechnisch veränderter Viren frei. Diese wandern sofort zum Gehirn und haben innerhalb relativ kurzer Zeit die Gene, die sie praktisch als ›Ladung‹ mit sich führen, in die Chromosomen der Zellen eingeschleust, wo sofort der Veränderungsprozess beginnt.«

Desh dachte nach. »Konnten Sie die Nebenwirkungen beheben?«

Kira seufzte schwer. »Zum größten Teil.«

»Was meinen Sie damit?«

»Ich verlor meine Fähigkeit, Gefühle zu empfinden. Ich erreichte das Denken in seiner reinsten Form und analysierte alles rational, ohne Vorurteile oder emotionale Beeinflussung.« Sie atmete tief ein. »Ich habe die Experimente in meiner Wohnung durchgeführt«, erklärte sie. »Ich schloss mich ein, und es war nie jemand da, der eventuelle andere Persönlichkeitsveränderungen hätte beobachten können.« Sie senkte den Blick. »Es gab allerdings eine Auswirkung dieser Umprogrammierung, die mich ganz besonders beunruhigt hat.«

Desh schaute sie erwartungsvoll an.

»Während der kurzen Zeit, die die Verwandlung anhielt«, berichtete Kira Miller, »wurden meine Gedanken mehr und mehr …« Sie hielt inne und suchte mit gerunzelter Stirn nach der passenden Bezeichnung. »Ich nehme an, der beste Begriff wäre soziopathisch«, sagte sie dann.

13

Deshs Augen weiteten sich. Wieder einmal hatte Kira Miller ihn vollständig überrascht. Sie hatte sich solche Mühe damit gegeben, ihn davon zu überzeugen, dass sie gerade *keine* Soziopathin war. Dabei war es ihr mit ihrer Hartnäckigkeit tatsächlich bereits gelungen, die ersten Risse in seiner Mauer aus entschiedener Ablehnung zu verursachen. Und das alles nur, um am Ende zu dieser Aussage zu kommen!

»Das passt ja hervorragend«, höhnte er. »Sie sind eine vorbildliche Bürgerin. Nur dieses Verfahren, dem Sie sich ausgesetzt haben, um die Welt zu verbessern, macht einen Psycho aus Ihnen. Ist das Ihre Verteidigung?« Er ärgerte sich über sich selbst, dass er auch nur einen Moment lang auf sie hereingefallen war.

»Schauen Sie, David – ich hätte Ihnen das auch verschweigen können. Aber ich kann Ihr Vertrauen nur gewinnen, wenn ich wirklich rückhaltlos ehrlich bin. Und nein – ich habe noch immer nichts von dem getan, wovon Connelly behauptet, ich hätte es verbrochen. Diese soziopathischen Tendenzen – es waren ausschließlich Gedanken.« Sie schaute ihm direkt in die Augen. »Sie haben mein Handeln nicht beeinflusst«, beharrte sie. »Es waren einfach nur sehr starke Neigungen. Sobald mein Gehirn in den Normalzustand zurückkehrte, waren sie wieder verschwunden.«

»Berichten Sie mir mehr über diesen Zustand der Soziopathie«, forderte Desh sie auf.

Kira nagte an ihrer Unterlippe. »Nur um das klarzustellen«, sagte sie, »Soziopathie ist nicht ganz der richtige Ausdruck. Auch Psychopathie oder Größenwahnsinn treffen es nicht genau, obwohl sie dem ebenfalls ziemlich nahe kommen. Im Grunde ist es die pure Selbstsucht, kombiniert mit dem vollständigen Fehlen eines Gewissens. Wie auch immer Sie es jetzt nennen wollen – es ist sozusagen ein skrupelloser Egoismus.«

»Im Gegensatz zu was?«

»Im Gegensatz zu eben jenem Zustand, nur ergänzt durch eine sadistische Komponente.«

Desh ließ sich das durch den Kopf gehen. »Aha«, meinte er. »Es macht Sie also nicht an, wenn Sie andere foltern. Falls das jedoch nötig ist, um ein bestimmtes Ziel zu erreichen, würden Sie es ohne Zögern doch tun. Habe ich das jetzt richtig verstanden?«

Widerstrebend nickte sie.

»Wie beruhigend!«, kommentierte er abschätzig. Wieder dachte er nach. »Aber dieser der Soziopathie ähnliche Zustand kommt mir wie eine ziemlich unerwartete Nebenwirkung Ihrer Behandlung vor.«

Kira schürzte die Lippen. »Bevor ich die Experimente durchgeführt habe, hätte ich das ebenfalls vermutet. Jetzt allerdings ist mir klar, dass es sich dabei eher um eine natürliche Folge erheblich gesteigerter Intelligenz und nicht um eine Nebenwirkung der Umprogrammierung handelt.«

»Wieso?«

»Die Konzepte sind ziemlich kompliziert. Um ehrlich zu sein, verstehe ich sie nicht ganz, wenn meine Intelligenz wieder auf das normale Maß zurückgegangen ist. Aber ich werde mich bemühen, Ihnen den Kern wiederzugeben.« Sie sammelte sich und stieß laut die Luft aus. »Lassen Sie mich ganz am Anfang beginnen. Als unsere Urahnen zuerst aufgetaucht sind, waren sie keineswegs die Herren der Schöpfung. Ganz im Gegenteil. Sie schafften es gerade so, sich überhaupt zu behaupten. Die Vorfahren der Menschen waren einfach nur irgendeine von Tausenden von Gattungen, die um eine schmale Nische auf diesem Planeten kämpften, in der es von allen möglichen Lebewesen nur so wimmelte. Würde man es mit der Wahrscheinlichkeitsrechnung ausdrücken – unsere Chancen zu überleben standen etwa eins zu einer Million. Und unsere Chancen, ganz an die Spitze der Nahrungskette zu kommen, waren gleich null. Wir besaßen keine natürliche Panzerung. Keine ausreichende Geschwindigkeit. Keine angeborenen Waffen.«

»Und da kommt die Intelligenz ins Spiel«, warf Desh ein.

»Genau. Der Eisbär kann auch ohne prima überleben. Aber wir waren darauf zwingend angewiesen. Ihre Intelligenz einzusetzen war für unsere Vorfahren die einzige Möglichkeit, um nicht unterzugehen – und sie haben sie gerade noch rechtzeitig entdeckt.« Sie schaute Desh bedeutungsvoll an. »Und rein auf das Überleben bezogen bedeutet Intelligenz die Fähigkeit, hinterlistig, absolut skrupellos und absolut selbstsüchtig zu sein. Ein Verhalten, das man sozusagen als Soziopathie im Urzustand bezeichnen könnte.«

Desh dachte darüber nach, was er während seiner Zeit bei den Spezialkräften alles an Schattenseiten des menschlichen Verhaltens erlebt hatte. Er hatte Dinge gesehen, die selbst einen abgebrühten Pathologen zum Kotzen bringen würden: unaussprechliche Foltermethoden – Demonstrationen einer Grausamkeit, die jeder Vorstellungskraft widersprachen. Ohne Frage – Gewalt, Brutalität und Mordlust waren der menschlichen Natur immanent. Man musste nur ein wenig an der Oberfläche kratzen, und in jedem Jahrhundert seit den ersten historischen Aufzeichnungen kamen unglaubliche Grausamkeiten zutage. Das Abschlachten von Unschuldigen im großen Rahmen, brutale Kriege, Versklavung, Folter, Massenvergewaltigungen und Morde sowie andere Gräueltaten – sie waren zu zahlreich, um sie alle aufzulisten. Hitlerdeutschland war da nur ein Beispiel in einer endlosen Reihe. Die Menschheit legte sich selbst den Mantel der Zivilisation um und tat so, als existiere diese Seite ihrer Natur nicht. Doch die Feindseligkeit und Brutalität, die die gefährlichsten Raubtiere auf dem Planeten an die Spitze der Nahrungskette gebracht hatten, brodelten unter diesem Mantel immer weiter.

»Um zu überleben«, fuhr Miller fort, »entwickelte der Homo sapiens Intelligenz. Dadurch wurden Skrupellosigkeit und Egoismus fest in uns verankert – wir wurden sozusagen darauf programmiert. Das ist die eine Seite der Gleichung.« Sie legte eine Pause ein. »Aber eine gerissene und skrupellose Intelligenz allein reichte nicht aus. Wir mussten außerdem auch noch lernen, mit anderen zusammenzuarbeiten. Sonst hätten wir zum Beispiel das Mastodon nie erlegen können. Unsere Gehirne wurden so komplex, dass sie sich auch noch lang nach der Geburt weiterentwickeln konnten. Der menschliche Nachwuchs ist weit länger hilflos als der jedes anderen Lebewesens auf der Erde. Dadurch wurde unser Egoismus in Schach gehalten und gezähmt. Wir mussten einen gewissen Gemeinschaftssinn entwickeln und bestimmte Anstandsregeln befolgen. Wir mussten für unsere Kinder Opfer bringen und das Überleben der Gruppe als Ganzes über unser eigenes Überleben stellen.«

Inzwischen hatte die Diskussion Desh völlig mitgerissen. So sehr, dass er darüber kurzzeitig sogar sein Misstrauen gegenüber den Worten und Handlungen von Miller vergaß.

»Deshalb sind diejenigen, die einfach nur selbstsüchtig waren, irgendwann ausgestorben«, setzte sie ihre Erklärung fort. »Diejenigen, die auf Skrupellosigkeit programmiert, aber dennoch in der Lage waren, mit anderen zusammenzuarbeiten und in der Gruppe zu leben, überlebten und hatten Nachwuchs. Bis heute ist dieses prekäre Gleichgewicht zwischen reinem Egoismus in einigen Aspekten und reiner Selbstlosigkeit in anderen fest in unsere Gene einprogrammiert. Lassen Sie uns, um die Sache deutlicher zu machen, mit Extremen arbeiten. Nennen wir die Selbstsucht Soziopathie und die Selbstlosigkeit Altruismus.«

»Sie glauben also, es gibt so etwas wie Altruismus? Und Abraham Lincoln hat sich geirrt?«

Kira Miller legte den Kopf schief und schaute Desh anerkennend an. Offensichtlich war sie beeindruckt, dass er diese allerdings nicht belegte Geschichte kannte.

Nach einer Version dieser Geschichte diskutierte Lincoln während einer Zugfahrt mit einem Mitreisenden über die menschliche

Natur. Der andere behauptete, dass Altruismus existiere. Lincoln war anderer Meinung und vertrat sehr energisch die Ansicht, dass alle menschlichen Handlungen reiner Selbstsucht entspringen würden. Während der Diskussion bemerkte Lincoln ein kleines Zicklein, das auf den Gleisen feststeckte. Sofort ließ er den Zug anhalten, kletterte heraus und befreite die kleine Ziege, die fröhlich davonlief. Als er zurück im Abteil war, bemerkte der andere Passagier sofort: »Abe, du hast gerade den Beweis für meine Meinung angetreten. Du hast die reine Selbstlosigkeit gezeigt.« Woraufhin Lincoln erwiderte: »Ganz im Gegenteil. Ich habe den Beweis für meine Auffassung angetreten. Das war ein Akt reiner Selbstsucht.« Das verwirrte den Mitreisenden. »Wieso?«, fragte er. »Wenn ich das arme Tier nicht gerettet hätte, hätte ich mich einfach schrecklich gefühlt!«, antwortete Lincoln.

Kiras Augen funkelten, als sie über seine Antwort nachdachte. »Eine sehr aufschlussreiche Frage«, bemerkte sie. »Ich persönlich glaube, dass Lincoln recht hatte. Aber im Rahmen unserer Diskussion ist das einfach nur eine Frage der Auslegung. Jedenfalls gibt es selbstloses Verhalten, und auch das ist in unseren Genen fest verdrahtet. Ob es sich dabei letztlich nur um eine andere Facette der Selbstsucht handelt, spielt für den Punkt, den ich aufzeigen will, keine Rolle.«

Desh ließ die Augenbrauen nach oben zucken. »Und was ist Ihr Punkt?«

»Mein Punkt ist der, dass das empfindliche Gleichgewicht zwischen den miteinander in Konkurrenz stehenden Polen der Soziopathie und des Altruismus ziemlich einfach in die eine oder andere Richtung verschoben werden kann. Zugegeben, manche Menschen werden mit einer sehr starken Neigung in die eine oder andere Richtung geboren, aber die meisten von uns bewegen sich auf dem schmalen Grat irgendwo dazwischen. Ein durchschnittlicher Mensch, der sehr oft Güte und Freundlichkeit empfangen hat, wird meist selbst ebenfalls altruistischer handeln. Aber nehmen wir denselben Menschen, der stattdessen in seiner Kindheit fast nur Grausamkeit und Egoismus erlebt hat, und schon wird er seine

Bedürfnisse auch auf Kosten anderer durchsetzen. Selbst wenn es seine Freunde und seine Familie sind, die darunter leiden müssen. Um das Überleben der Zivilisation sicherzustellen und dafür zu sorgen, dass sich das Gleichgewicht ein wenig mehr in Richtung Selbstlosigkeit verschiebt, musste die menschliche Intelligenz zu einem Trick greifen – und die Religion erfinden.«

Desh runzelte die Stirn. »Die Religion *erfinden*?«

»Genau das. Im Laufe der Zeit gab es Tausende verschiedener Religionen. Und die Anhänger jeder dieser Religionen glauben, dass ihre Begründer, und zwar nur die, von irgendwoher den göttlichen Auftrag erhalten haben. Und dass die religiöse Mythologie aller anderen Religionen nichts als eine Täuschung ist. Fast alle sind sich darüber einig, dass alle Religionen lediglich von Menschen geschaffene Denkgebäude sind – nur die eine nicht, nämlich die, in die sie selbst hineingeboren wurden.«

Desh beschloss, nicht dagegen zu argumentieren. »Fahren Sie fort.«

»Die meisten Religionen gehen von dem Glauben aus, dass irgendwo da draußen etwas ist, das größer ist als wir«, setzte Miller ihre Darlegung fort. »Dass das menschliche Leiden irgendeinen höheren Zweck hat. Dass es nach dem Tod irgendeine Form des Weiterlebens gibt. All das hilft dabei, die selbstlose Seite der menschlichen Gleichung zu stützen. Sonst stünde in der heutigen Zeit der absoluten Selbstsucht nicht mehr viel im Weg. Warum nicht einfach total egoistisch sein? Vor allem jetzt, wo wir nicht mehr darauf angewiesen sind, in Gruppen zusammenzuleben. Dank unserer modernen Waffen kann jeder das Mastodon ganz allein zur Strecke bringen. Aber wir kontrollieren die Selbstsucht, und zwar deshalb, weil es im nächsten Leben eine Belohnung oder eine Bestrafung für unser Verhalten gibt.« Sie holte tief Luft und schüttelte den Kopf. »Aber was wäre, wenn Sie mit absoluter Gewissheit wüssten, dass nach dem Tod wirklich alles vorbei ist? Wenn es kein irgendwie geartetes Leben nach dem Tod gibt, gibt es auch keinen Grund mehr, nicht nur an sich selbst zu denken. Wenn es keinen Gott gibt – worin liegt dann der Sinn des Lebens? Es gibt kein richtig oder falsch, es gibt nur Dinge, die einen glücklich machen, und andere, die es nicht tun. Und solang man ohnehin nur kurze Zeit zu leben hat, warum sollte man dann nicht für sich selbst das Beste daraus machen? Zur Hölle mit allen anderen.«

Desh wirkte sehr nachdenklich. »Aber selbst wenn man nicht an ein Leben nach dem Tod glaubt – wir sind doch trotzdem auch auf eine gewisse Selbstlosigkeit programmiert. Genau das war doch Lincolns Argument – altruistisch zu handeln, trägt eine Belohnung in sich. Gutes Verhalten sorgt dafür, dass die Leute sich auch gut fühlen.«

»Hervorragend«, nickte sie. »Das ist wahr. Deshalb bedeutet auch das sichere Wissen, dass es kein Leben nach dem Tod gibt, nicht notwendig eine Herrschaft der reinen Soziopathie. Das ist alles nicht so klar definiert und einfach. Aber diese Erklärung ist ein Schritt in die richtige Richtung. Außerdem ist es ja nun auch so, dass wir in unserer Gesellschaft Gesetze haben. Selbst wenn Sie also der Meinung wären, dass es auf nichts anderes ankommt als Ihr eigenes Glück, dass Gut und Böse relativ sind, und sich deshalb für den puren Egoismus entscheiden, müssten Sie noch immer eine Risikoanalyse durchführen und prüfen, ob die angestrebte Belohnung das Risiko wert ist, das Sie dabei eingehen müssen. Warum sollten Sie den Luxusschlitten nicht einfach stehlen, der Ihnen so gut gefällt? Weil Sie im Gefängnis landen, wenn man Sie dabei erwischt. So kann eine Handlung, die Ihnen Vorteile verschaffen soll, die Gefahr bedeuten, dass Ihr Leben anschließend schlechter verläuft als jetzt. Das bedeutet eine gewisse Abschreckung.«

Deshs Augen verengten sich. »Es wäre aber anders, wenn Sie die absolute Macht hätten«, wandte er ein.

Kira nickte. »Genau. Ich werde das zu oft benutzte Klischee jetzt vermeiden – aber wenn man nicht an ein Leben nach dem Tod glaubt und ungestraft alles tun könnte, was man wollte, würde ein soziopathisches Verhalten immer wahrscheinlicher.«

»Das ist also die Verbindung«, stellte Desh fest. »In Ihrem verbesserten Zustand hatten Sie das Gefühl, alles tun zu können, was Sie wollen.«

»Exakt. Mit einer so hohen Intelligenz fühlt man sich einfach überlegen und nahezu unbesiegbar. Und man könnte dann wirklich eine ganze Menge ungestraft tun. Gleichzeitig sieht man ganz klar die nackte Realität: Es gibt keinen Gott. Es gibt kein Leben nach dem Tod.«

Diese Aussage ärgerte Desh. »Warum sollte gesteigerte Intelligenz Sie notwendigerweise zu einem Atheisten machen?«

»Weil die Veränderung in der Architektur des Gehirns Sie in ein ausschließlich intellektuelles Wesen verwandelt. Da ist kein Raum mehr für etwas wie Glauben, und der ist nun einmal notwendig für eine Religion und die Überzeugung, dass es einen Gott gibt und mit dem Tod nicht alles vorbei ist.«

»Und auf welche Weise beantwortet die verbesserte Intelligenz die Frage, wie das Universum entstanden ist? Es muss irgendwie geschaffen worden sein. Und allein schon diese Formulierung legt doch nahe, dass es einen Schöpfer gegeben hat.«

»Ich kann in meinem normalen Zustand meine Gedanken zu diesem Thema, die ich im veränderten Zustand hatte, überhaupt nicht nachvollziehen. Ich weiß nur, im Zustand gesteigerter Intelligenz bin ich absolut davon überzeugt, dass es keinen Gott gibt.« Sie überlegte kurz. »Sie haben mich gefragt, wer das Universum geschaffen hat. Lassen Sie mich Ihnen eine andere Frage stellen – wer hat Gott geschaffen?«

Desh legte die Stirn in Falten. »Gott ist immerwährend. Er braucht keinen Schöpfer.«

»Wirklich?«, erwiderte Kira. »Und warum braucht dann das Universum einen Schöpfer? Wenn Gott existieren kann, ohne erschaffen worden zu sein, warum dann nicht das Universum? Ganz gleich, wie Sie die Kette fortsetzen – an irgendeinem Punkt kommen Sie immer zu etwas, das bestanden hat, ohne zuvor geschaffen worden zu sein. Und genau das ist es, was selbst ein Verstand mit hoher Intelligenz nicht vollständig begreifen kann. Sich einen Gott herzuzaubern, um die Schöpfung zu erklären, ist letztlich nur ein billiger Trick. Es sei denn, Sie sind bereit, auch den Ursprung von Gott zu erklären. Aber selbst wenn wir einmal rein theoretisch die Existenz Gottes akzeptieren, stellt sich doch gleich eine andere Frage: Warum sollte ein Wesen, das allwissend und allmächtig ist, seine Zeit damit verschwenden, die Menschheit zu erschaffen? Je rationaler Sie an all diese Fragen herangehen – sobald Sie den Glauben erst einmal von der Gleichung subtrahiert haben, wird die Erkenntnis immer stärker, dass Gott nichts anderes ist als eine gedankliche Konstruktion des menschlichen Verstandes.«

Genervt schüttelte Desh den Kopf, beschloss aber, nicht weiter darüber zu diskutieren. »Wie auch immer – halten wir also fest, eine Steigerung der Intelligenz verschiebt das Gleichgewicht im Krieg Selbstlosigkeit gegen Selbstsucht.«

Miller nickte. »In einem solchen Zustand braucht es nicht viel, um eine egoistische Handlung zu rechtfertigen, die mir vorschwebt. Wenn mir jemand im Weg ist, ergibt es intellektuell einfach Sinn, ihn umzubringen. Was kommt es denn auch darauf an, ob er jetzt oder in dreißig Jahren stirbt? Seine Existenz ist ohnehin bedeutungslos. Gott ist tot. Warum sollte ich also nicht alles tun, was ich gefahrlos tun kann, um mein volles Potenzial zu erreichen?« Sie hob fragend die Augenbrauen. »Erinnert Sie das an etwas?«, fragte sie betont.

Wie Kira ohne Zweifel wusste, hatte Desh Philosophie im Nebenfach studiert. Sein Gesichtsausdruck wirkte beunruhigt. »Friedrich Nietzsches *Wille zur Macht*«, sagte er widerstrebend. Nietzsche hatte das Konzept eines Übermenschen verherrlicht. Es ging dabei nicht um einen Supermann von der Sorte eines Clark Kent, sondern um einen Mann, dessen Auffassung von Gut und Böse ausschließlich darauf beruhte, was ihm zum Erfolg verhelfen konnte – das war gut –, oder ihn zum Scheitern verurteilte – das war schlecht. *Was ist gut? Alles, was in einem Mann das Gefühl der Macht, den Willen zur Macht, die Macht selbst verstärkt. Was ist schlecht? Alles, was der Schwäche entstammt.*

Kira legte die Stirn kraus. »Ich fürchte ja«, bestätigte sie. »Wenn Sie sich in diesem Zustand gesteigerter Intelligenz mit den großen Fragen der Menschheit beschäftigen, erfinden Sie im Handumdrehen die gesamte Philosophie neu und führen Sie auf eine Ebene der Verfeinerung, die selbst die größten Philosophen der Welt nicht verstehen könnten.«

Eine ganze Weile herrschte im Raum Schweigen.

»Aber Sie sagten, Sie haben diesen soziopathischen Tendenzen keine entsprechenden Handlungen folgen lassen«, sagte Desh schließlich. »Stimmt das?«

»Ja, bisher habe ich nichts davon in die Tat umgesetzt«, antwortete sie sehr ernst. »Mein angeborener Sinn für Altruismus und Anstand war stark genug, mich davon abzuhalten, diesen Impulsen zu folgen.« Sie seufzte. »Allerdings nur gerade noch so«, räumte sie ein. »Diese Neigungen waren schon ungeheuer mächtig. Die Versuchung war sehr stark, die Programmierung auf den Neandertaler in mir ganz aufzuheben und mich von allen moralischen und ethischen Verpflichtungen zu lösen.« Ihr Gesicht zeigte äußerste Besorgnis. »Sehr, sehr stark.«

Desh war sich unsicher, wie er darauf reagieren sollte.

»Es ist jetzt schon eine ganze Weile her, seit ich mich zuletzt in diesen Zustand gesteigerter Intelligenz versetzt habe«, sagte sie leise.

»Haben Sie Angst, die Versuchung könnte so stark werden, dass Sie ihr nicht mehr widerstehen können?«, fragte Desh.

Zögernd nickte sie. Dann wanderten ihre Mundwinkel in einem freudlosen Lächeln nach oben. »Manchmal komme ich mir vor wie der Hobbit Frodo aus *Herr der Ringe.* Die Macht des Rings ist in meinem Fall die von nahezu unvorstellbarer Intelligenz und Kreativität. Und wie Frodos Ring ist auch diese Machtquelle immer da und ganz leicht zugänglich. Ich trage sie sozusagen um den Hals, und sie übt ihre magnetische Anziehungskraft auf mich aus. Die Versuchung, mich dieser Macht zu bedienen, ist fast unwiderstehlich. Vor allem, wenn ich gerade verzweifelt auf der Suche nach Wissen oder einer Problemlösung bin.«

Desh ließ sich das durch den Kopf gehen. Bisher hatte er den Ring aus der Trilogie von Tolkien noch nie als eine weitere Erscheinungsform des alten Klischees über Macht gesehen – aber natürlich war er genau das. Nicht der Ring selbst sorgte dafür, dass der

Träger sich zum Bösen wandte – es war die Macht, die in dem Ring steckte. »Macht korrumpiert«, zitierte er jetzt genau das Klischee, das Kira so sorgfältig vermieden hatte. »Und absolute Macht korrumpiert also …«

Desh konnte den Satz nicht zu Ende bringen. Mit einem Knall wie von einem Schuss explodierte plötzlich die Tür des Raumes unter zwei perfekt angebrachten, brutalen Tritten von zwei Männern.

14

Desh warf den Kopf herum, und seine Arme wurden beinahe aus den Gelenken gerissen, als er instinktiv versuchte, eine Verteidigungshaltung einzunehmen. Seine Reflexe scherten sich nicht darum, dass seine Arme gefesselt waren. Nach dem donnernden Krach der eingetretenen Tür wurde der Raum umgehend in Dunkelheit getaucht, denn das am Türgriff befestigte Seil hatte den Stecker der Lampe sofort aus der Steckdose gezogen.

Der Impuls der kräftigen Tritte warf die Eindringlinge regelrecht ins Zimmer, mit gezogenen Waffen. Etwa zur gleichen Zeit, als ihnen bewusst wurde, dass sie in der Dunkelheit blind waren, stolperten sie auch schon über den Draht, den Miller gespannt hatte. Desh hörte sie überrascht grunzen und dann zwei dumpfe Schläge, als sie zu Boden krachten.

Die Männer waren davon ausgegangen, ihr präziser Überraschungsangriff würde schnell genug ablaufen, dass Miller, selbst wenn sie mit gezogener Waffe dasaß, nicht mehr in der Lage wäre, sie aufzuhalten. Damit, dass ihre Handlung die einzige Lichtquelle im Zimmer löschte oder ein Stolperdraht sie begrüßte, hatten sie nicht gerechnet.

Auch Kira Miller war erschrocken zusammengezuckt, als die Tür eingetreten worden war, doch sie erholte sich schnell. Während die Angreifer betäubt auf dem Boden lagen und sich fragten, was da wohl gerade passiert und warum die Welt auf einmal so dunkel geworden war, hatte sie das Nachtsichtgerät angelegt. Sofort sah sie die beiden als leuchtende, dreidimensionale Silhouetten in hoher Auflösung – und in Grün.

»Keine Bewegung!«, brüllte sie.

Der größere der Angreifer hatte sich nach dem überraschenden Sturz wieder gefangen. *Die Frau ist nicht halb so intelligent, wie man es uns hat glauben lassen*, dachte er arrogant. Natürlich, alles war dunkel – aber indem sie etwas gesagt hatte, war sie dumm genug gewesen, ihnen einen Vorteil zu verschaffen: Sie hatte ihre Position verraten. Er ignorierte ihren Befehl, hob geräuschlos den Arm und richtete die Waffe auf die Stelle, von der aus ihre Stimme gekommen war.

Gerade als er feuern wollte, traf sie ihn mit ihrem Elektroschocker an der Brust.

Der große Mann verfiel in Zuckungen und blieb still am Boden liegen. Rasch holte Kira die beiden Elektrodenharpunen zurück, bereit für einen weiteren Schuss. Der andere Kerl brachte sich leise in Position, um ebenfalls einen Angriff zu versuchen. Er hatte aus dem Fehler seines Kollegen nichts gelernt.

»Dass Sie nichts sehen können«, zischte Miller, »bedeutet noch lang nicht, dass ich ebenfalls blind bin!«

Der Mann hielt in der Bewegung inne. Wie sein inzwischen paralysierter Partner war er davon ausgegangen, dass sie ihn und seine Bewegungen nicht erkennen konnte; eine dumme und möglicherweise sogar tödliche Fehleinschätzung. Man hatte die beiden schließlich davor gewarnt, dass sie extrem klug war und auf keinen Fall unterschätzt werden durfte.

»Genau«, sagte sie jetzt süffisant. »Ich trage ein Nachtsichtgerät. So, und jetzt versuchen wir das Ganze noch einmal: Kei-ne Be-wegung!« Sie betonte jedes Wort, als ob sie mit einem widerspenstigen Kleinkind sprechen würde.

Seit Beginn des Angriffs waren Deshs Gedanken wild davongestürmt, und er hatte seine Möglichkeiten abgewogen. Allerdings erkannte er sehr schnell – selbst wenn er sich irgendwie hätte befreien können, seine Chancen zu entkommen waren gleich null. Er konnte auch nicht besser sehen als die beiden Angreifer.

Kira zog eine Glock aus der Tasche, den Schalldämpfer bereits aufgeschraubt. Was ein mehr als zweifelhafter Vorteil war – der explosionsartige Krach, als die Tür eingetreten wurde, hatte bestimmt ohnehin schon andere Gäste geweckt, und es war davon auszugehen, dass einige gerade jetzt die Polizei riefen.

»Ich habe eine Pistole auf Sie gerichtet«, erklärte Kira. »Wie viele von Ihnen sind da noch? Und was ist ihre Position?«

»Keine anderen«, antwortete der Mann. »Nur wir zwei.«

Miller feuerte. Die schallgedämpfte Waffe gab einen zischenden Laut von sich, als sie dem Mann eine Kugel durch den fleischigen Teil seines Oberschenkels schickte. »Ich frage nur noch einmal«, knurrte sie. »Wie viele andere sind noch da? Und was ist ihre Position?«

»Ein anderer«, grunzte der Mann, der verzweifelt versuchte, das Bluten seiner Beinwunde zu stoppen. »In Scharfschützenposition, direkt gegenüber der Tür, um zu verhindern, dass Sie fliehen. Seine Waffe ist mit einer Wärmebildkamera ausgerüstet.«

Kira sagte nichts. Sie änderte die Einstellung am Elektroschocker und feuerte. Der Angreifer zuckte und blieb dann bewusstlos liegen. Sie lud erneut, änderte wieder die Einstellung und schockte den ersten der beiden Männer, der anschließend ebenfalls bewusstlos war. Dann holte sie eine Skimaske aus ihrer Tasche, die aus demselben elastischen Material bestand wie ihr Overall, und zog sie über Gesicht und Nachtsichtgerät.

»Mist!«, fluchte sie. »Wir hätten mehr Zeit gebraucht. Eigentlich hätte man uns erst in fünf oder sechs Stunden aufspüren dürfen.« Sie klang niedergeschlagen und sprach mehr mit sich selbst als mit Desh. »Bis dahin wären wir längst verschwunden gewesen.« Als sie sich mit den Angreifern befasst hatte, hatte sie die absolute Kontrolle über die Situation gehabt, doch jetzt klang sie verzweifelt, als ob sie gerade einen schrecklichen Verlust erlitten hätte. Das konnte Desh ihrer Stimme deutlich anhören, auch wenn er noch immer nichts sah.

»Ich muss verschwinden«, erklärte sie nach kurzem Schweigen. »Sofort.« Desh bemerkte, dass keine Spur von Verletzlichkeit mehr zu spüren war. »Ich kann Sie nicht losbinden – und ich habe keine Zeit, Sie mitzuschleppen.«

Deshs Herz raste. Was würde sie jetzt mit ihm anstellen? Ob sie ihm eine Kugel in den Kopf jagen würde, bevor sie ging? Desh wusste, sie hatte vor, über das hintere Zimmer zu fliehen. Sie hatte alles perfekt geplant. Genau wie sie erwartet hatte, hatten die Angreifer lediglich die eine Tür überwacht, weil sie davon ausgegangen waren, dass es nur diesen Ausgang gab.

»Und was ist, wenn er gelogen hat?«, sagte Desh in seiner Verzweiflung. »Was ist, wenn es auch auf der anderen Seite einen Scharfschützen gibt?«

»Dann wird er mich verfehlen«, erklärte sie. »Ich bin von Kopf bis Fuß eingepackt – Overall, Skimaske, Nachtsichtgerät. Und alles blockiert meine Körperwärme. Für eine Wärmebildkamera bin ich unsichtbar, ganz gleich, ob sie ein Scharfschütze einsetzt oder jemand aus der Luft.«

Desh schüttelte den Kopf. »Das ist unmöglich«, beharrte er. »Das Militär versucht sich schon seit Jahren daran. Eine solche Technologie gibt es nicht.«

»Jetzt schon«, erwiderte Kira.

Deshs Augen weiteten sich. Ob das wirklich stimmte? Wenn man ihr Glauben schenken durfte, hatte sie ihre eigene Intelligenz dramatisch verbessert. Hatte sie sich mit ihrem getunten Verstand womöglich auch dem Problem gewidmet, die Wärmebildtechnologie zu besiegen? Falls das stimmte, lieferte es eine gute Erklärung, wie sie es geschafft hatte, in den USA zu bleiben und dennoch der Verfolgung so lang zu entgehen.

Während Desh noch darüber nachgrübelte, war Miller rasch herangekommen und hatte seine Fesseln mit einem Messer durchschnitten. Nun waren seine Hände frei. Sie wich schnell zurück, trotz ihrer beiden Vorteile, bewaffnet zu sein und sehen zu können.

»Ich muss gehen«, sagte sie hastig. »Ich lege das Messer und die Waffe ins Badezimmer vom Nebenraum. Bis Sie mit Ihren Fußfesseln dorthin geschlurft sind, habe ich den Vorsprung, den ich brauche.«

Desh ließ den angehaltenen Atem ausströmen. Sie ließ ihn wirklich gehen?

»Verdammt!«, schimpfte sie wieder. »Es gibt noch so viel, was ich Ihnen sagen muss. Eigentlich sollten wir den Raum gemeinsam als Verbündete verlassen!« Sie riss sich zusammen. »Man wird wissen, dass ich das Risiko eingegangen bin, Sie zu entführen«, murmelte sie. »Aber ich weiß nicht, wie sie das interpretieren werden. Möglicherweise wird man Sie umbringen, aber vielleicht wird man Sie auch einfach weiter benutzen. Ich weiß es nicht. Ich weiß allerdings, Sie sind noch nicht sicher, wie Sie mich einschätzen sollen. Aber lassen Sie mich Ihnen einen Rat geben – selbst wenn Sie denken, dass jedes Wort von mir eine Lüge ist, Ihr Überleben hängt davon ab, dass Sie eines wissen und glauben: Trauen Sie niemandem. Und seien Sie auf alles vorbereitet.« Sie klang fast ängstlich, als sie ihn warnte.

Dann nahm Kira ihre Tasche und eilte in den zweiten Raum. Nach einem kurzen Abstecher in dessen Badezimmer schloss sie die Außentür auf. »Wir müssen unsere Unterhaltung ein anderes Mal zu Ende führen«, rief sie Desh zu.

Kurz herrschte Stille. »Passen Sie auf sich auf, David«, sagte sie dann sehr ernst. »Ich hoffe, Sie sind so gut, wie ich glaube, dass Sie es sind.«

Dann öffnete Kira Miller die Tür und trat hinaus in die Nacht.

TEIL DREI

Jungbrunnen

15

Sobald sich die Tür des zweiten Raums geschlossen hatte, setzte Desh sich in Bewegung. Er rutschte zur anderen Seite des Betts und tastete nach der Lampe auf dem zweiten Beistelltisch, identisch mit der, deren Stecker herausgerissen worden war. Er fand sie, ebenso wie den Schalter am Sockel, und schaltete sie ein. Obwohl die Lampe kein sehr helles Licht verbreitete, sorgten die Minuten in der Dunkelheit zuvor doch dafür, dass er blinzeln musste, bis seine Augen sich daran gewöhnt hatten.

Der Türrahmen im Zimmereingang war zerschmettert, wo sich das Schloss befunden hatte, und die Tür selbst hing schief an nur noch einem Scharnier – ein zersplittertes Chaos. Die beiden Eindringlinge bildeten schwerfällige Haufen auf dem dünnen Teppich, und keiner von ihnen bewegte sich. Desh glitt vom Bett, beugte sich herab und tastete am Hals nach ihrem Puls. Beide waren am Leben. Nachdem er sich davon überzeugt hatte, schlurfte er mit seinen Fußfesseln so schnell er konnte in den nächsten Raum. Er betrat das Badezimmer, ohne Licht zu machen, unsicher, was er dort vorfinden würde.

Erst als er die Badezimmertür geschlossen hatte, schaltete er das Licht ein. Schließlich wollte er etwaigen Zuschauern nicht per Lichtsignal verkünden, dass es da ein zweites Zimmer gab. Miller hatte ihr Wort gehalten. Auf dem Fußboden lagen eine halbautomatische Browning mit einem vollen Magazin und ein Kampfmesser. Wie ein Schock traf es ihn, als er sah, dass sie ihm auch den Schlüssel zum Ford und etwas dagelassen hatte, das ein zweites Nachtsichtgerät sein musste. Sie wusste doch, dass er sie verfolgen würde, trotz ihres kurzen Vorsprungs. Warum versorgte sie ihn dann mit Waffen, Nachtsicht und einem Fahrzeug?

Desh runzelte die Stirn. Wahrscheinlich war sie der Meinung, dass es nicht darauf ankam, weil er sie ohnehin nicht erwischen konnte. Natürlich hatte sie keinen fehlerlosen Überfall und eine Möglichkeit geplant, das Hotel ungesehen verlassen zu können, ohne auch einen sicheren Fluchtweg vorzubereiten. Ohne Zweifel stand irgendwo ein anderes Auto bereit, wahrscheinlich hinter dem schmalen Streifen Wald, der ans Motel anschloss.

Desh steckte die Pistole und den Schlüssel ein und zerschnitt die Kabelbinder an seinen Fußgelenken. Es war eine unglaubliche Erleichterung, sich endlich wieder frei bewegen zu können. Dann setzte er das Nachtsichtgerät auf, nahm ein Badetuch, ging zurück zu dem verwundeten, bewusstlosen Mann und wickelte es ihm fest um den Schenkel.

Die beiden Männer besaßen identische Waffen, die jetzt auf dem Boden lagen. Desh nahm eine auf und untersuchte sie. Zu seiner Überraschung kannte er die Marke nicht. Er zog das Magazin heraus und machte große Augen. Es war eine Betäubungspistole, die Pfeile verschoss, keine Patronen. Das war interessant – die beiden hätten Miller töten können und wollten sie dennoch lebend gefangen nehmen. Aber wer waren diese Männer? Und was machten sie hier? Kira Millers Erklärung, dass seine eigenen Leute ihn überwachten, war die wahrscheinlichste – und ergab dennoch keinen Sinn. Es sei denn, man traute ihm nicht.

Und was jetzt? Er konnte ihr hinterherjagen. Allerdings war er sicher, dass er sie nicht mehr einholen konnte. Ihm war klar, er hatte nicht viel Zeit, bis die Polizei eintraf. Möglicherweise hatte der Mann, den sie angeschossen hatte, gelogen, was den Scharfschützen betraf. Ebenso wahrscheinlich war es allerdings, dass er nicht gelogen hatte, und Desh besaß nicht Millers Hilfsmittel, um sich für Wärmebildkameras unsichtbar zu machen. Ganz sicher wollte er nicht die erste menschenähnliche und Hitze ausstrahlende Silhouette sein, die aus der Tür kam. Trotzdem – er musste alles völlig neu organisieren, und das Letzte, was er brauchen konnte, war, noch in diesem Raum zu sein, wenn die Polizei eintraf. Das ließ ihm nur eine Wahl – wie Kira Miller durch den zweiten Raum zu verschwinden.

Sie hatte ihn gewarnt, er könne niemandem trauen. Und was auch immer er von allem anderen hielt, was sie gesagt hatte – das war auf jeden Fall ein vernünftiger Rat. Er steckte in einer Situation, der er bei weitem nicht gewachsen war. Bevor er kein klareres Bild von dem gewonnen hatte, was geschah und wer die Mitspieler waren, traute er nicht einmal seinem eigenen Schatten.

Desh steckte das Handy des kleineren Mannes und seine Betäubungspistole ein. Die andere Betäubungswaffe und die zwei Pistolen wickelte er in ein zweites Handtuch. Er ging in den nächsten Raum und schloss beide Verbindungstüren. Wieder herrschte absolute Dunkelheit. Er verschloss die Mitteltür mit dem Sperrriegel und öffnete das Klapphandy, das ihm gerade genug Licht bot, eine Nummer zu wählen. Die private Nummer von Jim Connelly kannte er auswendig, und sie war es, die er jetzt eintippte.

Das Telefon klingelte dreimal. Desh wartete ängstlich.

»Hallo«, kam dann Connellys heisere, schläfrige Stimme.

»Colonel, hier ist David Desh«, sagte Desh gedämpft.

»David?«, murmelte Connelly überrascht. »Himmel, David – es ist drei Uhr morgens!«, beklagte er sich, doch langsam wurde ihm die Bedeutung des Anrufs bewusst, und sein zunächst nur schwerfällig arbeitendes Gehirn begann zu erwachen. Adrenalin schoss ein, und seine Stimme gewann an Kraft. »Sind Sie in Ordnung?«

»Ja, aber ich muss etwas wissen«, erwiderte Desh leise.

»Hat man Sie gezwungen, mich anzurufen?«, fragte Connelly vorsichtig, jetzt voller Aufmerksamkeit.

»Nein, ich bin allein.«

»Wir müssen auf eine sichere Leitung wechseln«, erklärte Connelly. Dann fügte er betont hinzu: »Ich weiß, dass Sie wissen, was ich Ihnen gesagt habe. Ich hatte eigentlich nicht damit gerechnet, von Ihnen zu hören.« Als ob er Desh daran erinnern müsste, dass er den strikten Befehl erhalten hatte, alle militärischen Kommunikationskanäle zu meiden.

»Ja, wir wollten die Jagdbeute nicht vorwarnen«, entgegnete Desh sarkastisch. »Unglücklicherweise ist es dafür ein bisschen zu spät.«

»Sie weiß, dass Sie hinter ihr her sind?«

»Das könnte man so sagen«, antwortete Desh. »Man könnte sogar sagen, ich wurde gerade entführt. Und zwar nicht von Aliens.«

»Was?«, flüsterte der Colonel entsetzt. »Aber warum? Das ergibt keinen Sinn!« Er dachte kurz nach. »Es sei denn, sie hat vermutet, dass Sie ihr schon ziemlich dicht auf den Fersen waren.«

»Das dachte sie nicht, und ich war es auch nicht«, fuhr Desh hastig fort. Er wusste, die Polizei konnte jeden Moment hier sein. Noch schlimmer – die beiden Männer im Nebenzimmer konnten das Bewusstsein wiedererlangen, oder ihr Freund, der Scharfschütze, konnte die Geduld verlieren und nachschauen kommen, was los war. »Sie hat versucht, mich davon zu überzeugen, dass sie unschuldig ist. Ich habe nicht viel Zeit – ich erkläre Ihnen alles später. Aber ich muss etwas wissen. Zwei Jungs vom Militär sind plötzlich auf der Party aufgetaucht und haben sie verjagt. Waren das Ihre?«

»Ich wusste ja gar nichts von der Party«, erwiderte der Colonel. »Und ganz sicher habe ich keine ungebetenen Gäste geschickt.«

»Haben Sie jemandem den Auftrag gegeben, mich zu überwachen?«

»Warum sollte ich das tun?« Connelly klang ernstlich verwirrt. »Sie sind doch hier nicht das Ziel – und ich habe vollstes Vertrauen, dass Sie Ihre Arbeit erledigen und dann Ihren Kontakt anrufen.«

»Und wer sind die zwei dann?«

Eine Pause entstand. »Ich habe keine Ahnung«, kam voller Unbehagen die Antwort.

Desh nickte. »Ich muss gehen, Colonel. Tun Sie mir einen Gefallen – nehmen Sie die gesamte Operation ganz genau unter die Lupe. Etwas stimmt hier nicht. Und fangen Sie mit den ungebetenen Gästen an. Sorgen Sie dafür, dass Sie wirklich den Überblick haben.«

»Nach dem, was Sie mir gerade berichtet haben«, erklärte Connelly, »müssen Sie mir das gar nicht erst sagen.«

»Gut«, meinte Desh. »Ich melde mich.« Er beendete das Gespräch.

Dann steckte er das Handy ein, ging zum Fenster, schob den Vorhang ein Stück beiseite und schaute hinaus. Die Luft schien rein zu sein.

Plötzlich hörte Desh schwere Schritte im Nebenzimmer. Er fuhr herum, absolut alarmiert.

»Heilige Scheiße!«, rief jemand. Seine Stimme drang durch die dünne Wand. »Sind sie noch am Leben?«

»Ich check das mal«, antwortete ein zweiter Mann. »Und du rufst Verstärkung!«, ergänzte er.

Aus ihrer Reaktion schloss Desh, dass die beiden uniformierte Polizisten ohne Militärerfahrung waren. Was eine gewisse Erleichterung bedeutete. Dennoch hatte er nicht vor, die weitere Entwicklung abzuwarten. Er öffnete die Außentür und trat vorsichtig ins Freie, ging geduckt und hielt sich im Schatten.

16

David Desh betrat das Wäldchen hinter dem Motel, das Nachtsichtgerät angelegt. So schnell er konnte, hastete er zwischen den Bäumen durch. Der Wald bei Nacht bot ein faszinierendes Bild, das nur wenige Menschen jemals beobachten konnten. Schließlich bedurfte es für diese Erfahrung eines speziellen Interesses und der entsprechenden teuren Ausrüstung mit Infrarot. Desh hatte schon oft das Glück gehabt, richtig ausgerüstet gewesen zu sein und erleben zu können, wie ein Wald nachts lebendig wurde, mit Vögeln, Amphibien, Säugetieren und Reptilien, die sich im Schutz der Dunkelheit bewegten und sich überhaupt nicht bewusst waren, dass die moderne Technologie einem ansonsten nachtblinden Menschen auf einmal die Gelegenheit bot, einen Blick auf dieses vorher verborgene Universum zu erhaschen. Fledermäuse, normalerweise gegen den Nachthimmel unsichtbar, zeigten sich klar und deutlich auf ihrem Beuteflug, und Eulen terrorisierten die Nagetierbevölkerung, schluckten ihre Beute oft sogar komplett.

In dieser Nacht konnte sich Desh den Luxus allerdings nicht leisten, sich ablenken zu lassen. Er richtete seine Aufmerksamkeit ganz darauf, den etwas mehr als einen halben Kilometer breiten Waldstreifen so schnell wie möglich zu durchqueren. Etwa zehn Minuten später tauchte er daraus hervor. Neben dem Wald verlief eine Straße, doch Desh hielt sich eng an der Baumlinie und außer Sicht der Scheinwerfer. Mehr und mehr Entfernung brachte er zwischen sich und das Motel.

Nachdem er ein paar Meilen gelaufen war, entdeckte er auf der anderen Straßenseite den Turm einer Kirche, mit einem kleinen Parkplatz davor. Rasch näherte er sich dem Backsteingebäude und kam an einem Schild vorbei, auf dem »Evangelische Kirche Sankt Peter« stand. Er drängte seine Gewissensbisse zurück, brach das Schloss der Eingangstür auf und schlüpfte hinein.

Er marschierte direkt zum Altarraum und legte das Handy, das er Kiras Angreifer abgenommen hatte, hinter die Kanzel, zugeklappt, aber nicht ausgestellt. Innerhalb weniger Minuten befand er sich wieder am Waldrand, hielt sich erneut außer Sichtweite und beobachtete aufmerksam alle Zugänge zur Kirche.

Desh bereitete sich auf eine längere Wartezeit vor. Immer wieder zog er sich ganz in den Wald zurück und machte ein paar Übungen, um seinen Kreislauf in Schwung zu halten und gegen die Kälte der Herbstnacht anzukämpfen. Irgendwie hatte er das ganz merkwürdige Gefühl, dass Miller, hätte sie in ihrer Tasche eine zweite Jacke gehabt, ihm auch die dagelassen hätte.

Was sollte er nur von ihr halten? Konnte ihre Geschichte wirklich stimmen? Das ließ sich unmöglich sagen. Aber unabhängig davon musste Desh ihre Kompetenz einfach bewundern. Sie hatte alles brillant geplant, reagierte schnell und zeigte Entschlossenheit.

Aber zeigte sie vielleicht zu viel Entschlossenheit? Sie hatte einen der Angreifer mit skrupelloser Effizienz angeschossen, nur um Informationen zu erhalten. Nur wenige Menschen waren in der Lage, so kaltschnäuzig zu handeln. Andererseits hätte sie die beiden – und ihn – ebenso leicht töten können. Ein echter Psychopath hätte nicht gezögert. Es konnte natürlich auch sein, dass sie in der Lage gewesen war, ihre wahre psychopathische Natur zu unterdrücken, weil es ihr aus irgendwelchen nicht nachvollziehbaren Gründen wichtig war, Desh von ihrer Unschuld zu überzeugen.

Aber vielleicht war sie auch gar keine Psychopathin. War sie nicht eine geradezu vorbildliche Bürgerin gewesen, bevor sie in ihre eigene Hirnchemie eingegriffen hatte? Vielleicht. Aber selbst wenn – es war ebenso gut möglich, dass die Veränderungen in ihrem Wesen, von denen sie behauptete, sie seien ein Ergebnis der

Experimente, inzwischen dauerhaft waren. Auch wenn sie versucht hatte, ihn vom Gegenteil zu überzeugen.

Das konnte aber noch immer nicht die Tode ihrer Eltern, ihres Onkels und ihrer Lehrerinnen erklären, erkannte Desh. Selbst wenn der Mord an ihrem Bruder und die Zusammenarbeit mit Terroristen auf psychopathisches Verhalten zurückzuführen waren, das sie selbst verursacht hatte, eine schreckliche Nebenwirkung der Umprogrammierung ihres Gehirns – diese früheren Morde mussten andere Gründe haben. War sie sich womöglich ihrer eigenen Natur wirklich nicht bewusst? Was wäre denn, wenn sie an Schizophrenie litt und schon in jungen Jahren eine gespaltene Persönlichkeit entwickelt hatte? Vielleicht hatten in ihr immer die Anlagen zu einem Dr. Jekyll und einem Mr Hyde gesteckt und die Veränderungen der Hirnchemie hatten lediglich dazu geführt, dass die Persönlichkeit des Mr Hyde immer dominanter wurde.

Ärgerlich über sich selbst, schüttelte Desh den Kopf. Warum zum Teufel suchte er so verzweifelt nach einem Teil von ihr, der unschuldig war? Ihm war klar, dass sie durch seine Abwehrmechanismen gedrungen war. Wie sehr, wurde ihm allerdings erst jetzt bewusst. Er fand ihren scharfen Verstand anregend, und dann waren da noch diese sanften, ausdrucksvollen Augen. Sie besaß einen Charme und eine Aufrichtigkeit, die ohne Zweifel anziehend waren. Und das, obwohl er ja wusste, dass das alles nichts als Schauspielerei war. Das musste er den alten Griechen lassen – sie hatten genau gewusst, dass eine zutiefst verräterische Frau, die dennoch einen Mann in ihren Bann schlagen kann, weit gefährlicher war als das mächtigste aller Seeungeheuer. Wie viele andere hatte Kira Millers Sirenengesang wohl schon verzaubert, fragte er sich – nur damit sie am Ende, ihrer Wachsamkeit beraubt, an den Klippen zerschellten? Sollten sich ihre Wege nochmals kreuzen, sorgte er besser dafür, dass er am Mast angebunden war wie Odysseus, wenn er eine Chance haben wollte, diese Begegnung ebenfalls zu überleben.

Er war noch immer in seine Gedanken vertieft, als knapp vierzig Minuten, nachdem er das Handy in der Kirche abgelegt hatte, eine große Limousine etwa hundert Meter von der Kirche entfernt hielt. Zwei Männer mit Nachtsichtgeräten sprangen heraus und rannten zur Kirche. Der Fahrer blieb im Auto. Sie hatten den Köder bereits geschluckt. Beeindruckend. Wer auch immer diese Leute waren – sie besaßen gute Beziehungen. Trotz der Anwesenheit der Polizei im Motel waren sie in der Lage gewesen, die richtigen Strippen zu ziehen, um ihre Männer frei zu bekommen und das fehlende Handy aufzuspüren, und alles in Rekordzeit.

Desh zog die Betäubungspistole hervor, die er sich geliehen hatte. Auch wenn sie ihn beschattet hatten, diese Männer standen wahrscheinlich auf seiner Seite. Zwar war er nicht gerade in der Stimmung, ihnen voll zu vertrauen, aber er wollte auch keine tödliche Waffe einsetzen, bevor er nicht wusste, wer sie waren.

Er sprintete die Baumlinie entlang, in Gegenrichtung zur Kirche, damit er sich dem Fahrzeug von hinten nähern konnte. Kaum hatten die beiden Männer die Kirche betreten, huschte Desh über die Straße und ließ sich geräuschlos herab auf den Boden. Langsam näherte er sich robbend der Beifahrertür und erlaubte es sich dabei kaum, auch nur zu atmen. Er war sicher, dass der Fahrer die Tür nicht verschlossen hatte.

Nach einem tiefen, leisen Ausatmen als Vorbereitung zog er das Nachtsichtgerät ab und legte es neben sich auf den Boden. Dann schoss er in einer einzigen fließenden Bewegung nach oben, packte den Türgriff und riss die Tür auf. Sie war tatsächlich nicht verriegelt. Ohne Zeit damit zu verlieren, sich für seine korrekte Einschätzung selbst zu gratulieren, richtete Desh die Waffe auf den völlig überraschten Fahrer, der gerade nach seiner eigenen greifen wollte. »Hände aufs Armaturenbrett!«, blaffte er.

17

Der Fahrer studierte Desh nachdenklich und legte dann die Handflächen wie befohlen auf das Armaturenbrett. Zwischen Deshs Lippen kam seine Zungenspitze zum Vorschein, so wie oft, wenn eine physische Aktivität seine volle Aufmerksamkeit forderte. Er glitt durch die offene Tür auf den Rücksitz, die Waffe immer auf sein Ziel gerichtet.

»Rutschen Sie rüber und schließen Sie die Tür«, befahl Desh leise.

Der Mann tat, was er ihm gesagt hatte.

»Jetzt zurück auf den Fahrersitz und los«, forderte Desh. »Schnell! Drehen Sie um und fahren Sie in die Richtung, aus der Sie gekommen sind.« Desh hatte nicht vor, an den Kollegen des Mannes vorbeizufahren, die jeden Moment wieder aus der Kirche kommen mussten. Bestimmt hatten sie längst entdeckt, dass alles eine Falle war.

Der Fahrer befolgte auch diese Anweisung. Schnell wurde die Kirche im Rückspiegel immer kleiner.

»Beeindruckend, Mister Desh«, räumte der Fahrer ein. »Allerdings habe ich über Sie auch schon eine Menge guter Dinge gehört.«

»Wer sind Sie?«, knurrte Desh. »Und warum folgen Sie mir?«

»Nennen Sie mich einfach Smith«, erwiderte der Fahrer, ein kleiner, drahtiger Mann Ende dreißig mit kurzen braunen Haaren und einer fast fünf Zentimeter langen Narbe unterhalb seines Ohrs, die der Linie seines Kiefers folgte. »Nach einer Unterhaltung mit Kira Miller tendiert man dazu, ein bisschen paranoid zu werden, richtig? Man weiß dann nicht, wem man vertrauen und was man glauben kann.«

»Smith, aha«, bemerkte Desh. Dem Kerl vor ihm merkte man das Militär deutlich an. Von dem lächerlichen Decknamen einmal abgesehen, zeichnete ihn eine ganz besondere Arroganz aus, als ob er sich für besser als alle anderen hielte – und als ob die Regeln, denen andere sich zu unterwerfen hatten, für ihn nicht gelten würden. »Verdeckte Operation?«, riet Desh.

Um Smiths Mund spielte ein selbstzufriedenes Lächeln. »Genau«, antwortete er. »Wir hatten die Chance, das Mädchen zu fassen, und haben sie genutzt. Tut mir leid, dass wir Sie erschreckt haben. Nach dem, was Sie gerade mitgemacht haben, ist Ihre Reaktion nur die, die man von jedem klugen Soldaten erwartet. Aber wir sind beide auf derselben Seite, Sie und ich. Wirklich.«

»Und warum stand ich unter Beobachtung, wenn wir doch auf derselben Seite sind?«

»Das erkläre ich Ihnen gerne – das und noch viel mehr, Mister Desh. Schließlich bin ich derjenige, der es autorisiert hat, dass man Sie in diese Operation mit hineinnimmt. Ich nehme an, Colonel Connelly hat Ihnen eine Nummer gegeben, die Sie anrufen sollen, wenn Sie das Mädchen gefunden haben?«

Desh antwortete nicht.

»Ich werde Ihnen ein Handy leihen«, erklärte Smith. »Ich besitze zwei. Ich werde jetzt in meine Tasche greifen und das Handy herausziehen, aber weiterhin auf die Straße schauen. Ich werfe Ihnen das Teil nach hinten. Sollten Sie eine Waffe sehen, dürfen Sie gerne schießen.«

Desh wusste, bei ihrer momentanen Geschwindigkeit konnte jeder Schusswechsel nur einen für beide tödlichen Unfall verursachen. Smith musste das ebenfalls wissen.

»Okay«, bemerkte Desh, noch immer misstrauisch. »Tun Sie das. Aber ganz langsam.«

Der Mann griff in seine Tasche, zog in Zeitlupe ein Handy hervor und hielt es nach oben, damit Desh es sehen konnte. Den Blick fest auf die Straße gerichtet, warf er es über seine Schulter zurück. Desh fing es mit der linken Hand, die rechte mit der Betäubungspistole weiter auf Smith gerichtet.

»Rufen Sie die Nummer an, die der Colonel Ihnen gegeben hat«, forderte Smith ihn auf.

Desh klappte das Handy auf und tippte die Nummer ein, die er auswendig gelernt hatte. Kaum war die Verbindung hergestellt, kam aus Smiths Hemdtasche ein Klingelton. Er schaute Desh im Rückspiegel an und hob die Augenbrauen. »Haben Sie was dagegen, wenn ich ans Telefon gehe?«, fragte er selbstgefällig.

Er griff in die Hemdtasche. »Hallo, Mister Desh«, sagte er. Seine Stimme erklang in Stereo, einmal vom Fahrersitz aus und einmal über das Handy in Deshs Hand. »Ich glaube, es wird Zeit, dass wir uns ein wenig unterhalten.«

18

Desh wusste noch immer nicht, wem er trauen konnte, aber immerhin, Smith wirkte authentisch, auch wenn Connelly von seinen Aktivitäten nichts gewusst hatte. Trotzdem hatte Desh ein ungutes Gefühl in der Magengrube, das einfach nicht verschwinden wollte.

»In Ordnung«, meinte Desh. »Dann legen Sie mal los.« Er nahm die Waffe nicht herunter.

»Ich sage Ihnen was, Mister Desh. Wie wäre es, wenn ich einfach an den Rand fahre und wir uns erst einmal gegenseitig entwaffnen?«

Desh schwieg.

»Was halten Sie davon?«, drängte Smith. »Sie können weiterhin Ihre Waffe auf mich gerichtet halten, während ich all meine Waffen in einen Beutel im Kofferraum werfe – einschließlich der Pistole, die ich mir um das Fußgelenk geschnallt habe. Sie können mich auch gerne filzen, um sicher sein zu können.« Er hielt kurz inne. »Sie dürfen sogar Ihre eigene Waffe behalten – aber Sie nehmen sie herunter.«

Nachdenklich betrachtete Desh den Mann mit der Narbe, sagte aber noch immer nichts.

»Und dann unterhalten wir uns ein wenig und lernen uns besser kennen«, fuhr Smith unbeirrt fort. »Ich bringe Sie sogar nach Hause – solang Sie auf den Beifahrersitz umsteigen. So können wir uns ohnehin viel besser unterhalten. Außerdem bin ich ja nun nicht Ihr Chauffeur.«

Desh beleuchtete den Vorschlag gedanklich unter allen Gesichtspunkten und stimmte am Ende zu. Fünf Minuten später lagen zwei Pistolen und ein Kampfmesser sicher verwahrt in einem Beutel im Kofferraum, und Desh hatte sich vergewissert, dass Smith nun unbewaffnet war. Er hatte dem drahtigen Mann noch erlaubt, seinen Leuten per Handy einen kurzen Statusbericht zu geben. Dann nahm er auf dem Beifahrersitz Platz, sicher angeschnallt, doch er richtete den Blick auf Smith statt auf die Straße und hielt sich außerhalb seiner direkten Reichweite.

»In Ordnung«, sagte Desh, als Smith beschleunigte und wieder auf die Straße fuhr. »Warum berichten Sie mir jetzt nicht einfach, was los ist?«

»Ich fürchte, so kann das nicht funktionieren«, erwiderte Smith ruhig. »Ich werde Ihnen alles erzählen, da können Sie sich sicher sein. Ich verstehe sehr gut, wie diese Frau einen durcheinanderbringen kann. Und wie schockierend es ist zu erfahren, dass wir Sie ohne Ihr Wissen überwacht haben. Deshalb werde ich ein wenig nachsichtig mit Ihnen sein. Aber wir machen das auf meine Art. Zuerst beantworten Sie mir ein paar Fragen – und dann werde ich Ihre beantworten. Auch wenn ich eine Abteilung für verdeckte Operationen führe, die offiziell gar nicht existiert, und einen Decknamen verwende – ich bin Ihr vorgesetzter Offizier. Das hat Connelly Ihnen doch gewiss gesagt.«

Desh ließ seine Augenbrauen in die Höhe wandern. »Vorgesetzter Offizier?«, wiederholte er unbeeindruckt. »Reden Sie keinen Unsinn, Smith. Sie haben mich Mister Desh genannt. Sie wissen, ich bin Zivilist. Natürlich hat Connelly mir gesagt, dass ich Ihren Anweisungen Folge leisten soll. Trotzdem kann Mister Desh Ihnen jederzeit sagen, Sie sollen sich zum Teufel scheren.«

Smith seufzte. »In Ordnung, *Mister* Desh. Lassen Sie uns das auf andere Art versuchen. Wenn Sie wissen wollen, was los ist, müssen Sie mir zuerst meine Fragen beantworten. Fertig. Sonst lasse ich Sie einfach komplett im Dunkeln.« Er warf Desh einen Seitenblick zu. »Nun?«

Desh schaute ihn lang böse an, dann nickte er, sichtlich verärgert.

»Gut«, lobte Smith. »Erzählen Sie mir, wie Kira Miller es geschafft hat, Sie zu überrumpeln.«

Desh berichtete von der gefälschten SMS und Griffin und davon, was in dessen Wohnung passiert war. Ab und zu unterbrach ihn Smith, um sich etwas näher erklären zu lassen, doch ansonsten sagte er nicht viel. Als Desh beschrieb, wie Kira ihn ausgezogen und gezwungen hatte, den Jogginganzug anzuziehen, betrachtete Smith die grauen Klamotten, die mittlerweile ziemlich zerknittert waren, und grinste amüsiert.

Die Schilderung der Vorsichtsmaßnahmen, die Miller im Motel ergriffen hatte, fand Smiths volle Aufmerksamkeit. Er war sich sehr wohl bewusst, wie hervorragend sie ihr bei seinen Männern gedient hatten. Desh beendete seinen Bericht an der Stelle, an der Kira das Motel durch das angrenzende Zimmer verlassen hatte. Ihre Behauptung, sie hätte ein Material erfunden, das jegliche Wärmeabstrahlung verhinderte, erwähnte er nicht.

»Verdammt, sie ist so schlüpfrig wie ein Aal«, kommentierte Smith, als Desh am Ende angekommen war. »Es ist schon fast unheimlich, wie sie es schafft, in Freiheit zu bleiben. Und dann den Elitesoldaten zu entführen, der auf sie angesetzt worden ist, und zwar mitten in der Hauptstadt der Nation, und ungestraft davonzukommen – sie hat wirklich Eier, obwohl sie eine Frau ist.« Smith klang halb frustriert und halb bewundernd.

In Gedanken versunken, raste er die dunkle Schnellstraße entlang, die um diese frühe Stunde bis auf ein paar Lastwagen fast verlassen war. Die Fahrt verlief glatt, und der gut gepflegte Motor des Wagens gab nur ein leises Brummen von sich, das den Kokon von ansonsten absoluter Stille durchbrach. Deshs gesamte Welt reduzierte sich auf das luxuriöse Innere des teuren Wagens, die wenigen Meter, die die Scheinwerfer in die sie umgebende Dunkelheit schnitten, und einen Fremden mit einem Allerweltsdecknamen, dessen Motive derzeit ebenso verborgen waren wie die Umgebung außerhalb des Scheinwerferlichts.

»Okay«, setzte Smith die Unterhaltung fort, nachdem er sich offensichtlich seine nächsten Fragen zurechtgelegt hatte. »Sie sagen, Sie hätten sich etwa eine Stunde mit ihr unterhalten. Worüber haben Sie geredet?«

»Sie hat behauptet, sie sei unschuldig«, antwortete Desh. »Davon wollte sie mich unbedingt überzeugen.«

»Hat sie erklärt, warum ihr das so wichtig ist?«

»Nein«, erwiderte Desh. Er hatte kurz erwogen, dem Offizier zu erzählen, dass es ihr erklärtes Ziel war, ihn auf ihre Seite zu ziehen, sich jedoch sofort dagegen entschieden.

»Hat sie die ganzen bizarren Todesfälle erklärt, von denen sie in ihrer Kindheit umgeben war, und das Verschwinden ihrer Lehrerin? Oder den Tod ihres Chefs? Oder den Mord an ihrem Bruder?«

»Sie bestand darauf, dass sie ihre Eltern nicht umgebracht hat. Zu allen anderen Vorfällen sind wir nicht mehr gekommen. Wir haben auch nicht über Ebola oder Biowaffen geredet. Terroristen hat sie nur in dem Zusammenhang erwähnt, dass sie bestritt, eine Verbindung zu ihnen zu haben.«

»Aha. Und auf welcher Grundlage hat sie dann ihre Unschuld beteuert, wenn sie keinerlei Anstrengungen unternommen hat, die wasserdichten Beweise gegen sie zu entkräften?«

Desh zuckte mit den Schultern. »Ich weiß es nicht. Ihre Männer haben uns unterbrochen, bevor wir zu diesem Punkt gekommen sind.«

»Damit ich das richtig verstehe – sie wollte ihre Unschuld beweisen. Aber nach einer Stunde Diskussion hatte sie sich nicht mit einem einzigen der ganzen Vorwürfe befasst, die gegen sie erhoben werden?«

»Das ist richtig«, bestätigte Desh.

Smith nahm den Blick von der schnurgeraden Straße und betrachte Desh lang. Endlich, nachdem er anscheinend keinerlei Anzeichen dafür entdecken konnte, dass Desh ihn belog, schaute er wieder nach vorn. »Und worüber hat sie die ganze Zeit geredet?«

Desh seufzte. »Über Experimente, die sie durchgeführt hat, um ihre eigene Intelligenz zu steigern. Die Theorie dahinter, die Ergebnisse der Experimente und so weiter.«

Fragend hob Smith die Augenbrauen. »Hat sie gesagt, dass sie damit Erfolg gehabt hat?«

Desh nickte. »Sie hat behauptet, sie sei in der Lage, ihre Intelligenz so weit zu erhöhen, dass sie sich nicht mehr messen lässt.«

»Aha«, bemerkte Smith, ohne seine Gedanken erkennen zu lassen. »Und hat sie Ihnen auch berichtet, wofür sie diese neu gewonnenen brillanten Geisteskräfte eingesetzt hat?«

»Nicht mit einem Wort«, entgegnete Desh.

»Hat sie Ihnen etwas angeboten?«, erkundigte sich Smith.

»Was angeboten? Geld etwa?«

Smith betrachtete ihn wieder gründlich, als ob er dadurch den Grad der Aufrichtigkeit von Deshs Antwort exakt bestimmen könnte. »Irgendetwas angeboten. Geld. Macht. Ihre eigene gesteigerte Intelligenz.« Er schnaubte und ergänzte: »Oder andere Gegenleistungen, die begehrenswert erscheinen.«

Desh zog ungläubig die Augenbrauen zusammen. »Andere Gegenleistungen? Sie meinen doch nicht etwa Sex?«

Verärgert schüttelte Smith den Kopf. »Natürlich nicht.«

»Dann, so fürchte ich«, entgegnete Desh, »kann ich Ihnen nicht folgen. Aber ganz gleich, was Sie damit andeuten wollen – sie hat mir nichts angeboten. Überhaupt nichts. Nicht dass sie mich mit irgendetwas hätte kaufen können.« Letzteres sagte er betont.

Wieder dachte Smith lang nach. »Haben Sie ihr diese Geschichte abgenommen?«, wollte er wissen und schlug damit einen völlig neuen Kurs ein.

»Welche – die mit ihrer Fähigkeit, ihren IQ zu verbessern, oder die, dass sie unschuldig ist?«

»Beides«, stellte Smith klar.

»Was die Steigerung des Intellekts angeht – ich weiß es nicht«, erklärte Desh achselzuckend. Nachdenklich machte er seine Augen schmal. »Sie ist eine außergewöhnliche Wissenschaftlerin, das steht fest. Und sie hat eine sehr überzeugende wissenschaftliche Begründung für ihr Konzept geliefert. Es gibt autistisch veranlagte Inselbegabte, und sie beweisen nur zu deutlich, was einhundert Milliarden Neuronen erreichen können, wenn sie geringfügig anders programmiert sind als normal. So weit hergeholt das alles auch scheint, bei ihr klang es möglich und sogar vernünftig, dass jemand mit ihrer Begabung das eigene Gehirn optimiert.« Desh überlegte kurz. »Und was ihre Unschuld betrifft – diese Frage lässt sich leichter beantworten. Natürlich hat sie mich damit nicht überzeugt. Wir hatten ja schon darüber gesprochen, dass sie nur diese Behauptung aufgestellt und keinerlei Beweise vorgebracht hat.«

Smiths Mundwinkel schoben sich in einem wissenden Lächeln nach oben. »Aber sie hat Sie trotzdem beeindruckt, nicht wahr? Auch wenn sie Ihnen keinerlei Beweise geliefert hat – ein Teil von Ihnen wollte ihr unbedingt glauben, richtig?«

»Was ich gerne glauben möchte und was ich tatsächlich glaube, das sind zwei völlig verschiedene Dinge«, knurrte Desh abwehrend.

»Ich habe sie noch nie getroffen«, bemerkte Smith. »Aber sie ist brillant, und ich habe mir sagen lassen, sie habe etwas an sich. Sie kann Sie völlig vereinnahmen, Sie mit ihrer Logik durcheinanderbringen, die unwiderlegbar scheint, und das auch noch auf eine Art und Weise, die vollkommen aufrichtig wirkt. Ganz zu schweigen von ihrer unschuldigen, rehäugigen Schönheit, der manche Männer wirklich nur schwer widerstehen können. Diese Anziehungskraft müssen Sie doch auch gespürt haben.«

Desh biss sich auf die Unterlippe. »Ein wenig«, gab er zu. »Aber ich weiß, wer und was sie ist, und meine Abwehr hat funktioniert. Vielleicht hatte sie tatsächlich die Absicht, mir Beweise ihrer Unschuld vorzulegen. Womöglich hätte sie am Ende sogar tatsächlich einen Bestechungsversuch gestartet, aber das werden wir nie herausfinden. Ihre Männer sind aufgetaucht, und vorher haben wir nur darüber gesprochen, dass sie sich selbst klüger machen kann, als sie es ohnehin schon ist.« Nach einer kurzen Pause fügte er in scharfem Ton hinzu: »Sie können glauben, was Sie wollen. Das ist alles, was passiert ist.«

Erneut sagte Smith lange Zeit nichts, während sie die dunkle Schnellstraße entlangbrausten. Der Verkehr war noch immer spärlich, aber mit dem Herannahen der Morgendämmerung nahm er langsam zu. »Ich glaube Ihnen«, sagte Smith endlich. »Ich habe eine Unzahl an Befragungen hinter mir, und ich denke, Sie sagen die Wahrheit. Wenigstens bei den wichtigen Dingen.«

»Gut«, sagte Desh. »Sind Sie jetzt bereit, bei unserem kleinen Informationsaustausch Ihren Part zu übernehmen?«

Smith zögerte kurz. »In Ordnung«, erwiderte er schließlich. »Zunächst einmal, wir glauben, dass Kira Miller tatsächlich einen Weg gefunden hat, um sich selbst in die ultimative Inselbegabte zu verwandeln. Und unsere Experten stimmen darin überein, dass es für die einhundert Milliarden Neuronen, von denen Sie gesprochen haben, tatsächlich keine Grenzen bei der erreichbaren Intelligenz gibt – solang sie entsprechend organisiert werden.«

»Haben Sie auch Beweise für diese Optimierung?«

»Ja. Die meisten von ihnen sind nur Indizienbeweise, aber es reichte aus, um uns zu überzeugen. Das, wovon Sie mir erklärt haben, dass sie es Ihnen gesagt hat, passt genau zu dem, was wir bereits wissen. Interessant ist allerdings, dass Sie Ihnen zwar davon berichtet hat, sich selbst diesen unmessbaren IQ verschafft zu haben – aber nicht ein Wort darüber verloren hat, wie sie diese Intelligenz einsetzt.« Er warf Desh einen bedeutungsvollen Blick zu. »Wenn Sie selbst einen weit überlegenen Intellekt besitzen würden, welches Problem würden Sie dann als Erstes angehen?«

Müde schüttelte Desh den Kopf. »Schauen Sie … Smith, normalerweise mag ich solche Ratespiele gerne. Wirklich. Aber ich habe seit fast vierundzwanzig Stunden nicht geschlafen, und es war ein anstrengender Tag. Warum sagen Sie es mir nicht einfach?«

»Unsterblichkeit«, antwortete Smith schlicht.

19

Wie betäubt saß Desh schweigend da und spielte das Wort, das Smith gesagt hatte, innerlich noch einmal ab, um sicherzugehen, dass er richtig gehört hatte. Ein fliegendes Insekt knallte wie ein winziges Geschoss gegen die Windschutzscheibe und verwandelte sich sofort in einen Schmierfleck. »Unsterblichkeit«, wiederholte er schließlich und schüttelte zweifelnd den Kopf. »Das ist unmöglich.«

»Klar – und ebenso unmöglich ist es, die eigene Intelligenz ins Maßlose zu steigern«, gab Smith zurück. »Und nein, Unsterblichkeit hat sie nicht erreicht. Noch nicht. Aber es ist nur eine Frage der Zeit. Auf jeden Fall hat sie es schon fertiggebracht, die normale Spanne des menschlichen Lebens zu verdoppeln. Das ist zwar noch keine Unsterblichkeit, aber auf jeden Fall gut genug, um auf einer Wissenschaftsmesse den ersten Preis zu gewinnen.«

»Sind Sie sich da sicher?«

Smith nickte. »Natürlich ist der absolute Beweis erst dann angetreten, wenn die erste Person, die entsprechend behandelt worden ist, das einhundertsechzigste Lebensjahr erreicht hat. Aber soweit ich das verstehe, sind die Beweise bei Tests an Tieren und Menschen ziemlich überzeugend.«

»Und wie macht sie das?«

»Zum Teufel – wenn ich das bloß wüsste! Es braucht eine Injektion, die einmal im Jahr wiederholt werden muss. Ich habe keine Ahnung, was diese Spritze auslöst. Was ich weiß ist nur, dass sie den Alterungsprozess zu einem Schleichen verlangsamt. Damit kann ein Mann von siebzig alle physischen Eigenschaften und Fähigkeiten eines Mannes von fünfunddreißig besitzen.«

»Bemerkenswert«, staunte Desh.

»Wir vermuten, dass sie die Unsterblichkeit als einen dreistufigen Prozess betrachtet. Das erste Stadium hat sie bereits abgeschlossen. Das zweite Stadium besteht daraus, mikroskopische Nanobots zu schaffen, die in den Blutkreislauf gespritzt werden. Sie patrouillieren sozusagen im gesamten Körper und reparieren alles, was sie an Schäden finden. Außerdem reproduzieren sie sich, wenn das nötig ist. Diese Nanobots sind praktisch eine riesige Armee von winzigen Ärzten. Das könnte die Lebensspanne theoretisch auf fünfhundert Jahre oder mehr ausdehnen.« Smith schwieg ein paar Atemzüge lang. »Das dritte Stadium, ihr Endziel, ist die Errichtung einer künstlichen Matrix, auf die sie ihre Intelligenz übertragen kann. Diesen Prozess könnte sie so oft wiederholen, wie sie will. Das würde dann schon fast wahrer Unsterblichkeit gleichkommen.«

»Was meinen Sie mit einer künstlichen Matrix, auf die sie ihre Intelligenz überträgt? Wollen Sie damit sagen, dass sie plant, ihr Bewusstsein eines Tages einem künstlichen Körper einzupflanzen? Sich selbst in eine Art Cyborg zu verwandeln, einen Robotermenschen?«

»Ich weiß es nicht. Vielleicht. Vielleicht hat sie auch nur vor, sich alle fünfzig Jahre zu klonen und ihr Bewusstsein auf eine jüngere Ausgabe ihrer selbst zu übertragen. Und das, wovon wir glauben, dass sie daran arbeitet, ist möglicherweise niemals praktisch umsetzbar. Selbst für sie nicht. Aber das tut nichts zur Sache. Was für unsere Diskussion jetzt entscheidend ist, das ist die Tatsache, dass sie es bereits geschafft hat, das Unmögliche zu erreichen: die menschliche Lebenserwartung zu verdoppeln.«

Unglaublich, dachte Desh, als er es sich gestattete, die wahrhaft weltbewegenden Folgen dieser Entdeckung vollständig zu erfassen. Es war mehr als unglaublich – es war geradezu surreal. Aber je mehr er darüber nachdachte, desto mehr Sinn ergab es. Wenn er einmal von der Annahme ausging, dass Kira Miller ihren Verstand optimieren konnte und es schaffte, zu einer Inselbegabten zu werden, die sich in jedem gedanklichen Bereich hervortat, dann würde sie diese überragenden Fähigkeiten ganz sicher nicht darauf verschwenden, sich mit langweiligen alltäglichen Problemen zu befassen. Nein, dann nahm sie sich den ultimativen Sieg vor – den über den Tod. Den Heiligen Gral der menschlichen Spezies. Und selbst vor der Verbesserung ihres IQ war sie in der Gentherapie bereits ein Genie gewesen.

Auf einmal ergaben auch die wissenschaftlichen Magazine einen Sinn, die Miller sich nach Hause hatte liefern lassen. *Human Brain Mapping*: Hirnkartierung. Und das *Journal of Cognitive Neuroscience*: kognitive Neurowissenschaften. Beide Zeitschriften waren nützlich, wenn es um ihre Anstrengungen ging, ihr eigenes Gehirn umzuprogrammieren. Aber dann hatte sie auch noch ein Magazin abonniert, das sich mit der Gerontologie beschäftigte, dem Zweig der Wissenschaft, der sich dem Alterungsprozess widmet. Als er den Namen gehört hatte, war Desh das seltsam vorgekommen, aber er hatte nicht weiter darüber nachgedacht. Jetzt allerdings fielen alle Puzzleteilchen ordentlich an ihren Platz und ergaben ein Bild.

Desh löste sich aus seiner Tagträumerei. »Aber wenn sie in der Lage war, so etwas fertigzubringen«, fragte er, »warum hat sie das dann nicht überall verbreitet? Sie wäre sofort als größte Wissenschaftlerin der Geschichte gefeiert worden und hätte Milliarden verdient.«

»Sie haben immer noch nicht kapiert, wie sie tickt«, schnaubte Smith frustriert. »Es bringt ihr nichts, das Leben anderer zu verlängern oder der Welt ein solches Geschenk zu machen. Es ist das Gegenteil, worauf sie aus ist. Sie müssen eher an Adolf Hitler denken als an Florence Nightingale.« Er legte eine kurze Pause ein. »Kira Miller hat das ultimative Druckmittel entdeckt. Sie kann sich so viel Geld und Macht verschaffen, wie sie nur will. Jeder Mensch überall auf dem Planeten möchte gerne sein Altern hinauszögern. Und sie ist die Einzige, die das erreichen kann. Wenn sie ihre Behandlung öffentlich macht, kann jeder, der das Geld hat, die Behandlung zu finanzieren, sein Leben verlängern. Aber sie bewahrt das Geheimnis und teilt es nur mit ein paar wenigen Ausgewählten. So kann sie sich eine Macht verschaffen, die über reinen Reichtum weit hinausgeht.«

Grimmig nickte Desh. Schon immer hatten die Menschen alles getan, um reich zu werden. Aber im Vergleich zu dem, was sie bereit wären zu tun, wenn sie sich einen echten Jungbrunnen verschaffen könnten, verblasste all das.

»Sie nutzt ihre Behandlung als Währung, und wir sind überzeugt, dass sie bereits ein paar sehr einflussreiche Leute in der Tasche hat«, sagte Smith. »Und darunter ist auch irgendwo ein Verräter bei USASOC. Obwohl es ja nun nicht so ist, dass jemand, der von ihr diese Behandlung bekommt, das überall laut verkünden würde. Sie kontrolliert die Versorgung. Und jeder, der etwas tut, das ihr nicht gefällt, fliegt einfach raus aus dem Programm – und dann ist es vorbei mit der ewigen Jugend.«

»Hat sich überhaupt schon irgendjemand gemeldet?«

»Nur einer, und der auch nur widerstrebend. Es ist ein Unternehmer, ein Milliardär, der sie in ihren Anfängen finanziert hat.«

Nachdenklich verzog Desh den Mund. »Und was ist mit der Intelligenzsteigerung? Setzt sie die ebenso als Druckmittel ein?«

»Das muss sie gar nicht. Dass sie das Leben verlängern kann, verschafft ihr allen Einfluss, den sie braucht. Soweit wir das wissen, beschränkt sie ihre IQ-Steigerung ausschließlich auf die eigene Person. Sie ist die Gans, die goldene Eier legt. Die einzige solche Gans, die überhaupt existiert. Natürlich kann sie die Früchte ihres verbesserten Intellekts verkaufen. Aber warum sollte sie ihr Monopol aufs Legen goldener Eier aufgeben?«

»Das ergibt Sinn«, gab Desh zu.

»Außerdem«, ergänzte Smith, »für eine solche Therapie gibt es wesentlich weniger Abnehmer. Die Leute werden nervös, wenn es um eine Behandlung geht, die ihre Hirnchemie durcheinanderbringt. Sie können einfach keine dramatischen Veränderungen im Gehirn hervorbringen, ohne die Persönlichkeit unwiderruflich zu verändern.« Angeekelt schüttelte er den Kopf. »Die meisten anderen sind nicht so begierig darauf wie Miller, sich in etwas zu verwandeln, das nicht mehr so ganz menschlich ist.«

Desh wusste, wenn er Kira Glauben schenkte, war sie alles andere als begierig darauf, weitere Veränderungen herbeizuführen. Sie hatte ja sogar behauptet, entsetzt zu sein, welche Auswirkungen die Behandlung auf ihre Persönlichkeit gehabt hatte und erklärt, sie sei entschlossen, sie nie wieder anzuwenden. Ob das der Wahrheit entsprach oder nicht, blieb abzuwarten.

Minuten vergingen, in denen sich Desh darum bemühte, die ungeheuren Auswirkungen dessen zu begreifen, was er gerade gehört hatte. Endlich unterbrach er das Schweigen. »Jetzt verstehe ich auch, warum Sie sichergehen wollten, dass ich Miller nicht selbst zu fassen versuche, sobald ich sie finde. Und warum Ihre Leute Betäubungspfeile eingesetzt haben. Sie können es einfach nicht riskieren, das einzige Wesen zu verletzen oder gar zu töten, das weiß, wo der Jungbrunnen ist.«

»Das ist richtig.«

»Und Sie hatten Angst, dass sie mich, wenn ich mich ihr nähere, mit ihrem Charme bezirzt oder mich mit ewiger Jugend besticht. Darauf wollten Sie hinaus, als Sie mich gefragt haben, ob sie mir etwas angeboten hat.«

»Ja. Natürlich hätte sie Sie vorher davon überzeugen müssen, dass so etwas wirklich funktionieren kann. Wahrscheinlich hätte sie Ihnen ein paar ihrer … ähm … Klienten vorgestellt, die das bestätigen, oder so etwas. Ich habe mich nur gefragt, ob sie das Thema überhaupt angeschnitten hat.«

»Sie hat nicht ein Wort darüber verloren.«

»Ich glaube Ihnen. Vielleicht wäre das noch passiert, wenn wir nicht interveniert hätten.« Er hielt inne und seufzte tief. »Aber Sie sehen jetzt, womit wir es zu tun haben. Wie können Sie sich noch auf irgendjemanden verlassen, wenn Miller allen den Schlüssel zur ewigen oder wenigstens verlängerten Jugend versprechen kann?«

»Das ist auch der Grund, warum Sie Colonel Connelly nicht alles gesagt haben«, stellte Desh fest. »Und weshalb Sie mich überwachen ließen.«

»Genau. Wenn es um Kira Miller geht, kann ich niemandem trauen. Es hätte ja sein können, dass Sie Connellys Befehle ignorieren und Miller selbst gefangen nehmen. Sie hätte Ihnen dann eine unwiderstehliche Belohnung anbieten können, im Austausch gegen ihre Freiheit. An diesem Punkt gab es für uns keinerlei Gewissheit, dass Sie tun, was Sie tun sollen, und wir mussten uns einschalten. Wir wollten das nicht Ihrem Ermessen überlassen.«

Wie Desh erkannte, konnte das sehr wohl Kiras Plan gewesen sein, ihn zu bestechen. Sie hatte ihm gesagt, dass sie versuchen wollte, ihn auf ihre Seite zu ziehen. Vielleicht war die ganze Diskussion nur die Vorbereitung gewesen, bis sie dann später zum eigentlichen Punkt gekommen wäre.

»Mich kann man nicht kaufen«, erklärte Desh bestimmt. »Nicht einmal mit einem verlängerten Leben.«

Smith nickte. »Auch das glaube ich Ihnen. Ihre Militärakte beweist, dass Sie ein Mann von untadeliger Integrität sind, Mister Desh. Trotzdem – jeder, der behauptet, er wäre nicht wenigstens ein kleines bisschen versucht, vom Jungbrunnen zu trinken, ist ein Lügner.«

»Das gilt auch für Sie?«

»Das gilt auch für mich«, gab Smith zu.

Desh kaute auf seiner Unterlippe, tief in Gedanken versunken. Smith hatte seine Militärakte erwähnt und gesagt, diese beweise seine absolute Integrität. Und Miller hatte behauptet, sie hätte ihn sehr gründlich studiert und unter anderem auch eben jene Akte gelesen. Wenn das stimmte, dann wusste sie, wie viel ihm seine Integrität bedeutete. Sie hatte ja sogar gesagt, dass es, neben anderen, genau diese Eigenschaft war, die zu ihrem Wunsch geführt hatte, ihn als Verbündeten zu gewinnen. Wenn das der Fall war, hatte sie auch wissen müssen, dass jede Bestechung, und wenn das Angebot noch so verführerisch war, zum Scheitern verurteilt war. Vielleicht war das also doch nicht ihr Plan gewesen.

Smith hatte ein paar Fragen beantwortet – aber noch viel mehr blieben weiter offen.

»Und was ist jetzt mit den terroristischen Verbindungen und dem Ebolakomplott?«, fragte Desh. »Ist das eine reine Lügengeschichte? Haben Sie das nur erfunden, um alle dazu zu bringen, sie zu jagen?«

»Ich wünschte, das wäre so«, erwiderte Smith sehr ernsthaft. Er riss das Steuerrad nach links, um einer grausigen Masse aus Fell und Blut auszuweichen, die auf der Straße lag. »Aber ich fürchte, das ist alles nur zu wahr«, fuhr er kurz darauf fort, als der Wagen wieder geradeaus fuhr, das nicht mehr zu identifizierende tote Tier hinter ihnen. »Und angesichts ihrer Fähigkeiten können Sie sicher davon ausgehen, dass ein solcher Angriff Erfolg haben wird.«

Desh schaute ihn verwirrt an. »Aber warum sollte sie mit Terroristen zusammenarbeiten?«, wollte er wissen. »Das ergibt keinen Sinn. Was sollte ihr ein Angriff mit Biowaffen bringen? Sie hat doch schon an Geld und Einfluss, was sie sich nur wünschen kann.«

»Das sollte man eigentlich denken«, stimmte Smith zu. »Aber ganz offensichtlich ist das nicht der Fall. Wir wissen nicht genau, wie ihr Standpunkt in Bezug auf das Ebolakomplott aussieht. Aber Sie können sich darauf verlassen – was auch immer es ist, es wird ihre eigenen Pläne voranbringen. Sie ist ein weit besserer Schachspieler als wir alle. Dass wir ihre Schachzüge nicht immer verstehen, bedeutet nicht, dass sie auf Zufall beruhen.« Smith zuckte mit den Schultern. »Vielleicht hat sie vor, die Regierung zu erpressen, indem sie anbietet, den Angriff kurz vor zwölf noch zu stoppen. Vielleicht sucht sie die Verbindung zu einflussreichen Leuten auf beiden Seiten dieses Krieges gegen den Terror aus ganz eigenen Beweggründen. Wir wissen es nicht. Alles, was wir wissen, ist, dass die Gefahr sehr real ist und sie dahintersteckt. Diesen Angriff zu stoppen ist das Hauptziel dieser Operation, ganz egal, was wir sonst noch für Gründe haben, sie in die Finger bekommen zu wollen.«

Desh schüttelte verärgert den Kopf. »Das ist Blödsinn, und das wissen Sie genau!«, knurrte er. »Das Hauptziel dieser Operation ist es, das Geheimnis der Lebensverlängerung aufzudecken.« Bevor Smith antworten konnte, fügte er hinzu: »Nehmen Sie einmal an, ich hätte Miller direkt im Visier, und ich wüsste genau, wenn ich sie töte, setzt das der Bedrohung durch den Bioterror ein Ende. Würden Sie mir dann befehlen abzudrücken?«

»So einfach ist die Sache nicht«, entgegnete Smith. »Wir müssen in Erfahrung bringen, was sie über das Ebolakomplott weiß. Der einzige Weg, diese Bedrohung zu stoppen, ist, sie lebend zu ergreifen und zu befragen.«

»Sie weichen meiner Frage aus«, protestierte Desh. »Ich habe rein hypothetisch gefragt. Würden Sie es unterstützen, Miller umzubringen, wenn Sie ganz sicher wären, dass die Bedrohung damit beendet wird? Nehmen wir einmal an, es wäre sogar die einzige Möglichkeit, sie zu beenden.« Aufmerksam beobachtete er den drahtigen Mann. »Nun?«

Smith zögerte. »Auch dann ist die Sache nicht so einfach. Wenn Sie sie töten, könnten Sie den Mord an Millionen von Menschen verhindern – aber auf Kosten eines verlängerten Lebens für die gesamte Menschheit, jetzt und in Zukunft. Wo ziehen Sie da die Grenze? Sind Sie der Meinung, zwei Millionen Menschen jetzt davor zu bewahren, im Schnitt etwa dreißig Jahre früher zu sterben, ist es wert, fast sieben Milliarden Menschen, und zwar allein in dieser Generation, auf ein längeres Leben verzichten zu lassen? Sagen wir einmal, ein im Schnitt um siebzig Jahre längeres Leben?«

»Ich verstehe«, bemerkte Desh und verzog angewidert das Gesicht. »Es ist also alles nur ein billiger Handel. Eine mathematische Berechnung, die man ganz einfach lösen kann.«

»Nicht notwendigerweise. Aber das sind nun einmal wichtige Überlegungen, die man anstellen muss. Wer sagt denn, ob die Menschheit je wieder eine solche Chance bekommt?«

»Wenn also zwei Millionen Menschen dem Wohl aller geopfert werden müssen, dann ist das eben so?«

»Schauen Sie, der Punkt, über den wir uns hier streiten, ist doch ein rein hypothetischer. Es ist mehr als unwahrscheinlich, dass es den Bioterrorangriff aufhalten kann, Kira Miller zu töten. Viel wahrscheinlicher ist es sogar, dass wir damit die einzige Chance verlieren, den Angriff zu stoppen, wenn wir sie nicht mehr befragen können. Es geht nicht um einen Handel. Sie lebend zu fassen, ist einfach entscheidend, um der Ebolabedrohung zu begegnen und gleichzeitig das Geheimnis der Lebensverlängerung aufzudecken.«

»Vielleicht«, sagte Desh voller Zweifel. »Aber ich glaube es nicht. Sie ist die Einzige, die in der Lage ist, den Virus zu perfektionieren, den die Terroristen einsetzen wollen. Wenn der Virus nicht schon längst einsatzbereit ist, sagt mir alles, was ich bislang weiß, dass die Bedrohung sich mit ihrem Tod in Luft auflöst. Aber unabhängig davon, ob Sie das glauben oder nicht – tun Sie mir einfach den Gefallen, wenigstens nicht so zu tun, als ob es bei der Jagd auf Miller hauptsächlich um den Bioterror ginge.«

Smith runzelte die Stirn. »Auch wenn ich Ihnen recht geben würde – was ändert das denn? Kira Miller ist noch immer irgendwo da draußen. Wir müssen sie erst einmal finden.« Nach einer kurzen Pause fügte er hinzu: »Und *Sie* sind der Schlüssel dazu. Miller ist ein hohes Risiko eingegangen, als sie Sie entführt hat. Die Frage ist nur – warum hat sie das getan?«

»Ich habe keine Ahnung.«

»Das ist schon wieder so ein Schachzug, der keinen Sinn ergibt«, brummte Smith frustriert. »Wenn sie einfach nur einen kräftigen Kerl als Leibwächter braucht, kann sie sich den jederzeit woanders besorgen. Sie sind weder reich noch haben Sie besonders viel Einfluss oder Verbindungen. So gut Sie auch sind – angesichts der Brillanz und Ressourcen von Miller und der ganzen unbekannten Finanziers hatten Sie so gut wie keine Chance, sie aufzustöbern. Nach allem, was wir wissen, sind Sie nicht einmal wichtig genug, in diesem Schachspiel einen Bauern abzugeben. Geschweige denn eine Figur von höherem Wert. Aber sie ist, und das ist für sie ganz ungewöhnlich, dieses hohe Risiko eingegangen. Irgendetwas müssen wir also übersehen haben.«

»Ich stehe ebenso vor einem Rätsel wie Sie.«

»Ich bezweifle, dass wir die Antwort darauf finden können«, erklärte Smith. »Ihr verbesserter Verstand arbeitet auf einer Ebene, die wir nicht einmal erahnen, geschweige denn erreichen können.

Die Frage jetzt ist«, er warf Desh einen kurzen, betonten Blick zu, »sind Sie ihr noch immer wichtig, aus welchen Gründen auch immer?«

»Warum komme ich mir jetzt auf einmal vor wie ein Wurm, kurz bevor der Angler ihn auf den Haken steckt?«

»Sehen Sie, Mister Desh, Sie sind für uns eine beispiellose Gelegenheit, mehr über diese Frau zu erfahren. Diese Chance müssen wir nutzen. Werden Sie uns helfen?«

Desh überlegte. Es gab da etwas an Smith, das dafür sorgte, dass er dem Mann nicht traute. Sein Bauchgefühl sagte ihm klar und deutlich, dass noch weit mehr an der Geschichte dran war. Aber ganz gleich, welche Motive Smith letztlich beherrschten – Kira Miller musste aufgehalten werden. Und Desh wusste, allein war er ihr grenzenlos unterlegen. Außerdem, selbst wenn er sich jetzt weigerte, Smith zu helfen – das konnte Kira nicht davon abhalten, ihn wieder aufzuspüren, wenn sie das wollte.

Desh legte zögernd die Stirn in Falten. Dann nickte er. »In Ordnung … Smith. Ich werde Ihnen helfen.« Er wartete, bis Smith den Blick von der Fahrbahn hob und ihn anschaute. Dann bohrte er seinen Blick mit laserartiger Intensität in die Augen des anderen Mannes. »Aber diesmal machen wir das auf meine Art.«

20

Die Dunkelheit wich langsam der Morgendämmerung. Auf der Windschutzscheibe zeigten sich kleine Tropfen Wasser. Der vorhergesagte Morgenregen war pünktlich eingetroffen. In einem Monat würde sich der Niederschlag als Schneeflocken zeigen. Smith stellte die Scheibenwischer mit einem Intervall von zehn Sekunden ein und wartete darauf, dass Desh seine Bedingungen darlegte. Einstweilen wurde die Stille des Dämmerlichts nur vom regelmäßigen Quietschen des Gummis der Wischerblätter unterbrochen.

»Nehmen Sie diese Ausfahrt«, verlangte Desh.

Smith schaute ihn fragend an. »Eine Abkürzung zu Ihrer Wohnung?«

»Nein«, erklärte Desh. »Ich muss zuerst in Griffins Wohnung. Ich brauche meine Klamotten und meine Uhr. Ganz zu schweigen von meinem Wagen.«

Smith sagte nichts, sondern setzte den Blinker. Er verlangsamte die Fahrt und kam am Ende der langen Ausfahrt zum Stehen. Er warf einen Blick auf die Tankanzeige und schlug vor, für Benzin anzuhalten. In weniger als einer Minute fuhren sie vor der Zapfsäule einer nahen Tankstelle vor. Smith füllte den Tank. Das nagende Gefühl in seinem Magen erinnerte Desh daran, wie hungrig und durstig er war. Allerdings wurde ihm bewusst, dass er seine Geldbörse nicht bei sich hatte. Er musste sich zehn Dollar von Smith leihen und kam sich dabei ziemlich dumm vor.

Im kleinen Einkaufsbereich der Anlage holte sich Desh aus dem Kühlregal eine Literflasche Wasser und einen Orangensaft für Smith. Von einem Strunk Bananen neben der Kasse riss er zwei ab und bezahlte. Während der gesamten Zeit beobachtete er Smith aufmerksam durch die Glasfront des Ladens, um sicherzugehen, dass er nicht an den Kofferraum ging und sich wieder bewaffnete. Anscheinend standen er und Desh auf derselben Seite – was allerdings nicht bedeutete, dass Desh bereit war, ihm zu vertrauen. Was auch immer hier wirklich vor sich ging und wem auch immer er Glauben schenkte – das Risiko war immens hoch, und er war entschlossen, lieber zu paranoid zu sein als zu unvorsichtig.

Eine ganze Reihe an Fragen rumorte weiter in seinem Kopf. Wenn Kira Miller wirklich einige der reichsten und mächtigsten Leute der Welt in der Tasche hatte, wie Smith behauptete, warum hatte sie dann nicht ihren ganzen Einfluss genutzt, um dieser Verfolgungsjagd ein Ende zu setzen? Und wie kam es, dass sie nicht besser geschützt war? Die Nutznießer ihrer Therapie mussten doch ein enormes Interesse daran haben, dass sie überlebte. Wenn sie umkam, bedeutete das auch das Ende der Verlängerung ihres eigenen Lebens. Selbst wenn sie sich vielleicht geweigert hatte, Leibwächter anzustellen – diese Leute hätten eigentlich eine ganze Armee an Schutzengeln losschicken müssen, die zwar im Hintergrund blieben, aber trotzdem darauf achteten, dass die Smiths dieser Welt ihr bei weitem nicht so nahe kamen, wie es ihnen im Motel gelungen war.

Hier ging weit mehr vor sich, als Desh verstehen konnte. Er war überzeugt davon, er tastete blind in der Dunkelheit herum, hatte den Rüssel des Elefanten zu fassen bekommen, und nun erklärte man ihm, es sei eine Schlange. Er musste einfach zu den wesentlichen Grundsätzen zurückkehren. Wenn er glaubte, dass Kira Miller in der Lage war, ihre Intelligenz zu steigern, musste er sich nicht sonderlich anstrengen, um ebenfalls zu glauben, dass sie erfolgreich eine Therapie zur Lebensverlängerung entwickelt hatte. Und wenn das tatsächlich der Fall war, dann war so gut wie alles möglich. Smith hatte sich dargestellt als jemand, der auf der

Seite der Engel kämpfte. Vielleicht hatte das in der Vergangenheit auch gestimmt. Aber was war jetzt, in dieser Situation? Was würde Smith tun, wenn er Kira tatsächlich in die Finger bekam? Und was war mit seinen Vorgesetzten? Konnte Desh sich darauf verlassen, dass diese Gruppe von Leuten das Richtige tat, sobald sie Miller gefasst hatten? Würden sie ihr tatsächlich ihr Geheimnis entlocken und es der Welt zur Verfügung stellen? Es brauchte nur ein einziges schwaches Glied in der Kette, und schon konnte sie sich ihre Freiheit mit Bestechung erkaufen. Oder es fand sich jemand, der ihren Platz einnahm, nachdem er sie aus dem Verkehr gezogen hatte. Sie war der Schlüssel zu einer nahezu unbegrenzten Macht, und wenn sich irgendwo auch nur eine einzige korrupte Person befand, konnte er ihr ebenso gut aus ganz egoistischen Gründen das Geheimnis entreißen, sie umbringen und verschwinden. Um am Ende vielleicht sogar ein schlimmeres Monster zu werden, als sie es gewesen war.

Desh war der Überzeugung, dass Charaktereigenschaften wie Größenwahn, Sadismus und Soziopathie häufig in den Teilen der Bevölkerung weit stärker vorhanden waren, die Macht und Einfluss ererbt, erkauft oder erschaffen hatten. Noch weiter ausgeprägt war diese Tendenz an der Spitze von solchen Organisationen wie der CIA und des Militärs. Das waren schließlich auch die Organisationen, zu denen Menschen mit diesen pathologischen Zügen sich sehr oft hingezogen fühlten. Das galt ganz besonders für die Abteilungen, die sich mit verdeckten Operationen befassten. Sie lebten im Schatten und mussten nur wenig Rechenschaft ablegen. Nicht dass es nicht eine ganze Reihe guter Leute in den oberen Rängen dieser Organisation gab, Menschen, die ihrem Land mit Leidenschaft dienten und das taten, was sie für das Richtige hielten. Aber es brauchte nur ein einziges schwarzes Schaf an der Spitze, oder ziemlich weit oben, und schon wusste niemand, was passieren würde. Die Wahrscheinlichkeit, dessen war sich Desh sicher, dass dort, wo ein so verführerischer Lohn wirkte, ein schwarzes Schaf existierte, lag bei nahezu einhundert Prozent. Auch wenn Smith selbst womöglich ein Heiliger war – Kira Miller ihm und seiner Truppe zu übergeben, konnte sich als absolute Katastrophe herausstellen.

Langsam ging Desh zurück zum Auto. Den leichten Regen, der sein Gesicht durchnässte, beachtete er nicht. Plötzlich wurde ihm etwas klar, fast wie bei einer Erleuchtung. Wenn er seiner eigenen Logik Glauben schenkte, gab es nur eine einzige Möglichkeit, wie er sich tatsächlich absolut sicher sein konnte, dass die Therapie zur Lebensverlängerung zum Vorteil aller Menschen auf der ganzen Welt offengelegt werden würde: Er musste das selbst übernehmen. Es war ein beunruhigender Gedanke. Er spürte nicht den geringsten Wunsch, die Sache in die eigene Hand zu nehmen. Bis er allerdings einen Fehler in dieser logischen Überlegung gefunden hatte, war das eine Perspektive, die er nicht ignorieren konnte.

Ein paar Minuten später waren sie wieder auf der Straße unterwegs. Smith nahm einen Schluck von dem Orangensaft und wandte sich zu seinem Passagier um. »In Ordnung«, sagte er ganz direkt, »wir haben getankt, und ich liefere Sie in weniger als einer Stunde bei Griffin ab. Was wollen Sie also?«

Desh kaute langsam und schluckte ein großes Stück Banane herunter. Dabei ordnete er seine Gedanken. »Zuerst einmal«, begann er, »ich übernehme die Leitung. Sie und Ihre Männer nehmen meine Befehle entgegen.« Interessiert beobachtete er dabei Smiths Gesicht und wartete auf eine Reaktion.

»Und weiter?«, fragte Smith, ohne seine Gedanken erkennen zu lassen. Er schob die Abdeckung der Mittelkonsole nach hinten, legte zwei Getränkehalter frei und stellte seinen Orangensaft ab.

»Zweitens«, fuhr Desh fort, »Sie schalten sofort alle Wanzen und Sender ab. Das Einzige, was diese technische Überwachung erreichen kann, ist zu garantieren, dass Kira Miller nie wieder versucht, mich zu kontaktieren.«

»Die Dinger haben sie jetzt auch nicht davon abgehalten«, wandte Smith ein.

Desh schüttelte den Kopf. »Ich weiß, wie sie denkt«, sagte er energisch. »Die Berichte sagen, sie ist brillant. Und genau das ist sie auch. Aber ich weiß, dass sie auch etwas ist, was sie noch viel gefährlicher macht – sie ist gerissen. Und sie macht keine Fehler. Sie weiß, dass Sie versuchen werden, mich zu benutzen, um sie zu fassen – und wird jetzt noch vorsichtiger sein als vorher.«

»Wir können Sie auch auf eine Art und Weise überwachen, die Miller nicht entdecken kann.«

»Wirklich?«, spottete Desh. »Wenn ich Sie wäre, würde ich darauf nicht bauen. Sie unterschätzen sie. Glauben Sie mir, sie könnte Sie riechen, auch wenn Sie sich in die nächste Galaxie verziehen. Sie weiß, dass ich der Köder bin – und wird sich von mir fernhalten. Wenn sie das aber nicht tut und trotzdem einen zweiten Versuch startet, darf sie nicht einmal einen Hauch Ihres Geruchs wahrnehmen. Sonst taucht sie wieder unter, und wir bekommen nie wieder eine Chance.« Mit unbeugsamer Intensität starrte er Smith an. »Ich will, dass Sie mir das garantieren.«

Smith dachte kurz nach und seufzte. »Okay«, sagte er schließlich, und man hörte ihm an, wie wenig ihm das gefiel.

»Gut. Ich werde einfach weiter nach ihr suchen, so wie es meine Aufgabe ist. Ich gehe nämlich nicht davon aus, dass sie sich mir noch einmal nähern wird. Und, Smith – wenn ich sie gefunden habe, rufe ich Sie an. So wie es ursprünglich vorgesehen war.« Nach kurzer Pause fügte er hinzu: »Ich werde weiter mit Griffin zusammenarbeiten. Er ist sehr gut in seinem Bereich, und mein Bauchgefühl sagt mir, er ist auch ein guter Mensch. Es versteht sich ja von selbst, dass Griffin und andere, mit denen ich kooperiere, ebenfalls nicht überwacht werden.«

»Kann Griffin denn gute Arbeit für Sie leisten, wenn er überhaupt nicht weiß, worum es eigentlich geht?«

»Ich denke ja«, erwiderte Desh. Er schob sich das letzte Stück Banane in den Mund, schluckte und nahm einen großen Schluck Wasser.

»Kommen wir zum dritten Punkt«, fuhr er dann fort. »Ich brauche die umfassende Befugnis, sie notfalls auch selbst fassen zu können. Ich habe mir die Betäubungspistole von Ihrem Kollegen ausgeliehen, und ich kann mir auch andere Waffen beschaffen, die nicht tödlich sind. Aber wenn ich mich irre und sie mich doch wieder aufsucht, kann ich mir die Chance nicht entgehen lassen, sie festzusetzen.«

Smith legte die Stirn in Falten und wirkte nicht überzeugt.

»Sie können sich auf mich verlassen«, versprach Desh. »Ihr Hüter des Jungbrunnens ist bei mir in guten Händen. Ich werde nur dann handeln, wenn ich davon ausgehe, dass ich handeln muss. Ansonsten rufe ich Sie an. Und ich werde Miller nicht umbringen.«

»Es ist ja nicht so, als ob ich eine Wahl hätte«, schimpfte Smith. »Wenn Sie in der Lage sind, sie zu fassen, und ich nicht da bin, machen Sie ohnehin, was Sie wollen, ganz gleich, was ich jetzt sage.«

»Ich werde sie lebend in die Finger bekommen. Und ich bin nicht käuflich. Sie müssen sich da einfach auf mich verlassen.«

Smith leerte den Orangensaft und überlegte. »In Ordnung«, stimmte er widerwillig zu und stellte den leeren Karton in den Getränkehalter. »Ich bin mit Ihren Bedingungen einverstanden.« Er warf Desh einen brennenden Blick zu. »Aber ich habe auch eine Bedingung. Meine Leute haben mir erzählt, dass Sie sich von ihnen ein Handy … nun ja, geliehen hatten, um Jim Connelly anzurufen. Ab jetzt bin ich Ihr einziger Kontakt. Sie versprechen mir, dass Sie sich nicht wieder mit Connelly in Verbindung setzen, ganz gleich, was passiert. Wir wissen, dass es im USASOC einen Verräter gibt. Wenn Sie den Colonel anrufen, spielt das Kira Miller direkt in die Hände.«

»Werden Sie ihm sagen, dass Sie und Ihre Männer die ungebetenen Gäste auf der Party heute Abend waren? Und ihm von der Sache mit der Lebensverlängerung berichten?«

Smiths Gesicht zeigte Entsetzen, als ob Desh den Verstand verloren hätte. »Sie hat die menschliche Lebensspanne verdoppelt«, betonte er. »Ein größeres Geheimnis gibt es auf der ganzen Welt nicht. Davon wird nur erfahren, wer es unbedingt wissen muss. Und Connelly muss das nicht wissen.« Er schüttelte den Kopf. »Wenn wir die Sache nicht unter dem Deckel halten, haben wir es am Ende mit Dutzenden verschiedener Gruppen zu tun, die alle Miller in die Finger kriegen wollen und sich gegenseitig bekämpfen. Die ganze Operation ist schon jetzt ein Riesendurcheinander, aber dann …« Den Rest des Satzes ließ er ungesagt. »Ich werde Connelly informieren, dass ich derjenige im Motel war, aber das ist auch alles.«

Desh überlegte kurz. »Einverstanden«, sagte er. »Wir sind uns also einig.«

Nun gab er Smith die Anweisung, rechts abzubiegen. »Ich erwarte von Ihnen, dass Sie mir per E-Mail eine Liste mit allen Wanzen und Sendern schicken, die Sie irgendwo in meiner Nähe oder bei jemandem angebracht haben, mit dem ich zusammenarbeite.«

Smith nickte.

»Oh, und prüfen Sie die Liste genau«, fügte Desh hinzu. »Sie wollen doch sicher nicht irgendeines dieser Dinge vergessen, oder?«

21

David Desh stand auf dem Parkplatz vor dem Gebäude, in dem Griffin wohnte, und wartete, bis Smith außer Sichtweite war. Dann ging er zu seinem geparkten Suburban und holte vom Beifahrersitz einen eleganten Lederkoffer, in dem sich die modernste Ausrüstung zum Aufstöbern von Wanzen befand, und ein Stapel Einhundertdollarscheine, etwa zweieinhalb Zentimeter dick, mit einer Geldklammer fest zusammengepresst. Connelly hatte ihm einen geradezu lächerlich hohen Vorschuss überwiesen, und am Morgen zuvor hatte Desh weit mehr als nur Griffins Honorar abgehoben. Den Aktenkoffer in der Hand, ging er rasch zur Wohnung 14 D. Erst am Abend vorher war er denselben Weg gegangen und in einen Hinterhalt geraten. Es kam ihm vor wie eine Ewigkeit.

Griffins Wohnung war unverschlossen, und der Hüne lag noch immer auf dem Boden. Allerdings atmete er jetzt tiefer, und Desh vermutete, dass er ihn jederzeit wecken konnte. Vorsichtig zerschnitt er die Plastikarmbänder um Griffins Handgelenke und warf sie, zusammen mit dem zerschnittenen Kabelbinder, den Miller am Abend zuvor entfernt hatte, in den Abfall.

Dann holte er das Gerät aus dem Aktenkoffer und suchte die Wohnung sorgfältig nach Wanzen ab. Wenn es um den Personenschutz für hochgestellte Manager ging, war die Fähigkeit entscheidend, Abhöranlagen schnell finden und entfernen zu können. Fleming arbeitete mit der modernsten Ausrüstung, die überhaupt verfügbar war, in einer Preisklasse, die sich wirklich nur die Reichsten leisten konnten. Desh fand zwei Funkwanzen und legte sie in einen schalldichten Behälter, den er ebenfalls im Koffer hatte. Smith hatte ihm zwar versichert, alle Wanzen sofort abzuschalten, aber Desh glaubte ihm kein Wort.

Anschließend wechselte Desh die Hose, holte sein Handy aus der Tasche, wo es die Nacht verbracht hatte, überprüfte seine Nachrichten und bewaffnete sich wieder. Über das graue Sweatshirt zog er seine Windjacke, um das Schulterholster zu verbergen. Hemd und Unterhemd hatte Miller ihm vom Leib geschnitten – sie waren nicht mehr zu gebrauchen. Er legte sie zur Jogginghose, um sie später wegzuwerfen.

Nachdem das alles erledigt war, schüttelte er Griffin sachte, bis der sich rührte.

Griffin öffnete die Augen und wirkte völlig benebelt. Er versuchte, sich zu erklären, was dieser fremde Mann in seiner Wohnung machte. Endlich blitzten in seinem Verstand offensichtlich ein Name und ein Zusammenhang auf. »David Desh?«, fragte er ungläubig und schwer, wie betrunken.

»Ja, ich bin's. Zeit aufzuwachen.«

»Warum liege ich auf dem Fußboden?«, fragte der Hüne verwirrt.

»Wie fühlen Sie sich?«, fragte Desh.

Griffins Gehirn hatte den Neustart offensichtlich noch nicht ganz abgeschlossen, er reagierte sehr langsam. »Großartig«, antwortete er endlich und klang höchst erstaunt darüber. »Ich habe mich noch nie besser gefühlt.«

Desh grinste. Kira Miller hatte ihm ja gesagt, dass es so kommen würde. Wenigstens darin hatte sie nicht gelogen.

Während Griffin sich aufrappelte, kochte Desh Kaffee. Wenige Minuten später gesellte Griffin sich zu Desh in die Küche, dankbar für den Kaffee.

»Sie hatten letzte Nacht einen Besucher«, erklärte Desh. »Erinnern Sie sich daran?«

Griffin überlegte und schüttelte dann frustriert den Kopf. »Kein bisschen.«

»Es war Kira Miller.«

»Kira Miller?«, wiederholte Griffin alarmiert.

»Keine Sorge – sie hat Sie lediglich ausgeschaltet und ist wieder verschwunden. Es war ein ungefährliches Mittel, das keine nachteiligen Folgen haben wird. Und sie wird Sie nicht wieder behelligen, das garantiere ich Ihnen.«

»Und was wollte sie?«

»Mich.«

Griffin betrachtete Desh, als ob er ihn zum ersten Mal sähe. »Sie sehen wirklich ziemlich beschissen aus, wissen Sie das?«

Desh lächelte schwach. In Anbetracht der Tatsache, dass er nicht geschlafen hatte, unrasiert und ungekämmt war und einen Teil der Nacht im Kofferraum eines Autos verbracht hatte, hatte er keine Zweifel an der Richtigkeit dieser Aussage. »Danke. Ich fühle mich auch beschissen.«

»Was ist mit Ihnen passiert? Und was machen Sie jetzt hier?« Griffin kratzte sich den Kopf. »Und davon mal abgesehen – warum hat sie mich flachgelegt, wenn sie doch hinter Ihnen her war?«

»Ich würde alle Ihre Fragen ja wirklich gerne beantworten, Matt, aber ich kann nicht.« Hilflos hob Desh die Hände.

»Schauen Sie, David – diese ganze Geheimnistuerei muss ein Ende haben. In meine Wohnung wurde eingebrochen, und ich wurde bewusstlos … nun, nicht geschlagen, sondern wahrscheinlich gespritzt. Aber wie auch immer – ich stecke bis über beide Ohren in der Sache drin. Ich muss wissen, was wirklich los ist.«

Desh seufzte. »Sie haben vollkommen recht. Vielleicht erzähle ich Ihnen tatsächlich irgendwann alles – aber ganz bestimmt nicht jetzt. Es geschieht zu viel, und ich weiß nicht, wem ich trauen kann. Es ist für uns beide besser, wenn Sie nicht mehr über alles wissen als ohnehin schon.«

»Dann suchen Sie sich am besten einen anderen Hacker«, brummte Griffin.

»Ich nehme es Ihnen nicht übel, dass Sie sauer sind«, sagte Desh voller Mitgefühl. »Eine berüchtigte Psychopathin und Mörderin hat sie angegriffen, und Sie wollen wissen, worauf Sie sich da eigentlich eingelassen haben. Aber ich bitte Sie, mir zu vertrauen. Am Ende werde ich Ihnen alles sagen.« Nach kurzem Zögern ergänzte er: »Und ich lege zum vereinbarten Honorar einen Bonus von fünfzig Prozent als Gefahrenzulage oben drauf.«

»Wenn ich tot bin, kann ich kein Geld mehr ausgeben«, bemerkte Griffin unbeeindruckt.

»Ich werde mich darum kümmern, dass Sie sicher sind«, versprach Desh. »Das war eine einmalige Sache. So etwas wird nicht wieder vorkommen.«

Griffin betrachtete ihn misstrauisch, doch endlich nickte er. »Okay – aber nur für den Moment«, erklärte er vorsichtig.

»Gut. Nachdem wir das jetzt geregelt haben«, Desh wechselte rasch das Thema, um Griffin keine Zeit zu geben, sich alles noch einmal zu überlegen, »will ich, dass Sie alles über Kira Miller herausfinden, was es nur zu wissen gibt. Wenn etwas über einen Computer herauszufinden ist, will ich es haben. Schulzeugnisse, Aufzeichnungen des Vertrauenslehrers, wissenschaftliche Artikel, Bücher, die sie online bestellt hat – alles, was sie jemals online gekauft hat, von Parfum bis zu Büroklammern. Ich hatte Ihnen bereits von den beiden Lehrerinnen an ihrem Gymnasium berichtet, Middlebrook. Die eine wurde ermordet, und die andere ist vor etwa sechzehn Jahren verschwunden. Finden Sie alles darüber heraus, was Sie nur finden können. Zeitungsartikel, Polizeiprotokolle – alles. Ich möchte ein so vollständiges Profil von ihr erstellen, wie es nur menschenmöglich ist.«

Griffin betrachtete ihn forschend. »In Ordnung«, sagte er widerstrebend. »Solang wir noch immer auf der Suche nach einem Massenmörder sind, bin ich auch bereit, ein persönliches Risiko einzugehen. Aber die Sache sollte sich wirklich nicht in eine fragwürdige Richtung entwickeln«, warnte er. Er wies auf das Plakat an der Wand. »Denken Sie daran – ich setze meine Fähigkeiten nur für das Gute ein.«

»Und genau das mag ich so an Ihnen«, erwiderte Desh ruhig und ergänzte dann seufzend: »Haben Sie etwas dagegen, wenn ich auf Ihrer Couch schlafe, solang Sie mit diesem Auftrag beschäftigt sind? Ich bin hundemüde. Die Vorstellung, jetzt noch nach Hause fahren zu müssen, besitzt überhaupt keinen Reiz.«

»Mi sofa es su sofa«, antwortete Griffin in der alten Freundlichkeit.

»Danke«, murmelte Desh, legte sich auf die Couch und schloss die Augen.

Er öffnete sie erschrocken wieder und sah die massige Figur von Matt Griffin, der über ihn gebeugt stand und ihn grob schüttelte, sein Gesichtsausdruck ebenso ängstlich wie wütend. Desh warf einen Blick auf seine Uhr. Er hatte nahezu zwei Stunden geschlafen. Unglaublich. Er hatte das Gefühl, seine Augen gerade erst geschlossen zu haben. Er war noch immer müde, aber dieser kurze konzentrierte Schlaf würde es ihm erlauben, den Rest des Tages Hochleistungen zu erbringen. Falls dies nötig werden sollte.

»Was?«, murmelte Desh besorgt, als ihm langsam bewusst wurde, wie zornig der Hüne war.

Griffin hielt ihm ein Blatt Papier vor die Nase: *WERDEN WIR ABGEHÖRT?*

»Nein«, schüttelte Desh den Kopf. »Es gab Wanzen, aber ich habe sie alle entfernt. Warum? Was ist los?«

Griffin reichte ihm ein Blatt Papier. »Kira Miller hat Ihnen eine E-Mail geschrieben«, brummte er.

Desh fuhr in die Höhe, jetzt vollständig wach.

»Lesen Sie sie – und dann erzählen Sie mir, was zum Teufel hier vorgeht«, blaffte Griffin.

Deshs Herz hämmerte, als er die Nachricht zu lesen begann.

Von: xc86vzi
An: Matt Griffin
Betreff: Dringend! Für David Desh

Lieber Matt Griffin,
David hat mittlerweile wahrscheinlich die Wanzen aus Ihrer Wohnung entfernt, aber bitte bewahren Sie Stillschweigen über diese Nachricht und gehen Sie davon aus, dass Sie

weiterhin abgehört werden, bis David Ihnen das Gegenteil bestätigt. Bitte geben Sie diese Nachricht so schnell wie möglich an David weiter.
Lieber David Desh,
ich hatte eine Wanze in der Jogginghose untergebracht, die ich Ihnen gegeben hatte, nur als Vorsichtsmaßnahme. Es tut mir sehr leid, wieder in Ihre Privatsphäre eingedrungen zu sein. Ich habe die Wanze so modifiziert, dass Ihr Gerät sie nicht entdecken kann (ich weiß, das ist unmöglich …). Ich habe gerade Ihre Unterhaltungen mit Connelly und Smith angehört, die an meinen Computer weitergeleitet wurden.

Desh unterdrückte einen Fluch und knirschte voller Wut mit den Zähnen. Sie war ihm erneut einen Schritt voraus gewesen. Sie hatte die Namen der beiden Männer genannt, mit denen er sich in der Nacht unterhalten hatte. Was bedeutete, es war kein Bluff. Wie er sich auch drehte und wendete, sie überlistete ihn immer wieder. Er holte die Jogginghose, die er nachts getragen hatte, öffnete die Tür und warf sie weit in den Flur hinaus. Griffin beobachtete ihn wütend, sagte jedoch kein Wort.

So sauer Desh auch auf sich selbst war, er zwang sich dazu, sich wieder auf die E-Mail zu konzentrieren. Die Selbstvorwürfe konnten warten. Er las weiter:

Wir müssen unsere Diskussion zu Ende führen. Leider habe ich nur wenig Zeit, Ihnen die Einzelheiten zu schildern. Das hatte ich eigentlich gestern Nacht tun wollen. Jedenfalls – vor ein paar Jahren wurde mir eine Anzahl der Gelkapseln gestohlen, von denen ich Ihnen berichtet hatte. Es gibt einen weiteren Menschen mit gesteigerter Intelligenz (oder eine zweite »goldene Eier legende Gans«, um Smith zu zitieren). Er ist derjenige, der skrupellos ist und über Verbindungen verfügt, nicht ich. Er ist auch derjenige, der hinter der Jagd auf mich steckt. Er muss unbedingt gestoppt werden!

Smith hat Sie belogen – mein Rivale, der meine Kapseln gestohlen hat, ist der Drahtzieher hinter dem Ebolakomplott, nicht ich.
Ich weiß, Sie trauen mir nicht. Aber einer Aussage sollten Sie trauen – Jim Connelly wird den Tag nicht überleben, wenn Sie nicht handeln. Sie müssen ihn warnen und ihm alles berichten. Sie haben ihn angerufen und sein Misstrauen geweckt. Er wird Fragen stellen, und er hat eine einflussreiche Position und kann dem wahren Psychopathen das Leben zur Hölle machen. Wie Sie ist er nicht käuflich. Deshalb wird man ihn wahrscheinlich töten, um zu verhindern, dass er die Wahrheit erfährt. Meinetwegen vertrauen Sie mir nicht – aber gehen Sie auf Nummer sicher. Ein Spiel mit solch hohen Einsätzen lockt die Persönlichkeiten, von denen wir gesprochen haben, an wie Licht die Motten.
Sobald man davon überzeugt ist, dass Sie die anderen nicht zu mir führen können, wird man auch Sie umbringen. Ebenso wie Matt Griffin.
Viel Glück
Kira Miller

Alarmiert sah Desh von der Nachricht auf – und traf auf Griffins eisigen Blick. »Können Sie mir jetzt vielleicht endlich verraten, worauf ich mich da eingelassen habe?«, verlangte er. »Ebolakomplott – was zum Teufel bedeutet das? Und sie schreibt, dass eine Gruppe von Leuten irgendwo da draußen Sie und mich umbringen wird. Sie haben gesagt, ich wäre sicher. Das kommt mir aber gar nicht so vor!«

»Okay, Matt – ab sofort keine Geheimnisse mehr«, sagte Desh mit ruhiger Stimme. »Sie sind in die Sache schon weit mehr verwickelt, als ich das jemals beabsichtigt hatte, und das tut mir wirklich sehr leid. Sie verdienen es, dass ich Ihnen die Wahrheit sage. Aber ich muss zuerst einmal durchdenken, was diese E-Mail bedeutet und wie ich darauf reagiere. Wie sicher ist die E-Mail versendet worden? Ist es möglich, dass jemand sie abgefangen hat?«

»Unmöglich. Sie ist so gut, wie man nur sein kann – und mein Computer ist eine Festung.«

Desh nickte. Das überraschte ihn nicht. Wie üblich, war sie klug und vorsichtig vorgegangen. Aber war diese Nachricht einfach nur ein weiterer ihrer Manipulationsversuche? Desh hatte es schon jetzt, nach nicht einmal zwei Tagen, mehr als satt, der Bauer in einem Spiel zu sein, bei dem er weder die Regeln noch die Spieler kannte.

Er traf eine spontane Entscheidung. Ob Kira Miller ihren eigenen Erzfeind hatte oder nicht, das war etwas, worüber er auch später noch nachdenken konnte. Aber ihre Logik war vernünftig, und sein Bauchgefühl sagte ihm, dass er die Warnung wegen Connelly sehr ernst nehmen musste. Jim Connelly war ein guter Mensch, und Desh war ebenfalls der Meinung, dass man ihn nicht kaufen konnte. Was hingegen Smith betraf, war eine Entscheidung noch nicht gefallen.

Desh ärgerte sich maßlos über sich selbst, sogar in seiner momentanen paranoiden Verfassung die Möglichkeit übersehen zu haben, dass Connellys Nachforschungen diesen zum Ziel machen könnten. Wenn Desh dieses gefährliche Chaos überleben wollte, musste er sehr viel besser werden.

»Haben Sie ein Auto?«, fragte er Griffin.

»Warum nur macht diese Frage mich irgendwie nervös?«, antwortete Griffin zurückhaltend.

»Connelly kann jetzt schon im Fadenkreuz eines Killers stehen, während wir uns unterhalten. Wir müssen dafür sorgen, dass er sich sofort in Bewegung setzt, und ein Treffen mit ihm vereinbaren, damit ich ihn auf den neuesten Stand bringen kann. Meinen Geländewagen können wir dabei nicht nehmen – der ist zu auffällig. Ich erzähle Ihnen unterwegs alles, was ich weiß.«

»Diese Frau ist ein psychopathischer Killer! Wie können Sie es auch nur in Erwägung ziehen, ihren Rat zu befolgen?«

»Wenn sie sich irrt, haben wir unsere Zeit verschwendet und dem Colonel ein wenig Stress bereitet. Aber wenn sie recht hat, können wir vielleicht sein Leben retten.« Desh schaute Griffin drängend an. »Sie haben ein Auto, oder?«, beharrte er.

Griffin wirkte, als ob ihm schlecht wäre, nickte aber doch unglücklich. »Und was, wenn ich es vorziehe hierzubleiben und Sie sich mit diesem Connelly allein treffen?«

Desh zuckte mit den Achseln. »Wie Sie wollen. Aber in dem Fall kann ich Ihnen erst dann verraten, womit wir es hier zu tun haben, wenn ich wieder zurück bin. Und Sie müssen sich einfach fragen, ob Sie sich momentan allein sicherer fühlen oder mit mir.«

Griffin seufzte. »Ich komme mit«, murmelte er unwillig.

»Gut. Können Sie mir einen Punkt in etwa in der Mitte zwischen hier und Fort Bragg in Kalifornien heraussuchen?«

Griffin begab sich an seinen Computer, und Sekunden später füllte eine Satellitenaufnahme den riesigen Plasmabildschirm. Die Ostküste der Vereinigten Staaten war nahezu einheitlich grün, und man konnte außerhalb der großen Städte kein Anzeichen von Zivilisation entdecken. Der Atlantik wirkte viel tiefer und blauer, als wenn man ihn vom Strand aus betrachtete. Griffin legte eine Landkarte über das Bild, auf der die Route zwischen den beiden Punkten eingezeichnet war, und entdeckte sofort einen vielversprechenden Ort. Seine Finger flogen über die Tasten.

»Emporia im Bundesstaat Virginia«, verkündete er. »Die Stadt ist etwa zweihundertachtzig Kilometer von Washington entfernt und zweihundertfünfzig von Fort Bragg.«

»Gut«, bemerkte Desh. »Gibt es da irgendwelche staatlichen Parks? Wälder oder so etwas?«

Griffin sorgte mit ein paar Mausklicks für eine Ansicht von Emporia und der Umgebung wie aus einem Hubschrauber, der langsam das Gelände überflog. Auf einem der kleineren Bildschirme rief er weitere Informationen über die Stadt auf. »Es gibt da am Fluss Meherrin den Damm eines Wasserkraftwerks. Der Fluss fließt vom Damm aus in Richtung Nordwesten.«

»Suchen Sie mir eine zweispurige Straße, die parallel zu Fluss und Wäldern und nach Nordwesten verläuft«, wies Desh ihn an. Er hatte beschlossen, sich einen von Kiras Tricks zunutze zu machen. Ihre Wahl des Motels war taktisch absolut ideal gewesen. »Und versuchen Sie, einen Waldstreifen von um die fünfhundert

Metern herum zu finden, mit Straßen auf beiden Seiten – leicht zugänglich, aber möglichst isoliert.«

Griffin »flog« zum Damm und fand in der Nähe eine Straße, die Deshs Anforderungen entsprach. Dieser Straße folgte er und vergrößerte das Bild, als er einen passenden Ort gefunden hatte. Für eine Panoramadarstellung der Umgebung verkleinerte er die Ansicht wieder. In welche Satelliten-Datenbank auch immer er sich gehackt hatte – sie erlaubte es ihm jedenfalls, klarere Bilder auf den Schirm zu holen und alles weit mehr zu vergrößern, als es mithilfe der Satellitenbilder möglich gewesen wäre, die der Öffentlichkeit allgemein zur Verfügung standen.

»Ich glaube, ich habe das Passende gefunden«, sagte er schließlich.

Desh studierte den Bildschirm. In der Tat erschien etwa dreißig Kilometer von Emporia entfernt eine weitere Straße rechts, sodass der Streifen Wald zwischen dieser Straße und der anderen, der Griffin gefolgt war, in die Mitte genommen wurde. Mehrere Kilometer lang verliefen die beiden Straßen rechts und links vom Wald parallel.

»Folgen Sie jetzt der ersten Straße, aber langsamer und in geringerer Höhe«, sagte Desh.

Griffin ging tiefer. Desh schürzte konzentriert die Lippen und achtete genau auf die sich rasch verändernde Landschaft. »Halt«, rief er plötzlich. »Ein kleines Stück zurück.«

Desh zeigte auf einen Straßenbereich, in dem die Waldlinie unterbrochen wurde. An dieser Stelle konnte ein Auto die Straße verlassen und zu einer kleinen, zurückgesetzten Lichtung gelangen, in etwa fünfzig Metern Entfernung, die man von der Straße aus nicht sehen konnte. Desh konnte nur hoffen, dass noch genügend Bäume ihr Laub behalten hatten, um ausreichend Deckung zu gewähren. Die Satellitendaten waren schon älter, sodass sich das von diesem Bild her nicht sicher beurteilen ließ.

»Schreiben Sie mir die GPS-Koordinaten dieser Lichtung auf, während ich einen Anruf tätige«, sagte Desh.

Desh nahm Griffins Telefon. Es war schnurlos, aber ein Festnetztelefon, und genau das war es, was er brauchte. Handytelefonate waren viel zu leicht abzufangen. Er hatte das Gerät zuvor gründlich auf Wanzen überprüft, es war sauber. Er wählte die verschlüsselte Leitung in Connellys Büro bei USASOC und betete, dass der Colonel im Zimmer war.

Schon nach einem Klingeln wurde der Anruf entgegengenommen. »David?«

»Richtig.«

»Ich bin froh, dass Sie mich anrufen – und auf einer sicheren Leitung«, lobte Connelly. »Ich habe mir diesen Fall Kira Miller einmal etwas genauer angesehen, und dabei treffe ich auf Hindernisse, die es für jemanden mit meiner Sicherheitsstufe eigentlich nicht geben sollte. Ich glaube, Sie haben recht. An dieser Sache ist mehr dran, als man vermuten sollte.«

»Colonel, seit unserem letzten Telefonat habe ich noch einiges mehr erfahren. Nicht genug, um das Bild zu vervollständigen, aber genug, um zu wissen, Sie sind da womöglich gerade auf ein Hornissennest gestoßen. Ich fürchte, Sie sind in Gefahr. Ich rate Ihnen dringend, das Büro sofort zu verlassen. Schreiben Sie Folgendes auf.« Desh winkte Griffin heran, der ihm die Koordinaten überreichte, die Desh Connelly vorlas. »Diese Koordinaten führen zu einer kleinen Unterbrechung der Waldlinie an der Straße. Dahinter finden Sie eine kleine Lichtung, die von der Straße aus nicht sichtbar ist. Treffen Sie mich dort in etwa drei Stunden. Fahren Sie so schnell wie möglich. Und überprüfen Sie erst Ihre Kleidung und Ihr Fahrzeug auf Wanzen und Sender. Gehen Sie davon aus, dass man Ihnen folgen wird.«

»Verstanden«, sagte Connelly knapp. Er vertraute Desh genug, um keine Fragen zu stellen.

»Ich komme mit einem Freund – knapp zwei Meter, einhundertvierzig Kilo, Bart. Ich erkläre Ihnen alles, wenn wir uns sehen.« Nach einer kurzen Pause fragte Desh: »Bevor wir das Gespräch beenden – hat Smith Sie schon kontaktiert, um Ihnen zu erklären, was letzte Nacht passiert ist?«

»Smith?«

»Ein offensichtlicher Deckname. Ich spreche über die Person, die Sie mich angewiesen hatten anzurufen, wenn ich Kira Miller gefunden habe. Ein Offizier, der für verdeckte Operationen im Einsatz ist, klein, drahtig. Eine Narbe unter dem Ohr.«

»Ich habe keine Ahnung, wovon Sie reden, David«, sagte Connelly alarmiert. »Verdeckte Operationen? Mir wurde gesagt, die Nummer sei die zum privaten Handy meines Chefs bei MacDill, Brigadier General Evan Gordon.«

22

Die US Army, Navy, Air Force und die Marines haben alle ihr eigenes Kommando für Spezialkräfte, aber alle sind sie dem USSOCOM unterstellt, dem US Special Operations Command, einer übergeordneten Stelle, die ihr Hauptquartier im Luftwaffenstützpunkt MacDill in Florida hat und unter der Leitung eines Viersternegenerals steht. Es ergab Sinn, dass dieser Fall nach der Aufmerksamkeit von jemandem weiter oben in der Kommandokette verlangte und die Kontaktdaten diejenigen von Connellys Chef waren.

Desh spürte eine Gänsehaut. Die Information, dass Smith nicht derjenige war, der er vorgab zu sein, erhöhte die Chance, dass Miller recht hatte und Connelly sich in unmittelbarer Gefahr befand. Und sie stellte die Richtigkeit von allem in Frage, was Smith ihm gesagt hatte. Desh wusste, er musste dringend über diese neuen Fakten nachdenken und darüber mit Connelly reden, aber das musste warten. Er beendete das Telefonat rasch, damit der Colonel die notwendigen Maßnahmen zu seinem Schutz ergreifen konnte.

»Sind Sie bereit aufzubrechen?«, fragte Griffin, als Desh das Telefon zurück in die Ladeschale gestellt hatte.

»Noch nicht, ich muss noch nachdenken«, antwortete Desh. Er senkte den Kopf. Griffin wartete ängstlich, fast eine Minute lang.

Endlich hob Desh den Kopf und schaute Griffin nachdenklich an. »Es ist möglich, dass wir nicht länger überwacht werden. Oder wenn, dann nur von Leuten, die auf unserer Seite sind. Aber wir können uns dessen nicht sicher sein. Also müssen wir mögliche Beobachter austricksen. Wir müssen sicherstellen, dass sie keinen Grund haben, ihre Satelliten auf die Ausgänge des Gebäudes zu richten, wenn wir es verlassen.«

»Wovon reden Sie? Wer auch immer hinter uns her ist, hat doch nicht einfach Zugang zu Satelliten und kann sich von denen Bilder in Echtzeit verschaffen, wann immer er Lust dazu hat.«

Desh hob die Augenbrauen.

Griffin schluckte schwer. »Kommen Sie, David«, sagte er nervös. »Wollen Sie mir etwa sagen, diese Leute stehen bei Big Brother so hoch oben, dass sie die Macht haben, eine Satellitenüberwachung in Echtzeit anzuordnen?«

«Ich habe gute Gründe zu glauben, dass das der Fall ist.«

»Heiliger Strohsack!«, schimpfte Griffin. »Dann sind wir wahrhaft und total am Arsch!« Unter anderen Umständen wäre es interessant gewesen zu analysieren, wie seine Gelehrtensprache mehr und mehr den normalen Alltagsbegriffen wich.

»Noch sind wir nicht besiegt«, erwiderte Desh. »Ich habe eine Idee. Wenn wir sie davon überzeugen können, dass wir eine Weile hierbleiben, haben sie keine Gründe, den Gebäudekomplex von außen zu überwachen.«

»Und woher wissen Sie, dass sie die Ausgänge nicht einfach ganz altmodisch mit Leuten kontrollieren?«

»Ich werde die Gegend erkunden, bevor wir losfahren, aber das glaube ich nicht. Man hat mir versprochen, die Überwachung einzustellen. Man weiß, dass ich das sorgfältig überprüfen werde. Also kommen nur ausgefeiltere Überwachungsmethoden in Frage.«

Griffin wirkte nicht überzeugt. »Und was ist Ihr Plan?«

Desh berichtete es ihm. Er wollte die Wanzen aus dem Behälter nehmen, davon ausgehen, dass sie noch immer aktiv waren, und dann konnten sie beide ein kleines Theaterstück aufführen. »Für einen Hacker mit Ihren sozialen Fähigkeiten ist das doch ein Kinderspiel«, ermutigte Desh ihn. »Übertreiben Sie es nicht, reden Sie nicht so hölzern, als ob Sie etwas auswendig gelernt hätten, und sprechen Sie nicht direkt in die Wanze. Die Dinger nehmen Ihre

Stimme überall auf. Seien Sie einfach Sie selbst. Wenn das jetzt künstlich wirkt, dann fliegt es uns um die Ohren.«

Griffin legte die Stirn in Falten. »Danke, dass Sie mich so gar nicht unter Druck setzen«, brummte er. Er dachte kurz nach, dann gab er Desh das Zeichen zu beginnen.

Desh holte die Wanzen heraus, legte noch einmal den Finger an die Lippen und nickte Griffin zu. Das war das Startsignal.

Griffins Gesicht war hoch konzentriert. »David?«, sagte er und klang aufgeregt und ungläubig. »David Desh? Wachen Sie auf!«

»Wa…«, murmelte Desh.

»Wachen Sie auf und erzählen Sie mir, verdammt noch mal endlich, was hier abgeht!«, verlangte Griffin anklagend. »Warum bin ich gerade auf dem Fußboden aufgewacht? Und wieso schlafen Sie hier auf meiner Couch?« Er spielte seine Rolle sehr gut – genauso, wie Desh das gehofft hatte.

»Tut mir leid«, antwortete Desh und versuchte, völlig schlaftrunken und erledigt zu klingen. »Ich bin vor ein paar Stunden angekommen und habe es nicht geschafft, Sie zu wecken. Dann habe ich gewartet, bis Sie aufwachen, und bin dabei selbst eingeschlafen. Ich war total kaputt.« Nach einer kurzen Pause fügte er hinzu: »Das bin ich noch immer.«

Desh wiederholte die Unterhaltung, die sie vorhin miteinander geführt hatten, und den Auftrag, alles über Kira Millers Vergangenheit herauszufinden. »Schauen Sie, Matt, es tut mir wirklich leid, aber ich brauche unbedingt noch ein bisschen Schlaf. Haben Sie was dagegen, wenn ich mich auf die Couch lege, während Sie arbeiten?«

»Tun Sie sich keinen Zwang an«, sagte Griffin.

»Danke. Können Sie mich in genau zwei Stunden wecken und mir berichten, wie weit Sie gekommen sind?«

»Das werde ich tun«, antwortete Griffin.

Desh signalisierte mit hochgestelltem Daumen seine Zustimmung und legte wieder den Finger gegen die Lippen. Dann legte er die Wanzen zurück in den schalldichten Behälter.

»Das haben Sie gut gemacht, Matt«, lobte er.

Mit etwas Glück entspannten ihre Überwacher sich jetzt eine Weile und beschlossen, dass Satellitenaufnahmen während der nächsten zwei Stunden eine Verschwendung von Ressourcen waren.

Desh ging innerlich die möglichen Szenarien durch, denen sie begegnen konnten. Kurz überlegte er, in seine Wohnung zurückzukehren, um schusssichere Westen für sie beide zu holen, entschied sich jedoch dagegen. Es war zu riskant und brauchte zu viel Zeit. Außerdem konnten die Westen nur Pistolenschüsse stoppen, keine Gewehrschüsse. Wenn das Militär in die Sache verwickelt war, wenn es da irgendwo auch nur ein schwarzes Schaf gab, dann würde man damit rechnen, dass er eine schusssichere Weste trug, und die Waffen – und das Ziel – entsprechend wählen. In dem Fall waren die Westen sogar eher ein Nachteil, kein Vorteil. Die Star-Wars-Filme hatten Desh ebenso gefallen wie den meisten anderen Leuten. Aber die Sturmtruppen hatte er immer als den Gipfel der Dummheit betrachtet. Ihre weiße Panzerung von Kopf bis Fuß sorgte nur dafür, dass sie langsam und schwerfällig in den Bewegungen wurden, ohne selbst den schwächsten Lasergewehren gewachsen zu sein.

Desh holte das dicke Bündel Geldscheine aus der Tasche und zeigte es Griffin. »In einem Notfall ist reichlich Bargeld mindestens so nützlich wie Waffen«, erklärte er und steckte das Geld ein.

Griffin grinste. »Ich habe immer gedacht, viel Geld mit sich herumtragen bringt einen eher in Gefahr. Man lernt doch nie aus.«

Desh grinste. »Haben Sie ein Handy?«, fragte er dann.

Griffin nickte.

»Lassen Sie es hier. Ich bin mir sicher, Sie wissen, dass man die Dinger nutzen kann, um uns zu orten.«

Griffin zog das Handy aus der Tasche und legte es auf den Schreibtisch. »Und was ist mit Ihrem Handy?«, fragte er mit einer Kopfbewegung in Deshs Richtung.

»Das ist ein spezielles Gerät, von meiner Firma. Man kann es nicht orten. Schließlich können wir unsere Kunden nicht effektiv schützen, wenn deren Feinde uns ganz einfach aufspüren können.«

Desh verließ die Wohnung und begab sich auf einen Erkundungsgang. Nach zehn Minuten war er zurück, überzeugt davon, dass die Luft rein war. Trotzdem verließen sie das Gebäude getrennt, über zwei verschiedene Ausgänge, hielten den Kopf gesenkt und versuchten, sich so unauffällig wie möglich zu bewegen.

Griffin holte sein Auto, einen blauen Minivan von Chrysler, und traf Desh zwei Querstraßen weiter. Griffin rutschte auf den Beifahrersitz, Desh stieg ein, passte Sitz und Spiegel an und fuhr los. Der Minivan hatte schon lang keine Autowaschanlage mehr gesehen und war vollgestopft mit leeren Wasserflaschen, Plastikbechern von Starbucks und sogar einem leeren Pizzakarton.

Mit erhobenen Augenbrauen warf Desh Griffin einen Seitenblick zu. »Ein Minivan?«, bemerkte er und lächelte. »Eine interessante Wahl für einen Single. Ich habe gehört, die Weiber stehen darauf.«

»Ihr Weicheier von den Spezialkräften mögt es ja nötig haben, das weibliche Geschlecht mit protzigen Schlitten anzulocken – aber für uns Hacker gilt das nicht«, erwiderte Griffin mit gespielter Arroganz. »Die Frauen finden uns einfach unwiderstehlich. Wir werden angehimmelt wie Rockstars.«

Desh lachte. »Aha – der Minivan dient also nur dazu, sie sich vom Hals zu halten?«

»Genau«, grinste Griffin.

»Dann ist er eine gute Wahl.«

Griffin lachte in sich hinein. »Eigentlich brauche ich das Auto, um gebrauchte Computer zu transportieren. Manchmal rüste ich sie auf und verkaufe sie, manchmal nutze ich sie nur als Ersatzteillager.« Er lächelte durchtrieben. »Und was die Frauen angeht – nun, ich bin zufrieden. Und ich brauche wirklich keinen Luxusschlitten. Ich treffe die Frauen einfach auf die ganz altmodische Weise.«

Desh schaute Griffin fragend an.

»Na, online natürlich«, antwortete der amüsiert.

Deshs Lächeln verstärkte sich. Doch plötzlich wurde er ernst. »In Ordnung, Matt – es wird Zeit, dass ich Ihnen sage, was ich weiß, so unvollständig das auch ist.«

Griffins Gesicht zeigte zu gleichen Teilen Furcht und Neugier.

Während der langen Fahrt nach Emporia berichtete Desh Griffin alles, was er wusste, und legte auch den derzeitigen Stand seiner Analyse der Dinge dar. Währenddessen zwang er sich dazu, sich an die Geschwindigkeitsbeschränkungen zu halten, damit man sie nicht anhielt. Der Tag blieb bewölkt, und ab und zu regnete es. Allerdings schienen sie vor dem Regen eher davonzufahren, statt sich auf ihn zuzubewegen.

Als Desh am Ende angekommen war, fühlte Griffin sich wie vor den Kopf geschlagen. »Das ist der absolute Wahnsinn«, bemerkte er. »Wenn auch nur ein Teil davon stimmt, sind die Folgen unvorstellbar.«

Desh presste die Lippen zusammen und nickte. »Ich weiß – ich habe Sie in all das mit hineingezogen. Aber vielleicht sorgt es dafür, dass Sie sich ein bisschen besser fühlen, wenn Sie wissen – wir stehen hier möglicherweise wirklich an einem Scheideweg der menschlichen Geschichte. Die Entscheidungen, die wir jetzt treffen, könnten eine große Rolle dabei spielen, die Bedrohung durch den Bioterror zu stoppen und der Welt einen echten Jungbrunnen zu bringen.«

»Oh danke, David«, sagte Griffin und verzog das Gesicht. »Jetzt fühle ich mich gleich viel entspannter.«

»Ich hatte eigentlich darauf abgezielt, dass Sie sich inspiriert fühlen.«

»Das haben Sie auch geschafft. Ich bin ebenso inspiriert wie panisch.«

Desh lächelte. »Warum erzählen Sie mir nicht, was Sie während meines Schläfchens über Kira Miller herausgefunden haben?«

Griffin begann zu berichten. Nach etwa fünf Minuten klingelte Deshs Handy. Er zog es heraus und schaute misstrauisch auf das Display. Es war Connelly. Angesichts der Tatsache, dass der Anruf nicht über eine sichere Leitung erfolgte, musste es wirklich dringend sein. Wie Deshs Handy war auch das von Connelly nicht zu orten – trotzdem zahlte es sich immer aus, die Unterhaltung knapp zu halten und auf den Punkt zu bringen.

»Ja?«

»Ich bin unterwegs zum Treffpunkt, Ankunftszeit wie geplant«, erklärte Connelly. »Ich hatte Gesellschaft, aber ich denke, ich konnte sie loswerden, bin mir allerdings nicht ganz sicher.«

»Okay«, erwiderte Desh. »Halten Sie sich an den ursprünglichen Plan. Ich werde checken, ob Ihnen jemand folgt, wenn Sie angekommen sind.«

»Verstanden«, sagte Connelly und beendete das Gespräch.

Griffin schaute Desh fragend an.

»Connelly hat ein Auto entdeckt, das ihm gefolgt ist«, erklärte er. »Er glaubt allerdings, er konnte die Verfolger abschütteln.«

»Er *glaubt*, er konnte sie abschütteln?«, erkundigte sich Griffin nervös.

»Wir müssen davon ausgehen, dass es ihm nicht gelungen ist.«

»Aber Sie haben ihm doch gesagt, es bleibt beim ursprünglichen Plan. Wieso, wenn ihm jemand folgt?«

»Weil wir Informationen benötigen. Das ist unsere beste Chance, uns welche zu verschaffen.«

»Und wie?«

»Indem wir unsere ungebetenen Gäste in einen kleinen Hinterhalt locken«, antwortete Desh ernst.

Griffin schüttelte heftig den Kopf. »Kommt nicht in die Tüte!«, krächzte er. Wieder verließ ihn seine hochtrabende Sprache, wie immer, wenn er Angst hatte oder wütend war. Oder beides. »Das stand nicht in meiner Jobbeschreibung! Sie brauchen ja vielleicht diese ganze militärische Macho-Scheiße, aber ich komme gut ohne aus!«

Desh seufzte tief. »Ich auch, Matt«, murmelte er müde. »Glauben Sie mir, ich auch.«

23

Erneut schaute Desh ungeduldig auf die Uhr und legte die Stirn in Falten. Er stand hinter einem dicken Baumstamm am äußeren Rand der Lichtung, die insgesamt die Größe eines Basketballfelds besaß, vor sämtlichen Blicken verdeckt, und wartete auf Connelly. In Emporia hatten er und Griffin sich ein Taxi genommen. Er hatte den Fahrer gebeten, sie einen knappen halben Kilometer vor dem Treffpunkt abzusetzen. Zu Fuß waren sie weitergegangen. Desh hatte die Betäubungspistole in eine Tasche seiner Windjacke gesteckt. In der anderen befanden sich zwei Ersatzmagazine für seine .45er.

Griffin stand etwa zwanzig Meter weiter im Wald. Nur wenige der Bäume waren schon kahl und hatten eine dünne Schicht Laub auf dem Boden verteilt. Die meisten besaßen noch alle Blätter, die sich nicht einmal besonders herbstlich verfärbt hatten. Außerdem standen viele immergrüne Nadelbäume zwischen den Laubbäumen. Die Deckung war ausreichend, so wie Desh es sich erhofft hatte.

Desh spannte alle Muskeln an. Ein Auto kam heran.

Er entspannte sich wieder, als der Wagen sichtbar wurde und er den Colonel am Steuer erkannte. Connelly suchte sich sorgfältig die härteren Stellen am Boden, die der Regen nicht aufgeweicht hatte, um möglichst wenig Spuren zu hinterlassen. Dann stellte er den Motor ab und stieg vorsichtig aus, den Blick auf die Straße gerichtet. Er trug eine Zivilhose und einen dicken grünen Strickpullover, der so unförmig wirkte, dass Desh sicher war, dass der Colonel darunter eine schusssichere Weste trug.

Methodisch suchte Connelly die Baumlinie ab. Als seine Augen bei Deshs Versteck angekommen waren, nickte Desh. Der Colonel fing seinen Blick auf und nickte ebenfalls, kaum merklich. Nachdem er sich überzeugt hatte, dass Desh wie erwartet an seinem Platz war, nahm Connelly eine Handvoll Blätter und kehrte an die Stelle zurück, wo er die Straße verlassen hatte. Er platzierte die Blätter strategisch so, dass sie sämtliche Reifenspuren verdeckten und dennoch wie zufällig herabgeweht wirkten.

Anschließend kehrte er zur Lichtung zurück und stellte sich neben seinen Wagen, als ob er auf jemanden wartete.

Desh wusste, es war tatsächlich möglich, dass Connelly seine Verfolger hatte abschütteln können. Sofern diese Verfolger aber über Satellitenzeit verfügten, war das kein großer Trost. Ebenso gut war es möglich, dass diese potenziellen Verfolger gar nicht vorhatten, feindselig aufzutreten. Aber Desh hatte keine Wahl – er musste vom Gegenteil ausgehen.

Leise bewegte sich Desh, bis er beim hünenhaften Hacker angekommen war. »Es geht los«, flüsterte er so leise, dass sich Griffin nicht sicher war, ob er es wirklich gehört oder Desh nur von den Lippen abgelesen hatte. »Bewegen Sie sich nicht. Sparen Sie sich sogar laute Gedanken.« Er wisperte direkt in Griffins Ohr. »Selbst ein einziger knackender Zweig kann Ihre Position verraten.«

Griffin warf ihm einen bösen Blick zu, verärgert, dass Desh ihn in diese gefährliche Lage gebracht hatte, nickte jedoch.

Geräuschlos bewegte sich Desh durch den Wald zurück, leichtfüßig und mit katzenhafter Geschmeidigkeit. Wieder zeigte sich seine Zungenspitze zwischen den Lippen, als er sich sorgfältig darauf konzentrierte, Tannenzapfen und Zweige oder herabgefallene trockene Blätter, die bei der leisesten Berührung rascheln konnten, zu vermeiden.

In einem war Desh sich sicher – wer auch immer Connelly gefolgt war, hatte ganz sicher genügend Respekt vor dem Colonel, um keinen Frontalangriff zu wagen. Angesichts Connellys Standort mitten im Wald würde man sich ziemlich sicher lehrbuchmäßig von allen Seiten durch die Bäume heranschleichen. Desh befand sich, vom Colonel aus gesehen, an der südlichen Flanke. Er berechnete den Winkel, den er nutzen würde, wenn er von der Straße käme und Connelly angreifen wollte. Dann wählte er sich eine Stelle, von der aus er den erwarteten Angriff beobachten konnte, jedoch selbst verborgen blieb.

Er wartete hinter einer massiven Fichte, umgeben von einem dicken Kissen aus mittlerweile braun gewordenen Nadeln, die heruntergefallen waren, und blieb absolut unbeweglich. Mehrere Minuten vergingen.

Auf einmal nahm er aus dem Augenwinkel heraus eine Bewegung wahr.

Ein Mann in der schwarzen Kleidung der Spezialkräfte mit einer schusssicheren Weste näherte sich verstohlen aus genau der Richtung, die Desh vorausgesehen hatte. In der rechten Hand hielt er die mit einem Schalldämpfer versehene Militärversion von Deshs .45er von Heckler & Koch, eine bei den Spezialkräften sehr beliebte Waffe. Deshs Herz begann einen wilden Tanz in seiner Brust, aber er beruhigte sich mit eisernem Willen. Wachsam suchte der Soldat die Umgebung ab und näherte sich leise und athletisch der Stelle, an der Connelly stand.

Desh richtete seine Betäubungspistole auf den Mann und wartete darauf, dass er näher kam. Er hatte nicht die Absicht, einen Kollegen von den Spezialkräften zu verletzen, der gewiss nur ein Werkzeug war. Angesichts der Weste war eine Betäubungspistole ohnehin die effektivste Waffe.

Langsam kam der Mann näher. Und näher. Und näher.

Jetzt, dachte Desh, trat hinter dem Baum hervor und brachte seinen Schuss an, bevor der Soldat auch nur reagieren konnte. Die Betäubungswaffe war leise wie ein Bogen. Der Pfeil traf den anderen direkt im Schenkel, entfaltete sofort seine Wirkung, und der Mann fiel lautlos in sich zusammen.

Desh verlor keine Zeit. Die Kollegen des Mannes näherten sich gewiss gerade aus anderen Richtungen. Desh rannte auf die Lichtung zu. Dann donnerten die Worte »Keine Bewegung!« durch den Wald. Als er an der Baumlinie angekommen war, sah er Connelly mit erhobenen Händen dastehen. Zwei Männer, Klone des einen, den er gerade betäubt hatte, traten aus Norden und Westen aus dem Wald heraus, Waffen in den Händen, direkt auf die Stirn des Colonels gerichtet.

Desh feuerte. Der Soldat an Connellys nördlicher Flanke fiel zu Boden.

Desh wirbelte sofort herum und zielte auf den anderen, doch der hatte die Bewegung gesehen und sich instinktiv abgerollt. Statt seine Gliedmaßen zu treffen, prallte der Pfeil harmlos von seiner Weste ab. Der Soldat schoss, aber Desh hatte sich bereits wieder hinter einen Baum geworfen.

Die Kugel schmetterte in den Baum. Rinde flog Desh ins Gesicht. Der Mann wollte gerade erneut abdrücken, als sein Arm nach hinten gerissen wurde und seine Waffe zu Boden fiel. Sein Gesicht wirkte erstaunt, als ihm klar wurde, dass er angeschossen worden war. Blut strömte über seinem Arm. Connelly lief heran, trat die Waffe aus seiner Griffweite und zog sich dann in sichere Entfernung zurück, seine eigene Waffe noch immer auf den Verwundeten gerichtet. Connelly hatte gewusst, dass Desh seine südliche Flanke gedeckt hatte, und war darauf vorbereitet gewesen zu handeln.

Mit gezogener Waffe lief Desh die Baumlinie um die Lichtung herum ab, auf der Suche nach weiteren Angreifern. Es gab keine. Dann kehrte er nach Süden zurück und bedeutete Griffin, seinen Platz zu verlassen und ihm auf die Lichtung zu folgen. Gemeinsam traten sie aus dem Wald heraus und schlossen sich Connelly an. Desh war ruhig und wachsam, aber Griffin wirkte bleich und mitgenommen und so, als ob er einen Geist gesehen hätte.

»Alles ruhig?«, fragte Connelly.

»Es sieht so aus«, antwortete Desh. »Wenigstens für den Moment. Lassen Sie uns diesen Kerl befragen und abhauen.«

Connelly zeigte auf Griffin. »Ist das Ihr Freund?«, erkundigte er sich.

Desh nickte. »Er ist der Computerexperte, mit dem ich gearbeitet habe, und der in die ganze Sache hineingezogen wurde. Ich denke, wir können ihm vertrauen.« Dann stellte er die beiden einander vor.

Die Männer gaben sich die Hand, während Desh sich dem verwundeten Soldaten näherte und ihn grimmig anschaute. »Für wen arbeiten Sie?«, blaffte er. »Und was waren Ihre Befehle?«

Der Mann schwieg.

»Sie gehören ganz offensichtlich zum amerikanischen Militär und waren bei den Spezialkräften. Ich nehme an, Sie arbeiten für eine Gruppe, die verdeckte Operationen ausführt, habe ich recht?« Wieder kam keine Antwort. »Haben Sie eine Ahnung, wen Sie da gerade angegriffen haben?« Er deutete auf Connelly. »Sie haben hier einen mehrfach ausgezeichneten Offizier des Kommandos der Spezialkräfte vor sich.«

Der Gesichtsausdruck des Soldaten verriet Desh, dass der Mann genau wusste, wer Connelly war – und sich einen Dreck darum scherte.

Desh steckte die Betäubungspistole ein, holte seine HK45 hervor und zog den Schlitten nach hinten, um eine Patrone in den Lauf zu bringen. Dann zielte er auf das Knie des Soldaten. »Ich frage Sie noch einmal«, knurrte er. »Warum waren Sie hinter ihm her?«

Das Gesicht des Mannes blieb unbewegt, aber er blickte unsicher zwischen seinem Knie und Deshs zornigen Augen hin und her und schluckte. »Uns wurde gesagt, dass er ein Verräter ist.«

Desh blickte auf Connelly und hob die Augenbrauen. »Wieso das?«

»Ich weiß keine Details. Man hat uns nur gesagt, er sei ein Abtrünniger und extrem gefährlich. Er muss unbedingt verhaftet werden, weil er gegen die Interessen der Vereinigten Staaten handelt. Der Befehl kam von sehr weit oben in der Kommandokette.«

»Sollten Sie mich verhaften oder umbringen?«, fragte Connelly.

»Verhaften.«

»Aber man hat Ihnen nicht gesagt, dass er unbedingt lebend gefasst werden muss, richtig?«, erkundigte sich Desh.

Der Soldat antwortete nicht, doch sein Gesichtsausdruck sprach Bände.

»Genau wie ich es mir gedacht habe«, bemerkte Desh. »Wenn Sie ihn also ohne Kampf zu fassen bekommen – prima. Aber wenn Sie ihn hätten umbringen müssen, hätte niemand deswegen schlaflose Nächte verbracht.«

Böse schaute der Mann Connelly an. »Sie haben Ihr Land verraten und verkauft. Das ist nur das, was Sie verdienen!«

Desh schüttelte den Kopf. »Man hat Sie belogen. Der Colonel hat unser Land nicht verraten. Aber derjenige, der diesen Befehl gegeben hat, ist ein Verräter – und hat Angst, dass der Colonel kurz davor steht herauszufinden, wer er ist. Deshalb frage ich Sie erneut – wer hat Ihnen den Bef…«

Desh riss den Kopf mitten im Satz nach oben, wo das leise, aber unverkennbare Knattern von Hubschrauberrotoren zu hören war. Sein Herzschlag beschleunigte sich. Der Helikopter war bereits bis auf knapp fünfzig Meter herangekommen und näherte sich rasch.

Unmöglich!, dachte Desh.

Er sprintete zur Baumlinie. Von oben kam ein gedämpfter Schuss. Eine Kugel, der seine Weste nichts entgegenzusetzen hatte, bohrte sich in Connellys Körper, direkt unterhalb der linken Schulter. Die Waffe flog ihm aus der Hand. Zwei der Soldaten im Hubschrauber versuchten, Desh mit ihren schallgedämpften Gewehren zu folgen, doch als er den Wald erreichte, stellten sie das Feuer ein.

Eigentlich war ein Helikopter viel zu laut, um es geräuschlos bis in diese Nähe gebracht zu haben, überlegte Desh alarmiert. Aber diesem war genau das gelungen. Was bedeutete, er war einer der wenigen Helikopter der nächsten Generation, mit einer dramatisch verringerten akustischen Emission, auf Radarschirmen kaum zu entdecken. Wer auch immer hinter ihnen her war, hatte Zugang zur besten Ausrüstung, die das Militär zu bieten hatte. Das war ein extrem beunruhigender Gedanke.

Der Hubschrauber schwebte über der Lichtung. Vier Männer mit Schnellfeuergewehren in der typischen Spezialkräftemontur seilten sich rasch an einem grünen Seil ab, das aus der Tür des Helikopters geworfen worden war und sich wie eine Luftschlange entfaltet hatte. Sobald sie den Boden erreicht hatten, stürzten sich zwei von ihnen auf Griffin und Connelly. Die anderen beiden verteilten sich und machten sich auf die Suche nach Desh. Währenddessen landete der Hubschrauber direkt neben Connellys Auto. Am Steuer saß der Mann, der sich Smith genannt hatte.

Desh rannte durch den Wald, seinen Verfolgern voraus. Dann tauchte er abrupt hinter einen besonders dicken Baumstamm. Die zwei Männer näherten sich vorsichtig und nutzten die Bäume als Deckung. Sie waren sich offensichtlich bewusst, wie gut Desh war. Sie waren in der Überzahl, aber dafür hatten sie die undankbare Aufgabe, ihn aufzustöbern – und er hatte Zugriff auf unzählige geschützte Positionen. Ihm war klar, einer der beiden würde um ihn herumschleichen und dann von hinten kommen, damit sie ihn in die Zange nehmen konnten. Falls er stehenblieb, was er nicht vorhatte. Seine Erfahrung sagte ihm, dass seine Chance zu entkommen bei fünfzig zu fünfzig stand.

Smith stellte den Motor des Helikopters ab. »Geben Sie auf, Mister Desh«, brüllte er in Richtung der Bäume. »Ich bin's, Smith«, fügte er für den Fall hinzu, dass Desh seine Stimme nicht erkannt hatte.

Desh reagierte nicht.

Smith bedeutete den beiden, die hinter Desh her waren, mit ungeduldigen Handbewegungen, sich zurückzuziehen. Sie kehrten sofort um. »Ich habe meine Männer zurückgerufen«, rief er in die Richtung, in der er Desh vermutete. »Wir haben Ihre beiden Freunde«, fuhr er fort. »Wenn Sie mit mir zusammenarbeiten, werde ich sie anständig behandeln. Sobald Sie mir geholfen haben, das Mädchen zu finden, lasse ich sie sogar wieder frei.« Er legte eine bewusste Pause ein. »Aber wenn Sie nicht mitspielen, lasse ich sie exekutieren. Direkt hier und jetzt.« Nach einer weiteren Pause brüllte er: »Nun, wie ist es, Desh?«

Smith wartete auf Deshs Antwort, die nicht kam. Desh hatte nicht vor, sich dazu verleiten zu lassen, seine Position zu verraten.

»Schauen Sie, Desh«, fuhr Smith fort, »meine Männer und ich, wir warten hier auf der Lichtung, bis Sie zur Vernunft kommen. Wir haben das Leben Ihrer Freunde in der Hand. Sie haben drei Minuten!« Seine dröhnende Stimme hallte zwischen den Bäumen.

Desh glaubte zwar nicht, dass Smith Griffin und Connelly jemals wieder gehen lassen würde. Aber er war sicher, dass er seine Drohung wahrmachen würde, die beiden hier auf der Lichtung hinzurichten, wenn Desh nicht mitspielte. Das hatte er schon durch seinen Schuss auf den Colonel bewiesen. Aber solang die beiden am Leben waren, bestand die Chance, dass Desh sie aus diesem Schlamassel herausholen konnte, in das er sie hineingezogen hatte. Desh hatte keine andere Wahl, als sich zu ergeben – und Smith wusste das ganz genau.

Desh näherte sich dem Rand der Baumlinie. Der Colonel und der bärtige Hüne saßen auf der Erde neben Connellys Auto, an Händen und Füßen gefesselt. Smiths Leute waren über die gesamte Lichtung verteilt. Zu Deshs Erleichterung wirkte Connelly noch immer höchst aufmerksam, trotz seiner Schusswunde.

Für den Fall, dass die Soldaten sich als allzu schießwütig erweisen sollten, wollte Desh sich zu erkennen geben, bevor er aus dem Wald heraustrat. Gerade hatte er den Mund geöffnet, um Smith etwas zuzurufen, da schloss er ihn auch schon verblüfft wieder, denn er hörte etwas, das ihn total überraschte.

Von der anderen Seite der Lichtung kam Kira Millers Stimme.

24

»Lassen Sie die Waffen fallen!«, befahl Miller ruhig und betrat die Lichtung. Sie trug weder eine Brille noch Make-up, um ihre Erscheinung zu verändern. Außerdem war sie unbewaffnet und hatte normale Straßenkleidung an.

Vor seinem geistigen Auge sah Desh die Jogginghosen, die Kira ihm gegeben und die er so kurzerhand in den Flur geworfen hatte. Noch immer trug er allerdings das dazugehörige graue Sweatshirt. Sie musste in beiden Kleidungsstücken Wanzen angebracht haben. Himmel, sie war wirklich gefährlich schlau! Sie hatte zugegeben, die Hose präpariert zu haben, weil sie wusste, dass er ohnehin wieder seine eigene Hose anziehen würde. Ebenso wusste sie, dass er das Sweatshirt länger anbehalten musste, weil sie sein Hemd zerschnitten hatte. Wie ein meisterhafter Magier hatte sie seine Aufmerksamkeit in eine Richtung gelenkt, während sie in der anderen heimlich weiteragierte. So hatte sie die Koordinaten mitgehört, die er Connelly genannt hatte. Seit wann war er so grenzenlos schlampig in seiner Arbeit?

»Ich wiederhole – lassen Sie die Waffen fallen«, sagte Miller bestimmt. »Jetzt!«

Der Soldat, der Kira am nächsten stand, schüttelte höhnisch den Kopf. »Haben Sie den Verstand verloren? Womit wollen Sie uns denn einschüchtern? Mit Frauenpower?«

»Frauenpower – wie geistreich«, bemerkte sie sarkastisch.

»Wer zum Teufel sind Sie?«, fragte ein anderer Soldat.

Smith war zunächst ebenso überrascht von Millers Auftreten gewesen wie sein Team, doch er fing sich schnell wieder. »Nicht nachlassen in der Aufmerksamkeit«, mahnte er. »Das Mädchen ist gefährlich. Lasst euch nicht von ihrer Erscheinung und davon täuschen, dass sie unbewaffnet ist.«

Die Männer nickten, aber man konnte ihnen ansehen, dass sie Kira dennoch nicht ernst nahmen. Aus ihren Reaktionen schloss Desh, dass sie keine Ahnung hatten, wer sie war.

»Ich will verdammt sein«, sagte Smith gedehnt. »Kira Miller, wie sie leibt und lebt. Schön, Sie endlich mal zu treffen. Aber ich muss sagen, es überrascht mich sehr, dass Sie uns hier direkt in die Arme laufen, wo Sie sich doch bisher so viel Mühe gegeben haben, uns zu entwischen.«

»Mister Smith, nehme ich an.«

»So habe ich mich wenigstens heute Nacht genannt. Woraus ich entnehme, Sie haben meine Unterhaltung mit Desh belauscht.«

»Vielleicht«, erwiderte sie. »Vielleicht habe ich aber auch nur genau zugehört, als Sie gerade eben Ihren Namen laut genug in den Wald gebrüllt haben, um Tote zu erwecken.«

»Auch eine Möglichkeit«, räumte er ein.

»Sie sollten Ihren Männern befehlen, die Waffen fallen zu lassen.«

»Oder was?«, spottete Smith verächtlich. »Haben Sie eine Superwaffe erfunden, die Sie per Gedankensteuerung aktivieren können, und die uns alle kampfunfähig macht? Das bezweifle ich doch sehr. Wenn Sie so etwas entwickelt hätten, dann hätten Sie es schon längst eingesetzt.«

Millers Augen brannten in eiserner Entschlossenheit. »Ich brauche keine Waffe, um zu bekommen, was ich will. Entweder legen Sie und Ihre Leute die Waffen beiseite«, sie stoppte kurz, um der nachfolgenden Drohung mehr Gewicht zu verleihen, »oder ich begehe Selbstmord.«

Der Mann neben Kira grinste unverhohlen. »Das ist das Dümmste, was ich jemals ...« Dann bremste er sich mitten im Satz, als er Smiths Gesichtsausdruck bemerkte. Smith lachte nicht.

»Ich werde Sie gefangen nehmen und ruhigstellen, bevor Sie sich umbringen können«, knurrte Smith.

»Ach wirklich?«, höhnte sie. »Ich habe eine Kapsel mit Blausäure in einem Zahn. Ich muss nur ganz fest zubeißen, und schon bin ich tot. Und das können Sie nicht zulassen, nicht wahr? Denn wenn ich sterbe, sind Sie als Nächstes dran, und Ihr Chef serviert Ihr Gehirn auf der nächsten Dinnerparty als Vorspeise.« Nach einer kurzen Pause deutete sie mit dem Kopf auf Smiths Männer. »Sagen Sie es Ihnen, Smith. Sie haben mich hier ganz offensichtlich nicht erwartet, sonst hätten Sie Ihre Leute vorgewarnt. Es wird Zeit, dass Sie sie darüber aufklären, was passiert, wenn sie mich aus Versehen umbringen.«

»Sie hat recht«, beeilte sich Smith zu sagen. Ihm wurde bewusst, dass die Männer nicht wussten, was wirklich auf dem Spiel stand. Er konnte nicht riskieren, dass sie die Sache in die eigene Hand nahmen. »Keinerlei feindliche Aktionen, solang irgendeine – und ich betone, irgendeine – Gefahr besteht, dass sie dabei umkommt, und sei es nur aus Versehen. Das ist ein Befehl. Habe ich mich klar genug ausgedrückt?«

»Jawohl, Sir«, kam es von den Soldaten, durchweg eher ungläubig als schneidig.

Es war beinahe Ehrfurcht, die Desh erfüllte, als er diesen Auftritt beobachtete. Sie war die bemerkenswerteste Frau, die er jemals getroffen hatte. Ohne mit der Wimper zu zucken, war sie zielsicher mitten in eine schwerbewaffnete Elitetruppe marschiert und versuchte sich an einem Plan, der kühner war als jeder andere, an den er sich erinnern konnte.

»Gut«, nickte Smith. Er wandte sich an Miller. »Sie haben ganz offensichtlich zu viele Agentenfilme gesehen. Ein Selbstmordzahn? Das ist ein Bluff. Und selbst wenn nicht – das würden Sie niemals tun.« Er nahm eine Betäubungspistole aus der Tasche. »In ein paar Sekunden sind Sie bewusstlos. Das reicht nicht, um auf die Kapsel zu beißen.«

»Denken Sie nicht einmal daran, dieses Ding auf mich zu richten – sonst beiße ich sofort zu. Sie vermuten vielleicht, dass ich nur bluffe. Aber sind Sie auch bereit, Ihr Leben darauf zu verwetten?« Kira warf einen verstohlenen Blick in die Richtung, in der Desh stand, von Bäumen verdeckt, und nickte fast unmerklich.

Ihr Nicken riss Desh aus seiner Trance, als ob man ihm einen elektrischen Schlag versetzt hätte. Er verstand, was sie ihm sagen wollte. »Auch wenn der Zahn nicht echt ist«, brüllte er, ohne seine Deckung aufzugeben, »ich bin echt. Und meine Waffe ist ebenfalls echt. Ich habe sie direkt auf ihren Kopf gerichtet, und ich muss sagen, mein Finger am Abzug juckt ziemlich. Ich bin diesem psychopathischen Weibsstück gerne bei ihrem Selbstmord behilflich.« Er gab seiner Stimme einen hasserfüllten Anstrich.

»Himmel, Desh!«, rief Smith alarmiert. Der selbstzufriedene Gesichtsausdruck war verschwunden, als ihm bewusst wurde, dass er die Rechnung ohne Desh gemacht hatte. »Halten Sie sich zurück! Sie könnte unsere einzige Hoffnung sein, den Ebolaangriff aufzuhalten! Wenn Sie sie töten, verurteilen Sie Millionen von Menschen zum Tode.«

»Das glaube ich nicht, und das wissen Sie«, schnaubte Desh. »Ich bin mir im Gegenteil sicher – wenn ich sie umbringe, ist es vorbei mit dieser Bedrohung. Also – sorgen Sie dafür, dass Ihre Männer die Waffen fallen lassen und sich auf den Boden legen, oder ich jage ihr eine Kugel in den Kopf.«

Es kam keine Reaktion. Desh feuerte. Der Schuss ging nur wenige Zentimeter an Kiras Wange vorbei.

»Nun machen Sie schon!«, donnerte Desh. »Oder verabschieden Sie sich gleich mit vom Leben. Wenn diejenigen, die an Ihren Strippen ziehen, entdecken, dass sie zugelassen haben, dass ich Miller umlege, ist es aus mit Ihnen. Ich kann dann wenigstens als glücklicher Mann sterben, weil ich weiß, ich habe dem Komplott ein Ende bereitet.«

Es war deutlich zu sehen, wie Smiths Gedanken rasten und er alle Möglichkeiten abwog.

»Sie haben zehn Sekunden«, rief Desh entschlossen. »Neun. Acht. Sieben. Sechs ...«

»Macht, was er sagt!«, blaffte Smith voller Angst. »Sofort!«

Seine Männer konnten nicht fassen, was da geschah – aber sie befolgten den Befehl. Sie legten die Waffen ab und ließen sich zu Boden fallen.

Nur Smith blieb stehen.

»Sie auch, Smith«, verlangte Desh. »Auf den Boden! Sie und ich, wir werden uns jetzt gleich mal nett unterhalten.«

Smith schüttelte den Kopf. »Ich bin nicht in der Stimmung, mich zu unterhalten«, sagte er.

Noch bevor Desh reagieren konnte, zielte Smith mit der Betäubungspistole auf sein eigenes Bein und drückte ab.

TEIL VIER

Wiedersehen

25

Kira Miller übernahm die Führung auf dem Weg durch den Wald. Desh hielt sich dicht hinter ihr, die .45er direkt auf ihren Rücken gerichtet. Connelly und Griffin kamen als Letztes. Alle vier waren äußerst wachsam. Möglicherweise drohte ihnen irgendwo ein Hinterhalt. Ihr Ziel war Millers Geländewagen, den sie unter einem falschen Namen gemietet und in der Nähe eines Campingplatzes etwa einen Kilometer entfernt geparkt hatte. Sie befanden sich in einem unberührten Teil des Waldes und mussten sich ihren eigenen Pfad bahnen. Dadurch kamen sie langsamer voran, als es Desh lieb war. Kira hatte die Lichtung mithilfe eines kleinen GPS-Geräts gefunden, das sie jetzt ab und zu überprüfte, um sicherzugehen, dass sie in die richtige Richtung unterwegs waren.

Innerlich schäumte Desh. Wie hatte ihm Smith nur durch die Lappen gehen können? Smith hatte gewusst, sie konnten nicht warten, bis er das Bewusstsein wiedererlangte, um ihn zu befragen, und seinen bewusstlosen Körper auf der Flucht mitzuschleifen wäre ähnlich tollkühn gewesen. Smith trug, wie Desh das erwartet hatte, keine Papiere bei sich, die ihn hätten identifizieren können. *Scheiße*, dachte Desh zum dritten Mal. Er war dem Ziel so nahe gewesen, endlich zu erfahren, was vor sich ging und wer an Smiths Strippen zog. Es war zum Verrücktwerden!

Desh hatte die verbleibenden Männer betäubt, um sicherzugehen, dass sie keinen Alarm schlugen. Nachdem er Griffin und Connelly befreit hatte, hatte er sich den standardmäßigen Erste-Hilfe-Koffer aus dem Hubschrauber geholt, die Wunde des Colonels gereinigt und verbunden und ihm außerdem ein starkes Schmerzmittel gegeben. Bevor sie sich auf den Weg machten, hatte Desh auch noch schnell den jetzt bewusstlosen Soldaten versorgt, den der Colonel angeschossen hatte.

Alles in allem hatte Connelly eine Menge Glück gehabt, doch er hatte viel Blut verloren und brauchte rasch einen Arzt.

Miller hielt an und deutete auf Deshs Waffe. »Müssen Sie das Ding wirklich die ganze Zeit auf mich gerichtet halten?«, flüsterte sie, darum bemüht, nur in direkter Nähe gehört zu werden.

Eine gute Frage, dachte Desh. Musste er? Sie hatte ihn vor Smith gewarnt; sie hatte ihm gesagt, dass Connelly in Gefahr war. Und sie hatte mit beidem recht gehabt. Außerdem hatte sie ihn soeben aus einem riesigen Schlamassel herausgeholt.

Aber was, wenn das Ganze nichts anderes als ein abgekartetes Spiel gewesen war? Ebenso gut konnte es sein, dass sie mit Smith zusammenarbeitete. Nur, weshalb sollte sie das tun? Wenn sie Desh am liebsten tot sehen würde, hätte sie dieses Ziel schon im Motel erreichen können. Und wenn sie sich mit Smith zusammengetan hatte, um ihn, Griffin und Connelly gleichzeitig zu fassen, dann wären sie jetzt nicht zu viert unterwegs – sondern auf der Lichtung gefangen. Oder im Helikopter unterwegs, wer weiß wohin. Noch dazu hatte sie sich freiwillig unter Deshs Kontrolle begeben.

Solang sie sich in so unsicherem Gelände befanden, war Desh nicht bereit, die Waffe ganz wegzustecken, aber er ging schneller und setzte sich neben Kira an die Spitze, sodass der Lauf nicht länger auf sie zeigte.

»Danke«, wisperte sie ernst.

»Sie haben mir also auch eine Wanze ins Sweatshirt gesetzt«, murmelte er leise. Selbst dem flüsternden Ton hörte man seine Bewunderung deutlich an.

Miller nickte, mit sichtbar schlechtem Gewissen.

»Und was machen Sie hier?«

»Ich wusste, dass man dem Colonel zum Treffpunkt folgen und versuchen würde, ihn zu töten. Und ich hatte beschlossen, das nicht zuzulassen.«

Desh schaute sie forschend an. In ihren Gesichtszügen war nicht der kleinste Hinweis auf eine Täuschung zu sehen. »Haben Sie wirklich einen Giftzahn?«, erkundigte er sich flüsternd.

Sie lächelte. »Nein«, gab sie zu. »Aber etwas anderes ist mir in dem Augenblick nicht eingefallen.« Sie zog die Augenbrauen zusammen. »Um ehrlich zu sein, ich war mir sicher, dass Smith meinen Bluff schnell durchschauen musste. Ich habe darauf gebaut, dass Sie den Wink verstehen und einspringen. Genau das haben Sie ja auch getan.«

Desh wusste, eigentlich hätte er schon viel früher eingreifen müssen. Er war einfach zu beschäftigt damit gewesen, ihren Auftritt zu bewundern. »Woher wussten Sie, dass ich alles beobachtet habe?«

»Ich habe gehört, wie Smith Ihnen gedroht hat, Ihre Freunde umzubringen, und Ihnen drei Minuten Zeit gelassen hat, sich zu ergeben«, antwortete sie. »Ich konnte die beiden nicht sterben lassen. Und ich war mir sicher, dass Sie erst einmal abwarten und alles aus der Deckung heraus beobachten würden, sobald Sie meine Stimme gehört hätten.«

Desh nickte, ohne zu antworten. Sie war nicht nur eine brillante Wissenschaftlerin – sie konnte auch schneller reagieren als jeder andere, den er jemals getroffen hatte. Und das wollte eine ganze Menge heißen.

Endlich erreichten sie eine große Lichtung. Ein Schild besagte, dass es sich hierbei um Campingplatz 3 B handelte. In einem Halbkreis waren acht kleine hölzerne Kabinen aufgestellt, neben einigen von ihnen standen Autos. Auf der gegenüberliegenden Seite führte ein Schotterweg zurück zur Straße.

Kira hatte ihren Geländewagen am Rand geparkt, und bald saßen sie alle im Auto. Miller fuhr, Desh saß auf dem Beifahrersitz, und Connelly und Griffin saßen hinten.

»Ich nehme an, Sie sind von der Straße gekommen, die parallel zu der verläuft, die wir genommen haben«, sagte Desh, als sie startete. »Können Sie uns dorthin zurückbringen?«

»Selbstverständlich.« Sie erreichten den Schotterweg. Connelly zuckte immer wieder zusammen, als die Stöße des Wagens sich auf seine Verletzung übertrugen.

»Und wohin fahren wir, wenn wir erst einmal die Hauptstraße erreicht haben?«, erkundigte sich Miller.

Desh dachte konzentriert nach. »Das kommt darauf an. Haben Sie eine Ahnung, wann man diesen Wagen mit uns in Verbindung bringt?«

»Schwer zu sagen«, antwortete sie. »Das hängt davon ab, wann man mitbekommt, dass der Überfall auf der Lichtung fehlgeschlagen ist, und wie viele Autos auf der Straße sind. Ein bisschen sollte es allerdings schon dauern.«

Mit zusammengekniffenen Augen ging Desh innerlich die verschiedenen Möglichkeiten durch. »Zwischen Petersburg und Richmond gibt es ein großes Einkaufszentrum. Es nennt sich Manor Hill Mall. Es ist komplett überdacht, einschließlich der Parkplätze. Da hilft auch eine Satellitenüberwachung wenig. Wir könnten in der Menge untertauchen und wieder verschwinden. Vielleicht schaffen sie es, uns bis dorthin zu verfolgen, aber es wird sie ganz schön Mühe kosten, uns von dort aus zu folgen.«

Kira wirkte beeindruckt. »Das gefällt mir«, sagte sie.

»Colonel?«, fragte Desh.

»Mir auch«, erwiderte Connelly. »Ich schlage vor, wir trennen uns, wenn wir erst einmal dort sind.«

»Einverstanden«, erklärte Desh. »Wenn Sie uns auf die I-95 nach Norden bringen können – das Einkaufszentrum ist direkt neben einer Ausfahrt.«

Sie nickte. »Mache ich.«

Der Schotterweg ging bald in einen schmalen asphaltierten Pfad über, der sich fast einen Kilometer lang durch den Wald schlängelte, bevor sie auf eine schnurgerade Schnellstraße trafen. Miller beschleunigte so schnell, wie der Mietwagen es erlaubte.

Desh drehte sich zum Rücksitz um. »Colonel, wie fühlen Sie sich?«

»Mir geht es gut«, antwortete Connelly stoisch, doch durch seinen Verband sickerte Blut, und er wirkte sehr blass.

»Matt, wie geht es Ihnen?«, wollte Desh als Nächstes wissen. »Sind Sie okay?«

»Eigentlich nicht«, entgegnete der. »Aber ich kann mich schlecht beklagen, solang ich neben jemandem mit einer Schusswunde sitze, der sich nicht beklagt.«

Es gefiel Desh, dass Griffin seinen Sinn für Humor wiedergefunden hatte. »Im Einkaufszentrum teilen wir uns in zwei Gruppen auf«, erklärte Desh. »Ich gehe mit Kira. Matt, kann ich mich darauf verlassen, dass Sie sich um den Colonel kümmern?«

»Ich soll mich um ihn kümmern? Umgekehrt wird ein Schuh draus!«

Desh schüttelte den Kopf. »Lassen Sie sich nicht von ihm täuschen. Es geht ihm nicht so gut, wie er behauptet.« Er griff in die Tasche und holte ein Bündel Hunderter heraus. Vierzig davon reichte er Griffin. »Ein bisschen Taschengeld«, bemerkte er. »Sie müssen ihn unbedingt zu einem Arzt schaffen.«

»Ich werde mein Bestes tun«, versprach Griffin feierlich.

»Colonel, kennen Sie einen guten Militärarzt, dem Sie vertrauen?«, fragte Desh.

Connelly überlegte. »Ja. Don Menken. Er ist im Ruhestand, aber er lebt immer noch in der Nähe von Bragg. Er wird mich behandeln, ohne allzu viele Fragen zu stellen.«

Miller öffnete die Mittelkonsole und holte ein Handy heraus, das sie Griffin nach hinten reichte. »Nehmen Sie das, um uns zu erreichen«, sagte sie. »Ich habe das Gegenstück dazu. Sie müssen nur die Schnellwahl 1 tippen. Meine Nummer ist einprogrammiert. Das Handy ist absolut sicher.«

»Kein Handy ist absolut sicher«, widersprach Connelly müde. Seine normale Lebhaftigkeit verließ ihn mehr und mehr, der Blutverlust machte ihm zu schaffen.

»Das Signal kann man auffangen, ja«, räumte Kira ein. »Aber es gibt keine Verbindung zwischen diesem Handy und mir. Und selbst wenn – die Audiosignale werden verschlüsselt. Diese beiden Handys können die Signale des jeweils anderen entschlüsseln, aber ansonsten sind selbst die besten Kryptografie-Experten nicht in der Lage, die Unterhaltung mitzuhören.«

Connelly bezweifelte zwar, dass die Verschlüsselung auch nur halbwegs so sicher war, wie sie behauptete, sparte sich jedoch weitere Einwände.

»Wir sollten einen Plan entwickeln, wie wir weiter vorgehen, sobald wir erst einmal im Einkaufszentrum sind«, schlug Desh vor.

»Einverstanden«, sagte Connelly heiser. »Aber zuerst verraten Sie mir bitte, warum wir uns jetzt auf einmal mit dem Staatsfeind Nummer eins zusammengetan haben. Nur die Kurzfassung bitte.«

Miller warf Desh einen neugierigen Blick zu, sichtlich gespannt, was er darauf antworten würde.

Desh seufzte. Connelly war derjenige, der von ihnen allen am schlechtesten informiert war. »Wir wissen beide, dass hier weit mehr vor sich geht, als wir verstehen«, begann er. »Smiths Leute sind im Motel aufgetaucht. Und Smith hatte ein Handy, das auf genau die Nummer reagiert hat, die Sie mir genannt haben. Er hat behauptet, dass Sie seine Befehle befolgen. Aber wie wir inzwischen wissen, war das eine Lüge. Kira sagt, sie ist unschuldig und hat mit irgendwelchen terroristischen Plänen nichts zu tun. Sie hat mich gewarnt, dass Ihnen von Smith Gefahr droht, und sie hatte recht.« Er drehte sich kurz um. »Und sie hat ihr eigenes Leben riskiert, um uns zu retten«, fügte er hinzu.

»Aber Sie haben doch ihre Akte gesehen«, protestierte Connelly. »Sie ist brillant darin, andere Leute zu manipulieren, eine perfekte Lügnerin. Das könnte alles nur gespielt gewesen sein.«

»Das stimmt. Und glauben Sie mir, diesen Gedanken habe ich nicht aus den Augen verloren. Aber sie sagt, sie kann ihre Unschuld beweisen – und diese Chance werde ich ihr geben. Ich kann Ihnen allerdings versichern, ich bringe eine ordentliche Dosis Skepsis zu diesem Gespräch mit.«

Desh schaute auf die Uhr und berechnete grob, wie lang es noch dauerte, bis sie am Ziel angekommen wären. »Wir müssen im Einkaufszentrum genau wissen, was wir tun, und alles vorher ausreichend durchdenken, damit wir keine offensichtlichen Fehler machen«, drängte er. »Aber das sollte nicht allzu lang dauern. In der restlichen Zeit werde ich Ihnen einen ganz groben Überblick über das geben, was ich weiß. Matt kann nachher weitere Einzelheiten berichten.«

»In Ordnung«, nickte der Colonel.

»Bevor ich anfange, muss ich Sie allerdings warnen – solang Sie diese Details nicht kennen, werden Sie einige der Dinge, die ich Ihnen sage, kaum glauben können.«

Griffin grinste und verdrehte die Augen. »Das können Sie laut sagen«, murmelte er.

26

Im Manor Hill Mall herrschte eine emsige Geschäftigkeit wie in einem Bienenstock. Die beiden Städte Petersburg und Richmond hatten zusammengenommen mehr als eine Million Einwohner, und es wirkte fast so, als ob die Hälfte davon gerade am Einkaufen wäre. Das Einkaufszentrum war vier Stockwerke hoch, besaß eine Kuppel aus Glas und breitete sich über so viele Quadratmeter aus, dass man es kaum fassen konnte. Connelly hatte Deshs Windjacke übergestreift, um seinen blutigen Verband zu verbergen. Desh und Kira hatten Griffin und den Colonel am einen Ende des Zentrums aussteigen lassen und waren anschließend noch fast einen Kilometer gefahren, um es vom anderen Ende aus zu betreten.

Wie sie es während der Fahrt abgesprochen hatten, waren Griffin und Connelly zunächst in einem gut besuchten Bekleidungsgeschäft verschwunden und hatten sich von Kopf bis Fuß neu eingedeckt, mit Kleidung, die ihnen half, in der Masse unterzutauchen. Anschließend hatten sie eine Schere und Rasierzeug besorgt. Kurz darauf verließen sie eine der Herrentoiletten – bartlos. Als Desh Griffin die Notwendigkeit erklärt hatte, seinen Bart loszuwerden, hatte der beinahe gemeutert. Am Ende hatte er allerdings eingesehen, dass es eine angenehmere Alternative dazu war, entdeckt und erschossen zu werden – wenn auch nur knapp. Connelly gefiel es ebenfalls nicht, sich von seinem gut gepflegten Schnurrbart trennen zu müssen, doch er nahm den Verlust mit militärischem Gleichmut hin.

Nachdem sie ihr Aussehen verändert hatten, bestellten die beiden unter einem erfundenen Namen ein Taxi und ließen sich zu einem nahegelegenen Hilton-Hotel fahren. Dort konnten sie einen anderen Taxifahrer dazu überreden, sie bis nach Bragg zu dem Arzt zu bringen, mit dem der Colonel befreundet war. Zuerst hatte der Fahrer sich hartnäckig geweigert, aber ein Bündel von Hundertdollarscheinen brachte ihn zu der Überzeugung, dass der Kunde König war und er die beiden gerne dorthin fuhr, wo sie hinwollten.

Auch Desh und Miller kleideten sich neu ein. Desh trug nun vorgebleichte Jeans und einen Kapuzenpullover der Washingtoner Redskins in Weinrot und Gold mit übergroßen Taschen. Kira hatte ihre beigefarbene Jacke gegen eine blaue mit anderem Schnitt ausgetauscht, und auch sie erklärte ihre Vorliebe für die Footballer der Redskins mit einer Kappe, unter der sie ihre Haare verborgen hatte. Der Bequemlichkeit und Schnelligkeit wegen hatten sich beide für Tennisschuhe entschieden.

Wer auch immer ihnen vielleicht bis zum Einkaufszentrum gefolgt war, würde höchstwahrscheinlich vermuten, dass sie sich dort nur kurz aufhielten, bevor sie sich ein Taxi nahmen oder ein Auto stahlen. Garantiert kam niemand auf die Idee, dass sie dort stundenlang offen herumlaufen würden. Das war der Grund, warum sie genau das taten. Anschließend hatten sie vor, das Zentrum per Bus zu verlassen.

Manor Hill konnte mit vierzehn Restaurants und einem riesigen Bereich mit Selbstbedienung aufwarten. An einem Informationsstand erkundigten sie sich nach einem Restaurant mit einer romantischen Umgebung. Das war die Umschreibung für ein Lokal, in dem es dunkel genug war, dass man sie von außen nur schwer entdecken konnte. Gleichzeitig machte eine derart schummerige Beleuchtung es ihnen selbst möglich, jeden gut zu erkennen, der das Restaurant betrat.

Zwanzig Minuten später saßen sie in einer Nische von Montag's Gourmet Pizza. Für ein Pizzarestaurant kam die dämmerartige schwache Beleuchtung unerwartet. Ob nun Gourmetpizza oder nicht. Aber für ihre Zwecke war es perfekt.

Der Kellner schloss aus den identischen Redskins-Kleidungsstücken, dass die beiden wohl ein Date hatten. Als er allerdings den starken Bartschatten im nicht allzu sauberen Gesicht von Desh entdeckte, entschied er sich, sie müssten bereits miteinander verheiratet sein. Kein Mann würde sich auf einem Date sehen lassen und seine persönliche Hygiene dabei so sehr vernachlässigen.

Desh bestellte ein Wasser, Miller Eistee, und sie teilten sich eine große Pizza. Obwohl er im Moment wirklich andere Sorgen hatte, beunruhigte es ihn doch ein wenig, sich mit Kira eine Pizza zu teilen. Das kam ihm zu sehr vor, wie mit dem Teufel persönlich das Brot zu brechen. Auch wenn es ein Teufel war, der Connelly das Leben gerettet hatte. Er beschloss, eine so große emotionale Distanz zu der Frau wie nur möglich einzuhalten.

Als der Kellner verschwunden war, zog Desh verstohlen seine Waffe hervor und verbarg sie unter dem übergroßen Sweatshirt, den Finger am Abzug. Dann nahm er eine etwas unbequeme Haltung ein, die es ihm möglich machte, sowohl Kira als auch den Eingang des Restaurants zu überwachen.

Nachdem der Kellner ihnen die Getränke gebracht hatte und wieder verschwunden war, kam Miller sofort zur Sache. »Ich nehme an, Sie erinnern sich noch, wo wir letzte Nacht stehengeblieben waren, bevor wir … ähm … unterbrochen wurden?«

Desh nickte. Es fiel ihm schwer zu glauben, dass diese Unterhaltung gerade erst in der Nacht zuvor stattgefunden hatte. »Sie können sich selbst klüger machen, aber dabei verwandeln Sie sich in einen Psychopathen.« Aufmerksam beobachtete er beim Sprechen weiter den Eingang, überprüfte jeden, der hereinkam und behielt auch die Menschenmassen draußen im Auge.

»Wer hätte gedacht, dass Sie so gut mit Worten umgehen können«, bemerkte Kira und lächelte warm. »Das ist womöglich die prägnanteste Zusammenfassung der gesamten Geschichte.«

»Wir wissen nicht, wann wir wieder unterbrochen werden«, fiel ihr Desh eisig ins Wort. Unterbewusst versuchte er, ihrer Wärme entgegenzutreten. »Nachdem Sie so begierig sind, mich davon zu überzeugen, dass Sie nicht mit Terroristen zusammenarbeiten, lassen Sie uns keine Zeit verschwenden.«

»Einverstanden«, nickte Miller ernüchtert. Rasch sammelte sie ihre Gedanken. »Wir waren bis zu dem Zeitpunkt gekommen, an dem ich etwa zweieinhalb Jahre bei NeuroCure war und meinen Durchbruch schaffte. Haben Sie noch Fragen zu der Behandlung, bevor ich weitermache?«

Desh dachte darüber nach. Gerade betrat eine Gruppe Teenager das Restaurant. Sie trugen Kleidung, die etliche Jahre zu alt für sie war, und dazu auffälligen, glitzernden Modeschmuck. »Wie lang dauert so eine Veränderung?«

»Nur etwa eine Stunde. Ich hatte Angst, die Zeit zu verlängern. Das wollte ich nicht, jedenfalls nicht, bevor ich nicht ein besseres Verständnis von der Behandlung und davon gewonnen hatte, was sie in mir auslöste.«

»Einschließlich Ihrer neu gewonnenen Bewunderung für die Werke von Nietzsche?«

»Ja.«

»Es wundert mich, dass die Wirkung nur so kurz anhält.«

»Wenn Sie es selbst erleben, kommt es Ihnen viel länger vor. Und auf diesem Intelligenzniveau können Sie innerhalb nur einer Stunde eine geradezu unglaubliche Menge an Einsichten gewinnen. Um die Wirkung durchgehend zu machen, müsste ich an meinem Körper noch andere Änderungen durchführen. Selbst in nur einer Stunde verbraucht der Körper sehr viele molekulare Vorläufersubstanzen für Neurotransmitter, die Botenstoffe des Nervensystems. Sie haben einen Heißhunger auf Süßes, den Sie sich gar nicht vorstellen können. Nach einer solchen Veränderung habe ich mich noch tagelang nicht wie ich selbst gefühlt. Deshalb hatte ich beschlossen, das nicht öfter als höchstens einmal pro Woche zu testen.«

Desh fragte sich, ob wohl etwas von dem der Wahrheit entsprach, das Smith ihm während der nächtlichen Fahrt gesagt hatte. Nachdem Kira diese Unterhaltung ja belauscht hatte, gab es keinen Grund, damit hinter dem Berg zu halten. »Und auf welches Gebiet haben Sie sich entschieden, diesen wachsenden IQ zu konzentrieren?«, erkundigte er sich. »Smith behauptet, Sie hätten daran gearbeitet, das menschliche Leben zu verlängern und am Ende die Sterblichkeit selbst zu besiegen.«

»Er hatte recht«, gab sie zu. »Ich werde das nachher noch detaillierter erläutern, aber das war jedenfalls eines der drei Hauptziele, die ich mir gesetzt hatte.«

Einen Augenblick überlegte Desh, ob er sie zu dieser Lebensverlängerung näher befragen sollte, entschied sich jedoch, lieber Geduld zu zeigen und sie das Gespräch bestimmen zu lassen. »Was waren die anderen beiden Ziele?«

»Das eine war, einen weiteren Intelligenzsprung zu erreichen. In meinem veränderten Zustand war mir klar, dass ich ein noch erheblich höheres Niveau erreichen konnte.« Sie nahm einen Schluck Eistee und stellte das Glas wieder ab. »Und mein drittes Ziel war es, ähm … nun ja …« Sie unterbrach sich und wirkte sehr verlegen. »Ich wollte einfach unglaublich reich werden«, sagte sie dann.

»Und ich hatte schon gedacht, Sie seien die Mutter Teresa der Gentechnik«, spottete Desh.

Miller nickte. »Ich dachte mir, dass Sie so reagieren«, meinte sie. »Zu meiner Verteidigung muss ich sagen, dass ich das Geld nicht wollte, um mir Luxus leisten zu können. Ich wollte einfach nur sicher sein, dass Geld nie zum Problem werden würde, wenn ich Ausrüstung für die Projekte brauchte, zu denen meine verbesserte Intelligenz mich führen konnte.«

»Ich gebe zu, Unsterbliche brauchen sicher eine ganze Menge Ersparnisse«, räumte er trocken ein. »Ich bin mir sicher, reich zu werden ist das eine Ziel, das Sie tatsächlich erreicht haben. Soweit ich mir in dem ganzen Durcheinander überhaupt irgendeiner Sache sicher sein kann.« Er seufzte frustriert und fügte anklagend hinzu: »Aber es interessiert mich schon, wie Sie das so schnell schaffen konnten.«

»Sie glauben, ich hätte meine Seele an Terroristen verkauft?«

»Warum nicht? Selbst wenn Sie normalerweise nicht soziopathisch veranlagt wären, Sie haben zugegeben, dass Sie es im Zustand erhöhter Intelligenz sind. Warum sollte Sie da so eine Kleinigkeit beunruhigen wie der Tod von Millionen Menschen?«

»Nun kommen Sie, David!«, zischte sie erbost. »Denken Sie doch einmal logisch! Selbst wenn diese soziopathischen Tendenzen mein Handeln bestimmt hätten – und das haben sie nicht –, wäre ich zwar ein rabiater Soziopath, aber doch noch lang nicht dumm! Ich hatte einen nicht mehr messbaren Intelligenzgrad erreicht. Eine Kreativität, bei der Thomas Edison vor Neid erblassen würde. Einen Verstand, der selbst Stephen Hawking alt aussehen lässt. Glauben Sie wirklich, dass ich mit solchen Fähigkeiten Jahre darauf verwenden würde, einen Bioterror-Wirkstoff zu entwickeln, um ihn dann an Leute zu verkaufen, die nichts dagegen hätten, mich umzubringen, nur weil ich keinen Schleier vor dem Gesicht trage?« Zornig schüttelte sie den Kopf. »Ich könnte Millionen machen mit einer Verschlüsselungssoftware, die ich mir in zehn Minuten ausgedacht habe – oder mit irgendeiner anderen Erfindung, die auf dem Markt sofort ankommen würde. Was glauben Sie, würde zum Beispiel die Regierung für ein Material zahlen, das die Wärmeausstrahlung des menschlichen Körpers komplett abschirmt?«

Desh runzelte die Stirn. »So betrachtet wäre es wirklich ziemlich dumm, stattdessen mit Terroristen zusammenzuarbeiten.«

»Danke!«, sagte sie nachdrücklich. Dann schwieg sie, als der Kellner kam, um sich nach weiteren Wünschen zu erkundigen.

»Nicht dass es eine Rolle spielt«, fuhr sie fort, nachdem der Mann wieder gegangen war, »aber ich habe mein Vermögen an der Börse gemacht.«

Erstaunt schaute Desh sie an. »Das hätte ich jetzt nicht vermutet. Wie haben Sie das angestellt?«

»Ich habe den Markt mit meiner erhöhten Intelligenz analysiert«, erwiderte sie. »In diesem veränderten Zustand haben Sie absoluten Zugriff auf Ihre Erinnerung. Auf jede Erinnerung. Das menschliche Gehirn speichert alles, was es empfängt – alles, was Sie denken, lesen, sehen, berühren oder erfahren. In unserem nicht optimierten Normalzustand können wir lediglich auf die Spitze dieses Eisbergs zurückgreifen. Aber in meinem verbesserten Zustand kann ich Verbindungen und logische Schlüsse zwischen Informationen ziehen, von denen ich nicht einmal wusste, dass ich sie hatte. Unglaublich komplexe Muster werden plötzlich ganz einfach zu verstehen. Die Einblicke in den Markt erschließen sich quasi wie von selbst.«

»Haben Sie diese Analysen verstanden, wenn Sie wieder in Ihren Normalzustand zurückgekehrt sind?«

Kira lächelte. »Nicht einmal ansatzweise«, gab sie zu. »Alles was ich weiß ist, dass ich in etwa achtzig Prozent aller Fälle recht hatte. Das war mehr als genug, um mich sehr schnell sehr reich zu machen. Ich habe mich viermal dieser Veränderung ausschließlich zu dem Zweck unterzogen, den Aktienmarkt zu analysieren. Und ich habe nur die riskantesten Geschäfte abgeschlossen: Wechselkursschwankungen, Optionen, Termingeschäfte – solche Dinge. Was sich eben am meisten lohnt, wenn man richtig liegt. Im Laufe von drei Monaten habe ich so mein Vermögen vertausendfacht. Die Börse ist nichts anderes als ein legalisiertes Glücksspiel, und ich hatte mich ja schließlich in den ultimativen Rain Man verwandelt.«

Wie üblich, schaffte sie es auch diesmal, dass die fantastischsten Behauptungen auf einmal absolut nachvollziehbar klangen. »Und warum die falschen Identitäten und die Schweizer Bankkonten?«

»Irgendwann wurde ich paranoid. Also habe ich Vorsichtsmaßnahmen ergriffen.«

»Ist Verfolgungswahn eine andere Nebenwirkung verstärkter Intelligenz?«

»Nein«, erwiderte sie ruhig. »Es ist eine Nebenwirkung davon, beraubt zu werden.«

Deshs Augen verengten sich. »Ist das der Punkt, wo der Erzfeind ins Spiel kommt, den Sie in Ihren E-Mails erwähnt haben? Ihr Moriarty?«

»Der Vergleich gefällt mir«, sagte Kira und lächelte. »Das lässt mich hoffen, Sie sind inzwischen nicht mehr so ganz davon überzeugt, dass ich selbst Moriarty bin. Wenn Sie jetzt gesagt hätten

›Ihr Erzfeind, Sherlock Holmes‹, hätte mich das wirklich deprimiert.«

Desh konnte nicht anders – er erwiderte ihr Lächeln.

»Eines der Dinge, die gleich offensichtlich wurden, als ich Sie unter die Lupe genommen habe, war, wie unglaublich belesen Sie sind«, sagte Miller ernst.

»Nun, Moriarty ist nicht gerade eine schwer zu erratende Andeutung. Die meisten Zehnjährigen wissen, wer das ist.«

Sie lächelte wieder, und ihre Augen funkelten. »Was ich gesagt habe, ist dennoch wahr. Außerdem, ich wäre mir da an Ihrer Stelle nicht so sicher. Ich bin nicht davon überzeugt, dass die Mehrheit der Erwachsenen auch nur den Namen des Sprechers unseres Repräsentantenhauses kennt.«

Desh grinste, doch bei der nächsten Frage war sein Gesicht wieder ernst. »Erzählen Sie mir von dem Raub.«

Plötzlich erstarrte Desh. Ein Mann in den Dreißigern mit einem sehr wachsamen Gesichtsausdruck war hereingekommen und suchte das Restaurant mit seinen Blicken sorgfältig ab. Bald würde er ihre Nische entdecken. »Ducken Sie sich!«, flüsterte Desh, fasste die Waffe fester und bereitete sich darauf vor zu handeln. Kira beugte sich herab, als ob ihr etwas auf den Boden gefallen wäre.

Sekunden später blieben die Augen des Mannes an einer Nische in der Nähe hängen. Eine attraktive Frau, umgeben von zwei kleinen Kindern, winkte ihm fröhlich zu. Er hob die Hand, sein Gesicht entspannte sich und rasch schloss er sich seiner Familie an.

Erleichtert stieß Desh die Luft aus. »Falscher Alarm«, wisperte er. »Tut mir leid.«

Miller setzte sich wieder aufrecht. »Kein Problem«, erklärte sie. »Besser, wir sind zu vorsichtig. Außerdem bin ich mir ganz sicher, in einer Stunde oder so hat sich mein Herzschlag wieder beruhigt.« Sie grinste.

»Sie wollten mir von dem Raub erzählen«, forderte Desh sie auf.

»Richtig. Also – ich kam eines Nachts von der Arbeit nach Hause, und in meine Wohnung war eingebrochen worden. Dabei hat man ein Fläschchen mit dreiundzwanzig Gelkapseln und mein Notizbuch aus dem Labor mitgenommen. Ich hatte beides im doppelten Boden einer Kommodenschublade versteckt.«

»Sie hatten eine Kommode, in der die Schubladen doppelte Böden haben?«

»Eine Schublade. Ich dachte mir, meine wertvollen Dinge in einem Safe unterzubringen, wäre einfach zu offensichtlich. Deshalb habe ich die Schublade ausgemessen und mir im Baumarkt eine genau passende Platte zurechtschneiden lassen. Über diese Platte habe ich dasselbe Schrankpapier gelegt wie in die anderen Schubladen und dann ein paar Pullover darauf verteilt.«

Desh war beeindruckt. »Ist sonst noch etwas gestohlen worden?«, fragte er und kaute an einem Brötchen, ohne die Beobachtung der Eingangstür zu unterbrechen.

»Nein, nichts. Die wussten genau, was sie suchen.«

»Wissen Sie, wer das gewesen sein könnte?«

»Als es passiert ist nicht, nein. Ich war wie betäubt. Ich hatte so sorgfältig darauf geachtet, keine Spuren zu hinterlassen. Ich habe die toten Nagetiere immer sofort entsorgt und mein Notizbuch nie aus den Augen gelassen. Bis zu dem Zeitpunkt hätte ich es für unmöglich gehalten, dass irgendjemand wissen konnte, was ich da machte. Am nächsten Tag habe ich aus einer Ahnung heraus eine Personenschutzagentur wie Ihre damit beauftragt, alles nach Wanzen abzusuchen.« Ihr Gesicht verfinsterte sich. »Man hat mehrere gefunden – sowohl in meinem Büro als auch bei mir zuhause. An dem Tag ist meine Paranoia dann wirklich ausgebrochen.«

»Kein Wunder«, murmelte Desh.

»Es war eine Katastrophe. Wer auch immer der Dieb war, die dreiundzwanzig Dosen meiner Therapie machten ihn sofort zum gefährlichsten Mann auf dem Planeten. Ab dem Zeitpunkt ergriff ich ausgeklügelte Vorsichtsmaßnahmen, informierte mich eingehend über Wanzen und darüber, wie man sie findet, und verteilte mein Vermögen auf verschiedene Konten. Als ich mich das nächste Mal selbst in den Zustand der gesteigerten Intelligenz versetzte, wurde mir klar, ich brauchte mehr, und zwar eine ganze Anzahl an makellosen falschen Identitäten sowie ein paar technologische Erfindungen, die mir helfen konnten, unentdeckt zu bleiben, wenn ich untertauchen musste.«

»Ihre Gentherapie verbessert also auch die Intuition, nicht nur die Intelligenz?«

Sie nickte. »Intuition ist letztlich nichts anderes als Ihr Unterbewusstsein, das in Windeseile verdeckte Hinweise zusammenfügt und zu Schlüssen kommt, die Ihr Bewusstsein noch lang nicht gezogen hat. Die Umprogrammierung verschafft mir den Zugriff auf alle meine Erinnerungen, die irgendwo im Unterbewusstsein vergraben sind. So kann sich auch die volle Macht der Intuition entfalten.« Sie hielt kurz inne. »Und wie sich später herausstellte, lag meine Intuition genau richtig.«

Desh schwieg, vertilgte den Rest des Brötchens und trank sein Wasser aus.

»Drei Tage später«, fuhr Miller fort, »kam mein Chef, Tom Morgan, bei einem Autounfall ums Leben.«

Desh nickte. *Interessant*, dachte er. Das war ein anderes Puzzleteilchen, das – vielleicht – seinen Platz gefunden hatte.

»Ich konnte nie Beweise dafür finden, aber ich vermute, Morgan ist irgendwie über meine Arbeit gestolpert und hat die Wanzen installieren lassen. Möglicherweise hat er anschließend versucht, sein Wissen, und natürlich die Gelkapseln, zu verkaufen, und ist dabei an den Falschen geraten, meinen unbekannten Feind. Moriarty, wie Sie ihn genannt haben.«

Desh überlegte. »Und Moriarty hat Morgan anschließend umgebracht, damit er allein Zugriff auf Ihre Behandlung hat.«

»Ich denke ja.«

Desh öffnete den Mund, um eine weitere Frage zu stellen, doch als der Kellner mit ihrer Pizza kam, hielt er sich zunächst zurück. Der Kellner stellte die Pizza zwischen ihnen auf den Tisch, und Desh dachte über das nach, was Kira ihm berichtet hatte. So wie sie die Dinge in ihrer zeitlichen Abfolge geschildert hatte, beantwortete das diverse offene Fragen. Das wesentliche Fundament, auf dem sein Auftrag beruhte, nämlich die Behauptung, sie würde mit

Terroristen zusammenarbeiten, erschien ihm mittlerweile geradezu lächerlich unglaubhaft. Und sie hatte ihn – zu Recht, wie er jetzt wusste – vor Smith gewarnt und einiges riskiert, um ihnen zu helfen.

Außerdem, so sehr er auch versuchte, sich dem zu entziehen – ihr Aussehen und ihre Persönlichkeit hatten ihn regelrecht verzaubert. So dringend er den Eingang ständig im Blick behalten musste, immer wieder ertappte er sich dabei, dass er sie anschaute. Er musste sich an die griechische Sage von den gefährlichen Seenymphen klammern, den Sirenen, und sie sich immer wieder vor Augen führen. War er wirklich so objektiv, wie er es sein musste, wenn er sich von ihren Argumenten überzeugen ließ? Oder gab es in ihrer Argumentation Lücken, die er bislang übersehen hatte?

So viel sie inzwischen auch von dem widerlegt hatte, wovon er anfangs ausgegangen war – er musste doch immer wieder an einen noch gänzlich unerklärten Bereich denken, an die Todesfälle, zu denen es während ihrer Kindheit gekommen war. Die konnte sie nicht fortwischen. Während Desh auf Griffins Couch geschlafen hatte, hatte der Hacker eine Menge Dinge herausgefunden, die genau bestätigten, was Desh bereits wusste. Und die Beweise gegen sie in den Mordfällen Lusetti und ihres Bruders waren wasserdicht. So anziehend er sie fand und so kunstvoll ihre bisherigen Erklärungen auch waren – noch immer war es erheblich wahrscheinlicher, dass das meiste, was sie gesagt hatte, eine kunstvolle Erfindung und nicht die Wahrheit war.

27

Hungrig aßen sie schweigend das erste Stück Pizza. Dann erklärte Desh, zur Toilette gehen und anschließend noch einmal das Einkaufszentrum erkunden zu wollen. Er wusch sich gründlich das Gesicht, was ihn sehr erfrischte, und verließ das Restaurant.

Die unterschiedlichsten kaufwütigen Menschen, in allen Farben gekleidet, drängten sich in Scharen in allen Richtungen und bildeten ein zufälliges, sich ständig veränderndes menschliches Mosaik. Einige hasteten durch die Gänge wie auf einer eiligen Mission, andere schlenderten gemütlich. Manche waren mit leeren Händen unterwegs, andere mit Brezeln, Eiscreme, Handtaschen oder Tüten, bis zum Rand gefüllt mit Einkäufen. Ein junges Mädchen zeigte aufgeregt auf ein Paar Schuhe in einem Fenster, und ihre Mutter lächelte amüsiert. Desh beneidete sie alle um ihre ungetrübte Unschuld.

Er tat so, als ob er sich ein paar Dinge in verschiedenen Schaufenstern ansehen würde, und beobachtete währenddessen verstohlen die Menge. Er entdeckte nichts, was ihm ungewöhnlich vorkam, und keinen Hinweis auf irgendwelche Verfolger.

Als er ins Restaurant zurückkehrte, hatte Miller gerade ihr letztes Stück Pizza gegessen, und der Kellner hatte ihnen neue Getränke gebracht. Kira schaute Desh unruhig an. »Irgendetwas Verdächtiges?«

Er schüttelte den Kopf. »Ich denke, wir sind ihnen einstweilen entkommen. Wenn sie uns bis jetzt hier nicht gefunden haben, suchen sie garantiert woanders. Smith käme bestimmt nicht auf die Idee, dass wir etwas so Dummes tun, wie uns mitten in einem Restaurant selbst zur Zielscheibe zu machen.«

»Ja, wir sind dumm wie ein Fuchs«, bemerkte Kira mit funkelnden Augen.

Desh lächelte. Er nahm sich ein großes Stück Pizza und deutete auf Miller. »Machen Sie weiter. Wir waren beim Tod Ihres Chefs angekommen.«

Miller nahm ihren Bericht wieder auf. »Nach dem Einbruch, Morgans Unfall und der Entdeckung der Wanzen wurde ich noch vorsichtiger. Ich suchte routinemäßig nach Wanzen und führte die Tierversuche in meiner Wohnung durch, nicht mehr im Labor von NeuroCure. Ich arbeitete an meinen beiden primären Zielen gleichzeitig. Den ersten großen Fortschritt erzielte ich allerdings bei der neuronalen Optimierung.«

»Wie lang nach dem Einbruch war das?«, fragte er.

»Etwa neun Monate.«

»Ich nehme an, Sie haben alles getestet, um sicherzugehen, dass es auch funktioniert?«

»Ja. Ich hatte einen Cocktail mit einer extrem kurzen Halbwertszeit hergestellt, für den Fall, dass es Komplikationen geben sollte. Es waren nur etwa zwei Sekunden, die ich in diesem Zustand der Hyperoptimierung verbrachte, aber es reichte aus.«

»Reichte aus wofür?«

»Um sicherzugehen, dass ich es geschafft hatte. Diese zwei Sekunden fühlten sich an wie fünf Minuten. Das erste Stadium der Optimierung lässt sich nicht beschreiben. Dieses zweite Stadium können Sie sich nicht einmal vorstellen.« Ihre Augen weiteten sich, als ob sie das auch jetzt noch in Erstaunen versetzte. »Es war ein alles übersteigendes Gedankenniveau. Wahrhaft ehrfurchtgebietend. So sehr, dass ich Angst hatte, es erneut zu versuchen.«

Diesmal verstand Desh sofort, was sie damit meinte. Wieder einmal hatte sie den korrumpierenden Einfluss unsagbarer Macht gefürchtet.

»Die geringere Dosis zeigte eine kumulative Wirkung«, erklärte sie weiter. »Je öfter ich mich selbst in diesen Zustand gesteigerter Intelligenz versetzte, desto stärker wurde die Neigung, skrupellos selbstsüchtiges Verhalten an den Tag zu legen. Meine Gefühle wurden immer mehr unterdrückt – bis auf eines: das Gefühl, anderen überlegen zu sein. Das wuchs ständig. Es ist schon schwer genug, eine gewisse Selbstlosigkeit zu bewahren, sobald man erst einmal davon überzeugt ist, dass es kein Leben nach dem Tod gibt. Wenn man dann noch beginnt, die normale menschliche Intelligenz als lächerlich unzureichend zu betrachten, wird das noch viel schlimmer.« Sie wirkte besorgt. »Wenn das schon das Ergebnis der Optimierung auf der ersten Stufe war – wie beurteile ich dann unsere gesamte Spezies, wenn ich mehr als zwei Sekunden auf einem noch höheren Niveau verbringe?«

Desh aß weiter, während sie sprach, doch er verlor langsam seinen Appetit. Gab es wirklich einen Grad der Intelligenz, der so hoch angesiedelt war, dass die übliche menschliche Intelligenz dagegen zum Nichts wurde? Er tötete Insekten, die ihm auf die Nerven gingen, ohne darüber nachzudenken, geschweige denn Gewissensbisse zu empfinden. Einem Wesen, dessen Intelligenz der des normalen Menschen so weit überlegen war, wie die menschliche Intelligenz der der Insekten, konnte man es eigentlich nicht vorwerfen, wenn es dem Menschenleben gegenüber gleichgültig war. Oder sogar aktiv andere Menschen »beseitigte«, die ihm im Weg standen.

Was für ein Gedanke – Gott als skrupelloser Soziopath?

Oder war Gott, trotz seiner unendlichen Macht und Intelligenz, die eine Ausnahme zur Regel, dass absolute Macht absolut korrumpiert? Selbst wenn man einmal davon ausging, dass alles der Wahrheit entspricht, was in der Bibel steht, lag die Antwort auf diese Frage keineswegs auf der Hand. Selbst Religionen, die entsetzt wären, wenn man Gott anders darstellte denn als einen liebenden Vater, akzeptierten es ohne nachzufragen, dass er sämtliches Leben auf dem Planeten ausgelöscht hatte, mit Ausnahme von zwei Mitgliedern jeder Spezies, und zwar einfach nur, weil ihn das Verhalten der Menschen geärgert hatte.

Desh löste sich aus seinen philosophischen Betrachtungen und richtete seine Aufmerksamkeit auf die Frau vor ihm, deren ausdrucksvolle blaue Augen wie die schwarzen Löcher im Universum wirkten und ihn unwiderstehlich anzogen. Jeder Versuch, Widerstand zu leisten, schien sinnlos. Aber er musste objektiv bleiben. Es wurde Zeit, der Sache auf den Grund zu gehen. »Sie sind sehr gut«, sagte er. »Das muss ich Ihnen lassen. Aber bevor wir weiter fortschreiten, will ich auf etwas zurückkommen, das früher passiert ist. Ich möchte, dass Sie mir den Tod Ihrer Eltern und Ihres Onkels erklären. Und das Verschwinden einer Lehrerin ebenso wie den Mord an einer anderen.«

Mit zusammengekniffenen Augen schaute sie ihn an und schüttelte den Kopf. »Meine Eltern und mein Onkel sind bei Unfällen ums Leben gekommen. Und was die beiden Lehrerinnen angeht – ich habe keine Ahnung, was ihnen zugestoßen ist. Ich hatte damit nichts zu tun.«

»Aber Sie geben zu, dass eine Ihrer Lehrerinnen verschwunden ist und die andere auf furchtbare Weise ermordet wurde, von einem offensichtlichen Psychopathen?«

»Wie könnte ich das nicht zugeben? Es ist schließlich die Wahrheit. Ich werde das niemals vergessen. An der Schule haben wir lang über nichts anderes geredet.« Sie lehnte sich vor und schaute ihn eindringlich an. »Wollen Sie etwa andeuten, Sie hätten Beweise dafür, dass ich diese Verbrechen begangen habe?«

»Nein. Aber die Indizienbeweise sind ziemlich schlüssig.«

»Sie sind nur schlüssig, weil Sie voreingenommen sind. Ich kann nicht beweisen, dass ich nichts mit diesen Toden zu tun habe. Ob Sie mir glauben oder nicht, richtet sich allein danach, durch welche Linse Sie mich betrachten. Wenn Sie auf der Suche nach Anzeichen für Ärger sind, werden Sie die natürlich auch finden.«

»Und das heißt?«

»Das heißt, wenn Sie bereits zu dem Schluss gekommen sind, dass ich eine Psychokillerin bin und meine Vergangenheit durch diese Linse betrachten, dann finden Sie auch Indizien, die das untermauern. Das ist die klassische Datengewinnung – Sie ziehen eine Schlussfolgerung und filtern die Daten im Nachhinein so, dass sie dieses Ergebnis unterstützen. Das geschieht immer, ganz unweigerlich. Ich wette mit Ihnen, wenn wir uns in Ihrer Heimatstadt und Ihrer näheren Umgebung umschauen würden, könnten wir auch ein oder zwei Menschen finden, die verschwunden sind, ein paar Morde und ein paar tödliche Unfälle. Von den meisten Fällen wüssten Sie wahrscheinlich nicht einmal.«

»Zugegeben, ja. Ein paar Vorfälle kann man als unglückliches Zusammentreffen erklären, aber es gibt eine Grenze. Ihre Lehrerinnen – ja, vielleicht zufällige Ereignisse. Aber der Tod sowohl Ihrer Eltern als auch Ihres Onkels – das nehme ich Ihnen einfach nicht ab.«

Mit schmerzvollem Gesicht schüttelte Kira den Kopf, als ob die Wunden dieser Tragödien niemals richtig verheilt wären. »Ich weiß nicht, was ich sagen soll. Aber ich bin sicher, es gibt auch andere Menschen, die sowohl ihre Eltern als auch weitere Verwandte durch tragische Unfälle verloren haben.« Sie schaute ihn an, Trauer im Blick. »David, es gibt Leute, die einfach mehr Pech haben als andere. Und ich habe das alles nur verkraftet, weil ich mir genau das immer vor Augen geführt habe. Wenigstens hatte ich das Glück, viele schöne Jahre mit meinen Eltern verbringen zu können. Es gibt Waisenkinder in Kriegsgebieten, denen nicht einmal das vergönnt ist.«

Desh biss sich auf die Unterlippe. Diese Richtung der Unterhaltung brachte überhaupt nichts. Er fragte sich, warum er etwas anderes vermutet hatte. Was hatte er denn erwartet – ein Geständnis? Und in gewisser Weise hatte sie recht – er ging an die Beurteilung aller Dinge, die er hörte, voreingenommen heran. Hätte man ihm nicht bereits Beweise dafür gezeigt, dass sie eine Psychopathin war, hätte er all diese Ereignisse völlig anders betrachtet. Wahrscheinlich würde er sie dann gerade jetzt wegen ihrer Verluste trösten.

Er seufzte. »Lassen Sie uns dieses Thema eine Weile aufschieben«, schlug er vor. »Und erzählen Sie mir jetzt etwas über Ihren Jungbrunnen.«

»Ich hatte mein erstes Ziel erreicht, einen weiteren Sprung in meiner Intelligenz, aber ich hatte Angst, das einzusetzen. Etwa vierzehn Monate nach dem Diebstahl gelang mir der Durchbruch bei meinem zweiten Ziel. Smith hat Ihnen die Wahrheit gesagt – ich kann die menschliche Lebensspanne verdoppeln.«

»Wie?«, fragte Desh. »Geben Sie mir einfach nur die Kurzzusammenfassung für Schüler, nicht zu wissenschaftlich.«

Miller überlegte, wie sie das am besten erklären konnte. »Wie ich schon sagte – unsere Gehirne sind nicht auf das Denken optimiert. Und ebenso sind unsere Körper nicht auf langes Überleben optimiert. Das ist jetzt nicht unbedingt überraschend, weil die natürliche Auslese lediglich das Überleben der Spezies als solcher im Auge hat, nicht das des Einzelnen.« Sie trank von ihrem Eistee. »Wenn es zu einer Mutation kommt, die dabei hilft, dass ein Mensch die Zeit überlebt, bis er Nachwuchs bekommen kann, wird sie sich wahrscheinlich auch bei kommenden Generationen durchsetzen. Aber die Gene, die die Länge des Lebens regulieren, werden erst aktiv, wenn man über das normale Alter längst hinaus ist, in dem man Kinder hat. Ein Mann, der mit vierzig stirbt, kann mit seinem Gen für ein kurzes Leben ebenso viele Kinder haben wie ein Mann mit achtzig, der sein Gen für langes Leben vererbt. Es gibt für ein langes Leben keinen Vorteil, unter Evolutionsgesichtspunkten betrachtet.«

Deshs Augen wurden schmal, als er überlegte. »Aber Eltern, die länger leben, können doch die Überlebenschancen ihrer Kinder sichern und erhöhen. Von daher müssten die Gene, die für langes Leben sorgen, doch einen gewissen Vorteil bringen.«

»Genau das stimmt auch. Es besteht der evolutionäre Druck, uns so lang am Leben zu erhalten, bis unsere Kinder in der Lage sind, sich selbst zu versorgen. Nach diesem Punkt allerdings gibt es keinen Grund mehr für ein verlängertes Leben. Die Evolution könnte sogar auf das Gegenteil ausgerichtet sein.«

Desh schaute sie verwirrt an.

»Wenn die Ressourcen knapp sind, bedeuten ältere Menschen eine große Belastung für eine Gruppe«, erklärte Kira. »Sie senken möglicherweise die Überlebenschancen der zukünftigen Generationen.«

Abscheu zeigte sich in Deshs Gesicht. »Und das führt dazu, dass Gruppen, deren ältere Mitglieder so anständig sind, tot umzufallen, nachdem ihre Kinder erwachsen sind, und keine weiteren Ressourcen mehr zu beanspruchen, größere Chancen haben? Im Vergleich zu denen, deren ältere Mitglieder länger überleben?«

»Zumindest während der Zeiten mit einer gewissen Knappheit, ja. Das ist ja auch eine wahrscheinliche Erklärung dafür, warum alles Leben auf der Erde, auch unseres, darauf programmiert wurde, irgendwann zu enden.«

Unsicher zog Desh die Stirn kraus. »Was heißt das? Ich dachte immer, das Altern sei ein Ergebnis der Tatsache, dass sich bei der Zellerneuerung immer mehr Fehler in unserer DNS anhäufen.«

»Das ist teilweise richtig. Aber ein großer Teil des Alterns ist nichts anderes als ein geplanter Prozess. Unser Immunsystem wird immer schwächer, wir produzieren keine Hormone wie Östrogen mehr, unsere Haare werden grau oder fallen aus, unsere Haut bekommt Falten, wir sehen und hören schlechter und so weiter. Unsere Körper sind, auf der Ebene der Gene, einfach darauf programmiert zu sterben.«

»Ich weiß, Sie sind die Wissenschaftlerin. Trotzdem – es fällt mir schwer, das zu glauben.«

»Das liegt daran, dass es nur schrittweise geschieht«, erklärte sie. »Bei einigen Spezies, wie etwa den Pazifischen Lachsen und den Beutelmäusen, tritt es auf einmal ein. Am einen Tag gibt es keinerlei Anzeichen von Alterung – und am nächsten sterben sie an Altersschwäche. Es gibt allerdings auch Spezies, die nicht genetisch darauf programmiert sind zu sterben. Nehmen wir den Stachelkopf, einen Fisch, und die Königinnen bestimmter sozialer Insektenvölker.«

Desh legte fragend den Kopf schief. »Aber sie sterben doch auch, oder?«

»Ja, sie sterben. Nur altern sie nicht, so wie wir das kennen. Sie sterben irgendwann an Unfällen, oder weil ein natürlicher Feind sie tötet. Oder sie verhungern.«

Desh hatte noch unzählige weitere Fragen, doch er wusste, das war jetzt nicht der richtige Zeitpunkt dafür. »Erzählen Sie weiter«, forderte er sie auf.

»Ich habe genau diese Spezies ausgiebig studiert, um zu verstehen, warum sie nicht altern. Außerdem nahm ich DNS-Proben von Menschen mit einer seltenen Krankheit, die sich Progerie oder Hutchinson-Gilford-Syndrom nennt. Diese Menschen altern unglaublich schnell. Schon mit zwölf wirken sie wie alte Menschen.«

Desh verzog mitfühlend das Gesicht. »Davon habe ich gehört. Was für eine entsetzliche Krankheit!« Dann fragte er: »Kann ich davon ausgehen, dass deren DNS Ihnen entscheidende Hinweise gegeben hat?«

»Allerdings. Sie hat unmittelbar zu dem Durchbruch geführt, den ich brauchte«, antwortete sie. »Viele Jahre lang habe ich mich mit der molekularen Grundlage des Alterns befasst. Und als ich dann die Daten über die genetischen Unterschiede zwischen an Progerie erkrankten und normalen Menschen auswertete, konnte mein Gehirn in seinem Zustand gesteigerter Intelligenz schnell alle Teile zusammenfügen.«

»Und Sie sind sich sicher, dass Ihre Behandlung tatsächlich wirkt? Dass sie die Lebenszeit wirklich verdoppeln kann?«

»Da bin ich absolut sicher«, erwiderte Miller ohne das kleinste Zögern. »Einhundert Prozent.«

Deshs Muskeln hatten sich von der unbequemen Haltung verkrampft, die nötig war, damit er den Eingang ständig im Blick behalten konnte. Er machte es sich ein wenig bequemer. »Aber wie können Sie das wissen?«, erkundigte er sich und rieb sich mit der linken Hand den steifen Nacken, in der rechten noch immer die Pistole.

»Es gibt viele Wege, das nachzuweisen«, entgegnete sie. »Aber Sie müssten ein tieferes Wissen über Molekularbiologie und Medizin besitzen, um sie alle verstehen zu können. Ich werde versuchen, einen dieser Wege zu erklären. Man betrachtet dabei die Zellverdoppelungszeit. Viele Menschen wissen das gar nicht, aber die meisten unserer Zellen teilen sich nur etwa fünfzigmal. Man nennt das die Hayflick-Grenze. Je näher eine Zelle dieser Zahl fünfzig kommt, desto langsamer geht die Zellteilung vonstatten und desto stärker werden die Anzeichen des Alters.«

»Und was passiert, wenn sich eine Zelle fünfzigmal geteilt hat?«, wollte Desh wissen.

»Dann stirbt sie«, antwortete Kira.

Darüber dachte Desh eine Weile nach. »Was ist denn dann mit Krebszellen?«

»Eine gute Frage. Krebszellen sind die Ausnahme. Sie sind die Unsterblichen unter den Zellen. Sie können sich nicht nur öfter als fünfzigmal teilen, sie können sich endlos oft teilen. Es ist ja genau dieses unkontrollierte Wachstum, das sie am Ende so gefährlich für uns macht.«

Das Thema faszinierte Desh, aber es überstieg bei weitem sein Denkvermögen. »Gehen wir einfach einmal davon aus, ich glaube Ihnen, dass diese Gentherapie zur Lebensverlängerung so funktioniert, wie Sie das sagen«, meinte er. »Gehen wir weiter davon aus, ich glaube Ihnen, dass Sie in keine bioterroristischen Pläne verwickelt sind. Aber es bleibt dennoch eine Frage offen – wenn Sie diesen Jungbrunnen entdeckt haben, warum haben Sie dieses Geheimnis dann für sich behalten?«

Miller schaute ihn ruhig an. »Weil ich nicht diejenige sein wollte, die die Menschheit zurück ins Mittelalter wirft«, antwortete sie.

28

Desh sah den Kellner in der Nähe und rief ihn zum Tisch. Sie saßen in einer dunklen, bequemen Ecke in einem von vielen Restaurants des riesigen Einkaufszentrums. Die Gefahr, dass sie entdeckt würden, sank mit jeder Minute. Sie hatten noch Zeit, bevor ihr Bus fuhr, und er hatte es nicht eilig zu gehen.

»Kann ich noch etwas bestellen?«, fragte Desh den Kellner.

»Selbstverständlich. Was kann ich Ihnen bringen?«

Rasch überflog Desh die Speisekarte. »Zwei Eisbecher mit heißer Karamellsoße, bitte.«

Der Mann nickte und eilte davon.

»Eisbecher mit heißer Karamellsoße?«, fragte Miller amüsiert.

»Ich will einfach nur einen Grund haben, hier noch eine Weile zu bleiben«, erklärte Desh und erlaubte sich ein Lächeln. »Außerdem – wenn ich mich mit Ihnen unterhalte, braucht mein Gehirn alles Zuckerhaltige, das es nur kriegen kann.«

Miller wirkte verlegen. »Tut mir leid, dass ich Ihnen so viel auf einmal zumuten muss. Ich weiß, das ist in etwa so, als ob man aus einem Löschschlauch der Feuerwehr trinkt.«

Das brachte Desh zum Grinsen. »Nein, so schlimm ist es nicht«, beruhigte er sie. »Ich bin absolut fasziniert. Machen Sie bitte weiter.«

»Smith hat Ihnen seine Version berichtet, warum ich diese Lebensverlängerung für mich behalten habe«, sagte sie. »Um an Macht und Reichtum zu kommen.« Angewidert schüttelte sie den Kopf. »Nichts könnte der Wahrheit ferner sein. Ich würde die Behandlung gerne mit allen teilen. Das Problem ist nur, in einem Zustand gesteigerter Intelligenz habe ich es mir durch den Kopf gehen lassen, welche Folgen das für die Welt hätte, und bin zu schockierenden Schlüssen gekommen.«

Desh versuchte zu erraten, worauf sie hinauswollte, doch es war unmöglich.

»Wenn jeder Mensch einhundertfünfzig Jahre werden kann«, fuhr Kira fort, »was passiert dann mit der Weltbevölkerung?«

Kurz überlegte Desh, ob das eine Fangfrage war. »Die Zahl schnellt nach oben«, antwortete er dann achselzuckend.

»Die Zahl schnellt nach oben«, wiederholte sie. »Und zwar massiv. Es würden in jedem Jahr noch immer mindestens ebenso viele Menschen geboren, aber es würden viel weniger sterben. Frauen könnten erheblich länger Kinder bekommen. Unser Planet ist bereits jetzt überbevölkert, und es wird ständig schlimmer. Machen Sie meine Therapie allgemein verfügbar, und Sie müssen auch noch die Ururgroßeltern von jedem unterbringen.« Sie sah ihn intensiv an. »Die menschliche Lebensspanne zu verdoppeln wäre eine absolute Katastrophe.«

»Es stimmt, unsere Gesellschaft müsste sich verändern«, räumte Desh ein. »Aber das bedeutet nicht zwingend eine absolute Katastrophe.«

»Überbevölkerung hat ja nicht nur physische Auswirkungen, sondern auch psychische«, argumentierte sie. »Vor ein paar Jahren hat man ein faszinierendes Experiment mit Norwegerratten durchgeführt. Man hat eine bestimmte Anzahl von ihnen in einem Gelände von etwa tausend Quadratmetern ausgesetzt, ihnen ausreichend Nahrung zur Verfügung gestellt und alle natürlichen Feinde entfernt. Dabei erwartete man, die Rattenbevölkerung würde sehr schnell die Zahl fünftausend erreichen – aber das passierte nicht. Sie blieb konstant bei etwa einhundertfünfzig. Und als man die Ratten dann dazu zwang, sich weiter zu vermehren, konnte man einen dramatischen Anstieg an pathologischem Verhalten bemerken, und zwar trotz ausreichender Futterquellen. Ratten wurden zu Einsiedlern, sie fraßen einander, sie zeigten homosexuelles Verhalten und andere Verhaltensweisen, die völlig uncharakteristisch waren.« Forschend schaute sie Desh an. »Glauben Sie nicht, dass auch bei Menschen der Stress bei Überbevölkerung zunimmt?«

Desh runzelte die Stirn. Man brauchte wahrlich kein Wissenschaftler zu sein, um diese Frage zu beantworten.

»In meinem Zustand erhöhter Intelligenz erkannte ich sehr schnell, wenn ich meine Therapie öffentlich machte, würde die Bevölkerung rasch kritische Dimensionen erreichen. Und die letztendliche Folge wäre, innerhalb weniger Generationen würden die Menschen entweder in geringer Zahl in Umständen leben, die denen im Mittelalter ähnlich sind, oder sie wären ganz ausgelöscht. Das habe ich vorausgesehen. Anschließend habe ich noch einige Computersimulationen durchgeführt.«

»Und?«

»Diese Simulationen kamen zu demselben Ergebnis. Es gibt eine ganze Reihe möglicher Szenarien. Ich werde Ihnen nur ein paar der wahrscheinlicheren nennen. Die in die Höhe schießende Bevölkerungsdichte führt zu einem umfassenden wirtschaftlichen Zusammenbruch, die Ressourcen werden erschöpft, und man kann nicht so schnell neue Arbeitsplätze schaffen, wie sie gebraucht werden. Unsere Wirtschaft baut darauf auf, dass man sich mit fünfundsechzig zur Ruhe setzt und durchschnittlich etwa achtzig Jahre alt wird. Sie haben doch selbst gespottet, dass Unsterbliche sicherlich große Ersparnisse brauchen.«

Desh schob die Unterlippe vor. Ja, er hatte diesen Scherz gemacht – aber die Schlussfolgerungen, die sich daraus ergaben, hatte er nicht gesehen.

»Wir haben auch darüber gesprochen, dass ein längeres Leben eine Belastung für die jüngeren Generationen bedeutet«, erklärte sie weiter. »Es wäre eine sehr große Belastung. Zusammen mit dem wirtschaftlichen Zusammenbruch sorgt das Bevölkerungswachstum außerdem auch für immer unhygienischere Verhältnisse. Ansteckende Krankheiten breiten sich rasant aus. Hungersnöte werden alltäglich. Der Kampf um das Überleben und der Antrieb durch verstärkt abweichendes menschliches Verhalten führen dazu, dass immer mehr Kriege entfacht werden. Und irgendwann wird ein Land das nukleare Armageddon auf diesem Planeten auslösen.«

Desh wurde bleich. Diese Argumentationskette klang erschreckend plausibel. »Würden denn nicht die Regierungen die Gefahr erkennen und eine strenge Geburtenkontrolle einführen?«, wandte er ein.

»Vielleicht. Ich persönlich bezweifle das, aber es ist eine Möglichkeit. Nur – ist es das, was Sie wollen? Das Leben der älteren Generation auf Kosten der jüngeren erkaufen? Das mag mir vielleicht in meinem Zustand höherer Intelligenz vernünftig vorkommen, aber in meinem Normalzustand macht es mich krank.« Miller holte tief Luft. »Für mich gibt es nur wenig Zweifel – der Welt eine Verlängerung des Lebens um siebzig oder achtzig Jahre zu bescheren, führt zum Ende der Zivilisation.« Sie wirkte extrem niedergeschlagen.

Die Tiefe der Verzweiflung, die ihr Gesicht zeigte, überraschte Desh. »Kira?«, sagte er sanft, »ist alles in Ordnung?«

Sie nickte, doch die Trauer stand weiter in ihren Augen. »Ich bemitleide mich nur gerade selbst«, erklärte sie leise. »Meine ganzen Anstrengungen sind mir um die Ohren geflogen. Ich konnte mir zwar eine unvorstellbar hohe Intelligenz verschaffen – aber dadurch wurde ich skrupellos und verlor einen wichtigen Teil meines Menschseins. Ich fand einen Weg, den Alterungsprozess dramatisch zu verlangsamen – nur um zu erkennen, dass ich dadurch das Ende der Zivilisation einleiten könnte.«

Desh schwieg. Er wusste nicht, was er sagen sollte. Nur zu gut konnte er ihre frustrierte Verzweiflung verstehen. Sie war ein Midas der modernen Zeit. Dieser König war begeistert gewesen, als ihm der Wunsch erfüllt wurde, dass seine Berührung alles in

Gold verwandeln konnte. Bis er die vernichtenden Konsequenzen erkannte – auch die Nahrung, die er zu sich nehmen, und seine geliebte Tochter, die er umarmen wollte, wurden zu Gold.

29

Stumm saßen sie da, als der Kellner ihnen den Nachtisch brachte. Kira nahm einen Löffel Vanilleeis mit heißer Karamellcreme und schluckte, noch immer unglücklich. Unwillkürlich fragte sich Desh, ob ein Wesen mit unmessbar hoher Intelligenz noch immer den Geschmack von heißem Karamell genießen konnte.

Er widmete sich seinem eigenen Eis und beschloss, das Thema zu wechseln. Noch immer musste Kira die Sache mit Lusetti und ihrem Bruder erklären, aber er war sich sicher, genau das würde sie auch tun. »Was ist passiert, nachdem Sie erkannt hatten, dass Sie Ihre Entdeckung nicht veröffentlichen konnten?«

»Ich habe das Handtuch geworfen. Ich schwor mir, alle Experimente mit der Lebensverlängerung einzustellen und meine Therapie zur Optimierung des Gehirns nie wieder einzusetzen.« Sie wartete, bis die Karamellsoße herabgetropft war, um den langen Löffel zum Mund führen zu können. »Aber natürlich ist die Geschichte damit noch nicht zu Ende. Irgendjemand hatte alles verfolgt, was ich gemacht habe, und zwar nicht mit Abhörgeräten, sondern auf die ganz altmodische Weise. Damals wusste ich das nicht, aber Larry Lusetti, ein Privatdetektiv, hatte den Auftrag bekommen, mich zu bespitzeln. Er hat meinen Abfall durchwühlt und mich wie ein Spanner durchs Fenster beobachtet. Er hat nicht lang gebraucht, um herauszufinden, dass ich alle Experimente eingestellt hatte.«

Desh überlegte. »Deshalb dachte Ihr Moriarty, Sie hätten einen weiteren Durchbruch erzielt und bräuchten deshalb keine weiteren Experimente mehr.«

»Genau das. Ein paar Tage darauf wurde in meiner Wohnung erneut eingebrochen. Ich machte mir schon lang keine Notizen mehr – ich zeichnete alles in meinem Computer auf. Die Datei war verschlüsselt und auch durch Sicherheitsmaßnahmen geschützt, die ich mir im Zustand gesteigerter Intelligenz ausgedacht hatte. Selbst wenn jemand in meinen Computer eindringen konnte, musste er die Datei erst noch entschlüsseln. Aber es war unmöglich, in meinen Computer einzudringen. Wenigstens für ein Mitglied der Spezies Homo sapiens.« Sie seufzte. »Was nur beweist, bloß weil Sie unglaublich klug sind, heißt das noch lang nicht, dass Sie nicht auch gleichzeitig unglaublich dumm sein können.«

»Moriarty konnte die Datei entschlüsseln?«

Sie nickte. »Er muss eine der Gelkapseln genommen haben, nachdem er in meine Wohnung eingebrochen war. In diesem Zustand war es kein Problem für ihn, mein Sicherheitssystem zu umgehen und die Datei zu lesen.«

Ersichtlich noch immer wütend auf sich selbst, runzelte Miller die Stirn. »Immerhin hatte ich Glück«, fuhr sie fort. »Ich war paranoid genug gewesen, nur die Protokolle der einzelnen Tierexperimente und ein paar philosophische Überlegungen im Computer festzuhalten. Die eigentliche Schritt-für-Schritt-, oder vielmehr Gen-für-Gen-Anleitung für die Lebensverlängerungstherapie und die zweite Ebene der Intelligenzverbesserung hatte ich auf einem USB-Stick gespeichert, den ich an meinem Schlüsselring immer bei mir trug. Im Computer hatte ich es nicht einmal erwähnt, dass ich die Steigerung der Intelligenz noch weiter vorangetrieben hatte. Moriarty weiß davon noch immer nichts. Allerdings hatte ich die andere Therapie erwähnt. Moriarty hat zwar nicht das Rezept, aber er weiß, ich hatte eine Möglichkeit gefunden, das Leben zu verlängern.«

Desh erinnerte sich an das Gespräch mit Smith. »Dieser Smith wusste, dass Sie es geschafft haben, die Lebensspanne zu verdoppeln. Er hat auch gesagt, letztendlich sei es Ihr Plan, Nanobots in den Blutkreislauf zu schicken und dann einen Weg zur Übertragung des Bewusstseins zu finden – alles, um Unsterblichkeit zu erreichen.«

»Das stimmt. Diesen allgemein gehaltenen Plan hatte ich im Computer festgehalten. So dachte ich anfänglich, bis mir klar wurde, was für eine Katastrophe bereits der erste Schritt bedeuten würde. Smith hat das schon richtig beschrieben.«

»Interessant«, meinte Desh. »Glauben Sie, dass er Moriarty ist?«

Kira überlegte. »Vielleicht – aber meine Intuition sagt mir, dass er nur Moriartys rechte Hand ist.«

»Erzählen Sie, was weiter passiert ist«, forderte Desh sie auf. Er schob den Eisbecher, den er kaum angerührt hatte, beiseite. Irgendwie konnte er seine Aufmerksamkeit nicht zwischen Kira Miller, der Eingangstür und der tropfenden Karamellsoße aufteilen.

»Mir war klar«, sagte Miller, »dass Moriarty, sobald er erst einmal davon erfahren hatte, keine Ruhe geben würde, bis er diesen Jungbrunnen, wie Smith es nannte, in die Hand bekäme. Was bedeutete, dass ich in immensen Schwierigkeiten steckte. Ich verschloss den USB-Stick in einer Medikamentendose aus Edelstahl und vergrub ihn an einer Stelle, von der ich hoffte, niemand könnte sie finden. Die GPS-Koordinaten habe ich mir gemerkt. Und dann versetzte ich mich ein letztes Mal in den Zustand gesteigerter Intelligenz. Ich war in Panik, und mein Denken funktionierte nicht richtig. Ich hatte das Gefühl, keine andere Wahl zu haben, auch wenn ich mir vorher geschworen hatte, endgültig die Finger von den Gelkapseln zu lassen.«

Desh nickte voller Mitgefühl. Unter den Umständen konnte er ihr daraus wirklich keinen Vorwurf machen.

»Sobald ich mich verwandelt hatte«, berichtete sie, »wurde mir klar, was ich zu tun hatte. Die Anleitungen, um meine Therapien nachbauen zu können, waren Dutzende über Dutzende getippter Seiten lang. Um absolut garantieren zu können, dass mein Geheimnis sicher war, selbst in dem Fall, dass man mich unter Druck setzte, schuf ich in meinem Gehirn sozusagen einen Safe für meine

Erinnerung an die Formeln und die Koordinaten, wo der USB-Stick vergraben ist, selbst für das Gebiet, in dem er in der Erde liegt. Dann zog ich eine undurchdringliche geistige Mauer um diese eine Erinnerung.« Nach einer Weile fügte sie seufzend hinzu: »Das war alles andere als einfach.«

»Das kann ich mir vorstellen«, meinte Desh.

»Selbst mit dieser unglaublich hohen Intelligenz war es eine außergewöhnlich schwierige Herausforderung, spezifische Erinnerungsspuren in meinem eigenen Gehirn zu finden und sie zu isolieren.«

»Aber Sie haben es geschafft?«

»Ja. Ich habe diese Erinnerung so strukturiert, dass ich nur dann Zugriff darauf habe, wenn ich eine starke und bewusste Entscheidung dafür treffe. Diese Barriere habe ich wie eine chinesische Fingerfalle konstruiert – je mehr ich mich darum bemühe, mich an diese Fakten zu erinnern, so wie das ja wäre, wenn man mich foltern würde, desto stärker wird der Schutz. Und wie sich anschließend herausstellte, war ich damit keinen Moment zu früh.«

Desh beugte sich vor. Jetzt kam eine entscheidende Stelle in ihrer Erzählung.

»Ein paar Stunden später brach Larry Lusetti in meine Wohnung ein und nahm mich als Geisel«, sagte Kira. »Er wollte mir unbedingt das Geheimnis des verlängerten Lebens entlocken und erklärte mir, ohne das würde er meine Wohnung nicht wieder verlassen. Er hat mir ein Wahrheitsserum eingeflößt. Sehr erfolgreich. Ich habe ihm von der Entdeckung berichtet und von meinen Gründen dafür, sie für mich zu behalten. Aber als er mich näher zur Verlangsamung des Altersprozesses befragte, sagte ich ihm, dass ich mich an das Rezept nicht erinnern könne.«

»Was ja nun der Wahrheit entsprach«, bemerkte Desh.

Miller nickte. Sie holte sich das letzte bisschen Eis aus dem hohen Glas. Der Löffel klirrte und kratzte. Dann schob sie das Glas beiseite. »Unglücklicherweise konnte ich ansonsten nichts vor ihm verbergen. Ich erwähnte den USB-Stick und wie ich die Erinnerungen in meinem Gehirn so geschützt hatte, dass ich unter

Zwang nicht darauf zurückgreifen kann. Das hat er alles Moriarty berichtet.«

»Und Moriarty hat es geglaubt?«

»Ich denke schon. Ansonsten hätte er Lusetti bestimmt angewiesen, mich zu foltern, was er nicht getan hat.« Kira brach ab, als ob sie sich auf das vorbereiten müsste, was jetzt kam. Etwas sehr Unangenehmes.

Desh spürte, dass etwas nicht in Ordnung war. »Was ist dann passiert?«, drängte er sanft.

»Am nächsten Morgen bin ich aufgewacht, noch immer als Geisel.« Sie schaute in weite Ferne, und Desh konnte sehen, dass ihre Augen feucht waren. »Und Lusetti erklärte, sie hätten jetzt auch meinen Bruder, Alan.«

Deshs Augen weiteten sich – auf einmal wurden die ganzen Verbindungen offensichtlich.

»Lusetti sagte, sein Chef sei im Haus meines Bruders in Cincinnati.« Sie flüsterte beinahe, ihr Entsetzen spürbar. »Und dann drohte er damit, meinen Bruder lebendig zu verbrennen, wenn ich ihm nicht mein Geheimnis verraten würde.«

»Und haben Sie es ihm verraten?«, fragte Desh leise.

Sie war sehr bleich, als sie den Kopf schüttelte.

Desh wurde klar, dass er da gerade eine ziemlich dumme Frage gestellt hatte. Wenn Moriarty den Jungbrunnen bereits gefunden hätte, wäre er nicht so verzweifelt darauf aus, sie lebend in die Finger zu bekommen.

»Ich wusste, Moriarty war schon ein Mann ohne Skrupel, bevor er sein Gehirn umprogrammiert hatte«, erklärte sie nüchtern. »Aber wenn er das Geheimnis zu einem verlängerten Leben in die Finger bekäme, würde ihn das zum größten Monster der Geschichte machen. Wer oder was könnte ihn dann noch stoppen? Er könnte seine Intelligenz maßlos steigern und sich mit dem Versprechen einer größeren Lebensspanne eine unvorstellbare Macht aufbauen. Genau die Macht, von der Smith behauptet hat, dass ich sie wollte.«

Kira sprach nicht weiter. Eine Träne rollte ihr über die Wange.

Moriarty hatte sie gezwungen, eine unmögliche Entscheidung zu treffen, erkannte Desh. Und es war offensichtlich – das hatte etwas in ihrer Seele zerrissen, das nie wieder heilen würde. »Sie wussten, was auf dem Spiel stand«, sagte er sanft. »Und Sie haben genau das getan, was Sie tun mussten. Dafür bewundere ich Sie.«

Sie schüttelte den Kopf, und weitere Tränen flossen. »Ich bin keine Heldin«, widersprach sie niedergedrückt. »Ich bin ein Schwächling. Ich hätte alles getan, um Alan zu retten. Selbst wenn es bedeutet hätte, einen zweiten, schlimmeren Hitler auf die Menschheit loszulassen. Ich habe versucht, diese spezielle Erinnerung zu erschließen. Aber ich konnte nicht.« Ihre Stimme war nur noch ein Flüstern. »Die Barriere, die ich errichtet hatte, war einfach zu gut.« Sie senkte den Blick. »Es kam auch nicht darauf an. Ich wusste genau, Moriarty würde Alan niemals gehen lassen. Sobald ich ihm gegeben hätte, was er wollte, würde er Alan umbringen. Und mich. Und Lusetti ebenso. Wir waren dann nur noch ein paar letzte offene Rechnungen.«

Desh war klar, mit dieser Analyse irrte sie sich nicht. Sie hatte sich in einer Situation befunden, in der sie einfach nicht gewinnen konnte. »Und was haben Sie dann gemacht?«

»Ich habe versucht, Zeit zu gewinnen, um meinen Bruder retten zu können. Deshalb habe ich Lusetti die Wahrheit gesagt – dass ich alles versucht hatte, aber auf diese Erinnerung nicht zugreifen konnte. Die Sicherheitssoftware, die ich in meinem Gehirn installiert hatte, ließ sich einfach nicht täuschen. Ich habe ihm erklärt, dass diese Drohung mit meinem Bruder mich noch mehr unter Druck setzte als physische Folter.«

»Hat er Ihnen das abgenommen?«

»Ich vermute ja«, sagte sie und wischte sich geistesabwesend mit dem Handrücken eine Träne ab. »Ich habe ihn angefleht, mir vierundzwanzig Stunden Zeit zu geben, damit ich eine Möglichkeit finden konnte, mir diese Erinnerung wieder zu erschließen. Er hat behauptet, Moriarty sei damit einverstanden.«

»Und dann haben Sie Lusetti umgebracht.«

Sie nickte. »Er hat mich losgebunden, nachdem er mit seinem Chef telefoniert hatte, weil ich aufs Klo musste. Mir war klar, bei einem Kampf war ich ihm überlegen. Er konnte nicht riskieren, dass mir etwas passierte, bevor ich mein Geheimnis verraten hatte. Ich schlug ihm die marmorne Buchstütze gegen den Kopf, während er versuchte, mich zu betäuben.« Fast hysterisch fügte sie hinzu: »Ich wollte ihn nicht töten! Es ist einfach passiert!«

»Und dann sind Sie in seine Wohnung gefahren, in der Hoffnung herauszufinden, wer hinter allem steckte«, sagte Desh.

»Genau. Ich nahm sein Laptop und die Akte mit, die er über mich angelegt hatte, und bin dann direkt zum Flughafen. Dort nahm ich den ersten Flug nach Cincinnati, den ich kriegen konnte. Dabei habe ich eine meiner falschen Identitäten benutzt, die ich vorbereitet hatte. Im Flugzeug habe ich Akte und Laptop genau studiert, aber nichts verriet mir, wer Moriarty ist.«

Miller fasste sich langsam wieder. »Den Rest haben Sie inzwischen sicher erraten. Das Flugzeug landete, und ich raste zum Haus meines Bruders, entschlossen, alles zu tun, um sein Leben zu retten.«

»Aber Sie kamen zu spät«, ergänzte Desh ernst.

Ihr Gesicht zeigte ihren Schmerz. »Ich kam zu spät«, wiederholte sie und zitterte dabei. Mit einer Serviette fing sie die Tränen auf, die immer reichlicher flossen. »Ich hatte eine ganz spezielle Beziehung zu meinem Bruder. Er war fünf Jahre älter und hat mich immer beschützt. Wenn mich andere Kinder geärgert haben, weil ich eben einfach anders war und ein paar Klassen übersprungen hatte, ist er immer für mich eingetreten. Und dann, als unsere Eltern ums Leben gekommen sind …«

Ihre Stimme brach. Sie kämpfte darum, die Kontrolle über sich zurückzugewinnen. »Damals war Alan schon an der Uni. Ohio State. Er hat ein ganzes Jahr ausgesetzt, um bei mir sein zu können. Ich habe ihn angefleht, nicht meinetwegen sein Leben auf Eis zu legen, aber er wollte nichts davon hören. Er hat erst dann weiterstudiert, als ich selbst auch an die Uni kam.«

Desh warf ihr einen mitfühlenden Blick zu. Er wartete darauf, dass sie fortfuhr, doch ihr Gesichtsausdruck zeigte ihm, sie konnte nicht weiter über ihren Bruder sprechen.

»Und nachdem Sie erkannt hatten, dass Sie ihn nicht mehr retten konnten«, sagte er ernst, »wurde Ihnen klar, dass Sie von der Bildfläche verschwinden mussten.«

Sie nickte.

»Es tut mir wirklich leid«, sagte er leise.

Wie eine Regenwolke hing eine Weile lang Schweigen über ihnen.

»Sie haben Lusetti getötet«, sagte Desh endlich, »aber das war ganz klar in Notwehr. Wenn alles stimmt, was Sie sagen, haben Sie kein Verbrechen begangen.«

Sie schnaubte. »Wenn man illegale Experimente an Menschen und die Veruntreuung von Unternehmensressourcen nicht als Verbrechen zählt.«

»Das tue ich nicht«, erwiderte Desh ohne Zögern.

Miller versuchte, sich zu einem Lächeln zu zwingen, doch es wollte ihr nicht so ganz gelingen. »Seitdem ist Moriarty hinter mir her. Wahrscheinlich war er schon ziemlich reich und mächtig, bevor er auf meine Spur gekommen ist. Nicht zu vergessen skrupellos. Aber es braucht nicht einmal volle dreiundzwanzig Stunden gesteigerte Intelligenz, um beides unendlich zu vermehren. Ich habe mit weit weniger Mitteln angefangen und konnte in kürzester Zeit ein Vermögen verdienen. Versuchen Sie sich nur vorzustellen, was er im Laufe der letzten Jahre alles erreicht haben kann.«

Desh versuchte genau das. Es war kein schönes Bild, das da vor ihm entstand.

»Haben Sie irgendeine Ahnung, wer er sein könnte?«

»Nicht die geringste«, antwortete sie. Langsam hatte sie sich wieder gefangen. »Wer auch immer er ist – er versteckt es sehr gut, wie reich und mächtig er ist. Ihn finden Sie ganz bestimmt nicht auf den Titelseiten der Wirtschaftsmagazine. Die wirklich mächtigen Leute geben damit nicht an, sondern ziehen im Hintergrund an den Fäden.«

Je mehr Desh darüber nachdachte, desto mehr musste er zugeben, dass sie damit ziemlich sicher recht hatte.

»Jedenfalls hat er keine Zeit verloren, mir den Mord an Lusetti und meinem Bruder anzuhängen. Gut, ich habe Lusetti getötet – aber das war kein Mord. Doch das hat ihm nicht gereicht. Jetzt hat er sich auch noch entschlossen, mir das Ebolakomplott in die Schuhe zu schieben, damit die gesamte amerikanische Armee hinter mir her ist. Ich weiß nicht, welche terroristischen Pläne er wirklich hat. Aber wenn man Ihnen irgendwelche Beweise für diese Verschwörung gezeigt hat, dann geht es um seine Beteiligung daran, nicht um meine.«

»Und was bringt es ihm, mit Terroristen zusammenzuarbeiten?«, fragte Desh.

»Ich weiß es nicht. Aber es muss da etwas geben, das wir noch nicht entdeckt haben. Ich bin nämlich überzeugt, dass er nicht in der Lage ist, einen gentechnisch veränderten Erkältungsvirus zu erschaffen, der Ebolagene überträgt.«

»Warum nicht?«

»Dieses Projekt ist viel zu komplex.«

»Selbst mit erhöhter Intelligenz?«

»Ja. Wenn ich mich umprogrammiere, kann ich auf Abertausende von Stunden des Studiums der Molekularbiologie zurückgreifen. Das gilt für ihn mit Sicherheit nicht. Ohne dieses Wissen hat er einfach die Grundlage nicht, um damit Erfolg zu haben – ganz gleich, wie hoch seine Intelligenz ist.«

Desh zog die Augenbrauen zusammen. Je mehr er über diese ganze Sache erfuhr, desto verwirrender wurde alles. Er beschloss, einfach zum nächsten Punkt zu kommen. »Und warum ist er hinter Ihnen her? Er weiß doch bereits, dass er Ihnen das Geheimnis des verlängerten Lebens nicht per Zwang entreißen kann.«

»Ich weiß es nicht«, erwiderte sie mit einem Achselzucken. »Auf jeden Fall gibt er sich größte Mühe damit, mich lebend zu fassen zu bekommen, und das, obwohl er weiß, was für eine große Gefahr ich darstelle, und dass ich nicht eher ruhen werde, bis ich ihn aufgehalten habe. Ganz offensichtlich hat er die Sache mit dem Jungbrunnen noch nicht aufgegeben.«

Ein paar Sekunden saßen beide schweigend da. Dann schaute Desh auf seine Uhr und seufzte. »Wir sollten besser aufbrechen«, meinte er. »Wir müssen schließlich den Bus erwischen.«

Desh bezahlte und sie reihten sich wieder in die Menschenmassen ein. Aufmerksam suchte Desh ihre Umgebung ab, entdeckte jedoch nichts Auffälliges.

Unterwegs schaute er sie forschend an. »Und warum ich, Kira?«, wollte er dann wissen.

Sie seufzte. »Das habe ich Ihnen doch schon gesagt. Sie sind ein guter Mensch. Wenn es darauf ankommt, tun Sie das Richtige. Sie sind ein Experte darin, Leute aufzustöbern. Sie haben eine Ausbildung bei den Spezialkräften hinter sich. Sie sind klug und belesen. Ich versuche schon lang, Moriarty zu finden und ihn zu stoppen, aber ich bin keinen Zentimeter vorangekommen.«

Miller streckte den Arm aus und bedeutete Desh anzuhalten. Als er stehen blieb, sah sie ihm tief in die Augen. Er spürte, sie überlegte, ob sie noch mehr sagen sollte. Dann senkte sie den Blick. »Und ich fühlte mich einsam«, sagte sie leise. »Ich bin jetzt schon sehr lang auf der Flucht. Ich kann niemandem trauen. Ich muss immer misstrauisch sein. Aber ich kann Moriarty nicht allein aufhalten. Nachdem ich Ihre Vorgeschichte studiert habe, wurde mir klar, ich brauche genau jemanden wie Sie – jemanden, dem ich trauen kann.«

Deshalb war sie also das Risiko eingegangen, ihn zu entführen, obwohl er zu diesem Zeitpunkt gegen sie nicht voreingenommener hätte sein können: um ihn davon zu überzeugen, ihr Verbündeter zu werden. Genauso, wie sie es im Motel auch gesagt hatte. Anschließend war sie auf der Lichtung im Wald ein noch viel größeres Risiko eingegangen und hatte sich unter seine Kontrolle begeben. Noch immer gab es da ein paar nagende Zweifel, aber er beschloss, sie zu ignorieren. Wenigstens für den Moment.

Hoffnungsvoll schaute Kira wieder hoch, fing seinen Blick auf. »Werden Sie mir helfen, David?«, fragte sie.

Lang hielt Desh ihren Blick, dann nickte er, kaum merklich. »Ja«, sagte er endlich. »Das werde ich.«

Miller stieß die Luft aus, die sie angehalten hatte. »Ich danke Ihnen«, flüsterte sie aufrichtig. »Und es tut mir wirklich leid, dass ich Sie in all das hineingezogen habe. Das war sehr egoistisch von mir.«

»Nein, das war es nicht«, widersprach Desh bestimmt. Seine Mundwinkel verzogen sich zu einem Lächeln. »Außerdem haben Sie mich in überhaupt nichts hineingezogen. Colonel Jim Connelly hat mich damit beauftragt, einen psychopathischen Killer zu finden und aufzuhalten, der untergetaucht ist. Und genau das tue ich noch immer.«

Kiras Gesichtszüge verhärteten sich. »Ich werde diesen Mistkerl stoppen, und wenn es das Letzte ist, was ich tue«, stieß sie zwischen zusammengebissenen Zähnen hervor, ihr Gesicht jetzt eine Maske des Hasses. »Ich schwöre, bei der Seele meines Bruders, dass ich ihn fassen werde. Meine Eltern hat mir ein tragischer Unfall genommen – aber Moriarty hat das einzige Mitglied meiner Familie umgebracht, das mir noch geblieben war.«

Ein tödlicher Schimmer trat in ihre Augen. »Und eines Tages – bald – wird er dafür bezahlen.«

30

In der Stadtmitte von Richmond verließen sie den Bus und ließen sich von einem Taxi zu einem Gebrauchtwagenhändler bringen. Dort bezahlten sie in bar für einen alten Kleintransporter.

Griffin hatte angerufen, während sie im Bus gesessen hatten, und mitgeteilt, dass es ihm und Connelly gut ging. Trotz der Tatsache, dass er sich seinen Bart hatte abrasieren müssen, was ihn, wie er sich ausdrückte, für den Rest seines Lebens traumatisiert habe. Die beiden waren ohne Zwischenfall im Haus des Arztes angekommen, mit dem Connelly befreundet war. Der Colonel wurde gerade behandelt.

Nachdem sie den Kleintransporter gekauft hatten, stieg Desh auf der Fahrerseite ein. »Wohin fahren wir?«, fragte er.

»Fahren Sie zurück auf die 95 in Richtung Norden«, antwortete Miller. »Wir fahren zu mir.«

»Sie haben ein Zuhause? Nach so langer Zeit auf der Flucht?«

Ihre Augen funkelten verschmitzt. »Es ist ein motorisiertes Zuhause. Ich lebe in einer Wohnwagensiedlung.«

»Sie machen Witze!«

»Wieso?«, fragte sie schelmisch.

»Ich weiß nicht«, entgegnete Desh schulterzuckend. »Sie sind eine brillante Wissenschaftlerin, deren Entdeckungen die ganze Welt verändern könnten. So jemanden kann man sich einfach nicht in einem Wohnwagen vorstellen.« Er grinste breit. »Albert

Einstein in einer Wohnwagensiedlung, das kommt mir irgendwie verkehrt vor.«

Sie lachte. »Und genau deshalb ist es die perfekte Lösung. Eine Wohnwagensiedlung ist der letzte Ort, den sich mein altes Ich zum Leben ausgesucht hätte – und der letzte Platz, an dem jemand nach mir sucht. So kann ich meinen Standort alle paar Monate ändern und fühle mich trotzdem immer zuhause.«

Eine vernünftige Strategie, erkannte Desh. »Ich schäme mich, zugeben zu müssen, dass ich noch nie in einer Wohnwagensiedlung gewesen bin«, erklärte er.

»Dann steht Ihnen ein echtes Vergnügen bevor. Um genau zu sein, habe ich sogar drei Wohnwagen: einen an der Ostküste, einen an der Westküste und einen so ziemlich in der Mitte dazwischen. Die letzten beiden sind einfach nur zur Sicherheit. Ich habe jeweils für ein Jahr im Voraus bezahlt, damit ich dort notfalls immer untertauchen kann, wenn es sein muss.«

»Ich kann es kaum erwarten«, bemerkte Desh und hielt an einer roten Ampel an. »Berichten Sie mir, was Ihre bisherige Suche nach Moriarty ergeben hat.«

»Das werde ich. Aber nicht jetzt. Bisher habe ich die ganze Zeit geredet – jetzt sind Sie an der Reihe.«

»Zu meiner Verteidigung muss ich sagen, dass ich zu sehr damit beschäftigt war, Ihnen zu misstrauen, um viel zu sagen.«

»Nach allem, was man Ihnen über mich erzählt hat, ist das auch kein Wunder«, tröstete sie ihn. »Aber jetzt können Sie mir mehr über sich verraten. Es ist lang her, seit ich zuletzt jemanden näher kennengelernt habe. Wie kam es, dass Sie beim Militär gelandet sind?« Sie überlegte kurz. »Oder hatten Sie das Gefühl, keine Wahl zu haben?«

Einen kurzen Augenblick lang hatte Desh vergessen gehabt, dass sie ihn ja genau studiert hatte. Sein Vater war General gewesen, darauf bezog sich ihre Frage. Ganz offensichtlich plante sie nicht, die Zeit mit Geplauder zu verschwenden. Angesichts dessen, was sie alles hinter sich hatte, wäre Smalltalk auch ziemlich lächerlich gewesen, überlegte er.

»Ich hatte durchaus eine Wahl«, antwortete er. »Ganz definitiv. Mein Vater war nicht der Typ, der seinen Kindern die militärische Laufbahn vorschreibt. Er liebte zwar seinen Job, aber er wollte, dass mein Bruder und ich genau das tun, was uns glücklich macht. Am Ende bin ich zum Militär gegangen, nicht etwa, weil er mich unter Druck gesetzt hätte, sondern weil er ein so gutes Vorbild war. Er war mitfühlend und freundlich und hatte sehr viel Sinn für Humor.« Desh lachte leise. »Die meisten Leute halten diejenigen, die beim Militär sind, für sture, unbewegliche, autoritäre Bürokraten. Das trifft auch auf einige von ihnen zu – aber nicht auf meinen Vater.«

»Und was hat Ihre Mutter von all dem gehalten?«

»Sie hat nach einer ähnlichen Philosophie gelebt – auch sie wollte einfach nur, dass wir glücklich sind. Sie hat meinen Vater geliebt und bewundert, aber sie hat auch dafür gesorgt, dass wir genau wussten, welche Opfer uns ein Leben im Militär abverlangt.« Nach einer kurzen Unterbrechung fuhr er fort: »Das Lustige ist, auch mein Bruder ist zum Militär gegangen, in Anapolis. Ich frage mich manchmal, ob wir uns anders entschieden hätten, wenn man uns zum Militär gedrängt hätte – nur um zu rebellieren.«

Desh hatte schon lang nicht mehr über seinen Vater gesprochen. Seine Augen zeigten, wie tief er dessen Verlust empfand.

»Das mit Ihrem Vater tut mir leid«, sagte Kira leise.

Er nickte. »Wenn jemand etwas von Verlust versteht, dann Sie. Stand irgendwo in meiner Akte, wie es passiert ist?«

»Nein. Nur dass er bei einem Kampfeinsatz umgekommen ist.«

»Was eine Fehldarstellung ist«, erklärte Desh hart. »Er war in Pakistan, bei einem Treffen mit den örtlichen militärischen Führern, das eine Woche dauern sollte. Er kam um, als er auf einem Markt in der Nähe Obst kaufen wollte. Es war einfach nur ein weiterer Bombenangriff von Terroristen. Es ist die reine Ironie – er hat viele Kampfeinsätze erlebt, aber gestorben ist er außer Dienst und ohne Uniform.« Er verzog den Mund. »Wahrscheinlich hätten die Terroristen den Platz gar nicht bombardiert, wenn sie gewusst hätten, dass er ein General war. Sie ziehen Verluste in der Zivilbevölkerung normalerweise vor.« Sein Tonfall klang bitter. »Das erhöht die Abschreckung.«

Kira seufzte. Nach kurzem Schweigen fragte sie: »Und wie geht es Ihrem Bruder?«

»Ihm geht es gut. Wir haben uns nicht sehr oft gesehen, als ich noch beim Militär war, aber seit ich Zivilist bin, treffen wir uns öfter.«

»Haben Sie es jemals bedauert, den Militärdienst verlassen zu haben?«

»Um ehrlich zu sein, nein. Ich komme mir dabei zwar ziemlich selbstsüchtig vor, und auch ein bisschen feige, aber ich bedaure es nicht. Ich war schon vor der Katastrophe im Iran bereit auszusteigen. Wenn Sie bei den Spezialkräften sind, dann haben Sie keine starken Bindungen an andere Menschen außerhalb Ihres Teams. Das kann man dann einfach nicht, echte Beziehungen außerhalb aufbauen. Und so wollte ich auf Dauer nicht leben. Ich will irgendwann mal Ehemann und Vater sein.«

Eine Weile fuhren sie schweigend. »Sie haben den Iran erwähnt«, begann Kira zögernd. »Was ist da genau passiert?«

»Sie müssen doch den Bericht über den Kampfeinsatz gelesen haben.«

»Ich habe ihn überflogen«, stellte sie richtig. »Aber er war sehr lang, und ich habe ihn nicht gründlich studiert. Außerdem – wenn wir jetzt Verbündete sind, David, dann ist es besser, wenn wir möglichst viel übereinander wissen. Ich würde gerne Ihre eigene Version der Geschehnisse hören.«

Desh zuckte mit den Schultern. »Da gibt es nichts zu erzählen«, log er. Eigentlich hatte er es dabei belassen wollen, doch dann wurde ihm bewusst, dass Miller im Restaurant ihre Seele bloßgelegt hatte. Vielleicht war es jetzt wirklich an ihm, dasselbe zu tun. Er seufzte bedrückt. »Okay, ich gebe Ihnen die Kurzfassung.«

Desh sammelte sich, bevor er alles noch einmal in Worten durchlebte. »Unser Geheimdienst hatte endlich den Führer einer Terrorgruppe aufgespürt, Khalid Abdul-Malik. Er war für eine ganze Reihe von Bombenangriffen auf Kirchen und Synagogen in der ganzen Welt verantwortlich. Die Bomben explodierten immer, wenn gerade ein Gottesdienst stattfand, um die Zahl der Opfer zu maximieren. Er hielt sich etwas außerhalb von Sanandadsch auf, an der westlichen Grenze des Iran. Wir wurden losgeschickt, um ihn, wenn möglich, lebend zu fassen und ansonsten zu töten. Unser Einstieg verlief wie geplant, ohne Fehler.«

Desh atmete schwer, als er sich erinnerte. »Die Satelliten hatten Abdul-Malik und einige seiner Stellvertreter im Aufbruch eingefangen, unterwegs zur nahen Stadt Mahabad. Wir planten einen Hinterhalt.« Sein Gesicht verzog sich gepeinigt. »Stattdessen gerieten wir selbst in einen Hinterhalt.« Er schwieg lang, bevor er hinzufügte: »Man hatte uns erwartet.«

»Man hat Ihnen eine Falle gestellt?«

»Ohne Zweifel. Nur weiß ich nicht, wer das war.« Desh wandte sich von Kira ab und schaute stur geradeaus auf die Straße. Innerlich bereitete er sich auf das vor, was es noch zu berichten gab. »Man hat uns alle gefangen genommen, mich und die drei anderen Mitglieder meines Teams. Nachdem ich der befehlshabende Offizier war, beschlossen die Terroristen, mich zu bestrafen, indem sie meine Männer vor meinen Augen zu Tode quälten. Männer, die für mich wie Brüder waren.« Sein Gesichtsausdruck hatte sich verdüstert. »Man band meinen Kopf fest und hielt mir die Augen gewaltsam offen. Ich konnte nicht wegsehen.« Er schauderte. »Und die Folterungen überstiegen selbst die Fantasie des begabtesten Autors von Horrorgeschichten.«

Miller schwieg und wartete darauf, dass er weitersprach.

»Ich werde das jetzt nicht im Einzelnen beschreiben«, erklärte er mit rauer Stimme. »Das würde ich niemandem antun. Auf jeden Fall – sie wurden gefoltert und dann abgeschlachtet.« Seine Augen sprühten vor Hass. »Und diese Mistkerle freuten sich an jedem Augenblick.«

»Wie sind Sie entkommen?«, fragte Kira.

»Sie waren fertig mit meinen Männern«, erwiderte Desh, seine Stimme wieder emotionslos und kalt. »Ich sollte als Nächstes an die Reihe kommen. Zu der Zeit wurde ich von drei Leuten bewacht. Einer von ihnen verzog sich in die Büsche, um zu pissen. Ein anderer rutschte auf einer Blutlache aus und stürzte. Ein Mensch hat nur fünf bis sechs Liter Blut in seinem Körper. Sechs Liter kommen einem gar nicht so viel vor – es sei denn, man ist zum Teil damit bedeckt und der Rest breitet sich auf dem Boden aus. Dann ist es unglaublich viel. Und das Ganze mal drei – das ist fast unvorstellbar.«

Nun schauderte auch Kira, angesichts des geistigen Bildes, das er gemalt hatte.

»Ich war an einen Stuhl gefesselt«, fuhr Desh fort. »Nachdem der eine Kerl gestürzt war, gab ich ihm ein Stuhlbein zu schmecken. Dann habe ich mich, mitsamt dem Stuhl, auf den dritten Mann gestürzt, um ihn davon abzuhalten, mich zu erschießen. Trotzdem schaffte er es, mir mehrere Stichwunden beizubringen, bevor ich ihn mit einem Kopfstoß bewusstlos schlagen konnte. Ich entkam, konnte mich aus dem Stuhl befreien und schaffte es über die Grenze in den Irak.«

»Daran erinnere ich mich«, sagte Kira. »Die Soldaten, die Sie gefunden haben, konnten kaum glauben, dass Sie in Ihrem Zustand noch so weit gekommen waren. Man war erstaunt über Ihr Durchhaltevermögen und Ihre Willenskraft.«

Desh verzog das Gesicht. »Ich hätte mit meinen Männern sterben sollen«, flüsterte er heiser. »Oder ihre Leichen mitnehmen. In den Spezialkräften nehmen wir das Credo sehr ernst, dass niemand zurückbleibt.« Seine Augen wurden feucht. Traurig schüttelte er den Kopf. »Aber Tatsache ist, sie waren so übel zugerichtet, da gab es kaum genug, was ich hätte mit zurückbringen können. Selbst wenn ich eine Chance dazu gehabt hätte.«

31

Desh beschleunigte zur Auffahrt auf die Autobahn 95 und fädelte sich ein.

»Ich weiß nicht, was ich sagen soll«, bemerkte Miller hilflos.

»Da gibt es nichts zu sagen. Es sieht so aus, als ob wir beide mehr als unseren Anteil an Pech und Narben aus Gefechten abbekommen haben. Wo die Einsätze so hoch sind, kann eben auch gewaltig etwas schiefgehen.«

Ein paar Minuten lang fiel kein Wort. Dann durchbrach Kira das Schweigen mit einem Themenwechsel. »Ich möchte Sie um etwas bitten«, begann sie zögernd. »Auf die Gefahr hin, dass ich klinge wie ein Drogenschieber – ich möchte, dass Sie eine meiner Gelkapseln nehmen.«

Desh warf ihr einen erstaunten Blick zu. »Warum?«, fragte er.

»Ich weiß es sehr zu schätzen, dass Sie jetzt auf meiner Seite sind. Aber wir wissen beide – noch vertrauen Sie mir nicht vollständig. Wie könnten Sie auch? Es ist so viel geschehen, und die Dinge sind so komplex – nur ein absoluter Narr hätte alle Zweifel abgelegt, und Sie sind alles andere als ein Narr. Irgendwo im Hinterkopf fragen Sie sich noch immer, ob ich nicht einfach bloß eine großartige Schauspielerin bin und das alles nur einem diabolischen Plan entspringt.«

»Das stimmt«, gab er zu, »das will ich nicht leugnen. Aber meine Zweifel haben sich von hundert Prozent auf etwa fünf Prozent verringert. Vielleicht sorgt das dafür, dass Sie sich besser fühlen.«

»Das tue ich, ja. Aber wenn Sie eine Gelkapsel schlucken, wird das auch die verbleibenden Vorbehalte ausräumen. Natürlich, Ihr Verstand glaubt daran, dass ich es geschafft habe, das menschliche Gehirn radikal zu verändern, aber wenn Sie davon wirklich überzeugt sein wollen, müssen Sie es selbst erlebt haben. Ich könnte Ihnen zwar noch detaillierter schildern, wie sich das anfühlt, aber keine Beschreibung kann die eigene Erfahrung ersetzen. Sobald Sie das erst einmal selbst mitgemacht haben, diese gesteigerte Intelligenz, wissen Sie auch, dass alles wahr ist, was ich Ihnen erzählt habe. Bis zur letzten Kleinigkeit.«

Nachdenklich zog Desh die Augenbrauen zusammen. »Ich weiß nicht, Kira«, sagte er widerstrebend. »Ich bin mir nicht sicher, was ich von dem Gedanken halten soll, die Architektur meines Gehirns zu verändern.«

»Nach allem, was ich Ihnen berichtet habe, kann ich Ihnen daraus keinen Vorwurf machen. Aber ich verspreche Ihnen, die Wirkung hält nur etwa eine Stunde an. Danach sind Sie wieder genau derselbe David Desh wie vorher.«

»Ach ja? Und wie können Sie sich da so sicher sein?«

Sie öffnete den Mund, um ihm zu antworten, schloss ihn jedoch wieder. »Sie haben recht – ich kann mir da nicht sicher sein. Wenigstens nicht absolut. Ich weiß aber, dass Sie sich jedenfalls nicht anders fühlen werden. Und die Leute, mit denen ich zu tun hatte, haben nie einen Unterschied bemerkt. Wenigstens war ich mir dessen nicht bewusst.«

»Und was ist mit der Soziopathie, die sich entwickelt?«

»Wie ich sagte – das ist eine Wirkung, die sich erst mit der Zeit aufbaut. Das erste Mal in diesem gesteigerten Intelligenzzustand kommen Sie sich einfach nur vor wie Alice im Wunderland. Es füllt Sie mit zu viel Ehrfurcht, um viel Raum für skrupellose Gedanken zu lassen. Erst die wiederholte Anwendung erhöht das Gefühl der Allmacht und betäubt langsam alle anderen Emotionen.«

»Und was geschieht dann? Werde ich von Alice zu Frodo und anschließend zu Darth Vader?«, hakte er trocken nach.

Sie legte die Stirn in Falten. »Ich verwende zu viele dumme Metaphern, nicht wahr?«

Desh konnte nicht anders – er lächelte. »Nein, überhaupt nicht«, versicherte er ihr. »Und außerdem war ich doch derjenige, der den Vergleich zu Moriarty gezogen hat. Vielleicht sind wir uns da einfach sehr ähnlich.«

Kira fing seinen Blick auf. »Es würde mir wirklich sehr viel bedeuten, David«, drängte sie. »Sie müssen diese Erfahrung machen, um mich wirklich verstehen zu können.«

Desh schaute sie an, richtete den Blick dann wieder auf die Straße und überlegte. »In Ordnung«, sagte er schließlich, noch immer widerwillig. »Ich mache es.«

»Danke, David«, sagte sie erleichtert. »Damit legen sich auch Ihre letzten Zweifel, ich verspreche es Ihnen. Und es wird Ihre höchsten Erwartungen übertreffen.« Sie griff sich mit der rechten Hand an den Hals und holte eine Silberkette hervor, die sie unter ihrer Kleidung verborgen hatte. An der Kette hing ein herzförmiges Medaillon, knapp zweieinhalb Zentimeter breit, das sie jetzt über ihr Sweatshirt legte.

»Zufälligerweise habe ich gerade eine Dosis dabei«, verkündete sie.

»In dem Medaillon steckt eine Gelkapsel?«, fragte er ungläubig.

»Allerdings.«

»Ich weiß ja nicht, Kira«, bemerkte Desh. »Sie tragen *Den Einen Ring* in Pillenform um den Hals? Vielleicht treiben Sie die Ähnlichkeit mit Frodo doch ein bisschen zu weit.«

Miller grinste. »Okay«, gestand sie amüsiert, »ich gebe zu, ich bin ein ziemlicher Nerd.« Dann wurde sie ernst. »Diese symbolische Handlung stärkt einfach meine Entschlossenheit, meine Intelligenz nie wieder zu steigern. Ich will Moriarty stoppen – und nicht selbst wie Moriarty werden. Diese eine Kapsel immer dabei zu haben, das erinnert mich daran, wie gefährlich es ist, der Versuchung der Macht nachzugeben.«

»Als Kind haben Sie sicher oft *Dungeons and Dragons* gespielt, richtig?«, bemerkte Desh.

Ein Lächeln erhellte ihr Gesicht. »Okay – ich gebe zu, das klingt kitschig. Aber nur, damit Sie es wissen – ich habe in meinem Leben noch nie *Dungeons and Dragons* gespielt!« Sie deutete auf das Medaillon. »Sind Sie bereit?«

»Sie meinen gleich jetzt?«

»Warum nicht?«

»Ich mache es ja – aber lassen Sie uns das besser noch ein wenig aufschieben. Ich wäre lieber nicht im Auto, wenn ich die Kapsel nehme. Und vorher würde ich gerne auch noch eine Runde schlafen. Wie wäre es, wenn ich sie morgen früh nehme?«

Kira nickte. »Wann immer Sie bereit sind. Ich fürchte, ich bin einfach nur zu ungeduldig, Ihre letzten Zweifel zu beseitigen. Außerdem war ich noch nie in der Lage, mich mit jemandem zu unterhalten, der auch diese Erfahrung gemacht hat. Das hat mir immer gefehlt.«

Ihre lebhafte Unterhaltung brach während der gesamten Fahrt nicht ab. Jetzt, wo sie offiziell Verbündete waren, konnte Desh sich auch das fast schon intuitive Verständnis gestatten, das zwischen ihnen bestand. Nach etwas über einer Stunde bat Kira, für etwas anzuhalten, was sie eine »biologische Pause« nannte.

Desh verließ die Autobahn und fuhr zu einer kleinen Tankstelle mit nur zwei Zapfsäulen und ohne den üblichen kleinen Einkaufsladen. Er parkte an der Säule, die dem kleinen Backsteingebäude mit den Toiletten am nächsten war. Während Kira sich den Schlüssel dazu holte, tankte Desh voll.

Miller hatte den Schlüssel gerade zurückgegeben und kehrte zum Auto zurück, während er die Tankpistole wieder einhängte, als Deshs Herzschlag sich plötzlich panisch beschleunigte.

Er hörte einen Helikopter. Schon wieder.

Bevor er sich bewegen oder Kira warnen konnte, brach sie schon vor ihm zusammen. Ein kleiner Pfeil steckte in ihrem Nacken.

Desh hatte routinemäßig die Umgebung überprüft, als er auf das Tankstellengrundstück gefahren war. Er wusste, hier gab es nichts, wo er sich verstecken konnte, und eine Flucht war sinnlos.

Der Hubschrauber kam immer näher. Desh musste handeln – und er hatte nur wenige Augenblicke Zeit.

Er warf sich neben Kira auf den Boden, um sich ein paar zusätzliche Sekunden zu verschaffen. In Windeseile ging er alle Möglichkeiten durch und erkannte, dass er nur eine Chance hatte. Er griff nach der Kette um Millers Hals und zog daran, so fest er konnte. Die Kette zerriss, und das Medaillon fiel mit einem leisen Klirren herab. Desh warf die Kette so weit er nur konnte von sich, holte sich das Medaillon und schob es sich hastig in den Mund. Mit der Zunge presste er das kleine Silberherz weit zurück, bis es zwischen seiner Zahnreihe und der Wange lag, wie ein Stück Kautabak. Er konnte nur hoffen, der Schmuck war klein genug, sich nicht von außen abzuzeichnen.

Seine Zunge hielt das Medaillon noch immer an seinem Platz, als er im Nacken einen scharfen Stich spürte und in traumloses Vergessen abtrieb.

TEIL FÜNF

Gefangen

32

David Desh erwachte. Noch nicht ganz wieder bei Bewusstsein, schüttelte er den Kopf, um seine Gedanken zu ordnen. Vage spürte er ein Stechen im Nacken.

Und dann kam seine Erinnerung auf einen Schlag zurück. Der Helikopter. Wie Kira zusammengebrochen war. Sie hatten ihn also noch nicht umgebracht. Entweder das, oder er war schon im Himmel gelandet. Was unwahrscheinlich war, denn schließlich gab es im Himmel angeblich keinen Schmerz, und der in seinem Mund und Nacken war sehr real. Andererseits, vielleicht war er auch an diesem anderen Ort gelandet …

Desh öffnete die Augen, allerdings nur einen winzigen Spalt. Er wollte so lang wie möglich als bewusstlos gelten. Er und Kira saßen nebeneinander auf dem Fußboden, den Rücken an einer Zementwand, in einem grauen, nur schwach erhellten Keller. Die einzige Lichtquelle war eine nackte Glühbirne, die von einer nicht ganz fertiggestellten Decke herabhing und offensichtlich mit einer Strippe bedient wurde, die daneben baumelte. In gleichmäßigen Abständen waren an der Wand schwere Stahlstreben angebracht. Seine Hände waren mit Kunststoffhandschellen auf den Rücken und an eine dieser Streben gefesselt. Miller war ebenso gefesselt, an eine andere Strebe, etwa anderthalb Meter links von ihm. In einer Ecke gab es einen Schacht von einem halben Meter Durchmesser, mit drei Handbreit Wasser und einer Pumpe darin. An strategischen Stellen verliehen drei Stahlpfosten dem Ganzen Stabilität.

Mit Ausnahme eines hölzernen Arbeitstisches in der Mitte, in knapp drei Metern Entfernung von den Gefangenen, versehen mit einer Stecktafel, an der verschiedene Werkzeuge hingen, war der Raum leer. An der gegenüberliegenden Wand führte eine nicht ganz fertiggestellte Holztreppe ins Erdgeschoss. Die entsprechende Tür konnte Desh nicht sehen.

Anscheinend waren sie allein. Natürlich war es auch möglich, dass sie niemand beobachtete, aber Desh wusste, wahrscheinlicher war es, dass man auf einem Monitor verfolgt hatte, wie er aufgewacht war, und sich gerade jetzt dem Keller näherte.

Instinktiv analysierte Desh seine Lage und suchte nach Möglichkeiten zu entkommen. Es gab keine. Als er fortfuhr, alle Aspekte der Umgebung zu beleuchten und sich einzuprägen, entdeckte er zu seiner Beunruhigung, dass ein kleiner Bereich von Kira Millers Kopf, direkt oberhalb des rechten Ohrs, kahlgeschoren und verbunden worden war.

Mit der Zunge schob er sich das herzförmige Medaillon vorn in den Mund. Gerade in diesem Augenblick rührte sich auch Kira. Selbst wenn man seine verstohlenen Bewegungen bei einer Videoüberwachung nicht entdeckt hatte – ihre wurden garantiert bemerkt. Es gab keine Zeit zu verlieren. Er versuchte, den winzigen Verschluss des Medaillons mit Zunge und Zähnen zu öffnen – erfolglos. Dann nahm er die Kerbe zwischen den zwei Hälften des Medaillons sorgfältig zwischen seine Schneidezähne und versuchte, das Herz zu knacken wie eine besonders hartnäckige Pistazie. Nach ein paar Versuchen gelang es ihm, die beiden Hälften auseinanderzuzwingen, allerdings nur einen Millimeter. Das musste reichen. Er hatte Angst, dass ihm das Medaillon aus dem Mund rutschte. Das würde nicht passieren, wenn er versuchte, es mit seinen Backenzähnen zu öffnen – aber womöglich verschloss er es damit auch nur wieder.

Er schluckte das Herz komplett herunter. Schmerzhaft spürte er die Spitze in der Speiseröhre nach unten wandern. Die Magensäure würde durch den winzigen Spalt eindringen und langsam die Kapsel zersetzen, in der sich Kiras Gencocktail befand. Nur, wie lang konnte das dauern, wo die Kapsel sich noch immer im Schmuck befand, gerade mal zugänglich? Das war unmöglich abzuschätzen.

Kira riss die Augen auf. Auch sie schüttelte benebelt den Kopf und zuckte vor Schmerz zusammen. Mit einem verwirrten Gesichtsausdruck schaute sie zu Desh hinüber. Dann schien sie sich an alles zu erinnern. »Mist!«, sagte sie niedergeschlagen. »Sie haben uns mit Pfeilen betäubt, richtig?«

Desh nickte.

»Normalerweise bin ich nicht sehr schmerzempfindlich«, bemerkte Kira, »aber das jetzt fühlt sich eher so an, als ob sie mir einen Pfeil in den Kopf geschossen hätten.«

»Der Pfeil hat Sie im Nacken getroffen – das ist es nicht, was Sie spüren«, sagte Desh besorgt. »Direkt über Ihrem rechten Ohr ist Ihr Kopf rasiert worden, und da ist jetzt ein Verband.«

Kira wurde bleich. »Das erklärt allerdings den starken Schmerz.«

»Haben Sie eine Ahnung, was man da mit Ihnen gemacht haben könnte?«, erkundigte sich Desh.

»Nicht die geringste«, erwiderte sie beunruhigt.

»Ist sonst alles in Ordnung?«

Kira schien das zu überprüfen und nickte dann vorsichtig. »Es tut höllisch weh, aber nicht so sehr, dass es mich lähmen würde«, antwortete sie tapfer. »Ich werde es überstehen.« Sie betrachtete die Umgebung. »Wo sind wir?«

»Ich weiß es nicht«, erklärte Desh. Er wollte noch mehr sagen, doch da öffnete sich die Tür und zwei Männer kamen die Stufen herab. Den ersten von ihnen erkannten beide Gefangene sofort. Es war Smith.

Der zweite Mann war Ende vierzig, mittelgroß, aber etwas übergewichtig. Er trug eine graue Anzughose, ein blaugestreiftes Oxford-Hemd und schwarze Halbschuhe mit Lochmuster. Sein Mund war schmal, und seine Haare, eine Mischung aus Blond und Braun, waren in der Mitte gescheitelt. Irgendetwas an ihm wirkte höchst beunruhigend, als ob seine Erscheinung die Alarmglocken im Unterbewusstsein anschlagen ließe, das in ihm trotz seines unauffälligen Äußeren das gefährliche Raubtier erkannte.

»Kira Miller«, sagte er selbstgefällig. »Endlich!«

Er stellte sich mit dem Rücken zur Werkbank und setzte sich darauf, das Gesicht den Gefangenen zugewandt, die Beine bequem herabhängend. Smith blieb stehen, das Gesicht ebenfalls Desh und Miller zugewandt, mehr als drei Meter vom Arbeitstisch entfernt.

»Wer sind Sie?«, fragte Kira.

»Sie glauben doch wohl nicht ernsthaft, dass ich Ihnen darauf eine Antwort geben werde«, erwiderte der Fremde amüsiert. »Nennen Sie mich einfach Sam – dabei wollen wir es belassen. Und um Ihre nächste Frage vorwegzunehmen – wir befinden uns in etwas, das man einen sicheren Unterschlupf nennt. Oben sind vier schwerbewaffnete Männer, die nur eine Aufgabe haben – jeden meiner Befehle zu befolgen.«

Schon aus der Haltung der beiden Männer wurde ersichtlich, dass dies Smiths Chef war, und damit wahrscheinlich auch der Mann, den sie Moriarty genannt hatten. Und er besaß Zugang zu sicheren Häusern der Geheimdienste und einer beträchtlichen legitimen Autorität. Was Desh nicht überraschte.

»Sie gehören also zur Regierung?«, vermutete Desh. »Und Sam wie Onkel Sam, also Vater Staat? Soll das jetzt witzig sein? Oder einfach nur irrsinnig?«

Der Mann bewegte sich weit schneller, als seine füllige Figur das hätte vermuten lassen. Er stieß sich vom Tisch ab, war mit ein paar großen Schritten bei Desh, der unbeweglich gefesselt war, und trat ihm mit der Fußspitze heftig in den Bauch. Gerade noch rechtzeitig konnte Desh seine Bauchmuskeln anspannen. Er versuchte, dem Tritt auszuweichen, aber das gelang ihm nicht mehr.

Er traf ihn mit voller Wucht, und Desh wand sich. Schmerzsignale bombardierten sein Nervensystem.

Sam kehrte zum Tisch zurück, wieder ganz ruhig. »Mir gefällt Ihr Ton nicht, Mister Desh«, tadelte er ihn wie einen ungehorsamen Erstklässler. »Sie werden mich mit dem angemessenen Respekt ansprechen. Das, was ich zu diskutieren habe, betrifft ausschließlich Dr. Miller. Sie sind nur deshalb noch am Leben, weil ich erst herausfinden will, was für eine Rolle Sie bei allem spielen. Aber an Ihrer Stelle würde ich genau aufpassen, wie Sie mit mir sprechen. Allzu groß ist meine Neugier im Hinblick auf Ihre Rolle nun auch wieder nicht.«

Desh antwortete nicht. Der Mann, der sich selbst Sam nannte, wandte sich wieder an Kira. »Wie geht es Ihrem Kopf?«, höhnte er.

»Was haben Sie mit mir gemacht?«, zischte sie.

»Oh, dazu kommen wir später noch, keine Angst. Aber zuerst werden wir uns mit etwas anderem befassen. Ich nehme an, Sie haben nicht vor, die Sache zu vereinfachen und mir das Geheimnis der ewigen Jugend gleich zu verraten? Es würde mir auch reichen, wenn Sie mir die GPS-Koordinaten der Stelle geben, an der Sie Ihren USB-Stick vergraben haben.«

Sie sagte nichts, warf ihm nur einen eisigen Blick zu.

Sam hob in gespielter Unschuld die Hände. »Davon bin ich auch nicht ausgegangen. Aber immerhin, einen Versuch war es wert. Mir ist schon klar, dass ich es hier mit einer ziemlichen Herausforderung zu tun habe.« Ein grausames Grinsen verzog seinen Mund. »Immerhin waren Sie ja bereit, mich lieber Ihren Bruder grillen zu lassen, statt den Mund aufzumachen.«

Millers Augen funkelten hasserfüllt wie zwei tödliche Sonnen. »Sie verdammter Hurensohn!«, kreischte sie und zerrte an ihren Fesseln.

Seine Augenbrauen wanderten nach oben, und er lächelte. »Hurensohn?«, wiederholte er belustigt. »Normalerweise würde ich mich von diesem Begriff ja beleidigt fühlen, aber rein technisch betrachtet haben Sie tatsächlich recht. Meine Mutter war eine Hure. Woher wussten Sie das?«

»Ich bringe Sie um!«, stieß Kira hervor. »Und wenn es das Letzte ist, was ich tue!«

Sam blieb unbeeindruckt. »Meine Liebe, Sie sind momentan wirklich nicht in der Position, um überzeugend Drohungen auszusprechen.« In gespieltem Bedauern schüttelte er den Kopf. »Ich fürchte, dass ich Ihren Bruder umgebracht habe, steht einer romantischen Beziehung zwischen uns irgendwie im Weg.«

Desh spürte, innerlich kochte Kira, doch sie bemühte sich darum, äußerlich ruhig zu erscheinen, um diesem Sam nicht die Befriedigung zu verschaffen, sie provozieren zu können. Es war klar, Sam wollte sie bewusst in Rage versetzen, damit sie nicht klar denken konnte. Desh musste dazwischengehen. »Sie sind also derjenige, der in ihre Wohnung eingedrungen ist«, bemerkte er, um der Unterhaltung eine Wendung zu geben, wohl wissend, dass er eine weitere Bekanntschaft mit Sams Schuhspitze riskierte. »Und der ihre Kapseln gestohlen hat.«

Er bereitete sich auf einen weiteren Angriff vor, doch der blieb aus. »Das ist richtig«, bestätigte Sam stattdessen.

»Aber momentan befinden Sie sich nicht im Zustand gesteigerter Intelligenz«, stellte Miller fest, inzwischen wieder ruhig. »Warum nicht?«

»Sie sollten besser als alle anderen wissen, wie anstrengend es ist, wenn das Gehirn ständig auf Hochtouren arbeiten muss. Das kann man sich einfach nicht ständig leisten. Aber Ihre eigentliche Frage ist doch eher die – habe ich die Pillen inzwischen verbraucht? Die Antwort ist nein. Ich besitze noch einige davon. Vor allem aber arbeitet inzwischen ein Molekularbiologe für mich, dem es schon fast gelungen ist, Ihre Arbeit nachzuvollziehen. Noch ein weiterer Monat, und mein Vorrat reicht für ein ganzes Leben.«

»Und wer ist der Molekularbiologe, der für Sie arbeitet?«, wollte Kira wissen.

»Oh, ich bezweifle, dass Sie ihn kennen. Er war bei USAMRIID, dem United States Army Medical Research Institute of Infectious Diseases, in der Abteilung für Verteidigung gegen biologische Angriffe. Ich hatte herausgefunden, dass er für Geld mit Terroristen zusammenarbeitet.« Er verdrehte die Augen. »Und außerdem hat er eine sehr beunruhigende Vorliebe für junge Knaben. Und so … ähm, nun ja, konnte ich ihn dafür gewinnen, für mich zu arbeiten.«

»Sie meinen, Sie haben ihn erpresst«, knurrte Kira.

Sam ignorierte den verbalen Stich. »Eines muss ich Ihnen lassen«, sagte er voller Bewunderung. »Selbst mit Ihrem Notizbuch aus dem Labor hat es ihn Jahre gekostet, Ihre Ergebnisse zu wiederholen.«

»Warum verbessern Sie nicht einfach seine Intelligenz?«, fragte Kira.

»Das habe ich. Mehrere Male. Sonst wäre er der Lösung nicht einmal so nahe gekommen, wie er ihr jetzt ist. Aber ich will ihm auch nicht zu viele Pillen geben. Erstens ist mein Vorrat begrenzt, derzeit wenigstens noch, und zweitens lässt sich jemand, der so intelligent ist, weit schwerer kontrollieren. Das wissen wir beide. Sie können sich nicht vorstellen, welche Vorsichtsmaßnahmen ich jedes Mal ergreifen musste, wenn ich ihm eine Kapsel gegeben habe.«

Desh überprüfte sein eigenes Denken auf Anzeichen einer Veränderung, doch da war nichts. Ein Teil von ihm glaubte noch immer nicht, dass ihre Therapie wirklich funktionierte. Er hatte allerdings auch keine Ahnung, was ihn erwartete, wenn sie doch zu wirken begann.

»Wie viele Leute wissen noch von der Therapie zur Verlängerung des Lebens?«, wollte Kira wissen.

»Eine gute Frage«, erwiderte Sam lächelnd. »Ihre Gedankenräder drehen sich ständig, nicht wahr? Sie sind immer bestrebt, sich weitere Informationen zu verschaffen. Die Antwort ist, nur noch ich. Ich räume immer sehr sorgfältig hinter mir auf. Es stimmt schon – das gesamte amerikanische Militär war hinter Ihnen her, aber ich bin der Einzige, der weiß, was wirklich los ist.«

»Außer mir natürlich«, korrigierte Smith.

In einer weiteren schnellen Bewegung zog Sam eine Pistole mit Schalldämpfer aus seinem Holster und jagte Smith eine Kugel in den Kopf. Der Einschlag holte Smith von den Füßen. Krachend landete er auf dem Rücken, tot, bevor er den Boden berührte.

Blut und Hirnmasse traten aus dem Loch in seinem Kopf und bildeten auf dem Zement eine Pfütze.

33

Kira wich entsetzt zurück, soweit ihre Fesseln ihr das erlaubten, und starrte auf das, was einmal Smith gewesen war.

Sam steckte die Pistole wieder ins Holster. »Wo war ich?«, bemerkte er dann lässig, als ob nichts passiert wäre.

Desh brauchte kein psychologisches Fachbuch, um zu erkennen, dass dieser Mann ein echter Psychopath war.

»Oh, jetzt fällt es mir wieder ein«, erklärte Sam. »Ich hatte Ihnen gerade erklärt, dass ich der Einzige bin, der wirklich Bescheid weiß. Obwohl, das muss ich zugeben, bisher waren wir zu zweit.« Er deutete mit dem Kopf in die Richtung von Smiths Leiche und schaute dann wieder Kira Miller an. »Jetzt, wo ich Sie endlich in meiner Gewalt habe, Dr. Miller, brauche ich ihn allerdings nicht mehr.« Er runzelte die Stirn und fügte hinzu: »Und so nützlich war er nun auch wieder nicht, um ehrlich zu sein. In diesem Motel saßen Sie bereits in der Falle, und er hat trotzdem Mist gebaut und Sie entkommen lassen.«

Mittlerweile hatten sich auch die letzten Vorbehalte, die Desh im Hinblick auf Millers Geschichte noch gehabt hatte, in Luft aufgelöst. Alles, was sie ihm erzählt hatte, entsprach der Wahrheit. Und dieser Mann vor ihnen, Sam, das war der Mann, den Connelly eigentlich gesucht hatte.

»Wie werden Sie es den Männern oben erklären, dass Sie Smith umgebracht haben?«, erkundigte sich Desh.

Sam grinste. »Unter Freunden braucht es keine Erklärungen. Die Männer oben sind von mir persönlich ausgewählt und absolut loyal. Ich bezahle sie extrem gut, aber ich habe schon immer an die richtige Mischung aus Zuckerbrot und Peitsche geglaubt. Keiner von ihnen ist ein fanatischer Befolger der Zehn Gebote, und sie haben in ihrem Leben alle größere … nun, nennen wir es Indiskretionen begangen. Ich weiß genug über sie, um sie ihr Leben lang hinter Gitter zu bringen. Und für den Fall, dass mir etwas zustoßen sollte, werden die Gründe dafür ganz automatisch öffentlich gemacht.« Sein Gesichtsausdruck zeigte äußerste Selbstzufriedenheit. »Diese Männer sind bereit, alles für mich zu tun. Und weil sie, anders als unser toter Freund hier, nicht die geringste Ahnung haben, worum es wirklich geht, müssen sie sich auch über eine … ähm … vorzeitige Beendigung ihres Vertrags mit mir keine Sorgen machen.«

Desh wusste, die Brutalität der Hinrichtung von Smith hatte Kira schwer erschüttert, doch sie schien sich wieder gefasst zu haben. »Was für ein Spiel spielen Sie hier eigentlich, Sam?« Seinen Namen spuckte sie regelrecht aus, voller Hass. »Sie wissen doch, Sie können mir das Geheimnis des verlängerten Lebens weder durch Folter noch durch Drogen abluchsen. Und Sie dürfen fest davon ausgehen, dass ich einem Psychopathen wie Ihnen nichts freiwillig preisgebe. Was wollen Sie also von mir?«

»Wir haben ja bereits festgehalten, dass Sie mir die Koordinaten nicht sagen möchten.« Sein Gesicht zeigte, wie sehr ihm das alles Spaß machte. »Nicht einmal, um das Leben Ihres Bruders zu retten. Aber es gibt Opfer, die noch weit über dieses hinausgehen. Seit dieser Schwachkopf Lusetti Sie sozusagen verloren hat – dass er dafür mit seinem wertlosen Leben bezahlt hat, ist nur gerecht –, habe ich an etwas gearbeitet. Nämlich daran, das passende Druckmittel zu finden, um Sie dazu zu bringen, mir … ähm … freiwillig zu sagen, was ich wissen will. Und ich habe es gefunden. Hier ist also meine Frage: Sind Sie bereit, mir alles zu verraten, um die Zukunft der Menschheit zu retten?«

Kira schwieg. Sie schluckte den Köder nicht.

»Nachdem Lusetti Ihnen das Wahrheitsserum verabreicht hatte, erfuhr er ja, warum es Ihnen so wichtig war, Ihre Entdeckung geheim zu halten, und selbstverständlich hat er es mir verraten. Sie fürchten Überbevölkerung, soziale Umwälzungen. Nun, Sie haben Glück – ich kann Ihnen da aushelfen. Was wäre denn, wenn nicht länger Kinder geboren würden?« Sein Lächeln war grausam, aber er schien sehr zufrieden mit sich. »Das würde das Problem doch lösen, oder? Damit haben Sie keinen Grund mehr, Ihren Jungbrunnen nicht mit mir zu teilen.«

»Wovon reden Sie?«, fragte Miller verständnislos.

Sam hob die Augenbrauen. »Von der Sterilisation aller Frauen auf diesem Planeten«, erklärte er.

Desh hörte, was Sam sagte, aber er reagierte darauf nicht. Irgendetwas in seinem Kopf fühlte sich ganz merkwürdig an. Zuerst war es qualvoll gewesen, wie starke Kopfschmerzen, doch jetzt fühlte es sich eher an wie ein elektrischer Strom, wie die Nadelstiche, wenn Arm oder Bein eingeschlafen sind, nur dass sich alles in seinem Kopf abspielte. An einem Ort, von dem er wusste, es gab dort keine sensorischen Empfänger.

Miller schaute Sam an, als ob sie ihn für verrückt hielte. Diese wilde, maßlos übertriebene Drohung hätte aus dem Mund eines Bösewichts in einer Zeichentrickserie kommen können. Aber so sadistisch und geistesgestört Sam auch war – er war ganz offensichtlich ein eindrucksvoller Gegner, und sie spürte, was er gesagt hatte, war keine leere Drohung.

»Sie haben völlig den Verstand verloren«, murmelte sie schockiert.

»Habe ich das?«, entgegnete er ruhig. »Mein Molekularbiologe sieht das mit erhöhter Intelligenz ganz anders. Er hält die Massensterilisation für ein Kinderspiel. Nun, zumindest ist es ein Kinderspiel für ein Kind mit einer Ausbildung in Molekularbiologie und einem nicht mehr messbaren IQ. Mädchen kommen mit allen Eizellen zur Welt, die sie jemals haben werden. Sobald man sie entfernt hat, ist das Spiel vorbei.«

»Und wie wollen Sie das anstellen?«

»Ich bin nun kein Experte auf diesem Gebiet, aber ich habe mir sagen lassen, dass es ziemlich einfach sein soll, wenn man sich nur die Mühe macht. Es gibt verschiedene Wege, speziell die Eizellen anzugreifen. Es gibt genügend Geschlechtskrankheiten, die ganz von selbst zu Unfruchtbarkeit führen. Das Einzige, was es dafür braucht, sind Entschlossenheit und ein künstlich erhöhter IQ.«

Als Kira darüber nachdachte, erkannte sie, dass er recht hatte. Selbst ein nur mittelmäßiger Molekularbiologe konnte etwas so Einfaches erreichen, zumindest im Zustand gesteigerter Intelligenz, mit ihrem Gencocktail. Es war ja auch nicht unbedingt nötig, die gesamte weibliche Bevölkerung auf einmal zu infizieren. Wenn ein gentechnisch veränderter Virus wütete, der ausschließlich die weiblichen Eizellen ins Visier nahm, nichts anderes, konnte der Angriff eine ganze Weile unbemerkt bleiben. Die Frauen, die der Virus bereits erreicht hatte, verloren ihre Fähigkeit, schwanger zu werden, ohne dass sie davon auch nur das Geringste bemerkten. Wie eine unaufhaltsame Welle konnte der Virus sich so mehr und mehr ausbreiten. Und sobald erst einmal alle menschlichen Eizellen zerstört waren, war es mit der Menschheit vorbei. Selbst das Klonen baut auf einer intakten Eizelle auf; wenn auch auf einer, deren genetisches Material komplett entfernt wird, um eine exakte Kopie des zu klonenden Wesens aufzunehmen.

»Ich sehe es Ihren Augen an, dass Sie die vollen Auswirkungen meines Plans zu begreifen beginnen«, prahlte Sam. »Die einzige wirkliche Herausforderung ist die Logistik. Ich muss sicherstellen, dass dieser äußerst leicht übertragbare Virus sich überall in der Welt ausbreitet. Aber es gibt eine ganze Reihe von Möglichkeiten, genau das zu erreichen.« Er zählte sie an den Fingern ab. »Wir schaffen gentechnisch veränderte Kolibakterien, die in der Lage sind, die normalen Kolibakterien zu vernichten und zu ersetzen, die sich in jedem menschlichen Darm befinden. Diese neuen Bakterien sind komplett harmlos, nur dass sie eben einen Keimzellenzerstörer an Bord haben. Wir könnten das Trinkwasser vergiften. Oder die Filter von Zigaretten.«

Die Erwähnung der Zigaretten schien Kira zu verwirren.

»Sie sollten sich nicht von der Antiraucherlobby einwickeln lassen, meine Liebe«, erklärte Sam, der ihre Reaktion bemerkt hatte. »Es gibt noch immer jede Menge Raucher – und Raucherinnen – auf der ganzen Welt. Jedes Jahr werden über fünf Billionen Zigaretten geraucht. Denken Sie etwa, für jemanden mit absolut überragender Intelligenz sei es schwer, einen Weg zu finden, um einen großen Teil der Zigarettenproduktion der Welt mit einem extrem ansteckenden Wirkstoff zu versehen? Und alle Raucher der Welt werden zur Typhus-Mary, übertragen die Erreger, ohne selbst zu erkranken. Das sorgt für eine umgehende Verbreitung auf der ganzen Welt.« Er grinste. »Und macht das Passivrauchen noch gefährlicher.«

Angeekelt schüttelte Kira den Kopf, schwieg jedoch.

Deshs Verstand setzte zum Sprung an. In einem Sekundenbruchteil beschleunigten seine Gedanken sich massiv. Es war, als ob einhundert Milliarden Dominosteine nahezu auf einmal umfielen, eine Kettenreaktion, die zu einer gigantischen Explosion führte, als seine Neuronen sich selbst in eine neue, effektivere Ordnung brachten. In rasender Geschwindigkeit schossen ihm die Gedanken durch den Kopf.

Die Quadratwurzel aus 754, dachte Desh unwillkürlich. Er hatte den Gedanken noch nicht einmal abgeschlossen, da sah er die Antwort bereits vor sich: 27,459. Die Zeit schien sich zu verlangsamen. Vorher hatten seine Gedanken sich durch eine zähflüssige Masse bewegen müssen, um sich zu formen, doch jetzt gab es keine Hindernisse mehr, und sie entstanden wie unter Raketenantrieb.

Wenn Sam einen Satz bildete, waren die langen Pausen zwischen den einzelnen Wörtern geradezu eine Folter. Spuck … es … aus!, dachte Desh ungeduldig. Er betrachtete Sam forschend und stellte fest, dass seine Körpersprache ebenso viel aussagte wie seine Worte, teilweise sogar mehr. Jede Bewegung, jeder Atemzug, jedes Blinzeln und jede Veränderung in den Gesichtsmuskeln verrieten genau, was er dachte.

Sam öffnete den Mund, um etwas zu sagen. Ein Gedanke blitzte durch Deshs Kopf: »Nur um sicherzugehen, werde ich verschiedene Strategien gleichzeitig ansetzen.« Das war es, was Sam sagen wollte, oder etwas, das dem sehr nahe kam.

»Wie auch immer, um die maximale Verbreitung sicherzustellen, plane ich, mit mehrfachen Strategien zu arbeiten«, erklärte Sam, wie auf ein Stichwort hin. »Aber ich glaube nicht einmal, dass wir die anderen Strategien wirklich brauchen. Wenn wir einen gentechnisch veränderten Erkältungsvirus auf die Menschheit loslassen, dürfte das allein das Problem mit der Überbevölkerung bereits beheben.«

»Wir?«, hakte Kira nach.

»Ich und meine terroristischen Freunde natürlich. Es ist eine enorme Hilfe, auf eine riesige Organisation zurückgreifen zu können, mit Zellen in jedem Land, die alle Befehle befolgen, ohne Fragen zu stellen. Auf diese Weise sorgen wir für Tausende von Epizentren für unsere kleine Infektion.«

Desh wandte den Blick zu Kira Miller, neben ihm, in Handschellen. Blitzartig kam ihm die Erkenntnis: Er war verliebt in sie! Er war es schon eine ganze Weile.

Aber woher kam dieses Wissen plötzlich?

Wie im Zeitraffer sah er seine jüngsten Vitalwerte vor sich – den Herzschlag, die chemische Zusammensetzung der Stoffe in seinem Gehirn, die Erweiterung der Pupillen. Sein Körper und sein Gehirn hatten so mächtig auf sie reagiert, dass die Tatsache des Verliebtseins auf geradezu lächerliche Weise offensichtlich war. Der David Desh im Normalzustand hatte davon zwar noch nichts mitbekommen und hätte sich auch energisch gegen eine solche Vorstellung gewehrt. Er hätte es einfach nicht für möglich gehalten, sich in so kurzer Zeit so heftig zu verlieben. Zumal unter diesen bizarren Umständen. Aber jetzt wusste er – Amors Pfeil hatte ihn getroffen.

Der David Desh im Zustand gesteigerter Intelligenz war selbstverständlich nicht verliebt. Im Gegenteil. Er hatte seine Fähigkeit zu fühlen in genau dem Moment verloren, in dem sein Verstand den Sprung gemacht hatte, genauso, wie Kira das beschrieben hatte. Jetzt war er in der Lage, ihr in die klaren blauen Augen zu sehen und nicht das Geringste dabei zu empfinden. Stattdessen studierte er sie mit klinischer Distanziertheit. Liebe war nichts als ein primitiver Instinkt. Ein Überlebensmechanismus, der in die Gene der menschlichen Rasse eingebrannt war und mit Vernunft nichts zu tun hatte. Frauen waren während der Schwangerschaft hilflos, und Kinder waren viele Jahre ebenso hilflos. Ohne einen Mechanismus, während dieser Zeit eine feste Paarbindung zu schaffen, waren Menschen nichts als selbstsüchtige Wesen, die häufig den Partner wechselten. Viele Tiergattungen waren ebenso programmiert.

Wieso wusste er das auf einmal?

Da war noch viel mehr, erkannte er erstaunt. Er wusste, dass die Studie der Präriewühlmäuse, Tiere, die dafür bekannt waren, lang bestehende feste monogame Verbindungen mit einem Partner aufzubauen, interessante Ergebnisse erbracht hatte. Das Gehirn der männlichen Mäuse organisierte sich erst nach der Begattung zu dieser Hingabe an die Partnerin – was mit einer massiven Ausschüttung des Neurotransmitters Dopamin zusammenhing. Später hatten Experimente gezeigt, dass das Dopamin einen Teil des Gehirns der Mäuse umstrukturierte, der Nukleus accumbens genannt wird. Das ist ein Bereich, der sich auch im menschlichen Gehirn findet.

Desh verfolgte diese Erinnerungsfäden zu ihrer Quelle zurück – einem Artikel in einem Magazin. Die Erinnerungen, die ihn umgaben, waren so lebendig, es kam ihm fast so vor, als erlebe er alles noch einmal. Er war Studienanfänger an der Universität, gerade auf dem Rückflug zu seiner Familie. Der Geruch von Hähnchen Masala aus der Mikrowelle lag in der Luft. Er saß neben einer älteren Frau, die ihren ersten Flug erlebte. Ihr Gesicht sah er so deutlich vor sich, als ob er sie gerade jetzt anschauen würde. Er hatte sich ein Buch mitgenommen, doch das hatte ihn nicht gefesselt. Stattdessen hatte er sich das Magazin der Fluglinie geholt, das in jeder Sitztasche steckte, hatte es durchgeblättert. Auf Seite achtundzwanzig war eine Ecke eingerissen. In einem Kreuzworträtsel hatte jemand drei Wörter ausgefüllt, bevor er es wieder aufgegeben hatte.

Und auf Seite neunzehn hatte der Artikel begonnen, der sich mit der Chemie der Liebe befasste. Er konnte noch jedes Wort vor sich sehen, alles weit schneller lesen und verarbeiten als damals. Die männlichen Präriewühlmäuse verliebten sich erst nach dem Sex. Faszinierend. Nur der erbärmliche und beschränkte Homo sapiens, der er vor dieser Verwandlung gewesen war, hatte sich schon vor dem ersten Kuss in Kira Miller verknallt.

Noch vor ein paar Minuten hätte Desh sein Leben darauf verwettet, dass er überhaupt nichts über das Paarungsverhalten der Präriemäuse wusste. Und was war da sonst noch so alles vergraben, in dieser Beinahe-Unendlichkeit seiner Erinnerung, und stand jetzt zum sofortigen Zugriff bereit?

»Nicht einmal Terroristen würden Ihnen dabei helfen, die gesamte Menschheit zu vernichten«, erklärte Miller bestimmt. »Schließlich hätte das auch auf ihre Frauen Auswirkung.«

»Ein guter Einwand – deshalb habe ich ihnen auch nichts davon gesagt«, erwiderte er selbstgefällig.

Kira verzog das Gesicht. Damit hätte sie rechnen müssen. »Sie denken, es geht um einen Angriff gegen den Westen, mit Ebola?«

Sam grinste breit. »Ich glaube, die Tatsache, dass die Krankheit durch den Genuss von Schweinefleisch ausgelöst wird, das ist der Teil daran, mit dem ich sie wirklich für mich gewinnen konnte. Das klingt so richtig danach, als ob Allahs Hand die Ungläubigen niederstreckt.« Sarkastisch ergänzte er: »Die PowerPoint-Präsentation, die ich darüber gemacht habe, hat ihnen wirklich sehr gut gefallen. Natürlich habe ich die Wirkung durch einen Vertreter auch demonstrieren lassen – an ein paar ihrer Gefangenen, denen sie dann Schinken zu essen gegeben haben. Als sie sahen, wie schrecklich diese Krankheit wirklich ist, waren sie von der Idee noch viel mehr begeistert.«

»Aber diese Demonstration war gefälscht, oder?«

Er nickte. »Natürlich. Eine solche Sache in einer so kurzen Zeit zu perfektionieren würde Ihre Talente und eine erhöhte Intelligenz voraussetzen. Mein Vertreter hat dafür gesorgt, dass die Gefangenen mit dem wahren Ebolavirus infiziert waren, bevor man ihnen den angeblich gentechnisch veränderten Erkältungsvirus verabreicht und ihnen Schweinefleisch gegeben hat. Da der echte Ebolavirus hochansteckend ist, sobald man in Kontakt mit dem Blut kommt, hat er darauf geachtet, dass niemand den Gefangenen zu nahe kam, während sie … ähm … nun ja, ihr Leben aushauchten.

Nachdem alle anderen gegangen waren, hat er die Körper verbrannt, um sicherzustellen, dass die Krankheit sich nicht ausbreiten konnte.« Sam lächelte grausam. »Das erinnert mich irgendwie an Ihren Bruder.«

34

Desh hatte den Terrorismus viele Jahre lang bekämpft. Während dieser Zeit hatte sich ein ganzer Schatz an Wissen in seinem Gehirn angesammelt. Dreißig Sekunden lang konzentrierte er sich auf Antiterror-Strategie, und die Einblicke erschlossen sich ihm in rasender Folge. Er entdeckte Muster für die Schläferzellen terroristischer Organisationen, die bisher allen entgangen waren. Es gab einen viel besseren Weg, sie aufzuspüren – und es war so absolut offensichtlich! Die Spezialkräfte konnten viel besser eingesetzt und viel effektiver bewaffnet werden.

Er kam sich vor wie ein Kind im Süßwarenladen. Wohin auch immer er sich wandte, solang er nur genügend Wissen in diesem Bereich besaß, und manchmal selbst dort, wo das nicht der Fall war, erzielte er in Sekunden, manchmal auch nur Bruchteilen davon, entscheidende Durchbrüche, fast wie von selbst. Dabei war Desh in der Lage, die Unterhaltung zwischen Sam und Kira mit einem winzigen Teil seiner Aufmerksamkeit komplett zu verfolgen und sie auf verschiedenen Ebenen gleichzeitig zu analysieren. Äußerlich blieb Sam ruhig, doch innerlich war er total aufgeregt. Das war besonders auffällig an den Stellen, an denen er sie mit dem Tod ihres Bruders verhöhnte. Und während Kiras scheinbare Fassung andere Männer vielleicht überzeugt hätte – Sam wusste mit absoluter Sicherheit, dass diese verbalen Messerstiche auf zitternde, blank liegende Nerven stießen, wie ein Bohrer beim Zahnarzt. Er spürte es, so wie ein Hund riechen kann, wenn jemand Angst hat.

Desh erkundete weiter seine neu gewonnenen Fähigkeiten. Dabei erkannte er mit einem leichten Schrecken, dass sich sein vegetatives Nervensystem nun vollständig unter seiner Kontrolle befand. Es funktionierte wie immer – bis er sich entschloss, die Steuerung zu übernehmen.

Sein Herz schlug im Ruhezustand etwa fünfzigmal pro Minute. Er setzte die Frequenz auf vierzig herab. Dann auf fünfunddreißig. Anschließend wieder zurück auf fünfzig. Er senkte seine Körpertemperatur auf fünfunddreißig Grad und brachte sie wieder auf das normale Niveau. Er befahl seinem Blutkreislauf, die Gliedmaßen nicht mehr zu versorgen, sondern sich auf den Kern zu konzentrieren – etwas, das sein Körper in großer Kälte automatisch tat, um die Körpertemperatur zu erhalten. Der Kreislauf kam dem Befehl umgehend nach, ebenso dem nächsten, den Normalzustand wiederherzustellen. All diese Leistungen vollbrachte er, ohne genau zu wissen, wie er das anstellte.

Mehrere Minuten lang beschäftigte sich Desh damit, über das Leben selbst nachzudenken. Er konnte auf eine ausgedehnte, sogar gesteigerte Analyse zurückgreifen, und ihm war sofort klar, dass Kira recht gehabt hatte. Es gab keinen Gott und kein Leben nach dem Tod. Er war ein Narr gewesen. Ohne emotionale Belastungen und mit der Fähigkeit, auf die Erinnerung von allem zurückgreifen zu können, was er jemals gelesen oder gehört hatte, war es ihm nur allzu klar. Religion war, wie die Liebe, nichts als eine nützliche Täuschung. So eine Art Opium für das Volk. Er hatte noch immer ein gewisses Interesse am Homo sapiens, erkannte allerdings auch, dass dieses Interesse sehr schnell nachlassen konnte. Die Macht des Denkens, die er jetzt besaß, war geradezu berauschend. Wie hatte Kira es nur geschafft, ihr so lang zu widerstehen? Wie hatte sie den Willen zur Macht ignorieren können, der doch die Pflicht jedes lebenden Wesens war? Und das, wo Kira sogar noch einen weit höheren Grad an Optimierung erreichte hatte als er jetzt. Es war unglaublich!

Desh hatte sich so ruhig verhalten, dass Sam seine Anwesenheit beinahe vergessen hatte. Seine Augen waren fest auf Kira Miller gerichtet. »Diesen Plan mit der Sterilisierung habe ich unter dem Einfluss einer einzigen Ihrer Pillen entwickelt«, prahlte er. »Direkt nachdem Sie Lusetti entkommen waren. Und was das Ebolakomplott betrifft, da habe ich sofort damit begonnen, den Verdacht in Ihre Richtung zu lenken. Ich konnte ihn sogar durch diverse reale Beweise unterstützen, schließlich habe ich selbst dafür gesorgt, dass sie real waren. Wenigstens soweit es die Terroristen betraf.«

»Ich sage Ihnen das ja nicht gerne«, setzte Miller herablassend an, »aber Ihr ganzer Plan wird Ihnen nicht verschaffen, was Sie haben wollen. Haben Sie etwa das letzte Mal überhaupt nicht zugehört? Ich wollte verzweifelt das Leben meines Bruders retten, erinnern Sie sich? Aber ich konnte die Erinnerung an den Ort, wo ich den USB-Stick versteckt habe, einfach nicht entsperren. Das lag nicht etwa daran, dass ich es nicht wollte – ich konnte nicht! Ich hatte es Lusetti doch erklärt, im Zustand gesteigerter Intelligenz habe ich dafür gesorgt, dass niemand mir das Geheimnis mit Zwang entreißen kann. Und auch nicht durch Drohungen, ob sie nun gegen mich, meinen Bruder oder meinetwegen auch das gesamte Universum gerichtet sind. Sie können mir Wahrheitsserum spritzen, soviel Sie wollen, ich werde Ihnen genau dasselbe sagen. Je schwerwiegender die Drohung, je größer der Druck, desto unmöglicher wird es mir, auf diese Information zuzugreifen.«

Sam schaute sie zornig an, doch seine Stimme war ruhig. »Nein, meine Liebe, das habe ich nicht vergessen. Auch das habe ich bei meiner Strategie berücksichtigt. Aber ich war mir immer sicher, ich kann einen Weg in Ihr kleines Erinnerungsgefängnis finden, wenn ich Sie nur … ähm … richtig motivieren kann.« Er legte eine kurze Pause ein und sagte dann sehr bestimmt: »Und ich liefere Ihnen jede Menge Motivation.«

Kira schüttelte den Kopf. »Sie verstehen es einfach nicht. Ich habe ein fehlersicheres System eingerichtet, das ich nicht überwinden oder überlisten kann. Ich kann es nicht! Sobald man mich zwingen will, das Wissen preiszugeben, greift die Fehlersicherung ein und schließt mich aus. Selbst im Zustand erhöhter Intelligenz kann ich darauf nicht mehr zugreifen. Ich habe sozusagen das Tor geschlossen und das Schlüsselloch versiegelt.«

»Nun, dann ist das jetzt Ihre Chance zu testen, ob Ihr System wirklich fehlersicher ist«, erwiderte Sam ungerührt. »Sie werden mir das Geheimnis verraten«, sagte er entschieden, sein Gesichtsausdruck höhnisch. »Dessen sollten Sie sich im Klaren sein. Ich bin der festen Überzeugung, Sie sind in der Lage, die selbst auferlegte Erinnerungsbarriere zu durchbrechen, um mich davon abzuhalten, meinen Sterilisierungsplan in die Tat umzusetzen. Aber selbst wenn ich mich da irren sollte, am Ende werden Sie mir doch alles erzählen – und zwar absolut freiwillig.«

»Wenn Sie das glauben, sind Sie noch weit mehr geistesgestört, als ich vermutet hatte!«, zischte Kira trotzig.

»Nun, Sie können sich das in aller Ruhe noch einmal überlegen«, sagte Sam eisig. »Ich werde Sie so lang als Geisel halten, bis ich die Bestätigung habe, dass die gesamte Spezies sterilisiert wurde, und wenn es noch so lang dauert. An diesem Tag wissen Sie, dass das Überleben der Menschheit allein von Ihnen abhängt. Und wenn Sie mich noch so sehr hassen – Sie werden alles dafür tun, dass die letzte existierende Menschengeneration unsterblich werden kann.« Er hob die Hände. »Ich werde Sie zu nichts zwingen. An diesem Punkt werden Sie das Geheimnis unbedingt teilen wollen, aus eigenem Antrieb heraus, und schon hat die Anforderung an Ihr Gedächtnis die Fehlersicherheit überwunden.«

Entsetzen zeigte sich in Kiras Gesicht, als sie erkannte, dass er damit wahrscheinlich sogar recht hatte.

Sam lächelte. »Sie müssen sich dann nicht einmal Sorgen um Überbevölkerung machen. Ich habe die Bedenken ausgeräumt, die dagegen sprechen, Ihr Geheimnis preiszugeben. Und ich werde dafür sorgen, dass Sie auch nicht unter Zwang stehen.« Kurz hielt er inne und sah sie höhnisch an. »Sie müssen mir nicht einmal dafür danken, meine Liebe.«

Kira schoss nach vorn, mit vor Hass brennenden Augen, und wurde von den Handschellen abrupt zurückgerissen, die ihr beinahe die Arme auskugelten und schmerzhaft in ihre Haut einschnitten.

»Schauen Sie – ich bin doch auf Ihrer Seite«, erklärte Sam und hob gespielt unschuldig die Hände. »Ich will das ja alles gar nicht tun müssen. Um ehrlich zu sein, ist das mehr Aufstand, als es die Sache wert ist. Ich würde den Terroristen lieber simples Wasser im Gaszustand geben, damit sie es über dichtbevölkerten Zentren versprühen, als einen aktiven Virus. Sie müssen mir einfach nur Ihr Geheimnis verraten und mir versprechen, dass Sie für mich weiter an der Unsterblichkeit arbeiten. Finden Sie einen Weg, den Safe in Ihrem Kopf aufzuschließen, und zwar bevor die Zeit abgelaufen ist, und alles wird gut.« Er zuckte mit den Schultern. »Wenn Sie das nicht tun, warte ich einfach, bis Sie es sich angesichts der Umstände anders überlegt haben.«

Miller spürte Übelkeit in sich aufsteigen. »Und das tun Sie alles, nur um ein paar Jahre länger leben zu können?«

Grinsend schüttelte Sam den Kopf. »Es geht um weit mehr als nur ein paar lumpige Jahre, das wissen wir beide. Solang ich Ihre Kapseln nur richtig einsetze und weitere siebzig Jahre zur Verfügung habe, bin ich mir sicher, dass Sie, ein paar Nanotechnologen und andere rechtzeitig den Entwurf für die Unsterblichkeit selbst fertigstellen können. Ihre Behandlung wird mir einfach nur genügend Zeit erkaufen, damit ich ganz sicher noch am Leben bin, wenn die Unendlichkeit des Lebens zur Realität wird.«

Eine Weile schwiegen beide. Kira sah ihn hasserfüllt an. »Ich brauche Informationen darüber, wie die virale Konstruktion aussieht«, sagte sie endlich, »und auf welche Weise die Eizellen angegriffen werden sollen. Bevor ich auch nur den Versuch mache, mir diese Erinnerungen zu erschließen, müssen Sie mich schon davon überzeugen, dass die Sache mit der Sterilisierung nicht nur ein Trick ist.« Grimmig fügte sie hinzu: »Nicht dass meine Anstrengungen Ihnen irgendetwas bringen werden.«

»Ich sehe, Sie versuchen bereits, Zeit zu schinden«, nickte er anerkennend. »Allerdings ist diese Forderung nur fair. Ich werde Ihnen die Informationen geben, die Sie haben wollen. Was den Zeitplan angeht – alles ist schon eine ganze Weile fertig. Wir haben nur darauf gewartet, dass wir Sie endlich in die Finger bekommen. Allerdings gibt es noch ein paar Dinge, die ich jetzt erst in die Wege leiten kann, wo Sie endlich meine Gefangene sind. Sie haben etwa drei Tage. Danach werde ich mit der Verteilung der Ampullen beginnen, wenn Sie mir nicht sagen, was ich wissen will. Und sobald die Terroristen die erst einmal haben, kann ich sie nicht mehr zurückrufen – ein Abbruch der Mission ist ausgeschlossen. Dann habe ich es nicht mehr in der Hand.«

Kira schaute sich verstohlen im Raum um, zermarterte sich verzweifelt das Gehirn nach einem Ausweg.

»Ich kann praktisch sehen, wie die Gedankenräder in Ihrem Kopf sich drehen, meine Liebe. Sie glauben ernsthaft, Sie könnten mich irgendwie überlisten? Oder fliehen und mich anschließend aufhalten? Nun, ich habe allen Respekt vor Ihren Fähigkeiten. Es scheint zwar unmöglich – aber wer weiß, vielleicht könnte es Ihnen doch gelingen.« Sam unterbrach sich und grinste boshaft. »Und jetzt kommen wir zu unserer kleinen ambulanten Operation an Ihrem Gehirn.«

35

Desh ließ die letzten achtundvierzig Stunden seines Lebens noch einmal an sich vorbeiziehen. Er hatte tatsächlich, wie Kira es ausgedrückt hatte, aus einem Feuerwehrschlauch getrunken, aber jetzt hatte er die Gelegenheit, alles zu ordnen. Kiras Analyse war korrekt gewesen – nur ein wenig zu kurzsichtig. In der Tat konnte es nur eine Katastrophe bedeuten, wenn die menschliche Lebenserwartung sich auf einen Schlag verdoppelte. Aber darauf gab es eine bessere Antwort, als die Entdeckung einfach zu begraben und davonzumarschieren. Und diese Antwort bedeutete nicht einmal, dass die nächste Generation Opfer zu erbringen hatte. Man musste einfach nur die Grenzen des zur Verfügung stehenden Raums ausdehnen, um das rasche Wachstum auffangen zu können. Was nichts anderes hieß als: Man musste das Weltall erobern.

Sobald sich die Menschheit in der Unendlichkeit des Universums ausbreiten konnte, würde man Kiras Therapie mit genau der Begeisterung begrüßen, die sie verdiente, ohne Bedenken im Hinblick auf ihre Auswirkungen. Die Eroberung des Weltraums mit seinen unendlichen Weiten wurde durch eine verlängerte Lebensspanne sogar noch erleichtert. Natürlich durfte das Ganze nicht aus den wahrhaft lächerlichen Versuchen bestehen, die man derzeit in der Raumfahrt unternahm und bei denen man sich auf schneckenhafte inkrementelle Verbesserungen stürzte. Nein, mit revolutionären Riesenschritten in der Technologie hatte es vorwärtszugehen. Das Ziel waren interstellare Reisen, die sich jeder leisten konnte. Man musste einfach nur etliche der nächsten Generationen der Weltraumtechnologie in einem einzigen gewaltigen

Sprung nach vorn zusammenfassen: Antimaterie. Wurmlöcher. Alcubierres Warp-Antrieb. Tachyonische Geschwindigkeit.

Das ließ sich alles machen, wenn man das Denken der besten Physiker optimierte, vielleicht mit dem Gencocktail der zweiten Stufe von Kira. Das war der Grund, warum sie solche Dinge nicht einmal erwogen hatte – sie war es einfach zu sehr gewohnt, allein zu arbeiten und zu denken, weil sie das für notwendig für ihr Überleben gehalten hatte, bis die Umstände sie gezwungen hatten, Desh zu vertrauen. Außerdem hatte sie ihre Therapie zur Intelligenzsteigerung auch für zutiefst korrumpierend gehalten und deshalb darin keine Zukunft gesehen.

Nur musste das gar nicht so sein. Mit einem verbesserten Intellekt sollte man in der Lage sein, eine narrensichere Methode zu entwickeln, um herauszufinden, wer vertrauenswürdig und integer war, also für die Behandlung in Frage kam. Und ja, natürlich, die Behandlung führte zu einem skrupellosen Größenwahn. Allerdings landeten Ethik und Moral der Menschen, die behandelt worden waren, anschließend ja wieder auf dem normalen Niveau.

Es verlangte nach der engen Zusammenarbeit eines großen Teams, das aus wirklich guten und anständigen Leuten bestand, diese Probleme in den Griff zu bekommen, aber es war machbar. Man konnte Sicherheitsmechanismen einbauen, um dafür zu sorgen, dass alle, die sich gerade im verwandelten Zustand befanden, dabei unter Kontrolle blieben und weiterhin für die gemeinsamen Ziele arbeiteten und nicht für egoistische eigene. Selbst Sam war es gelungen, jemanden, der bereits eine starke psychopathische Veranlagung besaß, zu behandeln und dabei zu kontrollieren. Man brauchte nichts anderes als ein ganzes Team an Dr. Jekylls, um den einen superintelligenten Mr Hyde zu bändigen.

Nachdem er dieses Problem gelöst hatte, befasste sich Desh mit der wahren Identität von Smith und Sam sowie ihren möglichen Verbindungen zu Morgan, Kiras Chef bei NeuroCure. Dabei stellte sich ihm eine große Frage – wie hatte Morgan überhaupt von ihrer Arbeit erfahren können? Er rief sich jede Erinnerung seit dem Zeitpunkt, als er Connellys Büro betreten hatte, wieder ins Gedächtnis und suchte nach Mustern und Verbindungen. Dabei entdeckte sein Verstand ein paar interessante Möglichkeiten, die sein Bewusstsein später näher untersuchen musste. Es waren, um genau zu sein, äußerst *interessante Möglichkeiten.*

Nachdem er sich ein paar weitere Minuten auf dieses Thema konzentriert hatte, stieg konstant die Wahrscheinlichkeit, dass er sich auf der richtigen Spur befand. Noch gab es allerdings zu viele Unbekannte in der Gleichung, um wirklich sicher sein zu können. Immerhin war er überzeugt genug davon, dass sich seine Hypothese beweisen ließ und er entsprechend planen musste.

In der Zwischenzeit, so beschloss er, wollte er eine andere Entdeckung weiterverfolgen, die er gemacht hatte; und zwar eine, die er in seine Analyse bereits integriert hatte. Um das zu erreichen, musste er unzählige Billionen seiner eigenen Antikörper und Lymphozyten in eine andere Richtung steuern. Er fragte sich, ob seine neu gewonnene Fähigkeit, sein vegetatives Nervensystem zu kontrollieren, sich auch auf das Immunsystem erstreckte. Es gab nur eine Möglichkeit, das herauszufinden.

Sam lächelte und tippte sich mit dem Zeigefinger an die Schläfe. »Während Sie bewusstlos waren«, erklärte er hämisch, »habe ich mir die Freiheit genommen, Ihnen eine winzige überlistungssichere Kapsel in Ihren Schädel einzupflanzen. Mit einer Explosionsladung. Die Ladung ist nicht unbedingt sehr wirkungsvoll, das muss ich zugeben. Um Ihr Gehirn in eine unbrauchbare Flüssigkeit zu verwandeln, dafür reicht sie allerdings allemal aus.«

Kiras Augen weiteten sich alarmiert. Der anhaltende durchdringende Schmerz dieser kleinen Operation, die offensichtlich ohne Narkose durchgeführt worden war, sorgte dafür, dass Sams Worte noch erschreckender wirkten.

»Ich habe alles so eingestellt, dass die Kapsel um zehn Uhr abends in unserer Zeitzone explodiert. Und sie wird explodieren – es sei denn, dass ich vorher das entsprechende verschlüsselte Signal von meinem Handy aus sende. Dieses Signal setzt den Timer zurück auf zehn Uhr am nächsten Morgen und immer so weiter. Es sorgt für eine Verschiebung um jeweils zwölf Stunden. Sie ahnen, worauf ich damit hinauswill?«

Miller schaute ihn an, antwortete jedoch nicht.

»Ihre Chancen zu entkommen sind ohnehin minimal. Aber ich bin ein vorsichtiger Mann, und Ihre Geschichte ist beeindruckend. Dieses kleine Gerät dient dazu, dass ich ganz sichergehen kann. Falls Ihnen doch ein weiteres Wunder gelingt und Sie fliehen können oder eine Gelegenheit finden, mich umzubringen …« Er unterbrach sich. »Sie sehen also, sollte ich auf irgendeine Weise ums Leben kommen, bevor Sie mir Ihr Geheimnis verraten, haben Sie noch genau so lang Zeit, bis es zehn Uhr ist, morgens oder abends. Und noch eines – mit meinem Tod läuft der Plan mit der Zwangssterilisation automatisch an. Selbst wenn es Ihnen irgendwie gelingen sollte, mich zu töten und zu entkommen, direkt nachdem ich den Timer umgestellt habe, stehen Ihnen nur zwölf Stunden zur Verfügung, um diese Welle aufzuhalten. Selbst mit Ihren Fähigkeiten und selbst wenn Sie die mehrfache Dosis Ihrer Therapie nehmen, wird Ihnen das in so kurzer Zeit nicht gelingen.«

»Sie bluffen doch nur«, bemerkte Kira mutig, obwohl sie innerlich zitterte. »Wenn Sie mir eine Bombe ins Gehirn pflanzen, riskieren Sie meinen Tod – und dann erfahren Sie nie, wie Sie Ihr Leben verlängern können. Was Sie sich doch so sehr wünschen.«

Sam schüttelte den Kopf. »Oh nein, da besteht überhaupt kein Risiko. Ich werde den Timer sehr sorgfältig alle zwölf Stunden neu einstellen, solang ich mich bester Gesundheit erfreue. Sie sterben erst, wenn ich schon tot bin. Und dann würde mir ja auch ein Jungbrunnen wenig helfen.«

»Überhaupt kein Risiko?«, spottete Miller. »Sie sind noch verrückter, als ich dachte. Was ist, wenn der Empfänger nicht reagiert? Und was, wenn das Signal nicht stark genug ist, in diesen Keller und in meinen Kopf einzudringen? Was glauben Sie überhaupt – wie viele Balken Empfang haben Sie in meinem Schädel?« Angewidert verzog sie die Lippen. »Nehmen Sie das Ding raus!«

Sams Augen brannten und zeigten nur zu deutlich seine Wut darüber, dass sie so herablassend mit ihm sprach. Doch das dauerte nur einen Augenblick, und schon lächelte er wieder ganz ruhig. »Machen Sie sich keine Sorgen. Sicherheitshalber sind in dem Gerät zwei Empfänger angebracht. Und während die Sprengladung sich ein paar Zentimeter tief in Ihrem Gehirn befindet, liegen die Empfänger nur Millimeter unter der Hautoberfläche. Und es sind Empfänger der nächsten Generation. Der Öffentlichkeit stehen sie in frühestens einem Jahr zur Verfügung. Für Sie habe ich nur das Beste gewählt, meine Liebe. Sie könnten in einem Kohlebergwerk in West Virginia Ihren Kopf in einen Kühlschrank stecken, und das Signal würde Sie erreichen.«

Kira schwieg.

»Lassen Sie uns jetzt einmal Ihre Möglichkeiten durchgehen«, fuhr Sam fort. »Option Nummer eins: Sie verraten mir Ihr Geheimnis sofort, und alle Frauen behalten ihre Fortpflanzungsfähigkeit. Ich entferne die Ladung aus Ihrem Kopf, und Sie können ein Leben in Luxus führen. Zugegeben, Sie werden intensiv überwacht, aber in Luxus. Dann arbeiten Sie einfach für mich weiter an der Unsterblichkeit.«

Er lächelte hinterhältig. »Option zwei: Sie sagen nichts, die derzeitige Generation ist die letzte in der Geschichte der Menschheit, und am Ende verraten Sie mir die Koordinaten doch und arbeiten an der Unsterblichkeit.«

In Kiras Augen standen Hass und Abscheu. »Wie ich schon sagte«, zischte sie. »Ich muss wissen, ob Sie wirklich das erreichen können, was Sie da behaupten, bevor ich eine Entscheidung treffe.«

Sam nickte. »Ich werde dafür sorgen, dass Sie alle Beweise haben, die Sie brauchen.«

36

Desh erkannte, dass es langsam Zeit wurde, seine hohe Intelligenz auf das Problem zu richten, wie sie entkommen konnten. Auch wenn man ihm seine Uhr weggenommen hatte und er lange Zeit bewusstlos gewesen war, nachdem er das letzte Mal auf die Uhr geschaut hatte, wusste er doch genau, wie spät es war – kurz vor zehn Uhr abends. Sams Diskussion hatte zu einem in gewisser Weise logischen Schluss geführt. Er musste den Keller bald verlassen und die Sprengfalle in Kiras Kopf neu einstellen. Ohne Zweifel plante er, das Gespräch kurz vor diesem entscheidenden Zeitpunkt zu beenden, um einen noch dramatischeren Effekt hervorzurufen.

Wenn Sam ging, ließ er sie allein und gefesselt im Keller zurück. Oder würde er für eine direkte Überwachung sorgen? Deshs Gedanken rasten durch die Wahrscheinlichkeiten und Möglichkeiten, erwog und verwarf Dutzende von Strategien. Dann stürzte sich sein Verstand auf eine, von der er glaubte, dass sie gute Erfolgsaussichten hatte. Dafür musste er allerdings mit einem Wesen der extrem beschränkten und langsamen Spezies Homo sapiens kommunizieren. Was bedeutete, er musste sich eine virtuelle Persönlichkeit des alten Desh schaffen, sozusagen einen Avatar, damit er auf dieser verzögerten Ebene funktionieren konnte, ohne Verdacht zu erwecken.

Sams Armbanduhr gab eine Reihe von hohen, schrillen Pieptönen von sich. Er lächelte befriedigt, drückte einen Knopf an der Uhr, und das Piepen hörte auf. »Ich fürchte, ich muss jetzt gehen, meine Liebe«, sagte er zu Kira. »Ein Helikopter wartet auf mich.

Und es ist bereits zwanzig vor zehn. Sie waren ziemlich lang bewusstlos. Bevor ich aufbreche, muss ich also das Gerät in Ihrem Kopf neu einstellen. Wenn nicht …« Er breitete die Hände aus. »Nun, lassen Sie uns einfach sagen, dann geschieht etwas, das niemand von uns will.«

Er blaffte einen Befehl. Sekunden später kamen drei Männer in ziviler Kleidung mit Betäubungswaffen in den Keller. Unter anderen Umständen wären sie mit Schnellfeuergewehren bewaffnet gewesen, doch Sam wollte kein Risiko eingehen, dass etwas schiefging und in Kiras Tod resultierte.

Sam wies auf Smiths Leiche in der Blutlache. »Sobald ich im Hubschrauber sitze, rufe ich ein Aufräumkommando«, informierte er die Neuankömmlinge. Er gab keine Erklärung für den Leichnam ab, und die Männer fragten auch nicht danach.

Nun deutete Sam auf den größten der drei. »Während ich weg bin, hat Jim hier das Kommando«, verkündete er. »Er wird sich gut um Sie beide kümmern«, fügte er grinsend hinzu. Dann wendete er sich an Desh. »Mister Desh, ich bin morgen früh zurück, um Sie zu befragen. So gerne ich Ihnen auch einen Finger nach dem anderen abschneiden und Sie halbtot prügeln würde – ich fürchte, die Wahrheitsdrogen sind heutzutage einfach zu gut und machen so etwas völlig überflüssig.« Mit einem enttäuschten Seufzen ergänzte er: »Ich bin mir aber sicher, unsere Sitzung wird trotzdem sehr interessant verlaufen.«

Zu Miller sagte er: »Und was Sie angeht, meine Liebe, Sie haben bald alle Informationen, die Sie brauchen, um den Sterilisierungsvirus überprüfen zu können.«

Er schaute sich einmal im Keller um. »Jim, wenn das Mädchen sich erleichtern muss«, erklärte er anschließend belustigt, »gehen Sie mit ihr zusammen ins Badezimmer, und einer steht als Wache draußen. Sie werden auch nicht wegschauen, während sie ihr Geschäft erledigt. Was Desh betrifft, falls er mal muss«, er zuckte die Achseln, »soll er sich einfach in die Hose machen.«

Nach diesen Worten ging Sam zur Treppe. Dort drehte er sich noch einmal um. »Noch eine letzte Sache, Dr. Miller. Warten Sie auf drei hohe Pieptöne in wenigen Minuten. Das zeigt Ihnen an, dass ich Ihren Timer neu eingestellt habe.« Er grinste. »Ich finde es sehr rücksichtsvoll von mir, dass ich Ihnen eine solche akustische Bestätigung biete. Ich versuche alles, um Ihre Belastung so gering wie möglich zu halten, bis Sie endlich zur Vernunft gekommen sind.«

»Ja, Sie sind ein wahrer Menschenfreund!«, erwiderte Kira bitter. Sie zögerte. »Schauen Sie, wir sind an eine Betonwand gefesselt. Brauchen wir da wirklich zusätzlich auch noch drei Wachen?«

Das schien Sam sehr zu amüsieren. »Allein schon die Tatsache, dass Sie diese Frage stellen, beweist mir, wie notwendig das ist.« Noch einmal schaute er auf seine Uhr, dann eilte er die Stufen nach oben.

Die drei Wachen verteilten sich gleichmäßig im Keller.

Der Blick, den Miller Desh zuwarf, zeigte absolute Verzweiflung. Aus dieser Situation gab es keinen Ausweg. Moriarty oder Sam oder wie auch immer er hieß, hatte gewonnen. Er hielt sie mit einer Sprengladung im Kopf in Schach und hatte der gesamten Menschheit als Spezies das Messer an die Kehle gesetzt. Die Lage war hoffnungslos.

Desh zwinkerte ihr zu. Die Bewegung war so blitzschnell, dass sie sie beinahe verpasst hätte, aber sie war unverkennbar. Verwirrt legte sie die Stirn in Falten. Was wusste Desh, das ihr entgangen war?

Es wurde Zeit. Desh wies Schweißtropfen an, aus den Poren in seinem Gesicht auszutreten. In weniger als einer Minute waren seine Stirn und Wangen feucht. Gleichzeitig wich das Blut aus seinem Gesicht und seinen Lippen. Er stöhnte leise.

Das Stöhnen brachte eine Wache dazu, Desh forschend zu betrachten. »Himmel«, sagte er zu den anderen. »Der Kerl schwitzt wie ein Schwein. Er sieht todkrank aus.«

»Ich brauche einen Arzt«, keuchte Desh. Die Avatar-Persönlichkeit, die er geschaffen hatte, sagte die Worte nervenzerreißend langsam.

Kira versuchte fieberhaft, den Sinn hinter dem zu erkennen, was gerade geschah. Hätte er ihr nicht vorher zugezwinkert und wäre alles nicht viel zu schnell gekommen, hätte sie vermutet, dass er gerade einen massiven Fieberschub hatte. Aber unter den Umständen musste er das alles geplant haben. Andererseits, ihm stand wirklich der Schweiß im Gesicht; dabei befanden sie sich in einem kühlen, trockenen Keller. Niemand konnte es vortäuschen zu schwitzen. Das konnte nicht fingiert sein. Es sei denn …

Sie blickte an sich herab und unterdrückte einen Ausruf. Das Medaillon war verschwunden.

Ihre Augen weiteten sich.

Der Kerl mit dem Namen Jim, der zwischen seinen beiden Kollegen stand, betrachtete Desh und fühlte sich sichtlich unbehaglich. »Was ist los mit Ihnen?«

»Weiß nicht«, murmelte Desh schwach. »Muss kotzen. Badezimmer. Bitte!«

»Das ist ein Trick«, sagte der Bewacher, der Desh am nächsten stand. »Es muss ein Trick sein!«

»Was für eine intelligente Schlussfolgerung!«, spottete Kira und verdrehte die Augen. »Können Sie nicht sehen, wenn jemand Fieber hat? Wie soll das ein Trick sein?« Empört schüttelte sie den Kopf. »Schauen Sie ihn doch an! Das kann man nicht vortäuschen.«

Desh ließ den Kopf hängen und schluckte einige Male, als ob er gegen einen Würgereflex ankommen müsste.

»Noch ein bisschen, und er hat sich komplett vollgekotzt«, drängte Miller. »Haben Sie etwa Lust, die ganze Nacht in dem Gestank zu verbringen? Und glauben Sie, Ihr psychotischer Chef wird sich darüber freuen, wenn er zurückkommt?«

Jim runzelte unsicher die Stirn. »Ken«, sagte er dann und deutete auf den Mann vor Desh, »mach ihn los. Und bring ihn ins Badezimmer.«

Ken zögerte.

»Nun mach schon!«, blaffte Jim.

Desh stöhnte, als Ken sich ihm näherte. Aus seinem Gürtel zog der Kerl ein Kampfmesser. Die beiden anderen Wachen hielten die

Waffen auf Desh gerichtet. Ken schnitt hinter ihm durch das hartnäckige Plastik des Kabelbinders, der zu Boden fiel. Dann schob er das Messer wieder in seinen Gürtel.

Desh grunzte vor Schmerz, erhob sich ungelenk, beugte sich vor und hielt sich den Bauch. Er warf einen Blick auf die beiden anderen Wachen. Ken begleitete ihn zur Treppe. Auf halbem Weg klappte er abrupt halb zusammen, mit einem Geräusch, als ob er gerade sämtliches Essen der letzten Tage von sich geben würde.

Alle Wachen schauten angeekelt beiseite, nur einen kurzen Augenblick lang.

Desh griff an. Er schnappte sich Kens Messer mit einer Geschwindigkeit und Präzision, die er im Normalzustand niemals nachahmen könnte, und warf es mit einer fließenden, zielsicheren Bewegung nach der Wache, die am weitesten von ihm entfernt stand. Die Klinge grub sich tief in die Brust des Mannes. In demselben Augenblick, in dem er das Messer geworfen hatte, riss Desh auch schon Ken herum und direkt in den Weg des Betäubungspfeils, den Jim abgeschossen hatte. Dann stieß er den menschlichen Schutzschild nach vorn, direkt auf Jim, der sich in Bewegung gesetzt hatte. Brutal schob der seinen betäubten Kollegen beiseite. In den Sekundenbruchteilen, die er dadurch abgelenkt war, warf sich Desh auf ihn. Nach einem gewaltigen Tritt gegen Jims Arm flog dessen Waffe zu Boden. Jim versuchte sich an einem Handkantenschlag gegen Deshs Kehle, kombiniert mit einem Hieb gegen seine Nase, doch Desh konnte beide Angriffe spielend leicht abwehren. Er hatte die Körpersprache des Mannes so exakt gelesen, dass er dessen Absichten geahnt hatte, noch bevor sie ihm selbst bewusst wurden.

Jetzt studierte er die defensive Haltung von Jim und sah eine Möglichkeit. Er wirbelte herum, hob das Bein, drehte sich im Kreis und traf ihn mit dem Tritt direkt gegen die Brust. Das warf den Mann zurück gegen die Treppe, genauso, wie Desh das geplant hatte. Er hatte alles exakt abgezirkelt, um Jim mit dem Hinterkopf direkt auf einer Stufe landen zu lassen. Anschließend lag die Wache bewusstlos am Boden – Deshs Berechnungen hatten gestimmt.

Rasch nahm Desh die Betäubungswaffe von Jim auf und kauerte sich unter die offene Treppe. Wie er vermutet hatte, stürzte sofort der Mann, der oben Wache gehalten hatte, in den Keller, mit einem Maschinengewehr im Anschlag. *So viel zum Thema keine tödliche Gewalt*, dachte Desh.

Der vierte Mann machte seine Arbeit gut. Mit seiner Waffe deckte er die Treppe und den gesamten Keller ab. Er sah Kira, noch immer gefesselt, und vier Körper bewegungslos auf dem Boden. Er bemerkte keine Bewegung. Was signalisierte, dass sein Gegner sich unter der Treppe versteckte, wie er sofort erkannte.

So schnell diese Erkenntnis auch kam – sie kam zu spät.

Ganz gemütlich schickte Desh ihm durch den Bereich zwischen zwei Stufen einen Betäubungspfeil ins Bein. Sofort brach der Kerl zusammen und rutschte vier Stufen herunter, bevor er liegenblieb.

Desh war Experte in verschiedenen Nahkampfarten. Langjährige Übung hatte seine Bewegungen ebenso präzise wie blitzschnell gemacht. Und das war schon so gewesen, bevor sich sein Verstand ins Unendliche gesteigert hatte. Mit dieser unglaublichen Beschleunigung seiner Gedanken waren ihm selbst die schnellsten Bewegungen der Wachen vorgekommen wie in Zeitlupe. Die anderen waren ihm zahlenmäßig vier zu eins überlegen gewesen. Er wusste, es war kein fairer Kampf gewesen – für die Wachen …

Desh hastete zu Miller. Gerade als er sie befreite, waren drei laute, grelle Pieptöne zu hören, die direkt aus ihrem Schädel kamen. Sie fuhr erschrocken zusammen. Desh zeigte keine Reaktion.

Perfekt, dachte er. Sein Timing war absolut exakt gewesen. Er gab dem Schweiß die Anweisung, nicht mehr aus seinen Poren zu strömen, und versetzte auch seinen Blutkreislauf wieder in den Normalzustand. Rasch bekam sein Gesicht wieder Farbe. Kurz überlegte er, ob Kira wohl in der Lage war, seinen Worten zu folgen, wenn er in der Geschwindigkeit sprach, zu der es ihn drängte, doch das schloss er aus. So intelligent sie auch war, er brauchte noch immer seinen Avatar, das Scheinbild seines alten Selbst.

»Sind Sie sicher, dass Sie fliehen wollen?«, fragte er. »Sie sind darauf angewiesen, dass Sam den Sprengsatz morgen früh um zehn wieder zurücksetzt.«

Trotzig nickte Kira. »Lassen Sie uns so schnell wie möglich von hier verschwinden«, erklärte sie.

Desh nahm ihre Hand und führte sie den Hindernisparcours aus überall verteilten Körpern entlang nach oben. Sam hatte erklärt, es seien vier Wachen im Haus. Allerdings hatte Desh nicht vor, sich darauf zu verlassen. Vorsichtig schaute er um die Kellertür herum. Er war sich sicher, dass seine beschleunigte Reaktionszeit es ihm ermöglichen würde, jedem Hinterhalt zu begegnen.

Es gab keinen.

Sie fanden sich in der Küche wieder. »Warten Sie hier«, sagte Desh.

Noch bevor Miller antworten konnte, war er davongeeilt. Er ging durch das Haus und vergewisserte sich, dass sie allein waren. Wenige Minuten darauf war er zurück. »Ich will die Männer unten noch durchsuchen. Ich glaube zwar nicht, dass sie etwas bei sich tragen, das sie identifizieren könnte, aber der Versuch ist eine halbe Minute wert.«

In Windeseile stürzte Desh zurück in den Keller. Dabei schloss er leise die Tür hinter sich. Er zog das Messer aus der Brust des einen Mannes und überprüfte seinen Puls. Er war tot. Desh kniete sich neben die anderen drei nur bewusstlosen Männer und schnitt ihnen mit einer raschen Bewegung die Kehle durch. Dabei achtete er sorgfältig darauf, dass kein Blut auf seine Kleidung spritzte.

Anschließend isolierte er die Erinnerung an diese Szene und schuf ein vorübergehendes Funkloch in seinem Verstand. So blieben die Morde verborgen, wenn er in seinen weit unterlegenen Normalzustand zurückkehrte, und belasteten ihn nicht unnötig. Ihm war klar, die emotionale Version seiner Person ohne diese massive Steigerung der Intelligenz konnte den Mord an hilflosen Männern nicht gutheißen.

Dieser andere Desh war wirklich ein Idiot!

Die verbesserte Ausgabe hatte gerade sichergestellt, dass Sam von diesen Männern keine Informationen mehr darüber erhalten konnte, wie sie entkommen waren. Sie mussten Sam so weit wie möglich aus dem Gleichgewicht bringen. Je verwirrter er war, je mehr ihre scheinbar unerklärliche Flucht ihn beunruhigte, desto besser standen ihre Chancen.

Es stand einfach zu viel auf dem Spiel, um zimperlich zu sein.

37

»Hatten sie etwas bei sich?«, erkundigte sich Kira, als Desh ins Erdgeschoss zurückkehrte.

Er schüttelte den Kopf.

»Das dachte ich mir«, sagte sie. »Aber ich habe gute Nachrichten – ich habe alle unsere persönlichen Dinge und unsere Handys in einer Schublade gefunden.«

Dankbar nahm Desh seine Armbanduhr und sein Handy entgegen. »Gut gemacht«, lobte er sie und legte die Uhr wieder an.

Der Teil von Deshs Verstand, der sich darauf konzentrierte, das Scheinbild seines langsamen Selbst aufrechtzuerhalten, wartete ungeduldig, dass die anderthalb Sekunden vergingen, bis Kira antwortete. Der Rest seines Intellekts war in rasender Geschwindigkeit unterwegs und verfolgte mehrere Gedankengänge gleichzeitig. In einem davon ging es um ihre Flucht. Als Teil seiner allgemeinen Ausbildung, mit dem zu überleben, was verfügbar war, hatte er auch gelernt, ein Auto kurzzuschließen. Er fand die entsprechende Erinnerung und verstärkte sie für den Fall, dass er sich wieder in einen ahnungslosen Kürbis verwandelte, bevor er ein geeignetes Fahrzeug gefunden hatte.

»Wir müssen los«, drängte Miller entschlossen. »Wir müssen diesen geisteskranken Mistkerl stoppen, und wir haben nicht viel Zeit.«

Nahezu gleichzeitig ging Desh die bestehenden Wahrscheinlichkeiten durch. Die Wahrscheinlichkeit, dass man ihnen Sender oder Wan-

zen an der Kleidung oder den persönlichen Dingen angebracht hatte. Die Wahrscheinlichkeit, dass hier ein Gerät zum Aufspüren davon zur Verfügung stand. Die Chancen, dieses Gerät hier zu finden und die Zeit, die sie dafür benötigen würden. Das Risiko, das mit jeder Sekunde wuchs, die sie im Haus verbrachten. Alle diese Angaben fasste er zu einer komplizierten Gleichung zusammen, die er im gleichen Moment löste, in dem er sie aufgestellt hatte: Ein bestimmtes Verhalten war optimal – allerdings nur gerade so. Er übertrug das Ergebnis auf seine Marionettenpersönlichkeit.

Desh hob die Hand. »Noch nicht. Sam hielt eine Flucht für ausgeschlossen. Mein Bauchgefühl sagt mir also, er hat uns keine Wanzen oder Sender untergeschoben. Die Wahrscheinlichkeit spricht dafür, dass er Ihnen diesen Sprengsatz nur eingepflanzt hat, um sicherzugehen und Sie einzuschüchtern. Aber wir müssen sichergehen können. Wir befinden uns in einem sicheren Versteck. Es muss hier also irgendwo ein Gerät geben, mit dem man Wanzen entdecken kann. Das müssen wir finden.«

Getrennt durchsuchten sie das Haus, so schnell sie konnten, kramten in Schränken und leerten Schubladen auf den Boden. Nur vier Minuten später hatte Desh in einem Schlafzimmerschrank einen Koffer mit Instrumenten gefunden, die sowohl Wanzen als auch Sender ausfindig machen konnten.

Rasch überprüfte er Kira und sich selbst, ebenso ihre Handys und die anderen Gegenstände, die Miller gefunden hatte. Es war alles sauber. Am Ende testete er sorgfältig die Umgebung von Kiras Kopfverband, doch ohne Ergebnis.

Nun schlichen sie sich aus dem Haus. Beide wünschten sie sich, sie wären mit Nachtsichtgeräten ausgestattet. Draußen war es stockdunkel. Nur vereinzelt schuf Licht aus anderen Häusern eine schwache Beleuchtung. Ein paar Querstraßen weiter fand Desh ein altes Fahrzeug, das sich kurzschließen ließ. Als Lichtquelle diente dabei das geöffnete Handy. Er hatte gerade die Parklücke verlassen, als ihn seine Hyperintelligenz ganz plötzlich verließ, mit einem Gefühl, als ob hundert Milliarden Gummibänder plötzlich wieder in ihre alte Form zurückschnappten.

Desh keuchte laut, als ob ihn ein Hieb in den Magen getroffen hätte.

Kira schaute zu ihm herüber und nickte wissend. »Willkommen zurück in der Welt der Geistesschwachen.«

Sein Gesicht zeigte, wie niedergeschlagen ihn das machte. »Ich komme mir vor, als ob ich plötzlich blind wäre«, flüsterte er.

»In zehn Minuten kommt Ihnen das nur noch wie ein Traum vor. Dann werden Sie es kaum noch vermissen.«

Desh forschte in seiner Erinnerung. Hatte er irgendetwas zurückbehalten? Zu seiner Erleichterung stellte er fest, dass mehrere der Ideen, die ihm im Zustand erhöhter Intelligenz gekommen waren, noch immer in seinem Bewusstsein verankert waren. Nur dass die Logik, die ihn zu diesen Überlegungen gebracht hatte, entweder verloren gegangen war oder aber seine jetzigen Fähigkeiten weit überstieg. Energisch zwang sich Desh, der verlorenen geistigen Perfektion nicht länger hinterherzutrauern. Sie hatten nicht viel Zeit.

Dann keuchte er erneut.

Er hatte sich gerade an eine andere überraschende Schlussfolgerung erinnert, die sein superkluges Alter Ego gezogen hatte: Er war in Kira Miller verliebt.

»Was ist los?«, fragte sie ängstlich.

Desh schaute sie an. Er blickte ihr in die strahlenden blauen Augen, und jetzt, wo sein höheres Ich seine Gefühle beleuchtet hatte, wurde ihm klar, es stimmte: Er war verliebt. Oder zumindest verknallt. Sein ganzes Wesen blühte auf, wenn sie in der Nähe war. Sie war wie eine Droge, von der er hoffnungslos abhängig geworden war, ohne es zu wissen oder gar sich damit einverstanden erklärt zu haben. Ein erhabener Intellekt trug seine Belohnung in sich. Aber auch das primitive Schwachhirn bot seinen Lohn, und mochte er auch selbst fabriziert sein. »Nichts«, murmelte Desh. »Tut mir leid.«

Kira schaute ihn verwundert an, bohrte jedoch nicht weiter.

Desh wusste, er könnte sich ihr wunderschönes Gesicht ewig anschauen. Sie war eine wahrhaft außergewöhnliche Frau. Jetzt war allerdings nicht der Augenblick, um solchen irrationalen Impulsen nachzugeben. Sie mussten sich nur auf eine einzige Sache konzentrieren: ihr Überleben.

Gewaltsam riss er seine Augen von ihr los und schaute auf die Straße. »Wie geht es Ihrem Kopf?«, fragte er. Auf einmal wurde ihm bewusst, wie bizarr die förmliche Anrede angesichts seiner Gefühle für sie war.

»Es wird schon besser«, antwortete sie, nicht sehr überzeugend.

Er vermutete, dass sie log, beschloss jedoch, die Sache einstweilen auf sich beruhen zu lassen. »Nachdem wir jetzt schon so viel gemeinsam erlebt haben«, erklärte er, scheinbar leichthin und doch mit Herzklopfen, »könnten wir uns eigentlich duzen.« Sie nickte ihr Einverständnis. *Genug der Abschweifung*, schalt sich Desh. Es gab andere Dinge, denen er sich widmen musste.

»Es wird nicht lang dauern, bis Sam herausfindet, was im Haus passiert ist, und uns per Satellit sucht«, erklärte er. »Wir müssen also zunächst einmal so schnell wie möglich so weit wie möglich kommen.« Er beschleunigte.

»Und danach?«

»Müssen wir das Spiel auf die nächste Ebene heben. Es wird Zeit für ein paar verzweifelte Maßnahmen. Und dafür brauchen wir Connelly.«

Prompt zog Kira ihr Handy heraus, dessen Zwilling sie den beiden anderen gegeben hatte, und klappte es auf.

»Und du bist ganz sicher, dass man dieses Signal nicht entschlüsseln kann?«, vergewisserte er sich.

»Absolut sicher«, bestätigte Kira. Sie tippte die Kurzwahl ein und reichte Desh das Telefon.

Der Colonel antwortete unmittelbar nach dem ersten Freizeichen.

»Was zum Teufel ist mit Ihnen beiden passiert?«, erkundigte Connelly sich besorgt, nachdem sie sich begrüßt hatten.

»Tut mir leid wegen der Funkstille«, erklärte Desh. »Wir hatten ein wenig Ärger, aber jetzt ist alles in Ordnung – wenigstens soweit wir das beurteilen können. Gehen Sie einfach davon aus, dass dies eine private Leitung ist. Wie ist Ihr Status?«

»Wir sind noch immer bei dem befreundeten Arzt«, antwortete Connelly. »Ich bin versorgt und abgefüllt mit Blut und Schmerzmitteln. Außerdem habe ich lang geschlafen und erhole mich sehr gut. Matt hat mir inzwischen auch alles berichtet.«

»Verstanden«, meinte Desh. »Ich habe jetzt ein sehr viel klareres Bild dessen, womit wir es zu tun haben. Ich werde Sie so bald wie möglich über alles unterrichten. Das Fazit ist, ich bin inzwischen absolut davon überzeugt, dass Kira unschuldig und unsere Verbündete ist. Aber wenn wir nicht ganz schnell reagieren, steht uns – und der ganzen Welt – eine Menge Scheiße bevor.«

»Wie schlimm ist es?«

»Schlimm genug, um mir stattdessen lieber das Ebolakomplott zu wünschen, von dem Sie mir anfangs berichtet haben.« Er wartete die Antwort des Colonels nicht ab. »Den Soldaten, die auf der Lichtung aufgetaucht sind, hat man gesagt, Sie hätten sich auf die andere Seite geschlagen. Waren es nur diese Männer, die man derart fehlinformiert hat, oder ist das ein weiter verbreitetes Gerücht?«

»Anfänglich war es das sicher nicht«, erwiderte Connelly, »aber das hat sich geändert. Sie haben den Brunnen gründlich vergiftet, um mit einer Metapher zu sprechen. Das gesamte Militär ist davon überzeugt, dass ich ein Verräter bin, und wird alles tun, um mich zur Strecke zu bringen.«

»Ich verstehe«, sagte Desh. »Sie vertrauen diesem Arzt. Gibt es jemanden irgendwo in Fort Bragg, dem Sie ebenfalls vertrauen, der einen Hubschrauber fliegen kann und auch Zugriff auf einen hat?«

Connelly überlegte. »Ja«, sagte er dann knapp.

Desh seufzte. »Lassen Sie es mich anders formulieren. Es muss jemand sein, der Ihnen auch sein Leben anvertrauen würde. Der glaubt, dass man Ihnen nur etwas in die Schuhe schieben will, und seine Karriere und sein Leben zu riskieren bereit ist, um Ihnen zu helfen.« Ganz sicher hatte Moriarty dafür gesorgt, dass die Lügen, die er über Connelly verbreitet hatte, ausreichend abschreckend und wasserdicht untermauert waren. Es forderte eine Menge Mut und Loyalität, eher einem Freund zu glauben als dem, was die militärischen Autoritäten von ganz oben verbreiteten.

Eine lange Pause entstand. »Ich bin so sicher, wie ich nur sein kann«, erklärte er ruhig. »Aber ich denke, wir werden das herausfinden.«

»Nehmen Sie alles an Waffen und anderer militärischer Ausrüstung mit, was Sie in die Finger kriegen können«, mahnte Desh. »Wir wissen nicht, was wir brauchen. Je mehr wir zur Auswahl haben, desto besser.« Nach einer kurzen Unterbrechung fügte er hinzu: »Ich will Sie wirklich nicht unter Druck setzen, Colonel – aber es ist absolut kritisch für unsere Mission, dass Sie sich den Helikopter sichern können. Ich werde Ihnen alles sagen, wenn wir uns sehen, aber glauben Sie mir – der Einsatz könnte nicht höher sein.«

»Ich habe es begriffen«, erwiderte Connelly grimmig.

»Viel Glück, Colonel«, sagte Desh. »Rufen Sie mich an, wenn Sie in der Luft sind, dann können wir einen Treffpunkt ausmachen.«

»Verstanden«, sagte Connelly ernst und beendete das Gespräch.

38

Desh fand eine Hauptstraße, auf der er zehn Minuten lang blieb, bis er einen Supermarkt entdeckte, der die ganze Nacht offen hatte. Gerade als sie auf den Parkplatz fuhren, kam ihnen ein viertüriger Chrysler mit einem Unfallschaden entgegen, voller Teenager, das Radio mit dröhnendem Hip-Hop auf eine Lautstärke gestellt, die jedes Trommelfell in der Nähe sofort in Gefahr brachte. Ansonsten war der Platz leer.

Sie betraten den ebenso verlassenen Laden. Kira besorgte sich ein Schmerzmittel und nahm die doppelte Menge der empfohlenen Höchstdosis. Desh kaufte eine Packung Donuts mit dickem Zuckerguss. Zwei der Donuts hatte er schon vertilgt, bevor er dafür auch nur bezahlt hatte. Er verschlang sie, als ob sein Leben davon abhinge. Er musste unbedingt für Nachschub an Zucker sorgen, sein Gehirn hatte im Hyperantrieb alles aufgebraucht, was in seinem Körper vorhanden gewesen war. Der glykämische Index von Donuts – die Geschwindigkeit, mit der sie im Blut Glukose freisetzen – ist nicht nur in amerikanischen Krimis geradezu legendär.

Nachdem er bezahlt hatte, stopfte sich Desh auch den Rest der Donuts in den Mund, als müsse er einen Wettbewerb im Schnellessen gewinnen, und spülte dann alles mit einem isotonischen Getränk herunter. Vom Kassierer erfuhren sie, dass sie sich etwa achtzig Kilometer östlich von Lancaster in Pennsylvania befanden. In Richtung dieser Stadt fuhren sie davon.

Nachdem Desh nun auch seine Erfahrung mit der Gentherapie gemacht hatte, war Kira begierig darauf, sich mit ihm darüber auszutauschen. Nicht lang und ihre Unterhaltung wandte sich den Theorien von Desh zu, wie die Gehirnoptimierung sicher und gefahrlos zum Nutzen der Zivilisation eingesetzt und der Weltraum erobert werden könnte, um zu verhindern, dass eine mögliche Lebensverlängerung in einer Katastrophe endete.

Inzwischen verstand Desh nur zu gut, wovor Kira sich gefürchtet und warum sie ihrer eigenen Therapie abgeschworen hatte. Er hatte sich der Behandlung nur ein einziges Mal unterzogen, und schon hatte sein ebenso grenzen- wie skrupelloser Intellekt damit begonnen, sein ansonsten angeborenes Mitgefühl zu verdrängen und die emotionale Bindung zu kappen, die er für den Rest der Menschheit empfand. Seine Sorge um das Wohlergehen anderer hatte sich dramatisch verringert.

Aber das konnte man steuern und begrenzen. Ebenso wie die Hyperintelligenz nur eine Stunde anhielt, waren auch die antisozialen Wirkungen zeitlich begrenzt. Sobald die Struktur des Gehirns wieder in den Normalzustand zurückkehrte, zeigte sich auch wieder die wahre Natur des betreffenden Menschen. Sofort beherrschten ihn wieder Gefühle und Mitleid und Selbstlosigkeit, als ob es nie anders gewesen wäre. Einem Einzelnen konnte man mit der Macht dieser Therapie nicht trauen – aber einem Team schon. Solang es sorgfältig ausgewählt war. Desh setzte Kira seine Vision auseinander. Und konnte es sich nicht verkneifen, darauf hinzuweisen, dass auch Frodo bei seiner Aufgabe schließlich nicht allein gewesen war.

Desh hätte Connelly jederzeit sein Leben anvertraut, und er spürte instinktiv, dass Griffin ebenfalls ein guter Mensch war. Wenn Connelly sich für den Piloten verbürgte, den er sich jetzt – hoffentlich – sicherte, war Desh bereit, auch dem zu trauen, wenigstens für den Moment. Ob es ihm gefiel oder nicht, sie fünf waren ohnehin schon mitten drin im Spiel und das Kernteam in Deshs Vision. Alle anderen, die danach wegen ihrer Fähigkeiten oder Kenntnisse noch rekrutiert wurden, musste man sorgfältig unter die Lupe nehmen. Auf der ersten Ebene konnte das so geschehen, wie Kira ihn überprüft hatte: indem man alles studierte, was Computer über diese Menschen zutage förderten. Nachdem sie diesen Eingangstest bestanden hätten, würden mögliche Kandidaten weiter durchleuchtet, und zwar, wie schon auf der ersten Stufe, ohne ihr Wissen. Dabei war Desh sich sicher, dass er im Zustand gesteigerter Intelligenz mit seinem enorm verbesserten Verständnis für die Nuancen des menschlichen Verhaltens und der Körpersprache in der Lage war, einen narrensicheren Detektor zu entwerfen, der nicht nur nach Lügen fragte, sondern auch nach Absichten. Nach angeborenen Werten. Alle, die auch diesen zweiten Test bestünden, könnte man in das Team aufnehmen.

Eine unbedingte Regel musste es sein, dass immer nur jeweils ein Teammitglied der Behandlung unterzogen wurde, und zwar unter Sicherheitsbedingungen, die das Gold in Fort Knox vor Neid erblassen ließen. Desh war sich ganz sicher, dass die Menschen, die beide Teststufen überstanden hätten, diese Vorsichtsmaßnahmen nicht nur begrüßen, sondern sogar darauf bestehen würden. Sie würden unbedingt gewährleisten wollen, dass ihre superintelligenten Alter Egos nicht entkommen könnten, um Dinge zu tun, die sie sofort bereuen müssten, sobald sie wieder in ihre geistig beschränktere Normalität zurückgekehrt wären.

Das ständig wachsende Team, vielleicht in einem privaten Unternehmen organisiert, müsste absolute Geheimhaltung schwören und von dem Bestreben angetrieben sein, der Menschheit zu helfen, statt von Macht- oder Geldgier. Die anfänglichen Überprüfungen könnten das sicherstellen. Unter diesen Umständen war mit enormen Verbesserungen für die menschlichen Umstände zu rechnen. Wirtschaftswissenschaftler mit erhöhter Intelligenz könnten revolutionäre Strategien aufstellen, um den Ländern aus der Dritten Welt zu Selbstständigkeit und Fortschritt zu verhelfen. Physiker könnten eine saubere Energie entwickeln, die zu einem Bruchteil der derzeitigen Kosten zur Verfügung gestellt werden könnte. Ärzte könnten Behandlungen und Operationen ersinnen, um Menschen zu heilen, die jetzt noch zu Leiden und Tod verurteilt waren.

Dabei müsste sich das gesamte Team der Lektion immer bewusst sein, die man von König Midas lernen konnte. Ihre bahnbrechenden Erfindungen müssten mit großer Gründlichkeit auf unbeabsichtigte und möglicherweise katastrophale Folgen hin analysiert werden, wie sie beispielsweise Kiras Therapie zur Verzögerung des Altersprozesses haben konnte.

So könnte das Team die Zivilisation voranbringen, und alle Gewinne, die sie mit ihren Erfindungen machten, könnten in die Entwicklung und Realisierung neuer, von hochintelligenten Köpfen ersonnener Konzepte fließen. Die Ergänzung durch ausgewählte Spitzentalente müsste sich fortsetzen, für eine zunehmende Expansion der Wissensbasis des Teams sorgen und die Grenzen für dieses Wissen ständig erweitern. Nahezu von Anfang an sollte ein Bereich der Forschung und Entwicklung sich, unterstützt durch massive Ressourcen, auf revolutionäre Antriebssysteme stürzen, um eine unbegrenzte Anzahl von bewohnbaren Planeten in die Reichweite der Menschheit zu bringen. Ebenso wie das Geschenk eines verlängerten Lebens in ihre Reichweite gebracht würde.

In der Zwischenzeit könnte Kira mit einer Gruppe von Biologen und Psychologen daran arbeiten, einen Weg zu finden, den Kern der Menschlichkeit auch dann zu erhalten, wenn die Intelligenz eines Menschen ins Maßlose gesteigert würde. Es musste möglich sein, nicht nur den Intellekt zum Sprung auf ein völlig neues Niveau ansetzen zu lassen, sondern auch die Fähigkeit zur Selbstlosigkeit. Er konnte – wollte – einfach nicht glauben, dass grenzenlose Intelligenz und Mitgefühl nicht nebeneinander existieren konnten. Und wenn jemand einen Weg finden konnte, um das zu erreichen, dann Kira.

Zuerst war Kira skeptisch, doch je detaillierter Desh ihr seine Vision schilderte und je mehr ihrer Bedenken er ausräumte, desto mehr faszinierte sie der Gedanke. Es war ein utopischer Traum. Aber solang die Mr Hydes, die sie erschufen, unter diversen strengen Sicherheitsvorkehrungen und unter der Kontrolle der Dr. Jekylls standen und eine absolut sichere Überprüfungsmethode entwickelt werden konnte, war es nicht ausgeschlossen, dass sie ihren

Traum wahr machen konnten. Am Ende hatte Desh Kira davon überzeugt, dass er recht und sie das Handtuch zu früh geworfen hatte.

So sehr sich allerdings Desh bewusst war, wie atemberaubend und ehrgeizig seine Vision war, die er aus dem Zustand gesteigerter Intelligenz mitgebracht hatte – an ihrer derzeitigen nüchternen Realität änderte dies nicht das Geringste. Sie wurden gejagt und waren auf der Flucht. Kira hatte man eine Sprengkapsel in den Kopf gepflanzt, und ihr blieb nur noch wenig Zeit. Wenn es ihnen nicht gelang, Moriarty zu besiegen, blieb seine utopische Vision nichts als ein flüchtiger Traum.

Sie waren fast eine Stunde gefahren, als Kiras Handy klingelte. Desh nahm einen tiefen Atemzug und meldete sich. Wie erwartet, war es der Colonel, und zwar mit guten Nachrichten. Er befand sich bereits in der Luft. Sein Freund, Major Ross Metzger, hatte ihn nicht im Stich gelassen.

Connelly übergab Metzger das Handy. Er und Desh begrüßten sich. Desh gab seinem tief empfundenen Dank Ausdruck und nannte ihren Standort in der Nähe von Lancaster. Metzger befragte den Bordcomputer und schlug kurz darauf einen geeigneten Treffpunkt vor. Wenn sie der Straße 283 in Richtung Elizabethtown folgten, würden sie direkt hinter der Stadtgrenze auf eine Hochschule treffen. Der Hubschrauber konnte dort auf dem Footballfeld landen.

Vierzig Minuten später entdeckte Desh die Schule. Er parkte auf dem Lehrerparkplatz, und sie gingen den kurzen Weg zum Spielfeld. Im gestohlenen Wagen war keine Taschenlampe gewesen. Ihre Sicht war in der extrem dunklen Nacht ohne Mondlicht gewaltig eingeschränkt. Sie verkrochen sich unter der offenen Tribüne und warteten. Selbst per Helikopter brauchte Metzger eine ganze Weile, um von Fort Bragg aus hierherzugelangen, wahrscheinlich etwa eine weitere Stunde.

Unwillkürlich musste Desh lächeln. Das war nicht das erste Mal, dass er mit einem hübschen weiblichen Wesen unter der Tribüne steckte. Allerdings war es das erste Mal, dass er das als

Erwachsener erlebte. Und das erste Mal mit einer so bemerkenswerten Frau. Der Wunsch, sie in die Arme zu nehmen, war beinahe übermächtig. Doch wütend auf sich selbst unterdrückte er den Impuls. Die gesamte Zivilisation näherte sich unaufhaltsam einem Scheideweg, wo es in einer Richtung direkt in den Himmel ging und in der anderen ebenso direkt in die Hölle. Wie er sich verhielt, konnte mitbestimmen, wer die Weichen stellte. Was für ein Nachruf: Die Zukunft der Menschheit wurde zerstört, weil dieser Mann, der in der Lage war, die Bedrohung aufzuhalten, sich von seinen verliebten Gefühlen überwältigen ließ und den Kopf verlor …

Nach etwas, das ihnen beiden wie eine Ewigkeit vorkam, hörten sie das Geräusch des Hubschraubers am Nachthimmel. Minuten später tauchte ein langgestreckter Helikopter über dem Feld auf. Seine Proportionen erinnerten an eine Libelle. Mit viel Krach schwebte er über einer der Feldlinien und ließ sich auf dem Boden nieder. Desh und Kira sprangen auf. Sie wurden von Griffin und Connelly herzlich begrüßt. Der Hubschrauber hob sich wieder ein Stück in die Luft. Desh konnte die acht Stahlsitze und die zwei seitlichen Sitze für die Maschinengewehrschützen sehen. Doch Insassen des Hubschraubers saßen normalerweise nicht, sondern standen und hielten sich an Haltegriffen fest, um das Gleichgewicht nicht zu verlieren.

Connellys linker Arm steckte in einer Schlinge, aber ansonsten wirkte er erstaunlich fit. Griffin sah ungewohnt aus mit seinem haarlosen Gesicht – wie ein rasierter Wookiee –, doch Desh gab vor, keinen Unterschied zu bemerken.

»Himmel, Colonel«, brüllte er, um den Lärm des Hubschraubers zu übertönen. »Sie haben uns einen Blackhawk besorgt?«

»Nun, Fort Bragg sind die Harriers ausgegangen«, erwiderte Connelly trocken.

39

Jim Connelly überreichte Desh und Kira aufwändige gepolsterte schwarze Kopfhörer mit einem Mikrofonhebel. Sie legten sie an, und Connelly rückte seine Kopfhörer zurecht, die er zur Begrüßung abgenommen hatte.

Metzger saß im Pilotensitz. Er schaute über seine rechte Schulter zurück und fragte über sein eigenes Headset: »Wohin jetzt?« Er war etwa im selben Alter wie der Colonel, hatte schwarze Haare und buschige Augenbrauen.

»Hagerstown, Maryland«, antwortete Kira leise. Dennoch konnte die gesamte Gruppe sie über die Kopfhörer hören, die das Geräusch des Hubschraubers bemerkenswert gut abschirmten. »Das ist etwa einhundertzehn Kilometer nordwestlich von Washington.«

Metzger nickte, und der Blackhawk stieg nach oben. Metzger rief eine Karte auf dem Computer auf und hatte sich kurz darauf für einen Flugplan entschieden. Nachdem der Kurs eingestellt war, drehte er sich um und gab Desh und Kira die Hand.

»Wir sind Ihnen wirklich dankbar, Major«, erklärte Desh. »Meinen Sie, Sie konnten unerkannt entkommen?«

»Ich denke schon«, erwiderte der. »Ich habe die Flugprotokolle im Computer geändert, um den Diebstahl zu verschleiern. Das verschafft uns hoffentlich einen Tag Zeit. Außerdem habe ich den Transponder deaktiviert. Selbst wenn sie die unautorisierte Benutzung feststellen, können sie uns nicht sofort lokalisieren.«

»Hervorragend«, lobte Desh.

Metzger nahm das Kompliment mit einem Nicken entgegen. »Wir werden in etwa dreißig Minuten das Ziel erreichen«, erklärte er dann. »Wo sollen wir landen?«

Die vier Passagiere sahen sich gegenseitig an. Keiner hatte eine Idee. Ein Blackhawk war nicht einfach zu verbergen.

»Wir brauchen eine verlassene Gegend ohne Verkehr«, erklärte Metzger. »Denken Sie nach!«

Kira biss sich auf die Unterlippe und grübelte. Sie hatte schon viele Monate in dem Wohnwagenpark etwas außerhalb von Hagerstown gelebt. Da sollte ihr doch ein passender Ort einfallen. »Es gibt ein Schwimmbad an der nördlichen Stadtgrenze«, sagte sie. »Das wird im Herbst trockengelegt, und die Anlage ist geschlossen. Vielleicht können wir dort im tiefen Ende landen.«

Metzger schüttelte den Kopf. »Das wird nicht tief genug sein. Der Vogel hier ist fast sechs Meter hoch.«

Verdammt, dachte Kira frustriert. Sie ging weitere Möglichkeiten durch. Eingestiegen waren sie auf einem Sportfeld. Das war perfekt zum Landen – aber verbergen konnte es den Helikopter nicht. Dann lächelte sie, als ihr etwas einfiel. Football war einfach nur der falsche Sport. »Es gibt ein Baseballstadion der zweiten Liga in Hagerstown«, erklärte sie. »Von den Hagerstown Suns. Das hat über viertausend Sitze und ist von Tribünen umgeben.«

»Wie hoch reichen die Tribünen?«, fragte Metzger.

Sie hatte sich nie ein Spiel dort angeschaut, war jedoch öfter am Stadion vorbeigefahren. »Mehr als sechs Meter.«

»Und das Stadion ist außerhalb der Saison verschlossen?«

»Anders kann ich mir das nicht vorstellen«, antwortete Kira.

»Wie nahe ist das nächste Wohngebiet?«

»Es gibt keines«, entgegnete sie. »Das ist ein Industriegebiet. Da sind weder Bars noch Geschäfte, die nachts aufhaben.«

»Das klingt perfekt«, erklärte Metzger. »Wir versuchen es dort.«

Nachdem das entschieden war, bedeutete Desh Connelly, ihm nach hinten zu folgen. Die beiden Männer knieten neben zwei großen grünen Segeltuchtaschen. Connelly hatte darin verschiedene Waffen und andere Ausrüstung an Bord gebracht. Desh öffnete die erste Tasche und überprüfte den Inhalt, der seine Zufriedenheit fand: vier Kampfmesser, Plastikhandschellen, Metallhandschellen, Seil, Klebeband, sechs Taschenlampen, ein Erste-Hilfe-Koffer, ein Drahtschneider, ein Bolzenschneider und sechs Nachtsichtgeräte. Außerdem fand Desh noch mehrere Kampfwesten mit Taschen für Waffen, Ersatzmagazine und Granaten.

Im zweiten Beutel lagen verschiedene elektronische und Kommunikationsgeräte, vier HK45, vier MP5-Maschinenpistolen und ein Dutzend Blendgranaten. Man nennt diese Granaten auch Flashbangs, weil sie ein grelles Licht und einen ohrenbetäubenden Lärm gleichzeitig verursachen und so einen Gegner ein paar Sekunden lang blenden und taub, also kampfunfähig machen. Oder zumindest gewaltig durcheinanderbringen. Um die Wirkung dieser Granaten beim eigenen Team zu minimieren, gab es Augenschutz und elektronische Ohrstöpsel. Dann fand Desh noch verschiedene Rucksäcke, um alles unterzubringen.

Connelly hatte gute Arbeit geleistet und alles mitgebracht, was sie für einen Kampf brauchten.

Desh nahm seinen Kopfhörer ab und bedeutete dem Colonel, es ihm nachzutun. Er beugte sich zu ihm herüber. »Metzger hat Sie nicht im Stich gelassen«, rief er ihm direkt ins Ohr. »Aber was ich Ihnen jetzt sage, ist nur für den inneren Kreis bestimmt. Die Informationen sind so sensibel, dass ich mir damit kaum selbst traue.« Bedeutungsvoll schaute er Connelly an.

»Er ist in Ordnung«, brüllte Connelly, und dennoch konnte Desh ihn kaum verstehen. »Wir waren einmal in einem Team und haben gemeinsam Dutzende von Missionen überstanden, darunter auch ein paar, die wirklich schiefgegangen sind. Barbarisch schief. Einen besseren Mann als ihn können Sie nicht finden.«

»Integer?«, fragte Desh.

Connelly nickte. »Wir haben einmal einen kolumbianischen Drogenboss hochgenommen, nur wir beide. Der Kerl hatte einen Seidenbeutel mit Diamanten so groß wie Murmeln im Safe. Neunundneunzig von hundert Leuten hätten zumindest die Frage gestellt, wer das bemerken sollte, wenn ein paar davon fehlen. Aber Metzger nahm den Beutel, schaute hinein, warf ihn mir zu – und hat ihn nie wieder erwähnt.« Connelly schaute Desh eindringlich an. »Er ist einer von uns, David. Er ist stolz darauf, das Richtige zu tun.«

»Danke, Colonel«, nickte Desh. »Davon war ich ausgegangen, aber ich musste Sie das fragen.« Er legte den Kopfhörer wieder an, ebenso wie Connelly. Sie trugen die Segeltuchtaschen nach vorn.

Als sie noch etwa dreißig Kilometer von Hagerstown entfernt waren, verteilte Desh die Nachtsichtgeräte, und Metzger schaltete das Licht des Helikopters aus. Nun konnte man sie vom Boden aus nicht sehen. Einen Hubschrauber nur mit einem Nachtsichtgerät ausgerüstet zu fliegen ist nicht gerade etwas für schwache Nerven, aber Metzger hatte darin Erfahrung. Fünf Minuten später flogen sie über Hagerstown hinweg und Kira dirigierte Metzger zum Stadion. Er umkreiste es und landete nahe an den Tribünen.

Wie erwartet, war das Eingangstor mit einer dicken Kette und einem Schloss gesichert. Desh nahm einen Bolzenschneider, durchschnitt die Kette, und bald waren sie unterwegs.

Drei Straßen weiter standen ein paar geparkte Autos. Geschickt brach Desh in eines ein und schloss es kurz. Sie legten die Nachtsichtgeräte in eine Tasche, die beiden Taschen in den Kofferraum und stiegen ins Auto. Kira nahm den Fahrer-, Connelly wegen seiner Verletzung den Beifahrersitz, und Griffin, Desh und Metzger saßen ziemlich eng zusammengepresst hinten.

Kira fuhr los. »Nächster Halt: mein Zuhause«, verkündete sie. »Wir werden in etwa einer Viertelstunde da sein.«

TEIL SECHS

Moriarty

40

Sie parkten außerhalb des Wohnwagenparks und begaben sich leise zu Kiras luxuriösem motorisiertem Heim. Es war nun kurz vor drei Uhr nachts. Die anderen Bewohner schliefen und bemerkten ihre Ankunft nicht. Kira hatte eine Anlage gewählt, in der jeder Wohnwagen viel Platz um sich herum hatte.

Ihr eigener war über dreizehn Meter lang und fast drei Meter breit. Die Gardinen waren zugezogen, und sie machte nur wenig Licht. Trotz des beengten Raums hatte Kira das Innere geschmackvoll eingerichtet. Ein paar persönliche Kleinigkeiten und Pflanzen verliehen allem ein heimeliges Gefühl und gaben ihm den unverkennbaren weiblichen Touch. Im Wohnwagen gab es verschiedene Einbauschränke aus Kirschholz, ein abgeschlossenes Badezimmer, Küche, Essbereich, Wohnzimmer und Schlafzimmer. Desh war noch nie in einem Wohnwagen gewesen und staunte, wie viel man darin unterbringen konnte. In der Küche gab es einen Backofen, eine Platte mit drei Kochfeldern und eine Mikrowelle, außerdem einen Kühlschrank aus Edelstahl. Zwei beigefarbene Ledersofas standen einander gegenüber. Zwischen ihnen war mehr als ein Meter Platz. Unter einem kleinen Küchentisch befand sich ein High-End-Computer mit einer Tastatur und drei Monitoren auf dem Tisch. Desh konnte sich nicht vorstellen, wozu man mehr als einen Bildschirm brauchen sollte, aber nach den letzten beiden Tagen kam er sich mit dieser Ansicht ziemlich in der Minderheit vor.

Kira bedeutete Connelly, es sich auf der einen Couch bequem zu machen. Griffin und Metzger nahmen die andere. Fahrer- und Beifahrersitz waren gemütliche Ledersessel und um einhundertachtzig Grad drehbar, um Teil der Wohnzimmermöblierung werden zu können. So wurden sie genutzt, wenn der Wohnwagen geparkt war. Sie nahm einen dieser beiden Sessel, Desh den anderen. Das einzige Anzeichen davon, dass sich die Gruppe in einem mobilen Heim zusammengesetzt hatte statt in einem normalen Wohnzimmer, war das große Lenkrad.

»Wir müssen Sie alle instruieren, und wir haben dafür nicht viel Zeit«, erklärte Desh, kaum dass alle saßen. »Es gibt viel zu sagen. Ich fange gleich an.«

Über eine Stunde lang berichteten Desh und Kira alles, was sie wussten. Es ging um die Intelligenzsteigerung, die Lebensverlängerungstherapie, die selbst auferlegte Erinnerungsblockade, den Mord an ihrem Bruder, das vorgetäuschte Ebolakomplott und schließlich ihre letzte Unterhaltung mit dem skrupellosen Mann, den sie Moriarty nannten, sein Sterilisierungskomplott und die Sprengkapsel in Kiras Kopf. Sie versuchten beide, alles so knapp wie möglich zusammenzufassen, wussten jedoch, dass sie auch gründlich sein mussten, denn das Team musste die ganze Wahrheit kennen. Desh beobachtete den Major die ganze Zeit genau und schätzte ihn als einen intelligenten und wissbegierigen Menschen ein, als eine echte Bereicherung für das Team.

Am Ende war es Deshs leidenschaftliche Beschreibung der unvorstellbaren Macht eines gesteigerten Intellekts, der die drei Männer von allem überzeugte, so fantastisch die ganze Geschichte auch klang. Wenn das Intelligenzniveau, das sich mithilfe dieser Kapseln erreichen ließ, tatsächlich so phänomenal war, wie Desh es schilderte, war es auch glaubhaft, dass man nach ein paar Sitzungen in diesem Zustand ein Konzept zur Lebensverlängerung entwickeln konnte. Und zur Massensterilisierung.

Nach der ersten halben Stunde kochte Kira Kaffee und schenkte ihn aus. Das Koffein konnten sie gut gebrauchen.

Kurz nach vier Uhr morgens waren alle informiert.

Metzger beugte sich vor, um an dem jetzt glattrasierten Hünen neben ihm vorbei Kira ansehen zu können. Besorgt betrachtete er den Verband an Kiras Kopf. »Ich erinnere nicht gerne daran«, sagte er zögernd, »aber die Ladung geht in nur sechs Stunden hoch.«

Kira nickte, schwieg aber.

»Ist so etwas wirklich möglich?«, wollte Griffin wissen. Er richtete seine Frage an Connelly.

Der Colonel seufzte. »Ich fürchte ja«, erwiderte er. »C4 ist der Sprengstoff, den jeder kennt. Aber das Militär hat noch weit mächtigere Plastiksprengstoffe entwickelt. Wenn Sie der Ladung die richtige Form geben, brauchen Sie nicht viel davon. So kann man etwas leicht zur Sprengfalle machen, ohne die Möglichkeit, die Ladung zu entfernen.«

»Himmel!«, gab Griffin seinem Abscheu Ausdruck. »Kira, es tut mir so leid«, fügte er dann sanft hinzu. »Dieser Sam ist wirklich ein Monster.«

Kira versuchte sich an einem halben Lächeln. »Ich weiß Ihre Besorgnis wirklich zu schätzen, Matt, aber ich bin in Ordnung. Denken Sie daran – er hat mir das Teil nicht eingepflanzt, um mich umzubringen. Er betrachtet das als eine Art Versicherung – um vorzusorgen, dass nicht ich ihn umbringe. Wenn er stirbt, sterbe ich auch. Aber jetzt wird er den Timer – zumindest erst einmal – schön brav immer wieder um zwölf Stunden verschieben. Er braucht mich lebend, sonst findet er den Jungbrunnen nie. Er erwartet aller Wahrscheinlichkeit nach, dass ich ein paar Tage lang versuchen werde, ihn aufzuhalten, dabei nichts erreiche, es dann aufgebe und mich von ihm wieder aufgreifen lasse. Er geht davon aus, ich verrate lieber ihm das Geheimnis, als zuzulassen, dass er seinen Plan ausführt.«

Griffin nickte, aber mit gerunzelter Stirn.

Metzger schürzte die Lippen. »Sie haben ihm erzählt, Kira«, sagte er, »dass Sie ihm das Geheimnis für die Lebensverlängerungstherapie oder die Koordinaten für den USB-Stick auch dann nicht verraten können, wenn Sie genau das verzweifelt wollen. Entspricht das der Wahrheit? Oder ist es wenigstens zum Teil ein Bluff?«

»Unglücklicherweise entspricht es vollkommen der Wahrheit«, antwortete Kira mit Besorgnis im Blick. »Er weiß aus erster Hand, dass es möglich ist, die Erinnerung mit den außergewöhnlichen Fähigkeiten, die dieser Zustand gesteigerter Intelligenz verleiht, zu manipulieren. Trotzdem glaubt er, dass ich einen Weg finden kann, wenn er mir nur die richtige Motivation verschafft. Aber darin irrt er sich.«

»Das ist nicht gut«, überlegte der Major. »Es bedeutet, wir haben keine Möglichkeit, etwas auf dem Verhandlungsweg zu erreichen. Was ist, wenn er mit seinem Plan Erfolg hat? Hat er recht? Würden Sie dann am Ende doch alles preisgeben?«

Kira seufzte. »Ja, das würde ich«, erwiderte sie. »Der Mistkerl hat vollkommen recht. Wenn es keine zukünftige Generation mehr geben kann, habe ich keinen Grund, ihm nicht alles zu verraten. Unsterblichkeit wäre dann die einzige Hoffnung für die Menschheit. Abgesehen von einer Lösung, wie man die Produktion neuer Eizellen anregen kann. Im Stadium verbesserter Intelligenz können Molekularbiologen möglicherweise am Ende eine Methode dafür entdecken – aber darauf würde ich nicht unbedingt zählen.«

Metzgers Gesicht zeigte große Besorgnis. »Wenn wir eine Chance haben wollen, diesen Mann zu stoppen, müssen wir erst einmal herausfinden, wer er wirklich ist.«

»Einverstanden«, nickte Desh.

»Haben wir etwas, wo wir mit der Suche beginnen können?«, fragte Griffin.

»Ja, ich glaube, das haben wir«, antwortete Desh zuversichtlich.

41

Sofort richteten sich alle Augen auf ihn. Auch Kira sah ihn fragend an, denn er hatte seine Theorie bisher nicht einmal mit ihr geteilt.

»Zunächst wissen wir ziemlich sicher, dass Sam beim Militär ist«, begann Desh. »Er besitzt erhebliche legitime Befehlsgewalt. Ganz zu schweigen von dem Zugriff auf Militärhubschrauber der nächsten Generation und sichere Verstecke. Zweitens hat er mit den Männern geprahlt, die er in der Tasche hat, der Molekularbiologe und seine Leibwächter vom Militär.« Desh beugte sich vor. »Wie schafft es jemand, so viel schmutzige Wäsche über die verschiedensten Leute zusammenzutragen?« Er schaute Connelly an. »Erinnert Sie das an jemanden, Colonel?«

Connelly dachte einen Augenblick nach. Dann weiteten sich seine Augen, als er erkannte, worauf Desh hinauswollte. »J. Edgar Hoover«, flüsterte er.

»J. Edgar Hoover«, wiederholte Desh und nickte. »Achtundvierzig Jahre lang Leiter des FBI, unter acht verschiedenen Präsidenten. Gerüchten zufolge hat er die Möglichkeiten des FBI genutzt, um Leute auszuspionieren, an denen er ein persönliches Interesse hatte. Über seine Feinde hat er geheime Akten angelegt, in denen er Dinge gesammelt hat, die sie entweder öffentlich in Verlegenheit oder sogar ins Gefängnis bringen konnten. Keiner konnte sich sicher sein, ob es über ihn nicht auch eine solche Akte gab. Angeblich haben mehrere Präsidenten ihn einbestellt, um ihn zu feuern. Doch er kam jedes Mal von diesen Treffen zurück, ohne dass ihm auch nur ein Haar gekrümmt worden war.«

»Viele glauben, dass er der mächtigste Mann in der Geschichte der USA war – und da sind die Präsidenten nicht ausgenommen«, betonte Connelly.

»Genau«, nickte Desh aufgeregt. »Ich glaube, dass Sam sich an etwas Ähnlichem versucht wie Hoover. Wobei ich vermute, er ist schon gut auf dem Weg, dieses Ziel zu erreichen. Er erpresst bereits zahlreiche Leute. Er hat bewiesen, dass er die Macht hat, Truppen und Ausrüstung wie Schachfiguren hin und her zu schieben. Um auch eine scheinbare Kleinigkeit zu erwähnen – er hat erreicht, dass man dem Colonel Smiths Handynummer als Kontaktnummer untergejubelt hat. Seit Hoovers Zeiten hat der Kongress zwar strenge Sicherheitsmaßnahmen eingeführt, um die innerstaatliche Überwachung einzudämmen. Aber …« Bedeutungsvoll hob er die Augenbrauen.

»Aber das würde Sam nicht im Geringsten beeindrucken«, beendete Kira seinen Satz. »Wenn er eine meiner Kapseln nimmt, kann er sich Möglichkeiten überlegen, alle Sicherheitsvorkehrungen auszuhebeln. Und das Wort skrupellos reicht nicht aus, um seine absolute Bereitschaft zu beschreiben, alles zu tun, was seine Ziele fördert. Dieser Mann war schon ein Psychopath, bevor er das erste Mal seine Intelligenz gesteigert hat. Er hat ja sogar damit geprahlt, wie er meinen Bruder lebendig verbrannt hat!«

Desh nickte ernst.

»Sie denken also, Sam ist beim FBI?«, fragte Metzger.

Desh schüttelte den Kopf. »Nein. Das FBI ist heute nicht mehr die beste Behörde, um eine solche Strategie in die Tat umzusetzen. Ein moderner Hoover würde sich für eine andere Behörde entscheiden.«

Griffins Augen weiteten sich. »Die NSA, den Auslandsgeheimdienst«, flüsterte er.

»Exakt.«

»Ich kann nur hoffen, dass Sie sich da irren«, erklärte Griffin, und sein Gesicht zeigte Furcht. »Wenn nicht, ist der Albtraum, in dem wir uns befinden, noch weit schlimmer als bisher angenommen. Gegen die NSA ist der große Bruder, wie George Orwell ihn beschrieben hat, die reinste Bürgerrechtsbewegung. Die NSA ist der größte Geheimdienst der Welt – und damit auch die mächtigste Behörde der Welt. Die gesamte Verschlüsselung steht unter ihrer Aufsicht. Was bedeutet, sie haben die Kontrolle über alle Informationen, die per Signal übermittelt werden – Radio, Mikrowellen, Fiberglas, Handys, Satelliten: alles.«

»Sie wissen offensichtlich über die NSA Bescheid, Matt.« Desh stand auf und goss sich eine weitere Tasse Kaffee ein. »Diese Behörde war von Anfang an in die Sache involviert«, fuhr Desh fort, »in der einen oder anderen Funktion.« Er schaute Kira an. »Irgendjemand muss den Befehl für die Satellitenverfolgung gegeben haben. Nur bedeutet das nicht notwendigerweise, dass unser Moriarty – oder Sam – wirklich dort arbeitet. Nachdem ja jeder davon überzeugt war, dass du hinter dem Ebolakomplott steckst, hätte man die NSA ohnehin hinzugezogen.«

»Wenn er allerdings für die NSA arbeitet, würde das einiges erklären«, sagte Metzger. »Die NSA sendet jeden Tag geheimdienstliche Berichte an unzählige andere Behörden – und manchmal sogar ins Weiße Haus. Wenn dieser Sam dort an den Hebeln sitzt, kann er falsche Informationen ganz schnell verbreiten. Und wenn diese Informationen jemanden belasten, betrachtet sie jeder als Tatsachen. Er hat in Windeseile die Beweise gegen Connelly gesammelt. Ich kenne Jim Connelly schon ewig und weiß genau, er würde sein Land niemals verraten. Aber das, was er zusammengetragen hat, hätte beinahe sogar mich überzeugt.«

»Je länger Sie darüber nachdenken«, bekräftigte Desh, »desto mehr Sinn ergibt es. Die NSA wäre für Sam der ideale Ort, um Hoovers Strategie neu zu definieren und dabei auf Möglichkeiten zurückgreifen zu können, von denen Hoover nicht einmal zu träumen wagte. Die Mischung aus der Möglichkeit, jeden zu überwachen, der sein Interesse gefunden hat, und der Tatsache, dass er Informationen fälschen kann, macht ihn zum ultimativen Puppenspieler.«

»Er muss ziemlich weit oben in der Organisation angesiedelt sein«, überlegte Kira. »Aber er ist nicht der Leiter. Der könnte nicht so anonym agieren.«

Auch Metzger dachte nach, und dabei zog er seine buschigen Augenbrauen so weit zusammen, dass sie sich beinahe berührten. »Das könnte alles stimmen. Aber was hilft uns das? Selbst wenn wir wüssten, er ist bei der NSA – könnten wir ihn dann finden?«

»David und ich wissen, wie er aussieht«, warf Kira ein.

»Ja – aber die Mitarbeiter der NSA werden ja nun nicht mit Fotos und Adressen im Internet vorgestellt«, bemerkte Connelly.

»Wie viele Mitarbeiter hat die Behörde?«, wollte Kira wissen.

Griffin lächelte. »Das wird unter Verschluss gehalten. Ebenso wie ihr Budget. Der Hauptsitz ist Fort Meade, Maryland, ganz in der Nähe von Washington. Ich habe irgendwo im Internet gelesen, dass jemand dort etwa achtzehntausend Parkplätze gezählt hat. Die Zeitung *Washington Post* hat vor ein paar Jahren einen Artikel veröffentlicht, in dem die Zahl der Mitarbeiter weltweit auf knapp vierzigtausend geschätzt wurde.« Grimmig ergänzte er: »Und ihre Sicherheitsmaßnahmen sind legendär.«

»Woher wissen Sie so viel darüber, Matt?«, erkundigte sich Connelly.

»Machen Sie Witze?«, erwiderte Griffin und grinste. »Für die Anhänger der Verschwörungstheorien und die Hacker ist die NSA, was die Area 51 für die UFO-Freaks ist. Riesig, mächtig, undurchsichtig. Außerdem hat die NSA ein Supercomputer-Zentrum mit der größten Ansammlung von Computermacht auf der ganzen Welt.«

Desh lächelte spitzbübisch. »Haben Sie sich schon einmal in deren Computer gehackt?«

»Natürlich nicht!«, antwortete Griffin und wirkte geradezu schockiert. »Die sind für Hacker absolut tabu. Erstens haben sie die besten Sicherheitssysteme auf dem ganzen Planeten. Zweitens, selbst wenn Sie es schaffen würden, sich auf deren Computern umzusehen, merken die das sofort und sind hinter Ihnen her, und zwar mit aller Macht.«

Desh wirkte belustigt. »Falls es Sie irgendwie beruhigt«, stellte er klar, »die sind ohnehin schon mit aller Macht hinter Ihnen her. Und die Namen und Fotos der Mitarbeiter werden doch bestimmt nicht mit der höchsten Sicherheitsstufe geschützt.«

»Vielleicht nicht«, gab Griffin zu. »Aber selbst ihr Minimalschutz ist praktisch unschlagbar.«

»Sie sind die einzige Chance, die wir haben«, bat Kira sanft. »Schaffen Sie das?«

Griffin seufzte. »Vielleicht könnte ich mir den Zugriff auf die Mitarbeiterdaten verschaffen – wenn ich drei oder vier Tage Zeit hätte. Vielleicht. Aber die Zeit haben wir nicht.« Hilflos schüttelte er den Kopf. »Kira ist ein ebenso guter Hacker wie ich. Gemeinsam könnten wir es schneller schaffen. Aber auch das wäre nicht schnell genug, um diesen Sam-Typen davon abzuhalten, seinen Virus freizulassen.«

»Ich bin nur dann so gut wie Sie, wenn ich mich im Zustand erhöhter Intelligenz befinde«, wehrte Kira ab. »Ansonsten sind Sie mir Lichtjahre voraus.«

»Und wie wäre es, wenn wir Ihre Intelligenz steigern, Matt?«, schlug der Colonel vor. »Wenn diese mentale Verwandlung so gut ist, wie Kira und Desh das behaupten, sollten Sie mit Ihrem reichen Wissensschatz anschließend sogar in der Lage sein, die Systeme der NSA zu knacken.« Connelly nahm eine Schmerztablette aus seiner Tasche, legte sie sich auf die Zunge und spülte sie mit einem Schluck inzwischen lauwarm gewordenen Kaffees herunter.

»Da bin ich mir sogar ganz sicher«, bemerkte Desh. Zögernd schaute er Kira an. »Ich weiß nur nicht, ob wir das jetzt riskieren sollten.«

»Sie machen sich Sorgen um die Nebenwirkungen?«, mutmaßte der Colonel.

»Ich habe mich mit Kira ausgetauscht«, erklärte Desh. »Bei mir ist die soziopathische Wirkung sehr viel schneller und mächtiger aufgetreten als bei ihr.«

Metzger rieb sich das Kinn. »Könnte es sein, dass das Testosteron in der Mischung die Wirkung bei Desh verstärkt hat?«, fragte er Kira.

Kira überlegte. »Eine interessante Hypothese – aber ich weiß es nicht.«

»Natürlich ist es möglich, dass Matt beim ersten Mal überhaupt keine antisozialen Neigungen zeigt«, sagte Desh. »Kira hat mir erzählt, dass bei ihr eine solche Wirkung erst nach einigen Verwandlungen aufgetreten ist. Aber wir können auch die Möglichkeit nicht ausschließen, dass die Tendenzen bei ihm noch ausgeprägter sein könnten als bei mir. Und das bedeutet für uns alle eine Gefahr.«

»Wie schlimm war es denn wirklich bei Ihnen?«, erkundigte sich Metzger. »Für mich klang es jetzt nicht so, als ob Sie sich in ein echtes Monster verwandelt hätten.«

»Nicht komplett, nein«, antwortete Desh. »Aber wenn ich mir jetzt ein paar der Gedanken durch den Kopf gehen lasse, die ich in diesem Zustand hatte, ist das zum Teil schon erschreckend. Ich war noch immer loyal gegenüber Kira und der Menschheit. Deshalb habe ich ihr geholfen zu entkommen. Aber die negative Wirkung war bei mir weit stärker als bei Kira. Was, wenn sie bei Griffin noch stärker ist als bei mir?« Niemand konnte den besorgten Ausdruck in seinem Gesicht missdeuten. »Am Ende müssen Sie alle Ihre Erfahrungen mit dieser Therapie machen, aber unter Bedingungen, die sicherer und kontrollierter sind als unsere jetzt und hier.«

Kira seufzte. »Du weißt, ich bin eigentlich ganz deiner Meinung, David. Aber es steht zu viel auf dem Spiel, um es nicht zu riskieren. Und es wäre ja nur sein erstes Mal.« Sie hielt inne und lächelte verlegen. »Bevor wir uns jetzt weiter darüber streiten, wie sinnvoll das wäre, sollten wir aber vielleicht erst einmal Matt fragen, ob er dazu überhaupt bereit ist«, meinte sie.

Alle richteten ihren Blick auf Griffin.

»Nun?«, fragte Kira.

Griffin grinste und nickte. Mit einem Augenzwinkern zu Desh bemerkte er: »Das ist doch meine Chance, noch außerordentlichere Leistungen zu erbringen als ohnehin schon.«

Sein Lächeln verschwand, als er Deshs noch immer unnachgiebig harten Gesichtsausdruck bemerkte. »Ich verstehe Ihre Bedenken, David«, erklärte er. »Wenn Sie sich dann besser fühlen, können Sie mir die Beine fesseln.«

»Oh, ich plane, noch weit mehr zu tun als das«, kündigte Desh an.

Das brachte Griffin etwas aus der Fassung. Doch ruhig entgegnete er: »Okay, kein Problem. Aber selbst wenn ich mich jetzt in den Teufel persönlich verwandeln würde – was glauben Sie denn, welche Chancen ein übergewichtiger Schreibtischarbeiter gegen drei gut ausgebildete Männer von den Spezialkräften hätte?«

Deshs Besorgnis schwand nicht. »Mehr als Sie sich vorstellen können«, beharrte er beunruhigt.

42

Kira Miller erklärte Desh: »Die Gelkapseln befinden sich an einem sicheren Ort. Ich brauche etwa fünf Minuten mit einem Schraubenzieher, um sie zu holen.« Dann zog sie sich hinter einen Vorhang zurück, der das Schlafzimmer vom Rest des Wohnwagens trennte.

»Wir müssen Sie vorbereiten, Matt«, meinte Desh. Er deutete auf den Stuhl vor dem Küchentisch mit Kiras Tastatur und Bildschirmen.

Sobald Griffin saß, fesselten Desh und Metzger ihn mit einem Seil fest an den Stuhl. Seine Fußgelenke sicherten sie doppelt, mit Kunststoff- ebenso wie mit Metallhandschellen, und mit einer erheblich reißfesteren Ausgabe von Isolierband fixierten sie seine Waden an den beiden vorderen Stuhlbeinen.

Gerade als sie damit fertig waren, kam Kira mit einem Edelstahlbehälter zurück, den sie Desh überreichte. Der nahm eine einzelne Kapsel und gab sie Griffin, der sie mit einem Glas Wasser herunterspülte.

»Wann fängt die Pille an zu wirken?«, wollte er wissen.

»In etwa fünf Minuten«, antwortete Kira.

Desh zog eine MP5 aus dem Leinenbeutel und händigte sie Metzger aus. »Bleiben Sie so weit von Griffin entfernt, wie das in diesem Wohnwagen möglich ist, und halten Sie ihn konstant im Visier.«

Metzger schob den Vorhang zum Schlafzimmer zurück, um sich eine weiter entfernte Position zu suchen. Währenddessen packte Desh beide Taschen vor den Beifahrersitz und nahm sich ebenfalls eine MP5. »Colonel, Sie bleiben bei mir.«

Desh drehte den Beifahrersitz, bis er wieder in Richtung der Straße zeigte, und kniete sich so darauf, dass nur ein Teil seines Kopfes und die Maschinenpistole über die hohe Lehne hinausragten. Connelly durfte sich ganz bequem und ohne Waffe in den Fahrersitz setzen. Zwar protestierte er und meinte, er könne seinen Teil dazu beitragen, Griffin zu überwachen, doch Desh wollte davon nichts hören. Er erinnerte den Colonel daran, dass ihm vor kurzem eine Kugel ein Loch in die Schulter gerissen hatte, gar nicht so weit vom Herzen entfernt. »Sparen Sie sich Ihre Kraft«, ermahnte Desh ihn. »Ich habe das Gefühl, Sie werden sie noch brauchen.«

Widerwillig erklärte Connelly sich einverstanden.

»Kira, du verschwindest im Schlafzimmer, auf eine sichere Position hinter dem Major«, wies Desh sie an. Kira wollte widersprechen, doch dann überlegte sie es sich anders. Sie war viel zu lang allein und für alles verantwortlich gewesen. Der Grund, warum sie Desh auf ihre Seite hatte ziehen wollen, war ja genau der, dass sie Hilfe brauchte. Mit einem leichten Lächeln stellte sie fest, dass sie es sogar genießen konnte, nicht mehr alle Entscheidungen treffen zu müssen. Also nahm sie ihre Position ganz hinten im Wagen ein, hinter dem kampferprobten Major, und spielte zur Abwechslung einmal die beschützte Jungfrau statt des weiblichen Solokriegers.

»Major«, rief Desh. »Beim kleinsten Anzeichen eines verdächtigen Verhaltens schießen Sie ihn sofort ins Bein. Ohne Zögern. Denken Sie immer daran, er ist dann geistig und auch körperlich erheblich schneller als wir.«

Metzger nickte.

Die drei Männer beruhigten sich etwas angesichts der Tatsache, dass Griffin nicht nur gefesselt, sondern auch untrainiert war, und zwar im doppelten Sinn. Er hatte weder eine spezielle Ausbildung genossen noch trieb er viel Sport. Außerdem war er aufgrund seiner Größe und Körperfülle langsam. Selbst wenn die Kapsel seine Geschwindigkeit verdreifachte, sollten sie eigentlich immer noch gut in der Lage sein, mit ihm fertig zu werden. Keiner von ihnen hatte jedoch Lust, die Probe aufs Exempel zu machen.

Griffin navigierte im Internet, um die beste Ausgangsposition zu haben, sobald die Veränderung einsetzte. Er musste nicht lang warten. »Heilige Scheiße!«, brüllte er überrascht, als die Verwandlung begann. Er sprach konstant weiter, allerdings in einer Geschwindigkeit, bei der keiner der anderen mithalten konnte.

Seine Finger flogen über die Tastatur wie die eines Konzertpianisten über die Tasten eines Flügels. Er füllte alle drei Bildschirme mit in rasender Schnelligkeit wechselnden Menüs, Daten und Internetseiten. Schon vor dieser Intelligenzsteigerung war Griffin am Computer zu schnell gewesen, um ihm als normaler Mensch folgen zu können. Jetzt widersetzte seine Geschwindigkeit sich jeder Beschreibung. Allein schon beim Zuschauen dessen, was sich auf den Monitoren und der Tastatur abspielte, konnte einem schwindelig werden. In diesem atemberaubenden Tempo arbeitete er zwanzig Minuten. Metzger und Desh hielten die ganze Zeit ihre Waffen auf ihn gerichtet.

»Matt, wie sieht es aus?«, fragte Desh endlich. »Schaffen Sie es?«

Griffin knurrte etwas Unverständliches.

»Sie müssen ganz langsam sprechen«, mahnte Desh. »Sonst können wir Sie nicht verstehen.«

»Ich-kann-in-Ihrem-Schneckentempo-nicht-arbeiten-also-lassen-Sie-mich-verdammt-noch-mal-in-Ruhe«, blaffte Griffin, langsam genug, dass man es gerade noch verstehen konnte.

»Lassen Sie einen Teil Ihres Intellekts eine langsame Version Ihrer selbst schaffen, um mit uns zu kommunizieren«, riet ihm Desh. »Dann ist es weniger frustrierend, sich mit normalen Menschen zu unterhalten.«

»Okay«, nickte Griffin.

»Wie fühlen Sie sich?«, erkundigte sich Desh.

»Was für eine dämliche Frage!«, zischte Griffin. »Was Sie wirklich wissen wollen ist, habe ich mich schon in den Teufel verwandelt? Wenn es nicht der Fall wäre, würde ich nein sagen. Und wenn es tatsächlich passiert wäre, würde ich lügen und ebenso nein sagen, Sie Vollidiot!«, erklärte er verächtlich.

Desh mochte wirklich eine dumme Frage gestellt haben, überlegte Kira – aber Griffins Reaktion war dennoch höchst aufschlussreich. »Ihnen ist klar, dass …«

»… ich noch vor wenigen Minuten ebenso geistesschwach und langsam war wie Sie alle; ja.« Während des Sprechens verlangsamten sich Griffins Finger auf der Tastatur und mit der Maus nicht im Geringsten. Auch schien die Unterhaltung seine Fähigkeit nicht beeinträchtigt zu haben, die in blitzschneller Folge auftauchenden Informationen zu verarbeiten.

Desh und Kira schauten sich besorgt an. Sie wusste genau, was er dachte. Auch Griffin wurde mit der Verwandlung weit schlechter – und menschenunfreundlicher – fertig als Kira. Womöglich sogar noch schlechter als Desh. Vielleicht war es tatsächlich eine Auswirkung des Testosterons.

Die Gruppe schwieg und ließ Griffin weiter arbeiten. Keiner von ihnen wollte den Dämon im Hünen wecken. Nach fünfzehn Minuten beschloss Kira, dass es Zeit wurde für einen Statusbericht. »Wie sieht es aus, Matt?«, fragte sie.

Griffin tippte und klickte rasend schnell weiter. »Ein Kinderspiel«, sagte er überheblich. »In etwa zehn Minuten bin ich in die Mitarbeiterdatenbank der NSA eingedrungen.« Nach einer kurzen Pause ergänzte er mit einem arroganten Grinsen: »Unterwegs habe ich mal eben die Notenbank geknackt und fünfhundert Millionen Dollar auf Ihr Schweizer Nummernkonto umgelenkt.«

Kira fuhr entsetzt zusammen.

»Entspannen Sie sich!«, brummte Griffin, der ihre Reaktion korrekt erahnt hatte, obwohl er sie gar nicht sehen konnte. »Das ist ein Verbrechen ohne Opfer. Ich habe niemandem Geld gestohlen – ich habe einfach nur ein paar Millionen mehr geschaffen. Fünfhundert Millionen, um genau zu sein. Und ja, auch wenn es ein Nummernkonto in der ach so sicheren Schweiz ist – ich bin mir sicher, ich habe das richtige Konto erwischt.«

»Aber warum, Matt?«, fragte Kira besorgt. »Warum haben Sie das getan?«

»Traurigerweise muss ich die meiste Zeit meines Lebens als Volldepp verbringen«, erwiderte Griffin rasch. »Schon bald bin ich wieder mein bedauernswertes altes Selbst und schließe mich diesem scheinheiligen Team der selbstgerechten Kämpfer gegen das Böse in der Welt an. Je dicker unser finanzielles Polster ist, desto schneller kommen wir voran. Vor allem anfangs, wenn noch keine Erfindungen Geld einbringen.«

Die vier anderen tauschten bedeutungsvolle Blicke aus. Auch wenn Griffin sich an Arroganz nun selbst übertraf – immerhin sah er seine Zukunft in ihrem Team. Das war beruhigend.

»Sie müssen diese Transaktion rückgängig machen, Matt«, sagte Kira leise. »Das ist einfach nicht richtig.«

»Halten Sie mir keine Predigt!«, schnauzte Griffin sie an. »Diese Moralisiererei ist ebenso hirnlos wie fehlgeleitet. Eine solche Summe hilft uns, und das wissen Sie auch.«

»Aber …«

»Diese Diskussion ist beendet!«, donnerte Griffin.

Kira seufzte tief und beschloss, die Sache einstweilen nicht zu verfolgen. Wenn sie ganz ehrlich war, hatte Griffin sogar recht. Bei diesem Verbrechen gab es kein Opfer, und das Geld konnte ihnen gewaltig helfen – was letztlich allen Menschen zugutekam. Sie hatte Lusctti umgebracht und mehrere andere Leute verletzt, um sich der Gefangennahme zu entziehen. In dieser Nacht allein war sie an zwei Autodiebstählen und der Veruntreuung eines Militärhubschraubers beteiligt gewesen.

Nur, das hatte sich alles ereignet, während sie ihr normales Selbst war. Ein Mensch, der gerade unter der bewusstseins- und persönlichkeitsverändernden Wirkung ihrer Behandlung stand, besaß – bei einem viel zu schwachen Gewissen – viel zu viel Macht, als dass man ihm auch nur den kleinsten Schritt auf die schiefe Bahn gestatten durfte, was sich schnell zur Katastrophe auswachsen konnte. In Zukunft mussten sie sicherstellen, dass denjenigen, deren Intelligenz gerade gesteigert war, keine Möglichkeiten direkter Auswirkung auf die Außenwelt zur Verfügung standen, solang sie sich im veränderten Zustand befanden.

»Ich bin drin«, nuschelte Griffin hastig. »Beschreiben Sie Sam. Schnell!«

»Nun«, begann Desh, »er ist etwa …«

»Zu langsam!«, knurrte Griffin. »Ich finde ihn auch ohne Sie.« Nach einer winzigen Pause fragte er: »Das ist Sam, richtig?«

Das Foto eines Mannes füllte den gesamten großen Bildschirm, und das erste Mal ließ Griffin jetzt etwas mehr als Sekundenbruchteile stehen.

Desh machte große Augen. »Aber wie …«

»… ich ihn auch ohne Ihre Beschreibung gefunden habe?«, nahm Griffin seine Frage vorweg. Seine Finger flogen wieder über die Tastatur. Sams Foto verschwand, und stattdessen erschien etwas, das wie ein Computercode aussah. Sobald Griffin die Bestätigung erhalten hatte, dass die richtige Person gefunden war, verfolgte er andere Projekte, an denen er parallel gearbeitet hatte. »Ich habe Zugriff auf die Login-Muster aller Mitarbeiter. Ich weiß, wo Sam in den letzten Tagen überall gewesen ist und kenne den Zeitplan einiger seiner Aktivitäten. Aus Ihrem Bericht weiß ich sein Alter, und ich kann erraten, welche Position in der Organisation all die Dinge möglich macht, die Sie geschildert haben. Es kamen nur fünf Männer in Frage. Sein Name ist S. Frank Putnam. Das S steht für Samuel. Er ist unter den obersten zwanzig Leuten bei der NSA.«

Kira war sprachlos. Er hatte es tatsächlich geschafft. Endlich kannte sie die Identität des Mannes, der ihren Bruder ermordet und ihr Leben in einen Albtraum verwandelt hatte. »Haben Sie …«, begann sie.

»Natürlich!«, unterbrach Griffin sie ungeduldig. »Seine Adresse und mehr.«

»Und was machen Sie jetzt?«, fragte Desh misstrauisch, die Waffe noch immer auf den Hacker gerichtet. Endlich hatte Griffins Avatar seiner normalen, langsameren, weniger hyperklugen Persönlichkeit es jemandem erlaubt, eine Frage zu Ende zu stellen, ohne ihn zu unterbrechen.

»Ich stelle Kiras und Connellys guten Namen wieder her«, erwiderte er.

Angesichts der Tatsache, dass Griffin derzeit gerade über die unumschränkte Macht im Cyberuniversum verfügte, fand Kira diese Antwort extrem ermutigend. Er half noch immer dem Team. »Aber wird denn …«

»Nein, S. Frank Putnam wird nichts davon mitkriegen«, ergänzte Griffin den Satz. »Für vierundzwanzig Stunden bleiben alle Einträge so, wie sie sind, und Kira und der Colonel werden weiter gesucht.«

»Und nach den vierundzwanzig Stunden?«, erkundigte Kira sich neugierig.

»Dann steht überall, dass die ganzen Behauptungen gegen Sie falsch waren, Sie aber leider getötet wurden, bevor man das herausgefunden hat. Damit sind Sie endgültig untergetaucht, Kira. Später schaffe ich Ihnen eine neue Identität. Wenn ich hier fertig bin, können Sie nackt auf einem Pferd durch Fort Bragg reiten, ohne Aufmerksamkeit zu erregen.«

»Die Wette halte ich«, grinste Desh und zuckte zusammen, als er bemerkte, dass er laut gesprochen hatte.

Kira lächelte. Sie wusste, das war als Kompliment gemeint, doch sie sagte nichts. »Und was ist mit dem Colonel?«, fragte sie Griffin.

»Es sind ganz plötzlich neue Beweise aufgetaucht, die seine komplette Unschuld belegen. Und nachweisen, dass die ganze Schmierkampagne nur ein persönlicher Rachefeldzug eines namentlich nicht genannten Mitarbeiters der NSA war.«

»Und was wird …«

»Das reicht jetzt!«, schnauzte Griffin sie an. »Ich war mehr als geduldig!«

Ungestört setzte er seine Arbeit am Computer fort, sich seines rüden Ausbruchs anscheinend gar nicht bewusst. Weitere acht Minuten später keuchte er plötzlich und sah aus, als ob gerade sein bester Freund gestorben wäre.

Desh und Kira schauten sich an, sie kannten beide diesen Zustand. »Willkommen zurück«, begrüßte Desh ihn.

»Das ist ja echt ätzend!«, beklagte sich der Hüne.

»Geben Sie sich selbst ein paar Minuten«, tröstete Desh ihn. »Dann ärgert es Sie nicht mehr so sehr.«

»Könnten Sie mich jetzt vielleicht wieder losbinden?«, bat Griffin.

Desh schüttelte den Kopf. »Nein, tut mir leid. Nicht für weitere zehn Minuten. Ich muss sicher sein, dass das kein Trick ist.«

Griffin wirkte darüber nicht besonders glücklich, protestierte jedoch nicht. Nachdem er die Verwandlung gerade hinter sich gebracht hatte, war er einer der wenigen Menschen, die aus eigener Erfahrung wussten, warum Desh so extrem vorsichtig war.

»Können Sie sich erinnern, was passiert ist?«, erkundigte sich Connelly.

»Eine gute Frage«, überlegte Griffin mit schiefgelegtem Kopf. »Ich erinnere mich daran, was ich fertiggebracht habe«, sagte er schließlich. »Aber ich habe nur eine ganz vage Vorstellung davon, wie ich das erreichen konnte.« In etwas wie Ehrfurcht hob er die Hand. »Ich kam mir fast wie ein Gott vor«, erklärte er staunend. »Was ich jetzt in einer Stunde zustande gebracht habe, das könnte ich sonst in tausend Jahren nicht.«

Griffin versuchte sich weiter an das Geschehene zu erinnern, und auf einmal wirkte er ziemlich schuldbewusst. »Ich habe mich ein bisschen wie ein Arschloch benommen, richtig?«, murmelte er.

»Nein, das würde ich nicht sagen«, spottete Desh. »Sie haben sich vollständig wie ein Arschloch benommen.« Er grinste. »Aber machen Sie sich darüber mal keine Gedanken. Ihre Arbeit war absolut phänomenal.«

Griffin wandte sich Kira zu und schüttelte den Kopf, noch immer voller Staunen. »Himmel, das ist eine fantastische Behandlung, die Sie da entwickelt haben«, sagte er bewundernd. Dann verblasste sein Lächeln. »Haben Sie vielleicht irgendwo was zu essen?«, fragte er gierig.

43

Matt Griffin vertilgte zuerst vier Brötchen und dann noch eine Packung Chips. Als Desh Griffins Fesseln löste, regnete es durchgehend Krümel auf seinen Kopf herab.

Sobald Griffin seine volle Freiheit wiedergewonnen hatte, versammelten sich alle um ihn herum, als er berichtete. »Mein übermenschliches Alter Ego mag zwar vielleicht keinen Höflichkeitswettbewerb gewonnen haben«, erklärte er, »aber es war ganz sicher ein Gott in der Cyberwelt. Erlauben Sie mir, das zu demonstrieren.« Griffin tippte etwas ein, und auf einem der Bildschirme erschien ein Satellitenbild. Es zeigte ein Wohngebäude und zwei kleine, rot angestrichene Scheunen auf einem riesigen Gelände. Das Haus stand zwischen großen Bäumen. Etwa zehn Meter davon entfernt konnte man sehen, wie sich in einem eingezäunten Bereich winzige Pferde bewegten.

»Da wohnt Sam Putnam«, erklärte Griffin.

»Er lebt auf einer Farm?« Kira war überrascht.

»Es ist nur eine kleine Farm«, sagte Griffin. »Und er betreibt sie nicht. Aber er hat acht Pferde und zwei Scheunen.«

»Das ist die perfekte Fassade«, bemerkte Desh. »So ist er von den Nachbarn isoliert, ohne als Einsiedler zu gelten. Er ist einfach nur der raue Naturbursche. Die Farm muss viel Geld gekostet haben – aber sie ist nicht so auffällig luxuriös, dass man sich fragt, wie er sich das leisten kann.«

»Die isolierte Lage erlaubt ihm auch verschiedene Sicherheitsmaßnahmen«, ergänzte Metzger.

»Wo liegt die Farm?«, erkundigte sich Kira.

Griffin arbeitete mit der Maus, um die Ansicht zu verkleinern und die Lage der Farm zu zeigen. Wie durch Magie tauchte plötzlich eine Landkarte mit Ortsnamen auf, die sich über das Satellitenbild legte. Griffin deutete auf die Mitte des Bildschirms. »Putnam lebt in Severn in Maryland.«

Die Stadt lag zwischen Washington im Südosten und Baltimore im Nordosten. Sie war etwa eine Viertelstunde vom Hauptsitz der NSA in Fort Meade entfernt.

Die Gruppe studierte die Karte. Griffin holte währenddessen weitere Informationen über die Stadt auf einen anderen Bildschirm. Severn war lang ein kleiner ländlicher Ort gewesen. Die Nähe zu Washington und Baltimore und das Wachstum der Regierung, einschließlich der NSA, hatten der Stadt jedoch in den letzten Jahrzehnten ebenfalls ein explosives Wachstum beschert. Inzwischen war fast alles Wohngebiet. Es gab nur noch wenige ländliche Bereiche, und Putnam besaß eine der wenigen verbleibenden Farmen.

Griffin vergrößerte das Bild, bis die Farm aus etwa dreißig Metern Höhe zu sehen war. »Auf dem Anwesen sind so viele Überwachungskameras angebracht«, sagte er, »dass es dort fast keinen toten Winkel gibt. Die Informationen werden an zwei Gruppen von Bildschirmen geleitet. Die eine davon steht in seinem Schlafzimmer und die zweite hier.« Dabei zeigte er auf die Scheune, die vom Haus weiter weg lag.

Griffin bewegte sich virtuell auf der Farm und brachte einen Zaun auf den Monitor, der auf den ersten Blick relativ unauffällig wirkte. »Das ist ein Maschendrahtzaun, über drei Meter hoch, der sich um das gesamte Gelände zieht. Er sieht ziemlich unschuldig aus – fast einladend. Kein Stacheldraht, kein Strom. Aber man sollte sich dadurch nicht täuschen lassen. Der Zaun ist mit Vibrationssensoren versehen. Sobald man darüberklettert oder ihn durchschneidet, verrät man seine Position.«

Als Nächstes zeigte Griffin das Hauptgebäude aus größerer Nähe. »In sieben Metern Entfernung ist das Haus von Mikrowellensensoren umgeben. Sobald man die Strahlen durchbricht, weiß Putnam Bescheid.« Mit hochgezogenen Augenbrauen ergänzte er: »Vorausgesetzt natürlich, man schafft es, den Zaun ohne Alarm zu überwinden und auf den Monitoren nicht gesehen zu werden.«

»Woher wissen Sie das alles?«, staunte Metzger.

»Er arbeitet mit einem hochmodernen System«, erwiderte Griffin. »Ein Computer bei ihm ist ausschließlich für die Sicherheit zuständig, und der ist mit dem Internet verbunden. Mithilfe eines Codes kann er online die Feeds der Kameras überprüfen und sehen, was die Bildschirme zeigen.«

»Und Sie haben sich in diesen Computer gehackt?«, fragte Kira.

»Ja«, antwortete Griffin stolz. »Aber ich habe noch mehr gemacht, wo ich schon einmal drin war. Ich habe das System so umprogrammiert, dass es während der nächsten vierundzwanzig Stunden gewisse Signale einfach ignoriert. Nämlich die, die vom Zaun und der Mikrowellenbarriere kommen. Und ich habe die Monitore so eingestellt, dass sie konstant ein ruhiges, friedliches Bild zeigen.«

Desh kratzte sich am Kopf. »Wieso hat jemand ein Sicherheitssystem online, das so leicht manipuliert werden kann, wie Sie das gerade geschildert haben?«

»Eine gute Frage«, gab Griffin zu. »Aber dieses System lässt sich normalerweise nicht umprogrammieren. Ein Superhacker könnte sich die ganzen Sicherheitsvorkehrungen vielleicht anschauen. Wobei jemand, der gut genug ist, in ein so geschütztes System einzudringen, dafür auch andere Methoden hat. Aber die Software zu manipulieren, wie ich das gemacht habe, das ist für normale Menschen einfach nicht möglich, das können Sie mir glauben.«

»Haben Sie sonst noch etwas auf einem seiner Computer gefunden?«, erkundigte sich Kira drängend. »Irgendetwas, vielleicht über dieses Sterilisierungskomplott?«

Griffin schüttelte den Kopf. »Während dieser einen Stunde waren keine anderen Computer online. Ich vermute, er aktiviert die

Onlineverbindung nur, wenn er sie gerade benutzt, und trennt sie anschließend wieder manuell.«

Das waren schlechte Nachrichten, dachte Desh entmutigt. Insgesamt allerdings hatte Griffin weit mehr erreicht, als Desh zu hoffen gewagt hatte.

»Zurück zur Sicherheit von Putnams Anwesen«, sagte er. »Wollen Sie mir etwa sagen, während der nächsten vierundzwanzig Stunden können wir da einfach hineinspazieren, ohne entdeckt zu werden?«

»Fast«, antwortete Griffin. Er klickte und zeigte eine andere Ansicht des Anwesens, auf der eine winzige menschliche Figur zu sehen war. Er zoomte näher heran, und der Mann wurde deutlicher. Er trug Jeans, ein T-Shirt und einen Cowboyhut. Er holte gerade Heu für die Pferde und trug keine Jacke. Was bedeutete, diese Bilder waren wahrscheinlich ein paar Wochen oder Monate alt.

»Die Informationen von den Bildschirmen und die Alarmmeldungen landen bei zwei Männern«, erklärte Griffin und vergrößerte das Bild weiter, bis man die Automatikwaffe und das Funkgerät am Gürtel des Mannes sehen konnte. »Er ist einer der beiden.«

»Interessant«, bemerkte Metzger. »Er sieht aus wie ein Cowboy, also halten die meisten Leute ihn für einen Arbeiter auf der Farm.«

»Wie es aussieht, muss er den Arbeiter auch wirklich spielen«, kommentierte Connelly.

»Sie haben zwei Männer erwähnt«, meldete Desh sich zu Wort. »Wo ist der andere?«

»Die Protokolle zeigen an, dass er sich fast ständig in der Scheune aufhält und die Bildschirme überwacht.«

»Aber wenn Sie alles so programmiert haben«, wandte Desh ein, »dass die Monitore ein gleichbleibendes Bild zeigen – wird dann der Typ in der Scheune nicht bemerken, dass sein Kollege fehlt?«

Griffin grinste breit. »Wenn Kira jemanden klug macht, dann außergewöhnlich klug«, prahlte er. »Das habe ich berücksichtigt. Ich habe nur die äußeren Videokameras verändert, die auf den Zaun und den Bereich hinter dieser Scheune gerichtet sind. Er wird seinen

Freund prima beobachten können. Was er nicht sehen kann, das sind die Leute, die sich von hinten an ihn heranschleichen.«

Desh nickte anerkennend. »Gibt es noch etwas, das wir wissen sollten?«, fragte er.

Griffin überlegte. »Ich glaube nicht. Normalerweise löst es einen Alarm aus, wenn man das Haus betritt, aber den habe ich abgeschaltet.« Bedeutungsvoll sah er Desh an. »Die beiden Jungs kann ich allerdings nicht so programmieren, dass sie Sie nicht bemerken«, warnte er.

Dieser Gedanke schien Desh wenig zu beunruhigen. »Das haben Sie hervorragend gemacht, Matt«, sagte er erfreut. »Ohne Alarm und ohne Vorwarnung über die Bildschirme sollten die beiden kein allzu großes Problem darstellen.«

»Und was ist der Plan?«, wollte der Major wissen.

Alle schauten erwartungsvoll Desh an. Auch wenn er nicht mehr beim Militär war – und selbst wenn er noch dort wäre, hätten sowohl Connelly als auch Metzger den höheren Rang –, jeder wusste, das war seine Mission.

»Ich glaube nicht, dass es uns viel bringt, uns jetzt schon Putnam vorzuknöpfen«, begann er. »Irgendwann später ist es vielleicht eine Möglichkeit, ihn gefangen zu nehmen und zu foltern. Als ersten Schritt würde ich das jedoch nicht empfehlen.« Er wartete. »Kommentare? Einwände?«

Alle schwiegen.

»Wann denken Sie denn ist der richtige Zeitpunkt, sich Putnam zu greifen?«, fragte Connelly endlich.

»Wenn wir alles andere ausprobiert haben und nicht weitergekommen sind«, antwortete Desh. »Als letzte Möglichkeit. Putnam wurde wahrscheinlich darauf trainiert, allen möglichen Drogen zu widerstehen. Im Laufe von zwölf Stunden können wir ihn wahrscheinlich knacken und auf eine Art und Weise, die er nicht sehr angenehm finden wird, dazu überreden, seinen Virusangriff zu stoppen und uns den Code zu dem Gerät in Kiras Kopf zu geben.«

»Sicher ist das allerdings nicht«, nahm Metzger den nächsten Satz voraus.

»Genau – und deshalb sollten wir erst einen anderen Ansatz ausprobieren.«

»Ich nehme an, wir beginnen mit dem Haus?«, fragte Metzger.

Desh nickte. »Es wäre doch eine Schande, wenn die ganze Arbeit von Super-Matt ungenutzt bliebe. Ich schlage vor, wir warten, bis Putnam zur Arbeit geht, und brechen dann ein. Das sollte uns mindestens acht Stunden Zeit verschaffen, das Haus zu durchsuchen. Und Matt kann sich währenddessen mit Putnams Computer vergnügen. Wir haben dabei zwei Ziele. Nummer eins: mehr über die Verbindungen zu den Terroristen herauszufinden und darüber, wie wir den Virusangriff vielleicht stoppen können. Und Nummer zwei: alles über die Sprengfalle in Kiras Kopf in Erfahrung bringen und darüber, wie man sie ausschaltet.«

Der Reihe nach schaute Desh jedes Mitglied des Teams an. Jeder von ihnen nickte.

»Das klingt nach einem guten Plan«, unterstützte ihn Kira.

Desh schaute auf seine Uhr. Er war erschöpft, ebenso wie alle anderen, aber den Luxus von Schlaf konnten sie sich noch eine ganze Weile lang nicht gönnen. Abgekämpft oder nicht – sie mussten so schnell wie möglich aufbrechen. Die Herausforderungen, die ihnen noch bevorstanden, waren beängstigend, und es stand ihnen nur eine sehr begrenzte Zeit dafür zur Verfügung. Seufzend wandte sich Desh an Griffin. »Matt, suchen Sie mir die Route nach Severn und die Entfernung heraus.«

Schon fünfzehn Sekunden später zeigte eine Karte auf einem der Bildschirme die Fahrstrecke mit einer dicken roten Linie an. »Einhundertzwanzig Kilometer«, verkündete Griffin.

Desh schaute Kira an. »Wir müssen uns auf den Weg machen. Kannst du alle Verbindungen zu Strom, Wasser und Gas kappen, damit wir losfahren können?«

»In fünf Minuten sind wir bereit«, versprach sie.

44

Es war bereits Viertel vor acht, als Kiras Koloss von einem Wohnmobil auf einem alten unbefestigten Weg einige hundert Meter von Putnams Anwesen entfernt hielt. Desh und Metzger sprangen sofort heraus und machten sich in entgegengesetzten Richtungen auf den Weg, ausgerüstet mit Ferngläsern. Während der Fahrt hatten sie sich Westen angezogen und waren nun bis an die Zähne bewaffnet. Außerdem trugen alle die Ohrhörer der Funkgeräte, deren Kabel unter ihrer Kleidung verschwanden. Kira, die sich selbst beigebracht hatte, wie man mit einer Waffe umgeht, hatte ihre Glock mit Neun-Millimeter-Kaliber dabei. Griffin hatte angesichts seiner kompletten Unerfahrenheit auf jegliche Waffen verzichtet.

Metzger und Desh waren erst wenige Minuten an ihrem Platz, als ein großer schwarzer Cadillac das Anwesen verließ. Die Fenster des Wagens waren getönt, wahrscheinlich als Schutz vor neugierigen Nachbarn. Desh erkannte ein gepanzertes Fahrzeug, wenn er eines vor sich sah – und dieses Auto war stark gepanzert.

Desh stellte sein Fernglas sorgfältig ein und richtete den Blick auf den Fahrer. Bingo! Es war Sam, Samuel Frank Putnam, in voller Lebensgröße. Sie hatten Glück gehabt. Nur wenige Minuten später, und sie hätten seinen Aufbruch verpasst.

Rasch war der Wagen, der in die Richtung fuhr, aus der sie gerade gekommen waren, in Richtung Fort Meade außer Sichtweite. Desh und Metzger kehrten zum Wohnwagen zurück.

»Es ist so weit«, verkündete Desh. Er gab Metzger und Griffin eine Gelkapsel. »Stecken Sie die in Ihre Tasche und nutzen Sie sie nur im absoluten Notfall«, instruierte er sie. Er hielt Kira den Edelstahlbehälter hin.

Sie schüttelte den Kopf. »Nein danke«, seufzte sie. »Ich bin gerade dabei, mir diese Angewohnheit wieder abzugewöhnen.«

Desh und Metzger schnallten die Rucksäcke auf, die sie während der Fahrt gepackt hatten.

Der Colonel hatte unterwegs ein wenig geschlafen und war jetzt hellwach. Desh hatte darauf bestanden, dass er im Fahrzeug blieb, um ihre Flanke zu schützen.

Dann wandte Desh sich zum Major. »Nehmen Sie Matt und Kira mit und suchen Sie sich eine verdeckte Position vor dem Zaun«, sagte er. »Ich komme sofort nach.«

Metzger verstand die Anweisung nicht, das konnte man seinem Gesicht ansehen, doch er befolgte sie. Zusammen mit den beiden Zivilisten machte er sich auf den Weg. Hinter einer Gruppe von Bäumen warteten sie auf Desh, der fünf Minuten später auftauchte.

»Was war los?«, fragte Kira ihn flüsternd.

»Ich wollte sichergehen, dass mit dem Colonel alles in Ordnung ist«, flüsterte er zurück. »Außerdem habe ich die Pillen außerhalb des Campingwagens vergraben. Nur für den Fall der Fälle.«

Desh nahm den Drahtschneider aus seiner Weste und durchschnitt mehrere Maschen, bis er am Ende ein Quadrat von etwa einem Quadratmeter anheben konnte. Dabei hoffte er inständig, dass der Matt Griffin mit gesteigerter Intelligenz wirklich so gut war, wie er es behauptet hatte, und der Vibrationsalarm tatsächlich ausgeschaltet war.

Das Team schlüpfte durch das Loch im Zaun und begab sich in geduckter Haltung zu einer Gruppe von Bäumen. Dort legte Desh seinen Rucksack hinter einen Baumstamm, zusammen mit seiner Maschinenpistole. Metzger hatte die MP5 im Anschlag, um Kira und Griffin zu schützen. Desh suchte die Umgebung mit einem Fernglas ab.

Mehrere Minuten lang studierte er alles. Dann drehte er sich zu den anderen um. »Bin in fünf Minuten zurück«, wisperte er und stahl sich mit der Betäubungspistole davon. Man war übereingekommen, dass man die Sicherheitsleute erst einmal betäuben und tödliche Gewalt nur als letztes Mittel einsetzen wollte. Während diese Entscheidung getroffen wurde, hatte Desh auf einmal das ganz merkwürdige Gefühl gehabt, dass er im Hinblick auf die Vorfälle in Putnams Versteck vor ihrer Flucht irgendetwas ganz Wichtiges vergessen hatte. Doch so sehr er sich auch bemühte, er konnte sich nicht daran erinnern.

Desh wartete, bis die Wache, die auf dem Gelände herumlief, sich außer Sichtweite begeben hatte. Der Mann war noch immer wie ein Farmarbeiter gekleidet, nur trug er jetzt, anders als auf den Satellitenfotos, eine wärmende Jacke. Wahrscheinlich waren er und sein Kollege schon recht kompetent. Jemandem mit Deshs Ausbildung und Erfahrung allerdings waren sie nicht gewachsen. Außerdem verließen sie sich – derzeit fälschlich – auf den Schutz des Sicherheitssystems und waren nicht so aufmerksam, wie sie das ohne gewesen wären.

Desh schlich sich an die äußere Scheune heran und schaute vorsichtig hinein. Der zweite Wachmann saß mit dem Rücken zu ihm vor zwölf Bildschirmen. Lautlos glitt Desh hinein und näherte sich ihm mit erhobener Waffe. Er war auf unter zwei Meter herangekommen, als der Mann sich erschrocken umdrehte. Deshs Schuss traf ihn in den Oberschenkel. Bewusstlos sackte er im Stuhl zusammen.

Auf den Monitoren vergewisserte Desh sich über den Standort des anderen Mannes, in der Nähe der Pferdekoppel, und plante seinen Angriff. Dann verließ er die Scheune und ging um das Anwesen herum, um sich ihm von hinten zu nähern. Sobald er ihn sehen konnte, arbeitete er sich vorsichtig immer näher heran. Die letzten Meter legte er geräuschlos zurück – und schoss. Diese Wache hatte nicht einmal geahnt, was da gerade geschah. Das Betäubungsmittel wirkte sofort, und der Mann fiel zu Boden.

Desh zog das Fernglas heraus und betrachtete die Umgebung. Es war alles friedlich. So rasch er konnte, ging er zu einer Stelle, von der aus er Metzger signalisieren konnte, ihm mit den anderen zu folgen. Minuten später befanden sie sich hinter dem Haus. Desh wählte ein passendes Fenster und zerschmetterte es mit dem Lauf der Maschinenpistole, mit dem er auch die Glasscherben entfernte. Nacheinander kletterten die vier Eindringlinge ins Haus.

45

Putnams Haus war fast fünfhundert Quadratmeter groß. Hinter der Eingangstür lag links das Wohnzimmer und rechts ein rundum von Glas umgebenes Arbeitszimmer. In der riesigen Küche glänzten Edelstahlgeräte. Die Arbeitsplatten waren aus blauem Granit, und in der Mitte stand eine große Kochinsel. Das Innere des Hauses bildete einen gewaltigen Kontrast zum schlichten, ländlichen Äußeren. Allerdings herrschte kein einheitlicher Stil und die Einrichtung stand teilweise auch mit sich selbst im Widerspruch. Die Möbel folgten dem minimalistischen ultramodernen Stil aus Stahl, Glas und der Farbe Silber, während der Rest eher an einen europäischen Palast erinnerte, mit Kristallkronleuchtern und barocken Ölgemälden in aufwändig geschnitzten, teils vergoldeten Holzrahmen an den Wänden.

Es war bereits halb neun, und noch immer hatten sie die drei schrillen Töne nicht gehört, die ihnen mitteilten, dass Putnam den Timer der Sprengkapsel neu eingestellt hatte, die Kira Millers Leben bedrohte und ihre Hinrichtung zwölf Stunden aufschob. Niemand wagte es, das Thema offen anzusprechen, aber alle waren darüber höchst besorgt.

Griffin saß am Computer in Putnams Arbeitszimmer und rief verschiedene Bildschirmmasken auf. Der Rest des Teams stand hinter ihm und schaute ihm erwartungsvoll über die Schulter. »Das kann eine Weile dauern«, sagte er einige Minuten später. »Ich muss zunächst einmal das Sicherheitssystem überwinden und dann eine Nadel im Heuhaufen finden. Vorausgesetzt, Putnam hat überhaupt irgendetwas von dem auf diesem Computer, was wir suchen.« Er seufzte bedauernd. »Und das alles muss ich mit meinem ganz altmodischen Selbst schaffen. So gerne ich auch wieder der Gott der Hacker wäre – ich glaube nicht, dass ich das jetzt schon wieder fertigbringen könnte. Die Therapie nimmt einen ganz schön mit.«

»Das tut sie«, stimmte Desh zu.

»Wenn ich allerdings bis zwei Uhr heute Nachmittag keinen Durchbruch erzielt habe«, bemerkte Griffin ernst, »muss ich eine weitere Gelkapsel nehmen.«

Desh nickte, war sich allerdings nicht sicher, ob ihm diese Vorstellung gefiel. Die Wirkung des antisozialen Verhaltens war kumulativ, und Griffin war schon mit dem ersten Schub nicht sehr gut fertiggeworden.

Während Griffin weiterarbeitete, durchsuchten die anderen drei systematisch Putnams Haus, auf der Suche nach irgendwelchen hilfreichen Hinweisen. Nach vierzig Minuten Suche aktivierte Desh das Mikrofon und meldete sich beim Colonel, der ihm berichtete, dass alles in Ordnung war und er keinerlei verdächtige Aktivitäten bemerkt hatte.

Desh durchsuchte gerade den oberen Stock, als Metzger sich meldete. »David, Sie müssen in den Keller kommen. Ich möchte Ihnen etwas zeigen.«

»Bin unterwegs«, erwiderte Desh.

Desh traf kurz vor Kira im Keller ein, die Metzger ebenfalls informiert hatte. Der Raum war nett eingerichtet, einschließlich der Decke und Wände, und war mit Teppichboden ausgelegt. Metzger stand neben einer Tür auf der gegenüberliegenden Seite vom Eingang. Er bedeutete Desh und Kira, sich ihm anzuschließen, dann öffnete er sie.

Sie betraten einen kleinen Bereich des Kellers, der nicht fertiggestellt worden war und noch den ursprünglichen Beton an Boden und Wänden aufwies. In einer Ecke befand sich ein Pumpenloch, in einer anderen ein Wasserboiler.

Gegen eine Wand gelehnt stand ein großes Stück Sperrholz, über zwei Meter an jeder Seite. Metzger drückte an einer Ecke dagegen. Das Sperrholz glitt über den glatten Boden.

Deshs Augen weiteten sich überrascht, als in der Betonwand eine quadratische Öffnung sichtbar wurde, die hinter der Sperrholzplatte verborgen gewesen war, etwa eins achtzig hoch. Sie formte den Eingang zu einem Tunnel, der vom Haus fortführte.

Metzger zog eine Taschenlampe aus der Weste und beleuchtete den Durchgang. Der Tunnel lief noch etwa zehn Meter geradeaus und knickte dann ab.

»Interessant«, bemerkte Desh. »Haben Sie speziell nach einem Fluchtweg gesucht?«, fragte er den Major.

Metzger nickte. »Wer ein paar mächtige Männer zu viel erpresst, schafft sich damit Feinde. Selbst wenn Putnam sie alle überzeugen konnte, dass das, was er über sie erfahren hat, alles automatisch veröffentlicht wird, sobald er tot ist – ich war mir sicher, dass er für alle Fälle auch eine Möglichkeit haben wollte, einem Frontalangriff zu entkommen.«

»Die allerdings nicht sehr gut versteckt ist«, meinte Kira.

»Das muss sie auf dieser Seite auch gar nicht«, entgegnete Metzger. »Putnam hat sich bestimmt darauf verlassen, dass ihm seine Sicherheitsmaßnahmen einen Vorsprung verschaffen. Auf der anderen Seite ist der Tunnel aber gewiss sehr gut verborgen. Wahrscheinlich hat Putnam auch etwas eingebaut, damit er ihn zusammenbrechen lassen kann, sobald er erst einmal draußen ist.«

»Lassen Sie uns hier lieber wieder verschwinden«, erklärte Desh. »Auch wenn Putnam fest davon überzeugt ist, dass sein Signal alles durchdringt – ich weiß Kira lieber über dem Erdboden, um sicherzustellen, dass der Empfänger funktioniert. Wir wollen schließlich kein Risiko eingehen. Wir können den Tunnel später durchsuchen.« Sie machten sich auf den Rückweg. »Gute Arbeit, Major«, fügte Desh noch hinzu.

Kira schaute nervös auf ihre Uhr, als sie die Treppe hochstiegen. »Ich nehme an, du würdest es mir sagen, wenn du die drei Pieptöne schon gehört hättest«, sagte Desh leise.

Kira seufzte. »Er wird den Timer zurücksetzen«, behauptete sie, allerdings mit weniger Zuversicht als zuvor.

Als sie oben ankamen, rief Griffin sie in das verglaste Arbeitszimmer.

»Ich konnte noch nichts finden, das Putnam mit irgendwelchen Terrorgruppen oder diesem Sterilisierungsvirus verbindet«, berichtete er. »Aber ich habe Akten über diverse mächtige Leute aus Politik und Militär gefunden.«

»Kompromittierende Akten?«, riet Kira.

»Sehr kompromittierend«, bestätigte Griffin. »Hoover wäre stolz auf ihn. Putnam hat eine ganze Reihe von Anrufen aufgenommen, bei denen es um Bestechlichkeit, Seitensprünge, alle möglichen Verbrechen und so weiter geht.« Er schüttelte den Kopf. »Außerdem hat er auch noch jede Menge von diesem Zeug.« Auf dem Bildschirm erschien ein fülliger, fast kahler älterer Mann, der mit einer gut gebauten jungen Schönheit Sex hatte. Keiner von ihnen erkannte den Mann. »Der Akte nach«, erklärte Griffin, »ist der Glatzkopf hier Firmenchef eines großen Unternehmens. Putnam hat eine Menge Videos mit Sexszenen, entweder homosexueller Art oder solche, in denen die Männer nicht mit den Frauen verheiratet sind. Aber ich erspare Ihnen die Einzelheiten.«

»Oh, danke!«, knurrte Desh.

»Nicht gerade das, was man seiner Frau oder seinen Kindern zeigen möchte«, bemerkte Metzger.

»Oder der Wählerschaft«, ergänzte Desh.

Unten auf dem Bildschirm tauchte eine Digitaluhr auf. Darauf stand 9:45 Uhr. Besorgt schaute Desh Kira an. Sie versuchte, sich stark zu zeigen, aber er sah die Anspannung in ihrem Gesicht.

Dann klopfte es an die Haustür.

Sofort ergriff Desh Kira am Arm und zog sie aus dem Zimmer an die Wand, die die Haustür flankierte. Metzger und Griffin positionierten sich ihnen gegenüber. Drei Waffen waren auf die Tür gerichtet.

Erneut klopfte es, dann hörten sie einen Schlüsselbund klirren. Endlich schwang die Tür nach innen.

»Ich bin allein und unbewaffnet«, rief S. Frank Putnam laut. »Ich komme jetzt herein.«

Ruhig betrat er sein Haus und schloss die Tür hinter sich. Desh eilte zum Fenster und überprüfte mit dem Fernglas die Umgebung. Es sah nicht so aus, als ob jemand anderes auf dem Weg zum Haus wäre.

»Ich muss Ihnen gratulieren – zu Ihrer Flucht und dazu, dass Sie meine Identität herausgefunden haben«, erklärte Putnam aufrichtig. »Irgendwann einmal müssen Sie mir erzählen, wie Sie das geschafft haben.«

»Was machen Sie hier?«, zischte Kira herablassend.

»Ich möchte nur sicherstellen, dass Sie sich nicht weiter an meinem Eigentum vergreifen, meine Liebe. Meine Männer werden in etwa zehn Minuten eintreffen. Ich wollte Sie vorher begrüßen und Ihnen die Chance lassen, sich freiwillig zu ergeben.«

»Warum?«, fragte Desh misstrauisch.

»Natürlich weil ich es nicht riskieren möchte, dass Dr. Miller verletzt wird.«

»Sie meinen, eine andere Verletzung als die, die ihr die implantierte Bombe zufügt, die in zwölf Minuten hochgeht«, schnaubte Desh.

»Zwölf Minuten geben mir mehr als ausreichend Zeit, den Timer zurückzusetzen. Was ich selbstverständlich zu tun beabsichtige. Ich wollte Sie lediglich persönlich darauf hinweisen, dass Sie zahlenmäßig weit unterlegen sind, und Sie drängen aufzugeben, sobald meine Männer ankommen.«

»Colonel«, sprach Desh in sein Mikrofon, »es nähern sich mögliche feindliche Gruppen. Haben Sie Sichtkontakt?«

Es kam keine Antwort.

»Colonel, was ist los?« Er hob das Mikrofon näher an den Mund. »Ich wiederhole, mögliche feindliche Gruppen im Anmarsch. Colonel, bitte kommen!«

»Was ist los, Desh?«, höhnte Putnam. »Keine Antwort?«

»Was haben Sie mit Connelly gemacht?«, fragte Kira alarmiert.

»Haben Sie etwa gedacht, meine Männer würden einen Campingwagen übersehen?«, bemerkte Putnam verächtlich. »Das Ding ist ein Monstrum!«

»Was haben Sie mit ihm gemacht?«, drängte Kira.

»Wie sich herausstellt, meine Liebe, mussten wir gar nichts machen. Ihr Freund, der Colonel, hat das komplett selbst erledigt.«

»Was hat er selbst erledigt?«, blaffte Desh.

»Als meine Leute den Campingwagen gestürmt haben, hat er sich im Schlafzimmer versteckt. Er hielt sich für ganz besonders schlau, hat eine Schutzbrille aufgesetzt, sich Ohrstöpsel verpasst und dann eine Blendgranate geworfen. Er hoffte wohl, schneller wieder fit zu sein als wir.« Putnam grinste belustigt. »Er hat allerdings nicht damit gerechnet, dass die Explosion ihn von den Füßen holt. Er ist mit dem Kopf gegen die Ecke eines Tisches geknallt und war sofort tot.« Putnam legte eine Pause ein, um den Augenblick länger genießen zu können. »Es war kein schöner Anblick.«

Die vier tauschten entsetzte Blicke. Selbst Kira und Griffin, die den Colonel nicht sehr gut gekannt hatten, traf der Verlust des Mannes tief.

Putnam schaute betont auf die Uhr. »Sie haben fünf Minuten, um mit erhobenen Händen herauszutreten. Danach stürmen meine Männer das Haus.« Seine Mundwinkel wiesen in einem grausamen Lächeln nach oben. »Ich allerdings muss jetzt wirklich gehen, meine Liebe. Wenn ich den Timer in dem kleinen Gerät in Ihrem Kopf nicht rechtzeitig umstelle, spritzt mir am Ende noch Ihr Hirn auf meine Gardinen. Und das kann ich ja nun nicht zulassen, oder?«

Kira hob die Waffe und zeigte damit direkt auf Putnam. »Keinen Schritt weiter!«, grollte sie.

»Oder was?«, spottete Putnam. »Oder Sie erschießen mich?« Er legte den Kopf in den Nacken und lachte laut. »Sie geben sich selbst nur noch fünf Minuten zu leben? Und sind bereit, die einzige Chance zu vernichten, die Sie haben, dass der Deckel auf dieser Büchse der Pandora bleibt? Das denke ich doch nicht.«

Eine Kugel schoss aus Kiras Pistole und bohrte sich in Putnams Brustkorb. Er krachte gegen die Tür. »Dann denken Sie lieber noch einmal nach«, flüsterte sie, ihr Gesicht vor Wut verzerrt. Sie ging auf ihn zu und leerte das gesamte Magazin in seinen Körper.

»Kira, was machst du da!«, schrie Desh.

»Er musste einfach sterben!«, sagte sie hasserfüllt.

Sie wandte sich von der Leiche ab und versuchte, sich zu fassen. »David, du musst mit den beiden anderen hier verschwinden. Nimm den Fluchttunnel. Ich weiß, dass du das Komplott von Putnam stoppen kannst. Ihr müsst nur meine Behandlung einsetzen. Ihr schafft das. Ich war nur ein Hindernis, nachdem er ein solches Druckmittel gegen mich in der Hand hatte. Zeig es diesem Mistkerl, und dann setz deine Vision um. Du bist ein guter Mensch, dem man vertrauen kann. Ich jedenfalls vertraue dir.«

Desh sagte nichts, streckte nur seine Arme aus. Sie warf sich hinein. Ein paar Tränen liefen ihr über die Wangen.

»David«, flüsterte sie, ohne ihn loszulassen, »ich werde dir die GPS-Koordinaten von meinem USB-Stick geben. Wenn du den Virus aus irgendeinem Grund nicht aufhalten kannst, musst du das Geheimnis der Lebensverlängerung verbreiten. Ich zähle auf dich!«

Kira wischte sich mit einer Hand die Tränen ab und konzentrierte sich mit ihrem ganzen Herzen darauf, die Erinnerung freizuschließen. Nicht weil eine äußere Macht sie dazu zwang, sondern weil sie die Informationen freiwillig weitergeben wollte. An diesen Mann, einen Mann, dem sie gelernt hatte zu trauen und den sie bewunderte. Ihre Intuition hatte sie nicht getäuscht – David Desh war die perfekte Wahl gewesen. Und wenn die Dinge anders gelegen hätten – wer weiß, wohin ihre Beziehung sie noch geführt hätte …

Sie keuchte – auf einmal flutete die Erinnerung zurück, als ob ein Damm gebrochen wäre.

Kira näherte sich Deshs Ohr und schützte den Mund seitlich mit den Händen. Dann flüsterte sie ihm die Koordinaten zu. Sie wiederholte sie mehrmals, bis Desh sie fest in seinem eigenen Gedächtnis verankert hatte. Selbst wenn er sie wieder vergaß – zumindest im Zustand erhöhter Intelligenz konnte er sie jederzeit wieder zurückholen. Und sich dabei genau an ihren Atem in seinem Ohr und ihre exakte Aussprache jeder Zahl erinnern.

Jetzt wusste sie, ihre Entdeckung, wie man das Leben verlängern konnte, durfte weiterleben, auch wenn sie selbst nicht mehr war. Und Desh würde sie nur dann preisgeben, wenn er Putnams Komplott nicht mehr aufhalten konnte, dessen war sie sich sicher.

Als weitere Tränen flossen, stieß sie Desh von sich. »Du musst Abstand zu mir halten«, mahnte sie.

Es war jetzt eine Minute vor zehn, und der Sekundenzeiger wanderte in einer Übelkeit erregenden Geschwindigkeit immer weiter. »Kira, du bist die bemerkenswerteste Frau, die ich jemals getroffen habe«, erklärte Desh mit absoluter Überzeugung.

Sie zwang sich zu einem tapferen Lächeln, für Desh und die beiden anderen. »Ich danke euch. Ich hoffe nur, ich habe mich geirrt, was das Leben nach dem Tod betrifft«, sagte sie rau.

Dann schloss Kira Miller die Augen und erwartete das Ende.

46

Zusammen mit Kira schlossen auch die anderen drei die Augen. Kostbare Sekunden verrannen.

Eine Explosion erschütterte den Raum.

Sie war gewaltig. Der Lichtblitz der Explosion war hell wie eine Supernova und blendete jeden im Raum, trotz geschlossener Augen.

Desh merkte, dass er auch nichts mehr hören konnte, aber er erkannte gerade noch, dass die Explosion von einer Blendgranate und nicht von dem Gerät in Kiras Kopf kam.

Er fuhr herum, um sich zu verteidigen, doch seine Reaktion kam zu spät. Grob ergriffen ihn zwei Männer, und einer der beiden rammte ihm eine Waffe gegen die Schläfe. Der andere zog seine Arme nach hinten und fixierte die Handgelenke mit den Plastikhandschellen, die Desh mittlerweile nur allzu vertraut waren. Er leistete keinen Widerstand, es wäre sinnlos und unklug gewesen. Taub und blind, eine Pistole an der Wange, das war keine taktische Position, aus der heraus er irgendetwas ausrichten konnte. Brutal wurde er gegen die Wand gestoßen und fachmännisch durchsucht. Schnell hatte man ihm seine Waffen abgenommen.

Langsam kehrten seine Sicht und sein Gehör zurück, und er konnte sich wieder auf seine Umgebung konzentrieren.

Neben ihm stand Kira Miller. Sie war am Leben. Und es war schon nach zehn Uhr.

Man hatte Desh und Kira nebeneinandergezwungen, rechts und links eingerahmt durch schwerbewaffnete Männer, die während des Angriffs Schutzbrillen und Ohrstöpsel getragen hatten. Ein paar Meter entfernt standen Griffin und Metzger zusammengedrängt. Auch sie wurden von zwei Männern bewacht. Zwischen den beiden Gruppen lag Putnams blutiger, von Kugeln durchsiebter Leichnam.

Ganz offensichtlich waren die Männer durch den geheimen Tunnel im Keller eingedrungen, erkannte Desh, um ihr Team mithilfe von Blendgranaten kinderleicht zu überwältigen.

Nun kam ein gutaussehender Zivilist ins Wohnzimmer, mittelgroß und mittelschwer. Er trug eine legere Hose und eine sportliche Jacke. Sein Gang war flott und arrogant. Seine blauen Augen strahlten eine unheimliche Ruhe aus, aber es lagen ebenso sowohl Verschlagenheit als auch eine Bedrohung darin. Sie wirkten wie die Augen einer giftigen Schlange unmittelbar vor dem Biss.

Kira Miller keuchte. Sie schwankte und versuchte mühsam, das Gleichgewicht wiederzugewinnen.

»Alan?«, krächzte sie heiser, kaum in der Lage, den Namen herauszubringen.

»Hallo, Kira«, sagte er fröhlich. »Na, freust du dich, deinen großen Bruder am Leben zu sehen?«

Kira war wie betäubt. Sie konnte nichts erwidern, starrte ihn nur mit offenem Mund an.

»Oder bist du einfach nur glücklich, dass das Gerät, was Putnam dir eingepflanzt hat, nichts als ein Bluff war?«

Langsam kämpfte Kiras Verstand sich aus seiner Betäubung heraus. Sie verstand nichts. Überhaupt nichts. Ihr Bruder war am Leben! Und Putnams Bombe in ihrem Kopf war gar keine! Ihre Gefühle glühten so heiß, sie fürchtete, nach allem doch noch innerlich zu explodieren.

»Durchsucht sorgfältig ihre Taschen«, befahl Alan Miller. »Falls irgendeiner von ihnen kleine Pillen bei sich haben sollte – die müssen wir finden.«

Erneut wurden alle vier durchsucht. Schnell waren die Gelkapseln gefunden, die Griffin und Metzger bei sich hatten. Sie überreichten sie einem hocherfreuten Alan Miller, der sie einsteckte. Dann wandte er sich an seine Schwester. »Danke, Kira. Von den Dingern kann ich alle gebrauchen, die ich nur kriegen kann.«

»Was geht hier vor, Alan?«, fragte Kira, die sich langsam wieder zu fassen begann, heiser.

Ihr Bruder grinste. »Ist das nicht absolut bemerkenswert? Du bist so brillant – und hast trotzdem nicht die geringste Ahnung.« Er seufzte. »Ich denke, ich kann es dir ganz langsam und häppchenweise erklären. Aber nicht hier. Begeben wir uns in eine bequemere Umgebung.« Er grinste gemein. »Wenigstens für mich wird sie bequemer.«

Er hatte den letzten Satz noch nicht ganz beendet, da hörten sie das vertraute Geräusch eines Hubschraubers. Nein, mehrerer Hubschrauber. »Pünktlich wie geplant«, freute sich Alan. Er deutete auf die Eingangstür. »Nach euch.«

Zwei der Männer hoben die Maschinenpistolen und drängten Kira und Desh zur Tür.

»Was ist mit den beiden anderen?«, fragte Kira und deutete auf Griffin und Metzger.

Alex runzelte die Stirn. »Sie kommen nicht mit uns«, brüllte er über den Lärm der Rotorblätter hinweg. »Wir werden sehen. Vielleicht lasse ich sie noch eine Weile leben, wenn ich sie als Druckmittel einsetzen kann.«

Kira, Desh und Alan Miller traten vor das Haus. Drei Helikopter landeten auf dem Anwesen. Die beiden rechts und links waren Militärhubschrauber, doch der in der Mitte war zivil. Er war weiß gestrichen, mit roten Akzenten, und hatte in etwa dieselbe Größe wie ein Blackhawk. Das Wort *Sikorsky* war in schwungvoller Schrift aufgedruckt. Das Modell war sehr exklusiv und wurde eigentlich nur von Chefs großer Firmen und Staatsoberhäuptern genutzt. Bis zu zehn Passagiere konnten hier in regelrecht dekadentem Luxus untergebracht werden.

Alan nickte seinen Männern zu. »Bringt sie sicher unter«, befahl er.

Die Soldaten öffneten die Tür des Hubschraubers und stießen die beiden Gefangenen hinein. Der Innenraum für die Passagiere bot einen wahrhaft spektakulären Anblick und war reicher ausgestattet als die luxuriöseste Luxuslimousine. Es gab genügend Platz, notfalls auch ganz bequem in der Kabine herumzuspazieren, eine gut ausgestattete Bar, Einbauschränke aus lackiertem Holz, Spiegel und Flachbildschirme. Die Sitze waren komfortabel gepolsterte, mit butterweichem Leder bezogene Chefsessel. Sie standen weit genug voneinander entfernt, um Platz zu bieten für bequeme Armlehnen und Ablageflächen für Gläser und Handys.

Desh setzte sich in Bewegung. Mit einem Kopfstoß ließ er einen der Männer zusammenbrechen. Den anderen rammte er mit der Schulter, sodass er gegen die Cockpittür geschleudert wurde. Doch der Mann am Boden erholte sich bemerkenswert schnell und knallte die Waffen gegen Deshs Schienbein. Desh fiel auf die Knie. Dann hatte sich auch der zweite Soldat erholt und schlug ihm mit der Faust ins Gesicht. Er griff ihn an den Haaren und schleifte ihn zu einem der hinteren Sitze des Sikorsky. »Versuch das nicht noch mal, Arschloch!«, knurrte der Soldat. »Das nächste Mal bin ich nicht so sanft.«

Die beiden Gefangenen wurden an die Sitze gefesselt. Als zusätzliche Sicherheitsmaßnahme spannte einer der Männer einen NATO-Draht quer über beide, direkt unterhalb des Kinns. Sobald sie sich nach vorn bewegten, schnitten ihnen die Klingen ins Fleisch.

Nachdem seine Leute ihm gemeldet hatten, dass alles bereit war, stieg Alan Miller ein und nickte ihnen zu, den Hubschrauber zu verlassen. Er öffnete die Tür zum Cockpit. »Achten Sie darauf, dass wir nicht verfolgt werden«, wies er den Piloten an. »Und informieren Sie mich sofort, wenn Sie etwas Verdächtiges bemerken.«

Dann schloss Alan die Cockpittür wieder und ging zur Bar. Klingelnd fielen Eiswürfel in ein Glas, das er halb und halb mit Scotch und Sodawasser füllte, als ob er keine Sorgen hätte. Endlich setzte er sich den beiden gegenüber und nahm den ersten Schluck, den er mit geschlossenen Augen genoss.

»Das gefällt mir schon besser«, meinte er. »Kein Grund, auf eine zivilisierte Umgebung zu verzichten«, ergänzte er hämisch.

Er klopfte zweimal gegen die Kabinentür. Kurz darauf hob der Helikopter ab.

»Jetzt können wir endlich ganz privat miteinander reden«, erklärte Alan Miller. »Der Pilot kann nichts von dem hören, was hier gesagt wird.«

Die schallisolierte Kabine war so konstruiert, dass sie den Lärm der Rotorblätter weitgehend aussperrte. Man konnte sich unterhalten, ohne brüllen zu müssen. Hochgestellte Persönlichkeiten legten schließlich Wert auf eine ruhige Umgebung – und hatten das Geld, sie sich zu verschaffen.

Kira fühlte einen maßlosen Schmerz bis tief in ihre Seele, der sich auch in ihren Augen spiegelte. »Du warst das also die ganze Zeit«, murmelte sie wie betäubt.

Er nickte. »Für jemanden, der so klug ist, kannst du ganz schön begriffsstutzig sein«, bemerkte er.

»Meine Lehrerinnen«, sagte sie schwach, »Mom und Dad, Onkel Kevin – das warst alles du?«

Alan grinste. »Wer denn sonst?«, erwiderte er, hörbar stolz. »Aber mach dir nicht zu viel daraus, dass du es nicht gemerkt hast. In deiner Nähe war ich immer der perfekte große Bruder. Der reinste Engel. Sonst hättest du die Möglichkeit von etwas, das dir in seiner Offensichtlichkeit ja schon beinahe ins Gesicht sprang, bestimmt in Betracht gezogen.«

Kira zitterte. Einen Augenblick lang dachte sie, sie müsste kotzen. »Hat nie jemand vermutet, was du alles gemacht hast?«, fragte sie heiser.

»Natürlich«, antwortete er. »Wie auch nicht? Aber ich war klug und habe alles weit weg von zuhause erledigt. Und mir war klar, dass ich in deiner Gegenwart den Heiligen spielen musste. Du warst meine mögliche Achillessehne. Ich konnte dich nicht auch noch umbringen – das wäre nun doch zu verdächtig gewesen, nach all den anderen Todesfällen. Aber wenn du meine wahre Natur erkannt hättest, hättest du bestimmt sofort gewusst, was wirklich passiert war, und nicht gezögert, mich der Polizei zu übergeben.« Er hielt inne. »Schau dir doch nur den Unabomber Kaczynski an, den hochbegabten Terroristen. Von seinem eigenen Bruder zur Strecke gebracht.« In gespielter Empörung schüttelte er den Kopf. »Was ist nur mit der geschwisterlichen Loyalität passiert?«

Eine Träne lief Kira über die Wange. Sie hatte gedacht, nichts könnte sie mehr verletzen als das, was sie bereits erlebt hatte. Doch sie hatte sich geirrt. Das war noch viel schlimmer. Alan war der ältere Bruder, den sie regelrecht angebetet hatte. Und die ganze Zeit war er ein Psychopath und Mörder gewesen. Was er getan hatte, war der ultimative Verrat. Und er hatte sie zum Narren gehalten. Wie hatte sie nur die ganze Zeit so blind sein können?

»Was ist los, Kira?«, höhnte er. »Hast du etwa gedacht, du kannst Menschen gut einschätzen?« Seine Lippen zuckten verächtlich. »Du warst ganz leicht hinters Licht zu führen. Und so anhänglich und hilfsbedürftig.«

»Du bist ein Monster«, flüsterte sie. Sie verabscheute die Kreatur, die ihr gegenübersaß. Und sie verabscheute sich selbst dafür, ihn einmal so vorbehaltlos geliebt zu haben.

Alan lachte. »Weißt du, irgendjemand musste ja deine schreckliche Selbstgerechtigkeit ausbalancieren. Aber du weißt ja, wie das ist mit uns Psychopathen – in unseren Augen ist an unserem Verhalten nichts auszusetzen. Und falls es dich beruhigt – die Lebensversicherung unserer Eltern hat einem armen Studenten wie mir gewaltig auf die Sprünge geholfen.«

Hasserfüllt starrte sie ihn an. »Du hast Mom und Dad umgebracht – und dann so getan, als ob du dich aufopferungsvoll um mich kümmerst. Nur damit ich dich noch mehr bewundere.«

Alan lächelte selbstgefällig.

»Und dann hast du mir die Morde in die Schuhe geschoben, die du begangen hast, und dafür gesorgt, dass alle mich für den Psychopathen halten.«

»Das war doch ein ausgebuffter Schachzug, findest du nicht auch?«

»Und das Schlimmste ist«, sagte sie angeekelt, »du warst das Wichtigste in meinem Leben. Ich habe dich geliebt!« Sie wandte die Augen ab. »Und du hast dafür gesorgt, dass ich gedacht habe, dass ich an deinem Tod schuld bin«, fügte sie in eiskaltem Zorn hinzu.

»Nun, jetzt weißt du ja Bescheid«, erwiderte er aalglatt. »Also: Kopf hoch!«

47

Dünne Rollläden aus Kirschholz, die per Knopfdruck hoch- und heruntergelassen werden konnten, bedeckten die großen Fenster des Hubschraubers. So hatten die Gefangenen keine Ahnung, wohin sie flogen. Der Flug verlief so glatt und das Geräusch der Rotorblätter war so gedämpft, dass sie beinahe vergessen hatten, dass sie sich in der Luft befanden.

»Und was ist Ihre Rolle bei den ganzen Dingen in den letzten Jahren?«, fragte Desh.

»Auch das ist eine faszinierende Geschichte«, antwortete Alan amüsiert. »Nun, ich habe einfach meine kleine Schwester in ihrer Wohnung besucht, als sie für NeuroCure gearbeitet hat. Selbstverständlich hat sie darauf bestanden, dass ich bei ihr übernachte. Schließlich hat sie mich immer angebetet.«

Kiras Augen blitzten vor Wut, doch sie schwieg.

»Natürlich musste sie irgendwann arbeiten gehen. Und ich dachte mir einfach, ich sollte mich in ihrer Wohnung mal ein bisschen umschauen. Ich habe nicht lang gebraucht, um den doppelten Boden in der Schublade zu finden, und darin ihr Notizbuch und die Gelkapseln. Eine von denen habe ich gleich ausprobiert. Man muss wahrlich kein Supergenie sein, so wie ich es dabei wurde, um die Möglichkeiten sofort zu erfassen.«

Desh zog die Augenbrauen zusammen. »Also haben Sie beschlossen, einen Einbruch vorzutäuschen und die Kapseln zu stehlen.«

»Nicht sofort«, erklärte Alan überheblich. »Ich habe ein paar Monate gewartet, damit meine Schwester den Einbruch nicht mit meinem Besuch in Verbindung bringt. Und ich habe nicht nur die Kapseln mitgenommen – ich habe mir auch ein paar ihrer Haare besorgt, für den Fall, dass ich sie irgendwann einmal mit gewissen Verbrechen in Verbindung bringen muss.« Er sah aus, als ob er höchst zufrieden mit sich selbst wäre. »Ich plane gerne voraus.«

Angewidert schüttelte Desh den Kopf. Mit einem dieser Haare hatte er dafür gesorgt, dass man sie sogar mit seinem eigenen Tod in Verbindung gebracht hatte.

»Dann habe ich ein paar Tage gewartet und anschließend ihren Chef umgebracht, damit sie einen Verdächtigen hatte«, erklärte Alan weiter. »Unter dem Einfluss ihrer Therapie werden alle Dinge auf einmal ganz klar. Ich war mir sicher, wenn ich Morgan tötete, käme sie sofort auf den Gedanken, dass er die Pillen gestohlen hatte und von einem hinterlistigen Partner aufs Kreuz gelegt worden war.«

Wie Desh wusste, war das genau der Schluss, zu dem Kira tatsächlich gekommen war. »Und dann haben Sie Lusetti angeheuert, um sie zu überwachen.«

»Ich dachte einfach, es sei am besten, wenn ich sie in Ruhe arbeiten lasse, damit sie andere … ähm … atemberaubende Entdeckungen machen kann, die ich mir anschließend ebenfalls unter den Nagel reißen wollte. In der Zwischenzeit setzte ich ihre Kapseln sehr gezielt ein, um mein Imperium aufzubauen.«

»Wie passt denn Putnam in das alles hinein?«, wollte Desh wissen.

»Sie sind sich doch sicher dessen bewusst, dass man mit einer überragenden Intelligenz auf unterschiedlichste Art und Weise ein Vermögen machen kann«, erwiderte er und schwenkte sein Glas. »Aber wenn Sie auf Macht ebenso scharf sind wie auf Geld, dann ist der mächtigste Geheimdienst in der Geschichte der Menschheit aus verschiedenen Gründen ein geeignetes Ziel. Hier Drahtzieher zu sein, das bedeutet wahre Macht.«

»Aber warum Putnam? Kannten Sie ihn vorher?«

Alan schüttelte den Kopf. »Unter dem Einfluss von Kiras Behandlung bin ich in die Computer einer ganzen Reihe von NSA-Mitarbeitern der mittleren Ebene eingedrungen. Putnam war einer davon. Wir waren uns sehr ähnlich, und er war zu allem bereit. Ich habe genügend Material gegen ihn gesammelt, um ihm mehrfach die Todesstrafe zu verschaffen. Dann habe ich ihn angeheuert und dafür gesorgt, dass er die Karriereleiter sehr schnell hochsteigt. Wir waren ein großartiges Team.«

»Hast du ihm welche von meinen Gelkapseln gegeben?«, fragte Kira.

»Natürlich nicht!«, knurrte er verächtlich. »Sehe ich etwa wie ein Idiot aus? Putnam war viel zu skrupellos und ehrgeizig, als dass ich ihm hätte trauen können. Ich war mir sicher, mit erhöhter Intelligenz wäre er schnell in der Lage gewesen, den Spieß umzudrehen. Die einzige Person, der ich außer mir selbst jemals eine Pille gegeben habe, war dieser Molekularbiologe, den Putnam erpresst hat. Und das geschah unter strengsten Sicherheitsbedingungen und nur, um sicherzustellen, dass ich jederzeit Zugriff auf neue Kapseln habe.«

»Als Putnam damit geprahlt hat, was er alles erreichen könnte, hat er also in Wirklichkeit Ihre Aktivitäten beschrieben«, stellte Desh fest.

»Das stimmt«, nickte Alan. »Wir haben alles vorher einstudiert, was er Ihnen sagen sollte. Ich habe ihn auch angewiesen, diesen Mann, den Sie als Smith kannten, vor Ihren Augen umzubringen. Putnam hatte keine Ahnung, warum ich unbedingt darauf bestand, dass er als der Kopf der Sache auftrat.« Eisig fügte er hinzu: »Immerhin war er klug genug, meine Befehle nicht zu hinterfragen.«

Alan Miller begab sich zur Bar und füllte sein Glas erneut. Dann drehte er sich zu Desh um. »Meine Schwester hat an dieser Lebensverlängerung gearbeitet, und ich habe mir währenddessen mit Putnams Hilfe Macht und Geld verschafft. Natürlich wusste ich genau, was Kira plante. Die ganzen Sicherheitsmaßnahmen, zu denen sie sich nach dem Einbruch entschlossen hatte, konnten mich nicht davon abhalten, sie zu überwachen.« Er gab noch einen

Eiswürfel in sein Glas und kehrte zu seinem Sitz zurück. »Als Lusetti mir berichtete, sie hätte die Experimente eingestellt, vermutete ich, sie hatte einen weiteren Durchbruch erzielt.«

»Also flogen Sie nach San Diego, um herauszufinden, ob das stimmte«, bemerkte Desh.

»Ich stellte fest, dass sie das Geheimnis nicht ihrem Computer anvertraut hatte – also musste ich sie zwingen, es mir zu verraten. Und nun setzte ich meinen Plan um, meinen eigenen Tod vorzutäuschen, um dann mit einer neuen Identität aufzuerstehen, die absolut wasserdicht war. Damit konnte ich sozusagen zwei Fliegen mit einer Klappe schlagen.« Er grinste sardonisch.

»Und Sie wussten, Ihre Schwester hat Sie angebetet – also beschlossen Sie vorzugeben, eine Geisel zu sein, und die angebliche Bedrohung gegen sich selbst als Druckmittel einzusetzen.«

Alan nickte. »Es war ein brillanter Plan, auch wenn ich das jetzt selbst sage.« Seine Gesichtszüge verhärteten sich. »Aber ich hatte nicht mit der Erinnerungsfalle gerechnet, die sie sich selbst verpasst hat.« Wütend knirschte er mit den Zähnen. »Das hat mir alles versaut.« Er wirbelte die bernsteinfarbene Flüssigkeit herum und starrte wie hypnotisiert ins Glas, bis er sich wieder gefangen hatte.

»Aber warum haben Sie sich dann weiter mit Kira abgegeben, trotz ihrer Erinnerungsblockade?«, fragte Desh. »Sie hätten doch auch einfach Ihren Molekularbiologen weiter optimieren können, bis er Kiras Arbeit nachvollzogen hätte. Das hätte Ihnen eine Menge Aufwand erspart.«

»Weil dieser Kerl im Vergleich zu meiner hochbegabten Schwester ein Volltrottel ist«, zischte Alan. »Er hat Jahre gebraucht, um die Therapie zur Gehirnoptimierung nachzubauen. Dabei hatte er das gesamte Rezept. Ich bezweifle, dass es auf der ganzen Welt mehr als vielleicht höchstens noch drei oder vier weitere Wissenschaftler gibt, denen eine solche Arbeit gelingen kann. Und das selbst mit gesteigerter Intelligenz.« Er schüttelte den Kopf. »Nein, ich brauchte sie unbedingt. Aber als ob es nicht schon schlimm genug gewesen wäre, dass sie die Erinnerungen weggesperrt hat – dann musste sie auch noch diesen dämlichen Mistkerl Lusetti umbringen und untertauchen. Ich schäme mich nicht, es zuzugeben – danach war ich richtig sauer.« Seine Stimme klang ruhig. Dennoch konnte man ihm die maßlose Wut noch immer anhören. »Das hat aber nur kurz angehalten«, fuhr er fort. »Ich habe mich einfach neu orientiert, eine ihrer Pillen eingeworfen, und schon am nächsten Tag hatte ich einen absolut großartigen Plan.«

»Putnam hat uns davon berichtet«, unterbrach Kira ihn voller Abscheu. »Die Massensterilisierung von Frauen, damit du dein eigenes verkorkstes Leben ein paar Jahre verlängern kannst.«

Alan lachte fröhlich. »Massensterilisierung?«, wiederholte er belustigt. »Kira, du musst nicht alles glauben, was man dir sagt.«

»Das verstehe ich nicht«, sagte Kira.

»Das liegt nur daran, dass du so verdammt moralinsauer bist! Du willst dir ja nicht einmal selbst das Geschenk gönnen, das du geschaffen hast. Wenn du eine deiner eigenen Kapseln genommen hättest, hättest du diesen Trick sofort durchschauen können.« Er wirkte enttäuscht. »Du bist weit weniger intelligent, als ich das in Erinnerung hatte.« In gespielter Unschuld breitete er die Hände aus. »Warum sollte ich irgendjemanden sterilisieren wollen, geschweige denn alle?«

Man sah Kira ihre Verwirrung an. »Um mich dazu zu bringen, mir meine Erinnerungen wieder zu erschließen.«

Ungeduldig schüttelte Alan den Kopf. »Als ich mich nach meinem ›Tod‹ wieder deiner Therapie unterzogen habe, wurden mir die mutmaßlichen Eigenschaften deines Erinnerungsgefängnisses sofort klar. Ich wusste, keine Drohung, auch nicht die größte, kann dort eindringen.« Er deutete auf sie. »Du darfst noch mal raten.«

»Wenn du damit Erfolg gehabt hättest, wenn also unsere Generation wirklich die letzte der Menschheit sein sollte, wäre ich gezwungen gewesen, dir – oder Putnam – das Geheimnis zu verraten, um das Überleben der Spezies zu sichern.«

»Aber das ist doch gerade das Problem!«, zischte er zornig. »Du hättest dein Geheimnis nie verraten, weder Putnam noch mir. Du kannst auf diese Erinnerungen nur zugreifen, wenn du das wirklich willst. Und das wäre weder bei Putnam noch bei mir der Fall. Du konntest einfach Zeit schinden, in dem sicheren Bewusstsein, dass wir dich niemals umbringen würden, bis sich dir eine Gelegenheit zur Flucht bot. Nur so konntest du doch sicherstellen, dass wir dein Geschenk wirklich an alle weitergeben, statt es für uns zu behalten.« Er verzog das Gesicht. »Kira, du und ich, wir wissen doch beide, wie du funktionierst. Genau das ist es, was du versucht hättest.«

»Da hast du recht«, räumte Kira widerwillig ein.

»Natürlich habe ich das. Und wenn ich versucht hätte, dir das Geheimnis per Zwang zu entreißen, wäre ich wieder genau dort gelandet, wo ich angefangen habe. Eine echte Zwickmühle. Ich hätte die Informationen von dir nur bekommen, wenn ich dich hätte gehen lassen und sie der gesamten Menschheit zur Verfügung gestellt hätte. Natürlich könnte ich auch dann noch mein eigenes Leben verlängern – aber das war ja nun nicht so ganz das, was ich geplant hatte. Ich wollte das mächtigste Druckmittel aller Zeiten schließlich nicht verlieren.« Er lächelte voller Grausamkeit. »Du musst wissen, ich bin ein bisschen selbstsüchtig. Ich wollte das Geheimnis ganz für mich allein, um es so zu nutzen, wie ich das für richtig halte.«

»Ich kapiere das alles noch immer nicht«, sagte Kira. »Das mit dem Ebolavirus war ein Bluff. Das mit der Sprengladung in meinem Kopf war ein Bluff. Das Komplott mit der Massensterilisierung war ein Bluff. Aber warum das alles? Wie hängen diese Dinge zusammen? Und was haben dir diese ganzen Manipulationen verschafft?«

Ihr Bruder lächelte zufrieden. »Wie sich herausstellt, Kira, haben sie mir … alles verschafft, alles, was ich wollte.«

48

Alan Miller nahm einen Schluck von seinem Scotch. Seine Augen strahlten vor Freude. Ganz offensichtlich genoss er es, seine geisteskranken Manöver mit Zuschauern zu teilen, die ihm sozusagen an den Lippen hingen. Es verschaffte ihm Befriedigung, mit jeder Wendung seiner Schilderung das Messer noch einmal und noch einmal umzudrehen, das in der Seele seiner Schwester steckte. »Wie ich schon sagte, mir war klar, dass ich dich ganz sicher nicht zwingen konnte, das Geheimnis preiszugeben. Also musste ich mein brillantes Selbst im Zustand gesteigerter Intelligenz fragen, unter welchen Bedingungen meine kleine Schwester freiwillig den Mund aufmachen würde. Nachdem ich diese Frage beantwortet hatte, musste ich einfach nur noch die entsprechenden Bedingungen schaffen.« Er verdrehte die Augen. »Das war allerdings leichter gesagt als getan, das gebe ich zu.«

»Und was waren diese Bedingungen?«, fragte Kira, doch sie spürte, wie Übelkeit ihren Magen zusammenzog. Sie hatte Desh gerade den Ort genannt, an dem sie ihren USB-Stick vergraben hatte. Ja, sie wusste genau, welche ganz spezielle Kombination aus Umständen ihr die Koordinaten entlockt hatte. Nur wäre es grotesk, wenn Alan behaupten wollte, er hätte die Dinge von Anfang an in diese Richtung gelenkt. Und außerdem hatte sie Desh die Zahlen direkt ins Ohr geflüstert. Keine Wanze war empfindlich genug, um das aufzufangen.

»Zuerst einmal«, begann Alan, »brauchte es jemanden, den du ausreichend respektierst, um ihm dein Geheimnis anzuvertrauen. Solang du als Einzelkämpfer unterwegs warst, war die Sache hoffnungslos.«

Er wandte sich an Desh. »Genau da kommen jetzt Sie ins Spiel. Ich habe Sie sorgfältig ausgewählt, für genau diese Aufgabe.«

»Wovon reden Sie?«, fragte Desh verwirrt.

»Was glauben Sie wohl, wer Sie im Iran verraten hat?« Sein Gesicht zeigte ein breites, selbstgefälliges Grinsen.

»Das ist unmöglich!«, protestierte Desh. »Sie können doch nicht schon damals geplant haben, dass ich mich viel später mit Ihrer Schwester zusammentue!«

»Oh doch.« Alan Miller nickte, und sein Grinsen wurde noch breiter. »Ich musste einfach sicherstellen, dass es jemanden gibt, dem sie sich anvertrauen kann. Glauben Sie mir, ich kenne den Männergeschmack meiner Schwester ganz genau. Ich habe die Kerle getroffen, mit denen sie zusammen war, und sie hat mir, in wahrhaft abstoßenden Einzelheiten, ganz genau erklärt, welche Art von Mann sie braucht. Ich habe die Personalakten von Dutzenden von Leuten aus den Spezialkräften studiert, bis ich auf Sie gestoßen bin. Sie sind exakt das, was sie sucht. Vom Aussehen her sind Sie genau ihr Typ. Sie sind intelligent. Sympathisch. Sie haben Philosophie studiert. Sie lieben Gedichte. Sind extrem belesen. Und furchtbar rechtschaffen.« Er grinste. »Sie sind für Kira das, was Katzenminze für eine Katze ist. Meine verbesserte Intelligenz war fest davon überzeugt, sobald ich Sie beide irgendwie zusammenbrachte, konnte es nicht ausbleiben, dass Kira sich in Sie verliebt.«

Alan warf seiner Schwester einen wissenden Blick zu. »Nun sag es ihm schon. Du weißt, wie gut ich ihn ausgewählt habe. Du bist schon längst in ihn verknallt.«

Kira senkte den Blick. Sie antwortete nicht.

Deshs Gesichtszüge zeigten Überraschung. Er fühlte sich wie vor den Kopf geschlagen. Er warf ihr einen forschenden Blick zu, wollte ihren Gesichtsausdruck deuten.

Alan lachte laut. »Ich will verdammt sein!«, bemerkte er und betrachtete Desh aufmerksam. »Es hat Sie ebenfalls erwischt – Sie sind in Kira verknallt, das sehe ich Ihnen an. Ich sollte mich als Heiratsvermittler betätigen.«

Nun erwiderte Kira Deshs Blick und ihre Augen weiteten sich. Sie war sich vorgekommen wie eine Idiotin, hatte verzweifelt versucht, ihre Gefühle für ihn zu verbergen. Schließlich war sie fest davon überzeugt, dass wahre Liebe über Jahre hinweg entstand. Und nicht in nur wenigen Tagen. Aber sie spürte, dass ihr Bruder, so abgrundtief böse er auch war, richtig lag. Desh hatte sich auch in sie verliebt.

Alan wandte seine Aufmerksamkeit wieder seiner Schwester zu. »Ich hatte gehofft, dass genau das passiert. Der gesamte Prozess einer solchen Schwärmerei beschleunigt sich noch, wenn die beiden Beteiligten unterbewusst die Signale auffangen, dass der andere Gefühle für sie hegt. Meine gründliche Studie von Desh hat ergeben, dass er auf den Typ nettes Mädchen von nebenan steht, das ihm intellektuell gewachsen ist. Allerdings war ich mir sicher, dass deine Persönlichkeit, die einem wirklich auf die Nerven gehen kann, ihn auf lange Sicht abschrecken würde.« Er hob die Augenbrauen. »Trotzdem sah mein verwandeltes Selbst eine gute Chance, dass er sich von dir zumindest anfänglich angezogen fühlen würde, auch wenn ich Deshs Geschmack bei Frauen nicht aus eigener Anschauung beurteilen konnte.« Staunend schüttelte er den Kopf. »Es ist doch wirklich bemerkenswert, dass etwas so rein Rationales wie mein Verstand während der Therapie etwas so absolut Irrationales voraussagen konnte, das nicht einmal dem freien Willen unterliegt.«

»Ja, Sie dürfen stolz auf sich sein!«, zischte Desh bitter.

Alan ließ den Blick zwischen seinen beiden Gefangenen hin und her wandern und lächelte begeistert. »Was ist los mit euch beiden? Ihr wirkt so wütend und verwirrt. Kommt ihr euch irgendwie manipuliert vor? So wie Versuchstiere im Labor? Verringert das Wissen, dass ich sie für meine eigenen Zwecke herbeigeführt habe, etwa eure Gefühle füreinander?«

Desh wirkte sehr nachdenklich und schüttelte fast unmerklich den Kopf. Er hatte in genau dem Augenblick, in dem Alan das ausgesprochen hatte, was er empfand – oder glaubte zu empfinden –, etwas Wichtiges erkannt. »Nein, Alan, das verringert meine Gefühle für Kira nicht. Es sind meine Gefühle, und sie sind echt. Wenn Sie wirklich dafür verantwortlich sind, dass ich eine so bemerkenswerte Frau getroffen habe, kann ich Ihnen nur dafür danken. Ganz gleich, welche Motive Sie dabei hatten.« Nach einer kurzen Pause fügte er hinzu: »Selbst wenn Sie vorausgesehen haben, dass wir uns ineinander verlieben werden – na und? Ein anderer hätte ebenso gut vorhersehen können, dass ich Sie nicht leiden kann. Das macht meinen Abscheu vor Ihnen nicht weniger real.«

Alan Miller lachte. »Ich fürchte, Ihre Abneigung gegen mich wird sich bald noch gewaltig steigern. Erlauben Sie mir fortzufahren. Sobald ich wusste, Sie sind genau der richtige Mann, habe ich dafür gesorgt, dass Sie eine Tragödie erleben, damit Sie sich wie ein verwundetes Tier zurückziehen und sich von allen Frauen fernhalten. Das konnte Sie für meine Schwester nur noch attraktiver machen. Was ist für eine Frau wohl verführerischer als ein Held ohne Partnerin, der mit einem tiefen Schmerz fertigwerden muss?«

»Sie haben wirklich dafür gesorgt, dass wir im Iran in eine Falle gelaufen sind, oder?«, fragte Desh heiser, zutiefst erschüttert.

»Ja, um diesen Riesenschlamassel hat sich Putnam gekümmert. Er hatte keine Ahnung, was ich damit bezweckt habe. Diese hirnverbrannten Trottel von Terroristen wurden gut dafür bezahlt, dass sie Sie lebend entkommen ließen – und hätten es beinahe vermasselt. Es war zwar nötig, dass Sie verletzt wurden – aber doch nicht so massiv!«

»Sie wollen damit sagen, die haben mich absichtlich entkommen lassen?«

»Genau das.«

»Und warum war es nötig, dass ich dabei verletzt wurde? Um Kiras Mitgefühl zu wecken?«

Alan lächelte. »Zu dieser Frage komme ich später noch. Ich möchte meinem Bericht nicht zu weit vorgreifen. Und ich will es wirklich mit euch beiden teilen, wie hervorragend ich euch manipuliert habe. Schließlich seid ihr die einzigen Menschen auf der ganzen Welt, die jemals die Chance haben, meine Meisterleistung voll zu erfassen. Sollen wir fortfahren?«

Desh nickte. Kira schaute ihren Bruder nur voller Hass an.

»Mein optimiertes Ich sah die Chancen bei fünfzig zu fünfzig, dass Desh danach das Militär verließ. Darauf kam es mir aber auch nicht wirklich an.«

»Wenn es Ihr Plan war, dass ich mich mit Kira zusammentue, warum haben Sie dann mit allem so lang gewartet?«

»Sie war einfach noch nicht bereit. Ich wollte, dass sie sich wirklich gehetzt fühlt, verfolgt, isoliert. Einsam und niedergeschlagen. Schließlich sollte sie ja nun für den Ritter auf dem weißen Pferd bereit sein. Erst als ich mir sicher sein konnte, dass sie am Ende ihrer Kraft war, habe ich dafür gesorgt, dass Sie ins Spiel kommen.«

Kira wusste, genau das war es, was passiert war. Sie hatte David anheuern wollen, weil sie einsam und völlig erschöpft gewesen war. Alans Prognose war fehlerlos gewesen.

»Wollen Sie damit etwa sagen, Sie hätten sie auch schon vorher gefangen nehmen können?«, wollte Desh wissen.

Alan zuckte mit den Schultern. »Möglicherweise. Wenn ich mich intensiver darum bemüht hätte. Anfangs habe ich versucht, sie zu fassen, nur ist das fehlgeschlagen. Ich bin davon ausgegangen – oder vielmehr, meine gesteigerte Intelligenz ist davon ausgegangen –, dass ich die besten Chancen hatte, wenn ich sie gefangen nehmen, ein bisschen foltern und ihr dann die Flucht ermöglichen würde. Das musste einfach ihre Bereitschaft erhöhen, sich einen Verbündeten zu suchen, und das hätte meinen Zeitplan beschleunigt.« Sein Gesicht zeigte Verärgerung. »Aber sie war weit besser, als ich gedacht hatte. Und wenn ich nahe genug herankam, war sie immer bereit, Risiken mit ihrem eigenen Leben einzugehen, um der Gefangennahme zu entkommen. Das konnte ich ja nun nicht zulassen. Deshalb habe ich die Richtung geändert und mich vorwiegend darauf beschränkt, sie durch eine konstante Verfolgung unter Druck zu setzen.«

»Wie haben Sie es geschafft, dass man mich bei der Sache hinzugezogen hat?«, erkundigte sich Desh.

Alan grinste. »Putnam und ich, wir haben eine Menge mächtiger Leute in der Tasche. Dann ist so etwas lächerlich einfach. Ein einflussreicher Politiker mit vielen Leichen im Keller hat alles mit Connellys Chefs perfekt gemacht. Ich hatte von Anfang an dafür gesorgt, dass sich alle Dokumente über die Agenten, die man auf sie angesetzt hat, in einer Datenbank befanden, von der ich mir sicher war, dass Kira dort eindringen kann.«

»Weil Sie wussten, dass Kira sie alle genau unter die Lupe nehmen würde«, stellte Desh fest.

Er nickte. »Sie hat sie sich sehr genau angeschaut. Keiner hat sie richtig angesprochen. Aber ich wusste, wenn sie Ihr Foto sieht und Ihre Geschichte liest, dann hängt sie am Haken.«

Kira Miller fühlte Galle in sich aufsteigen. Dieses Ding, das vorgab, ihr Bruder zu sein, war das reine destillierte Böse. Was für ein verdrehtes Schicksal, das ihren Eltern zwei Mutanten als Kinder beschert hatte – die Tochter ein Genie auf dem Gebiet der Molekularbiologie, und der Sohn völlig ohne Gewissen.

»Ja, sie hat den Köder geschluckt, genau wie ich es mir gedacht hatte«, prahlte Alan. »Eigentlich sah mein Plan so aus, dass meine Marionette, Smith, euch beide fasst und ein paar Tage als Gefangene hält. Das hätte eure Liebe voll zum Blühen gebracht. Nur wart ihr zu gut für ihn. Aber das war dann gar nicht wichtig. Im Gegenteil – dass ihr ihm im Motel und auf der Waldlichtung entkommen konntet, hat wahrscheinlich sogar dafür gesorgt, dass ihr euch noch mehr zugetan wart.« Wieder verriet sein Gesicht, wie sehr er mit sich selbst zufrieden war. »Anschließend musste ich nur noch dafür sorgen, dass Putnam euch beide aufgreift und so tut, als wäre er der Kopf des Ganzen. Das hat genau die Dinge in Bewegung gesetzt, die am Ende dafür sorgten, dass Kira ihrem Liebsten ihr Geheimnis verriet.«

Der Helikopter drehte ein. Das erinnerte sie wieder daran, dass sie mit großer Geschwindigkeit einem unbekannten Ziel entgegen durch die Luft flogen. Etwas, das man in der nahezu perfekten

Stille der so edel ausgestatteten Kabine glatt vergessen konnte. »Und woher wussten Sie immer, wo Sie uns finden konnten, wenn Sie uns brauchten?«, wollte Desh wissen.

»Nun, da kommen wir jetzt zu Ihren schweren Verletzungen im Iran. Wir haben dafür gesorgt, dass ein Militärchirurg Sie nicht nur wieder in Ordnung gebracht, sondern Ihnen auch ein paar nette Kleinigkeiten zusätzlich eingepflanzt hat. Der Auftrag kam von ganz oben – ihm wurde gesagt, Sie seien ein Verräter, und deshalb sei das mit den Implantaten unbedingt nötig.« Alan grinste hämisch. »Wir haben ihm sogar erzählt, Sie hätten Ihre eigenen Männer in die Falle gelockt.«

Wütend zuckte Desh nach vorn. Sein Hals verfing sich heftig genug im Draht, dass die scharfen Klingen ihm die Haut ritzten und Blut floss, wenn auch nur wenig. »Sie verdammter kranker Mistkerl!«, brüllte er. Endlich drängte seine ganze Wut aus ihm heraus.

Alan Miller berichtete ganz ruhig weiter, als sei Deshs Ausbruch nie passiert. »An Ihrem Ellbogen, direkt unter der Haut, hat der Chirurg einen kleinen Sender angebracht. Das Gerät war deaktiviert. Erst durch einen bestimmten Code wurde es aktiviert. Sie konnten nach Wanzen suchen, solang Sie wollten – das Teil hätten Sie nie gefunden, denn es war ja inaktiv. Es war zwar gelogen, dass Kira eine Bombe im Kopf hatte. Aber was Putnam Ihnen über diese hochmodernen Empfänger berichtet hat, war nicht gelogen. Das kann Ihnen Kira bestätigen – sobald man eine ihrer Pillen genommen hat, wird die Entwicklung verbesserter Elektronik zum Kinderspiel.«

»Du hättest mich also jederzeit finden können, wenn David bei mir war?«, fragte Kira entsetzt.

»Das stimmt. Aber nachdem ihr der Gefangennahme entgangen seid, wollte ich nicht zu schnell wieder zuschlagen. Ich wollte euch die Gelegenheit geben, einander näherzukommen.« Er unterbrach sich und betrachtete fasziniert, wie ein paar Tropfen Blut Deshs Hals herunterliefen. »Nachdem ihr beide aus dem sicheren Versteck entkommen konntet, musste ich meine Pläne erneut ändern. Eigentlich hatte ich vorgehabt, euch ein paar Tage dortzubehalten, bis ich euch die Gelegenheit zur Flucht gebe. Zu einer Flucht, bei der dann Putnam umkommen sollte.« Er zuckte die Achseln. »Wie auch immer. Ich habe meine Pläne entsprechend angepasst, und am Ende kam ja dann doch alles so, wie ich es haben wollte.«

»Du hast die Koordinaten noch immer nicht«, wandte Kira trotzig ein.

»Ach nein? Habe ich nicht?«, erwiderte ihr Bruder und grinste gemein. »Der Sender war nicht das Einzige, was unser Chirurg im Iran Desh eingepflanzt hat. Er hat ihm auch noch kochleare Implantate verschafft – eines für jedes Ohr. Das ist ein Standardverfahren für Leute, die taub sind oder sehr schlecht hören. Nur sind seine Implantate kleine Aufzeichnungsgeräte mit Mikrochip. Sie nehmen digital alles auf, was er hört, und man kann die Daten anschließend auf einen Computer herunterladen, um sie abzuspielen.« Er nahm einen weiteren Schluck und lächelte. »Allerdings halten die Batterien für diese Teile natürlich nicht ewig, und sie können auch nur zwischen zehn und achtzehn Stunden aufnehmen. Deshalb musste ich dafür sorgen, dass auch sie erst durch mein Signal aktiviert werden.«

»Und Sie haben sie irgendwann im Laufe der letzten zehn Stunden aktiviert, wie ich annehme«, bemerkte Desh.

»Hervorragend, wie Sie das erkannt haben«, antwortete Alan grinsend. »Mithilfe des Ihnen eingepflanzten Senders konnte ich Sie ganz einfach zu Putnams Haus verfolgen. Und dort waren die Bedingungen perfekt.« Arrogant schaute er seine Schwester an. »Da war ein Mann, dem du vertraust und in den du verknallt bist. Da war eine glaubwürdige Bedrohung für das Überleben der gesamten Menschheit. Und da war deine Angst, selbst nur noch wenige Minuten zu leben zu haben.«

Viel der feurigen Wut, die Kira bisher erfüllt hatte, fiel schlagartig in sich zusammen, als ihr endlich so richtig bewusst wurde, dass dieses Monster gewonnen hatte. Und sie hatte ihre Rolle als Bauer im Schachspiel perfekt gespielt. Sie blickte auf die Fesseln und den Klingendraht an ihrer Kehle herab. Eine Flucht war unmöglich. Und selbst wenn sie den Fesseln entkommen konnte, was sollte sie dann tun? Ihren eigenen Bruder umbringen?

Sie ballte die Hände zu Fäusten. *Das ist nicht mein Bruder*, sagte sie sich selbst energisch. *Das ist ein geisteskranker Hochstapler.* Nur wenn sie das fest glaubte, konnte ihre Seele diesen ungeheuren Verrat überleben, den er an ihr begangen hatte. Ihr Bruder war in Wirklichkeit als Kind umgekommen. Das Monster, das da vor ihr saß, war ein vollkommen Fremder, der nur vorgab, ihr Bruder zu sein.

»Die Vollendung meines Meisterwerks war natürlich«, sprach Alan weiter, »dass du dachtest, dein Erzfeind sei endlich tot.«

»Wieso?«, fragte Desh.

»Wenn Kira vermutet hätte, dass da noch immer ein mächtiger Feind mit Zugang zu ihrer Intelligenztherapie frei herumläuft, wäre sie bei weitem nicht so leicht bereit gewesen, die Koordinaten preiszugeben.« Er lachte leise. »Putnam hatte keine Ahnung, wie mein Plan wirklich aussah. Und ganz sicher hatte er keine Ahnung, dass sein Ableben ein entscheidender Bestandteil davon war. Erst das Wissen um den Tod deines Erzfeindes, der deinen Bruder umgebracht hatte, hat es dir möglich gemacht, dein Geheimnis direkt in Deshs Gehörimplantat zu flüstern.«

Nun ließ Alan seinen Gefangenen Zeit, sich vollends darüber bewusst zu werden, wie massiv sie manipuliert worden waren und wie vollständig sein Sieg war.

»Was wäre denn gewesen, wenn Kira Putnam nicht umgebracht hätte?«

»Oh, ich war mir ganz sicher, dass sie das tun musste. Bestimmt hat er damit geprahlt, wie er mich ermordet hat, um sie richtig gegen sich aufzubringen. Und meine Schwester ist so verflucht berechenbar. So verflucht edel. Ich kann Ihnen gar nicht sagen, wie enttäuscht ich darüber bin, dass wir dieselben Eltern haben.«

»Du kannst mir gerne glauben«, zischte Kira Miller, »deine Enttäuschung darüber ist nichts im Vergleich zu meiner!«

»Aber um jetzt endlich Ihre Frage zu beantworten, Desh«, fuhr Alan fort, als ob seine Schwester nichts gesagt hätte, »ich habe Putnam ins Haus geschickt, um mit Ihnen zu reden. Und ich hatte vor der Tür einen Scharfschützen in Position, während meine Männer durch den Tunnel eingedrungen sind. Für den Fall, dass Kira anders reagiert hätte als vorausgesehen, hätte der Scharfschütze Putnam in dem Augenblick getötet, in dem er durch die Tür gekommen wäre. Dann hätte Kira nicht genau gewusst, wer ihn warum umgebracht hat, aber das hätte keine Rolle gespielt. Die Ausgangssituation wäre dieselbe gewesen – ihr Erzfeind tot, die Menschheit gefährdet und das Gerät in ihrem Kopf kurz vor dem Explodieren. Dann hätte sie Ihnen ebenfalls ihr kleines Geheimnis zugeflüstert.«

Desh nickte niedergeschlagen. »Ganz offensichtlich haben Sie sämtliche Eventualitäten in Betracht gezogen«, gab er zu und wirkte jetzt, zum ersten Mal, besiegt.

»Das können Sie laut sagen«, protzte Alan.

49

Der Helikopter war schon längst gelandet, doch Alan Miller hatte zu viel Freude daran, seinen Gefangenen seine Allmacht zu beweisen und das Gespräch zu beenden, und der Pilot war klug genug, seinen Chef nicht zu unterbrechen. Doch endlich beschloss Alan, den Standort zu wechseln.

Sechs Soldaten in voller Kampfmontur umgaben den Hubschrauber und warteten geduldig darauf, dass Alan Miller zum Vorschein kam. »Bringt sie rein«, bellte er. Dann deutete er mit einer Kopfbewegung auf Desh. »Und achtet darauf, dass er sich auf der Tragbahre nicht bewegen kann. Er war bei den Spezialkräften.«

Tragbahre? Dieses Wort aus Alans Mund gefiel Desh gar nicht. Der Blutstrom an seinem Hals war versiegt, aber er fühlte sich nach der kurzen Auseinandersetzung beim Einsteigen in den Helikopter wie gerädert – oder wie zusammengeschlagen. Er konnte sich kaum noch daran erinnern, wann er das letzte Mal geduscht hatte. Oder sich ungefesselt hatte bewegen können. Früher einmal hätte jemand, der ihn geschnappt hatte, wahrscheinlich gedacht, es sei ausreichend, mit der Waffe auf ihn zu zielen. Aber das Bild, das die Medien, Bücher und Filme von den Fähigkeiten der Spezialkräfte zeichneten, hatte dafür gesorgt, dass ihn heute garantiert niemand mehr unterschätzte.

Drei Soldaten betraten den Hubschrauber und lösten alle Fesseln bis auf die, mit denen den Gefangenen die Hände auf den Rücken fixiert worden waren, etwas, was das Sitzen reichlich unbequem gemacht hatte. Dann schleppte man sie aus dem Helikopter. Vor ihnen lag eine Villa, die selbst im antiken Griechenland nicht fehl am Platz gewesen wäre. Massive Säulen aus weißem Stein flankierten den Eingang, und das Gebäude lag inmitten von unzähligen Hektar sorgfältig gepflegten Geländes mit Rasen, Gärten, Teichen und Bächen. Vor dem Haus standen zwei riesige Marmorbrunnen mit mehreren Ebenen. Lebensgroße Statuen von griechischen Göttern tranken darin Nektar aus riesigen Kelchen. So weit das Auge reichte, gab es in allen Richtungen kein anderes Haus.

Man stieß sie durch die überdimensionierte Eingangstür in einen Raum mit Gewölbedecke, der doppelt so groß war wie der gesamte Wohnwagen von Kira. Der Fußboden bestand aus weißem Marmor, und ein Plasmafernseher, der eine Diagonale von fast zweieinhalb Metern erreichte, hing wie ein riesiges Werk moderner Kunst an der Wand. Davor waren im Stil eines Kinos zehn Sitze angeordnet. Im Inneren der Villa fanden sich zahlreiche Statuen und Gemälde. Sie alle zeigten, wie die Brunnen draußen, griechische Götter – als betrachte Alan Miller sich als eine Art moderner Zeus, der sich seinen Olymp gebaut und ihn mit anderen, niederen Göttern bevölkert hatte.

Desh wurde grob auf die Tragbahre aus Edelstahl mit Rädern gezerrt, von der Alan gesprochen hatte. Seine Hände waren noch immer gefesselt. Zwei der Söldner fixierten ihn mit stabilen Gurten und sorgten dafür, dass er nicht entkommen konnte. Kiras noch immer auf dem Rücken gefesselte Hände wurden an der Tragbahre festgemacht.

Mit raschem Schritt betrat Alan Miller den Raum und stellte sich neben die Tragbahre, damit beide Gefangenen ihn sehen konnten. »Das ist mein Fernsehzimmer«, verkündete er stolz. »Was meint ihr?«

»Ich meine«, sagte Desh eisig, »dass ich meine Freude daran haben werde zuzuschauen, wie Sie abkratzen.«

»Sehr gut!«, lobte Alan. »Was für ein Wagemut! Kein Wunder, dass meine Schwester so begeistert von Ihnen ist. Ich fürchte allerdings, Sie sind hier ein wenig im Nachteil. Ich arbeite zwar nicht mit irgendwelchen komplizierten elektronischen Sicherheitssystemen – aber dafür mit zwölf kampferprobten Söldnern, die das Gelände patrouillieren. Und die ich extrem gut bezahle. Von daher werden Sie mir sicher verzeihen, dass ich mich durch Ihre Worte nicht gerade bedroht fühle.«

»Und was jetzt?«, wollte Desh wissen.

»Ein Chirurg, den ich gut kenne, ist schon auf dem Weg. Er wird in etwa zehn Minuten hier sein und Ihre Implantate entfernen. Dann kann ich endlich meinen ersten Schritt in Richtung Unsterblichkeit machen.«

»Ein Chirurg?«, höhnte Desh. »Ist das für einen Metzger wie Sie nicht ein bisschen zu feinfühlig? Warum bringen Sie mich nicht einfach um?«

»Die Frage ist berechtigt.« Er hielt die Hände hoch, die Handflächen nach oben, und seufzte. »Aber die Technologie heutzutage ist so kompliziert! Insgesamt ist sie ja bemerkenswert zuverlässig, aber man weiß es eben nie. Falls die Aufnahmen aus irgendwelchen Gründen misslungen oder die Koordinaten nicht deutlich genug zu hören sein sollten, brauche ich Sie lebend, damit Sie mir die Informationen selbst verraten können.«

Desh schaute Alan Miller verächtlich an. »Dann hoffen Sie mal lieber, dass mit der Aufzeichnung alles geklappt hat. Von mir werden Sie die Koordinaten niemals erfahren, weder mit Wahrheitsserum noch durch Folter.«

Der andere lachte. »Nun hoffe ich ja beinahe, dass die Technik mich im Stich lässt, damit ich herausfinden kann, ob Sie damit nicht ein bisschen zu viel versprochen haben.«

»Und was ist, wenn die Aufnahme funktioniert hat?«, fragte Desh.

»Dann halte ich Sie möglicherweise noch eine Weile am Leben. Als Druckmittel. Schließlich muss ich ja sicherstellen, dass meine Schwester weiter an der Lebensverlängerung arbeitet. Sie ist noch immer die beste Biologin ihrer Generation.«

Eine Weile herrschte Schweigen. Alan Miller wirkte in Gedanken verloren. »Nachdem ich jetzt so entgegenkommend war, Ihnen alle Ihre Fragen zu beantworten, muss ich Ihnen auch eine stellen. Wie ist es Ihnen gelungen, aus dem sicheren Unterschlupf zu entkommen?«

Desh lächelte. »Ich fürchte, das kann ich Ihnen nicht sagen.«

»Oh, Sie werden es mir schon sagen. Was Sie ...«

Draußen vor dem Haus explodierte der Sikorsky-Helikopter und stand auf einmal in Flammen.

Die Explosion erschütterte das Haus wie ein Erdbeben.

Alan Miller eilte zu einem Fenster. Draußen war die Hölle los. Der Militärhubschrauber, der eine Rakete in den Sikorsky gefeuert hatte, belegte jetzt die Anlage mit Maschinengewehrfeuer. Mindestens zwei von Alans Söldnern waren bereits tot, die anderen bereiteten sich auf einen Kampf vor oder suchten Deckung. Der Rauch des brennenden Hubschraubers legte einen surrealen Dunst über die gesamte Szene, und aus verschiedenen Richtungen war Geschützfeuer zu hören.

Alan konnte sehen, dass seine Schwester über diese Entwicklung ebenso fassungslos war wie er selbst. Aber er hatte in Deshs Augen ein Funkeln bemerkt. Desh hatte die Explosion nicht überrascht.

Mit Riesenschritten hastete er zur Tragbahre und schaute wütend auf Desh herab. »Was geht hier vor?«, verlangte er. Er musste fast schreien, um sich trotz des Kampfgetöses von draußen verständlich zu machen. Der nackte Marmorboden schien den Lärm noch zu verstärken.

»Ich habe keine Ahnung«, antwortete Desh, und auch er brüllte.

Alan griff Desh bei den Haaren und knallte seinen Kopf dann hart auf die Tragbahre. »Ich wiederhole«, schrie er drohend, »was geht hier vor?«

Deshs Gesicht zeigte stoische Passivität, trotz des Schlags. Es war klar, er würde keine Antwort geben.

»In Ordnung, mein Freund«, zischte Alan, »dann lassen Sie uns mal sehen, wie mutig Sie sind, wenn es um meine Schwester geht!«

Er drehte sich um, ging zu einem Schreibtisch und kehrte mit einem silbernen Brieföffner zurück, dessen Spitze scharf war. Ohne Warnung vergrub er den Brieföffner im Arm seiner Schwester.

Das Blut spritzte und färbte Kiras Sweatshirt rot. Sie schrie auf.

Von hinten legte Alan ihr fest den linken Arm um den Hals. Die rechte Hand fuchtelte mit dem Brieföffner vor ihrem Gesicht herum. »Sie sagen mir jetzt, was hier vorgeht«, blaffte er Desh an. »Und bei Ihrer ersten Lüge verliert sie ein Auge.«

Desh schaute Alan an. Er hatte keine Zweifel daran, dass der seine Drohung wahrmachen würde. Er würde es auch noch genießen, sie wahrzumachen. »Sie sind mir in die Falle gegangen«, sagte er rasch.

»Das ist unmöglich!«, zischte Alan. Die Spitze des Brieföffners befand sich nur wenige Zentimeter von Kiras linkem Auge entfernt und kam ihm langsam immer näher.

»Ich habe eine von Kiras Pillen genommen«, beeilte Desh sich zu erklären, verzweifelt darum bemüht, Alan zu überzeugen, dass er die Wahrheit sagte. »So sind wir auch aus dem sicheren Versteck von Putnam entkommen.«

Alans Augen verengten sich. Er ließ den Brieföffner sinken, während er diese neue besorgniserregende Information verarbeitete. Ohne ein Wort zu sagen, griff er in seine Tasche, holte eine Gelkapsel heraus und schluckte sie schnell herunter.

»Sie wissen, welche unendlichen Möglichkeiten man in diesem Zustand erhöhter Intelligenz hat, Muster zu erkennen und Verbindungen zu ziehen«, fuhr Desh fort. »Und ich bin nicht Ihre Schwester, deren Erinnerung Alan Miller als einen Heiligen sieht. Es stimmt, Kira befand sich inmitten mehrerer unerklärlicher Todesfälle – aber das gilt ebenso auch für ihren Bruder. Von Ihrer angeblichen Leiche war nichts übrig außer Asche – wie ungeheuer praktisch! Ich habe gleich Ihre letzten Schachzüge vorausgesehen und geahnt, genau das, was heute passiert ist, war der wahrscheinlichste Ausgang Ihres Spiels. Meine Überraschung, als Sie in Putnams Haus stürzten, war nur gespielt.«

Kira Miller konnte nicht verbergen, wie sehr sie das schockierte.

»Sie lügen!«, schnauzte Alan ihn an. »Kiras Reaktion spricht für sich!«

»Sie wusste nichts davon.«

»Sie haben all das vermutet und ihr nichts davon gesagt?«, fragte Alan ungläubig.

»Es hätte ja auch sein können, dass ich mich irre«, erwiderte Desh, »und tatsächlich Putnam hinter allem steckte. Rein theoretisch hätte die Situation genau so sein können, wie er es behauptet hat. Ich wollte Kira keine falschen Hoffnungen machen, was das Gerät in ihrem Kopf angeht, oder die Erinnerung an ihren Bruder zerstören, wenn sich alles am Ende womöglich als falsch herausstellte. Und dann gab es ja noch eine andere Überlegung.« Desh machte eine Pause. Er versuchte, Zeit zu gewinnen, indem er so wenig wie möglich auf einmal verriet.

»Welche?«, knurrte Alan ungeduldig.

Desh zögerte eine weitere Sekunde, bevor er antwortete. »Ich wollte, dass ihre Reaktion auf Ihr Auftauchen natürlich erscheint. Das Gleiche gilt auch für Griffin und Metzger. Ich konnte mich nicht auf ihre schauspielerischen Fähigkeiten verlassen. Und ich wollte Sie nicht vorzeitig warnen, dass Ihr ganzer Plan schon aufgeflogen war.«

Alan schüttelte energisch den Kopf. »Das ist alles Blödsinn!«, schnaubte er. »Wenn Sie das alles vorher gewusst hätten, hätten Sie es nie zugelassen, dass Kira Ihnen die Koordinaten gibt. Oder dass ich sie alle zu fassen bekomme.«

»Denken Sie lieber noch mal nach, Sie Psycho!«, entgegnete Desh verächtlich. »Ich wusste doch nicht, wo ich Sie finden konnte. Ich war schon darauf angewiesen, dass Sie freiwillig auf die Bühne treten. Außerdem musste ich mir auch Ihre gesamte Prahlerei über Ihre Manipulationen anhören, um sicherzugehen, dass ich nichts übersehen hatte.« Desh zögerte wieder. »Hatte ich eigentlich schon erwähnt, dass ich im Zustand gesteigerter Intelligenz Ihre kochlearen Aufzeichnungsgeräte entdeckt und mithilfe meines Immunsystems endgültig deaktiviert habe?« Er grinste breit, doch dann zeigte sein Gesicht wieder Hass. »Und wer fühlt sich jetzt wohl hintergangen und manipuliert? Arschloch!«

Draußen hatte die Schießerei in der malerischen, gut gepflegten Umgebung nicht nachgelassen, die sich jetzt in ein Schlachtfeld verwandelt hatte. Noch immer waren Explosionen und Gewehrfeuer zu hören, und die Erde war mit Blut durchtränkt.

Alan starrte Desh zornig an. »Machen Sie sich keine Hoffnungen!«, zischte er. »Was auch immer da draußen gerade passiert – meine Leute werden damit schon fertig. Und in ein paar Minuten erreiche ich den Zustand erhöhter Intelligenz und entziehe mich jeder Schlinge.«

»Verlassen Sie sich lieber nicht darauf«, meinte Desh.

»Und wer sind diese Leute?«, herrschte Alan Desh an. »Selbst wenn Sie mich in Verdacht hatten – nie hätten Sie mir eine Falle stellen können. Sie sagten doch selbst – Sie wussten nicht, wo ich lebe. Und niemand ist uns hierher gefolgt, da bin ich mir ganz sicher.«

»Da täuschen Sie sich schon wieder, Arschloch!«, zischte Desh. »Bevor wir in Putnams Haus eingebrochen sind, hatte ich eine kleine Unterhaltung mit meinem Freund, dem Colonel. Ich wusste, dass Sie den Campingwagen entdecken würden. Wie auch nicht? Er ist schließlich groß genug. Ich habe ihm gesagt, er soll beim ersten Anzeichen von Ärger eine von Kiras Kapseln nehmen. Und ihm genau erklärt, wie er seinen eigenen Tod vortäuschen kann. Sie wissen doch bestimmt, dass man mithilfe der Pillen den Herzschlag kontrollieren kann. Man muss sich nur ein bisschen Blut auf die Stirn schmieren, bewegungslos daliegen, ohne Puls, falls das jemand überprüft. Und schon wird man für tot erklärt.« Nach einer weiteren Pause fügte Desh hämisch hinzu: »Aber Ehre, wem Ehre gebührt – die Idee mit dem vorgetäuschten Tod hatte ich von Ihnen, Alan.« Er lächelte spöttisch. »Herzlichen Dank dafür.«

Die Adern in Alan Millers Nacken standen deutlich hervor, als seine rasende Wut zunahm. Desh wusste, seine beste Chance war es, ihn hinzuhalten und zu hoffen, dass sein Team bald eintraf, bevor bei Alan die Verwandlung einsetzte. Obwohl diese Hoffnung so gut wie vergeblich war.

»Auch mit seiner Verletzung«, erklärte Desh, »muss es dem Colonel mit seiner vervielfachten Intelligenz ein Leichtes gewesen sein, mit Ihren Leuten auf Putnams Farm fertigzuwerden und Metzger und Griffin zu befreien. Ich hatte ihn angewiesen, dem Major eine Kapsel zu geben und mich zu verfolgen.« Deshs Augenbrauen zuckten nach oben. »Sehen Sie, ich habe mir selbst einen Sender verpasst, damit man mich finden konnte. Und Ihre Männer waren ja so nett, gleich mit zwei Militärhubschraubern aufzukreuzen, sodass der Major sich einen ausleihen konnte. Der Colonel wird inzwischen wieder in den Normalzustand verfallen sein, kein Zweifel. Aber ein Ross Metzger im verwandelten Zustand ist Ihren Söldnern mehr als gewachsen.«

Statt zu antworten, horchte Alan Miller nach draußen. Nach dem ohrenbetäubenden Lärm, der endlos gedauert zu haben schien, war es auf einmal totenstill geworden. Das schien ihn zu beunruhigen. Er schob die Tragbahre gegen die Wand und zerrte seine Schwester mit sich. Dann zog er eine Pistole und kniete sich hinter die Tragbahre, die Wand im Rücken, mit den beiden Gefangenen als lebende Schutzschilde.

»Was ist los?«, spottete Desh. »Sind Sie sich der Überlegenheit Ihrer Söldner auf einmal doch nicht mehr so sicher?«

Noch bevor Desh den Satz beendet hatte, betraten Connelly und Metzger den Raum. Metzger bewegte sich mit der Eleganz eines Balletttänzers und nahm die gesamte Szene blitzschnell in allen Details in sich auf.

»Noch einen Schritt weiter, und ich bringe sie beide um!«, drohte Alan.

Metzger wirkte gelangweilt. »Danke. Damit ersparen Sie mir eine Menge Ärger.«

Alan kniff die Augen zusammen. Es war klar, in seinem Kopf rasten die Gedanken. »Schauen Sie, Major«, sagte er regelrecht freundlich, »wir können uns zusammenschließen, Sie und ich. In dem Zustand, in dem Sie sich gerade befinden, erkennen Sie doch sicher die Logik einer solchen Allianz. Warum sollten Sie sich von meiner Schwester vor ihren Karren spannen lassen? Ich habe schon jetzt mehr Macht und Geld, als Sie sich vorstellen können. Wenn wir jetzt noch das Geheimnis des verlängerten Lebens als Druckmittel einsetzen, können wir beide zu den mächtigsten Männern auf der ganzen Welt werden.«

»Ross, bitte!«, flehte Kira Miller. »Bringen Sie ihn um! Machen Sie sich keine Gedanken, ob Sie mich dabei womöglich auch treffen. Er hat eine Gelkapsel genommen. Er kann jede Sekunde in den Zustand gesteigerter Intelligenz katapultiert werden. Das ist Ihre Chance!« Eindringlich ergänzte sie: »Denken Sie daran, was Matt gesagt hat – die meiste Zeit Ihres Lebens werden Sie als normaler Mensch verbringen, nicht in diesem Zustand jetzt. Und der normale Ross Metzger könnte nicht damit leben, dass er sich mit diesem Psychopathen zusammengetan hat.«

»Halt dein Maul, du Schlampe!«, donnerte Metzger.

Kira zuckte zusammen und wich vor der Wut in seinen Worten zurück.

Metzger drückte ab und verpasste Alan Miller eine Kugel direkt zwischen die Augen. Er krachte gegen die Wand und sackte dann zu Boden.

Kira keuchte. Der Schuss hatte sie um einen Millimeter verfehlt. Oder weniger.

Niemand bewegte sich. Niemand wagte auch nur zu atmen. Alle Augen waren auf Ross Metzger gerichtet.

Ruhig senkte der Major die Waffe. »Tut mir leid, Kira«, sagte er nüchtern. »Sie waren genau in Schussrichtung für einen sauberen Schuss. Ich dachte mir einfach, wenn ich Sie beleidige, weichen Sie gerade genug aus, dass ich ihn umbringen kann.«

Kira starrte ihn fassungslos an. Ihre Lider flatterten rasch und wiederholt. Sie schaute auf ihren Bruder, der am Boden lag, dann sah sie sich im Raum um. Es war alles ruhig.

Konnte es wirklich sein? War es jetzt tatsächlich vorbei, nach dieser langen Zeit? Es war alles so schnell passiert. Metzgers Handlungen waren so entschieden gewesen, so endgültig. Der immense Druck, der lange Zeit auf ihrer Seele gelastet hatte, war so zermürbend gewesen, dass ihr jetzt, wo es ihn nicht mehr gab, alles surreal vorkam. Sie fühlte sich absolut orientierungslos. Mit einem tiefen Atemzug ließ sie die Realität in alle Ecken ihres Bewusstseins eindringen. Ihr endloser Albtraum war wirklich und wahrhaftig zu Ende. Er hatte mit einem gehässigen Fluch geendet und einem einzigen Schuss, der mit übermenschlicher Genauigkeit abgefeuert worden war. Ihre Augen wurden feucht. Tränen rannen ihr über die Wangen.

Der Major wandte sich an Desh. »David, ich bin nach Einnahme der Kapsel zwar skrupelloser als vorher, aber ich bin nicht wie Griffin oder Sie. Die Unterschiede hängen nicht mit dem Testosteron zusammen. Ich glaube, ich habe die Verwandlung mit einer weit intakteren Seele überstanden als selbst Kira beim ersten Mal. Ich habe auch schon eine Theorie entwickelt; aber die würden Sie nicht verstehen.« Er hielt inne oder vielmehr ließ er sein normales Scheinbild innehalten. »Kira, das mit Ihrem Bruder tut mir leid.«

Kira nahm den Anblick des auf dem Boden liegenden Körpers mit einem langen Blick in sich auf, dann wandte sie sich ab, als ob sie dieses Kapitel ihres Lebens für immer schließen wollte. Sie sah Metzger an und schüttelte entschlossen den Kopf. Nur ihre Augen verrieten ihren Schmerz. »Das ist nicht mein Bruder«, sagte sie bitter und wischte sich mit der Hand die Tränen ab. »Mein Bruder ist vor einem Jahr in einem Feuer umgekommen.«

50

Das Gelände um das Haus herum war nach der Schlacht auf unheimliche Weise ruhig, als ob das Blutvergießen die Vögel und Insekten, die Zeugen davon gewesen waren, zum Schweigen gebracht hätte.

»Eines muss ich dir lassen, David«, erklärte Kira anerkennend. »Du steckst voller Überraschungen!«

»Tut mir leid«, erwiderte er schuldbewusst.

»Das muss es nicht. Ich verstehe, warum du dich so entschieden hast – und dein Plan war perfekt.« Ihr Blick schweifte zu Connelly und Metzger. »Ich kann Ihnen beiden nicht genug danken.«

Der Colonel lächelte warmherzig. »Sie müssen mir nicht danken, Kira – schließlich sind wir jetzt ein Team.«

»Wenn man einmal die letzten vierundzwanzig Stunden betrachtet«, bemerkte Desh, »sind wir ein so beeindruckendes Team, wie man es sich nur wünschen kann.«

»Dagegen lässt sich wenig sagen«, erwiderte der Colonel fröhlich. »Aber es war schon eine große Hilfe, dass Ihr Alter Ego alles durchschauen konnte, David.«

Metzger befreite die beiden Gefangenen und riss ein Stück von Alans Hemd ab, um Kiras Arm zu verbinden.

Desh ließ sich die Enormität dessen, was passiert war, noch einmal durch den Kopf gehen. Der Colonel hatte recht – weitgehend. Deshs Verstand hatte unter dem Einfluss der Therapie das Rätsel gelöst. Es war ihm klar geworden, was im Iran passiert war und warum. Er hatte vermutet, dass Alan Miller hinter allem steckte und ihn ausgewählt hatte, weil er ein integrer Mann war, auf den seine Schwester reagieren musste. Es war nahezu unausweichlich gewesen, dass sie versuchte, ihn als Verbündeten zu gewinnen.

Ironischerweise hatte jedoch sein hyperintelligentes Alter Ego zwar seine eigenen Gefühle für Kira erkannt, aber die Tatsache völlig übersehen, dass Kira sie erwiderte. Der Gedanke erfüllte ihn mit Wärme – und schenkte ihm ein Lächeln, das nicht wieder verschwinden wollte.

Er wünschte sich, diesen Augenblick für immer festhalten zu können. Solche Gefühle hatte er noch nie für eine Frau empfunden. Und noch nie in seinem Leben hatte er eine derartige Erleichterung erlebt. Ein derartiges Triumphgefühl. Eine derartige Hoffnung.

Sie hatten es geschafft. Auch wenn alle Chancen gegen sie gestanden hatten, sie hatten gewonnen.

In den letzten Tagen waren sie so gehetzt gewesen, so beschäftigt damit, um ihr Leben zu kämpfen und eine Schicht nach der anderen des komplizierten Komplotts zu enthüllen, dass es ihnen vorgekommen war, als würde dieser Zustand nie mehr enden. Oder wenn, dann nur mit ihrem Tod. Aber sie hatten sich ihren Weg zum Sieg erkämpft und sich dabei eine Zukunft erschaffen. Eine Zukunft, in der Kiras Entdeckungen der Menschheit helfen konnten, statt von einem Psychopathen dazu missbraucht zu werden, sich zum mächtigsten und gefährlichsten Mann der Geschichte zu machen.

Das Hochgefühl, das Kira erfüllte, nachdem ihre lange Tortur endlich vorbei war, konnte Desh sich nur ansatzweise vorstellen. Sie hatte weit länger als er im mächtigen Schatten dieser dunklen Kräfte gelebt und war dabei immer ganz allein gewesen.

Desh rollte sich von der Tragbahre und löste sich aus den träumerischen Gedanken. »Ist Matt in Ordnung?«, fragte er.

»Ja, es geht ihm gut«, antwortete Connelly. »Ich habe ihm den Schlüssel zum Campingwagen gegeben und ihm einen Ort genannt, wo wir uns später treffen. Nach dem Feuerwerk in Putnams

Haus wirkte er nicht sehr gesund.« Der Colonel lächelte. »Aber auf diese kleine Mission hier hätten wir ihn ohnehin nicht mitgenommen.«

»Und wie geht es Ihnen, Colonel?«, wollte nun Kira besorgt wissen.

»Großartig«, erwiderte er, und man sah ihm an, damit war es ihm ernst. »Ihre Behandlung ist absolut unglaublich. Ich war in der Lage, die vegetativen Funktionen meines Körpers zu steuern und den Heilungsprozess zu beschleunigen.«

»Ich beende die Wiedersehensfreude ja nur ungern«, unterbrach Metzger, »aber wir müssen verschwinden. So isoliert dieser Ort auch ist – wir müssen dennoch davon ausgehen, dass wir eine gewisse Aufmerksamkeit erregt haben, und sollten eine Weile untertauchen. Sobald Matt dazu in der Lage ist, können wir ihm eine Gelkapsel geben und ihn hinter uns aufräumen lassen.«

Neugierig hob Desh die Augenbrauen. »Ich gehe davon aus, Sie haben bereits eine Strategie entwickelt?«

»Natürlich«, erklärte Metzger. »Schritt eins: Matt ändert im Zustand gesteigerter Intelligenz die militärischen Datenbanken und bringt Beweise, dass Alan Miller bei einem unmittelbar bevorstehenden Angriff mit Terroristen zusammengearbeitet hat. Schritt zwei: Er fügt geheime Anordnungen ein, rückdatiert auf gestern, die mir befehlen, Miller mit allen zur Verfügung stehenden Mitteln aufzuhalten.«

Der ebenso einfache wie effektive Plan beeindruckte Desh. Das sorgte für eine umgehende Legitimierung des Diebstahls des Hubschraubers aus Fort Bragg und des Blutbads hier. »Das sollte genügen«, nickte er. »Dafür bekommen Sie womöglich sogar noch eine Medaille.« Es hatte wirklich seine Vorteile, jemanden mit im Team zu haben, der in der Lage war, auch in die sichersten Computersysteme der Welt einzudringen.

»Kira«, sagte der Major nun, »Sie und David bleiben noch ein paar Minuten im Haus. Der Colonel und ich, wir werden sicherstellen, dass wir nichts übersehen haben, und den Hubschrauber starten.«

Connelly wirkte verwundert. »Sollten wir jetzt nicht alle gemeinsam gehen?«

»Die beiden haben eine Menge mitgemacht«, erklärte Metzger. »Lassen wir sie ein paar Minuten allein.«

Der Colonel wirkte noch immer verwirrt, sagte jedoch nichts mehr.

Desh wusste, Metzger stand noch immer unter dem Einfluss von Kiras Behandlung. Was bedeutete, dass er sich zweifellos mit unvorstellbar komplexen Gedankengebäuden beschäftigte, während seine Avatar-Persönlichkeit sich mit ihnen unterhielt. Es bedeutete auch, dass er die Signale ihrer Körpersprache klar lesen konnte. Ihre Gefühle füreinander und Deshs intensiver Wunsch, ein wenig Zeit mit Kira allein zu haben, waren für ihn so deutlich, als ob sie in blinkendem Neonlicht verkündet würden. Er musste daran denken, dem Major später zu danken.

An der Tür drehte Metzger sich noch einmal um. »Gerne geschehen«, sagte er mit einem wissenden Lächeln. Dann traten die beiden Männer mit gezogenen Waffen ins Freie.

Auch Deshs Mundwinkel zuckten, doch rasch wurde er wieder ernst, als er besorgt Kiras Arm untersuchte. »Ist alles in Ordnung?«, fragte er sanft.

Sie lächelte, fast scheu. »Ich habe mich nie besser gefühlt«, sagte sie.

Desh war verlegen, wusste nicht so recht, was er sagen sollte. »Kira«, begann er, »was diese ganze Sache mit dem Verliebtsein angeht …« Unsicher schaute er sie an. »Ich komme mir ziemlich albern vor. Ich hätte nie gedacht, dass es so schnell passieren kann.«

Sie nickte. »Ich auch nicht.«

»Wir sind zusammen durch die Hölle gegangen«, fuhr er fort, »und haben dabei einander unsere Seele bloßgelegt. Wir wissen mehr übereinander als die meisten Paare nach vielen Monaten.« Er seufzte. »Was wir nicht wissen ist, wie es ist, wenn wir ohne diesen enormen Druck zusammen sind. Deshalb dachte ich, auch wenn es vielleicht ein bisschen lächerlich klingt, wir sollten uns einfach zu einem richtig altmodischen, langweiligen ersten Date verabreden. Und sowohl für Soldaten und Söldner als auch für Adrenalin jeglicher Art ist der Eintritt verboten.«

»Ein erstes Date – hm«, meinte Kira und überlegte. »Keine schlechte Idee.« Sie grinste und fügte keck hinzu: »Ich muss dich allerdings warnen – einen Kuss gibt es frühestens beim dritten Date.«

Desh lachte. »In dem Fall bin ich bereit, unser Mittagessen bei Montag's Gourmet Pizza ein Date zu nennen.« Seine Augenbrauen wanderten in die Höhe. »Und du hast mich mit ins Motel genommen und ans Bett gefesselt. Zählt das auch?«

»Ich fürchte nein. Normalerweise schon – aber in Anbetracht der Tatsache, dass ich dich im Kofferraum meines Wagens dorthin gebracht habe, müssen wir das außen vor lassen.«

»In Ordnung. Aber was ist mit dem Spaziergang in der Natur, den wir miteinander gemacht haben?«

»Dabei waren wir nicht allein.«

»Verdammt – du bist wirklich wählerisch. Du hast mich natürlich auch für die Nacht in deinen Wohnwagen eingeladen. Aber nachdem wir dabei ebenfalls nicht allein waren, können wir das wohl leider genauso wenig mitrechnen.« Desh schüttelte den Kopf. »Wenn ich das gewusst hätte, hätte ich den Major und den Colonel nach der Landung im Baseballstadion gelassen.«

Kira lachte. Sie kam näher – und betrat dabei den Bereich der unwiderstehlichen Anziehungskraft, der sie beide sich nicht entziehen konnten, selbst wenn sie es gewollt hätten. Ihr Kuss war voller Gier, und nur das sichere Wissen, dass sie an diesem Ort, der zur Kriegszone geworden war, sicherlich bald Gesellschaft bekommen würden, machte es ihnen möglich, sich wieder voneinander zu lösen.

Kira seufzte verträumt. »Ich muss dir was sagen«, flüsterte sie mit einem glücklichen Lächeln. »Ich bin bereit, die gesamte Zeit, die wir miteinander verbracht haben, als insgesamt zwei Dates zu berücksichtigen.«

»Zwei?«, gab Desh zurück, seine Stimme heiser vor Euphorie. »Ich dachte, du küsst nicht vor dem dritten Date?«

»Der Kuss jetzt war nur ein Vorgeschmack«, erklärte sie verspielt.

»Ein sehr wirksamer Vorgeschmack«, bemerkte Desh.

»Gut. Und nachdem wir geduscht und ein wenig geschlafen haben, bin ich auch bereit zum dritten Date. Wir können essen gehen. Ich lade dich ein.«

»Wirklich?«, entgegnete Desh belustigt. »Das Angebot ist zu gut, um es auszuschlagen.«

»Nun, immerhin hast du ja Matt Griffin mit ins Team gebracht. Und nachdem er mein Konto so nett mit einer halben Milliarde gefüllt hat, schulde ich dir das einfach.«

»Eine halbe Milliarde Dollar – und das verschafft mir bloß ein Abendessen?«

Kira schenkte ihm ein strahlendes Lächeln. »Wir werden sehen.« Ihre Augen funkelten.

Lang sah Desh ihr in die Augen, und beide schwiegen. Immer stärker wurde sein Gefühl, dass sie sich wirklich liebten. Aber er wusste, das konnte auch eine Illusion sein. Möglicherweise war es nichts als eine vorübergehende Schwärmerei, angetrieben von den verzweifelten Umständen und der Tatsache, dass sie Seite an Seite um ihr Leben hatten kämpfen müssen.

Fast wünschte er sich, Gefühle wären so leicht zu begreifen wie pure Logik. Aber sie waren es nicht. Sie waren etwas Ursprüngliches und oft fast unverständlich.

Aber genau das, so erkannte Desh, war es, was die Gefühle zum kritischsten Teil des Menschseins machte. Wenn man das Leben auf reine Vernunft reduzierte, auf eine lösbare Gleichung, gab es keine Rätsel mehr, keine Spannung. Dann wäre das Leben vollkommen berechenbar, ein langweiliger Film, der niemanden überraschen konnte. Die Wahrheit war, weder er noch Kira, ob im Normalzustand oder im Zustand optimierter Intelligenz, konnten wissen, ob ihre Gefühle füreinander in der Zukunft stärker oder schwächer werden würden.

Weitere Gedanken musste er auf später verschieben. Desh wusste, dass Connelly und Metzger auf sie warteten. »Wir verschwinden jetzt besser von hier«, sagte er leise. Er deutete mit einer Kopfbewegung auf die Tür. »Unser Triumphwagen – und unsere Zukunft – erwarten uns.«

»Ritterlich formuliert«, bemerkte Kira und hob die Augenbrauen. »Weißt du auch schon, was uns in dieser Zukunft bevorsteht?«

Desh schüttelte den Kopf. »Ich habe nicht die geringste Ahnung«, erwiderte er. »Aber weißt du was? Auf einmal kann ich es nicht erwarten, genau das herauszufinden.«

EPILOG

»Das menschliche Gehirn ist die letzte und größte biologische Grenze, das Komplizierteste, das wir bisher in unserem Universum entdeckt haben. Es enthält Hunderte von Milliarden Zellen, die über Billionen von Verbindungen alle miteinander vernetzt sind. Das Gehirn des Menschen übersteigt unser Vorstellungsvermögen.«

— James D. Watson, Nobelpreisträger
und Mitentdecker der Struktur der DNS.

»Jeder, den die Quantentheorie nicht erschreckt, hat nicht ein einziges Wort davon verstanden.«

— Niels Bohr, Gewinner des
Nobelpreises für Physik.

Während Furcht an seinen Magenwänden nagte, studierte David Desh seine Frau durch die dicke Barriere aus Plexiglas. Jim Connelly, Matt Griffin und Ross Metzger standen schweigend neben ihm, jeder in seine eigenen Gedanken versunken.

Das Kernteam hatte fast ein Jahr lang darüber diskutiert, ob sie diesen Schritt wagen sollten, und sich endlich dafür entschieden. Sie mussten es einfach wissen. Auch wenn es sie vielleicht alles kostete. Sie mussten lernen, was das menschliche Bewusstsein auf der nächsten Ebene der Optimierung erwartete. Es war die Ebene, die Kira bereits zwei Sekunden lang erlebt hatte. Es war lang genug gewesen, um zu erkennen, dass sie eine Intelligenz erreicht hatte, die so weit über der im ersten Stadium der Optimierung stand wie diese über der normalen menschlichen Intelligenz.

Wenn man überhaupt etwas als typisch menschlich bezeichnen kann, dann die unersättliche Neugier dieser Spezies. Nur, konnte genau diese unersättliche Neugier alles zerstören, was sie bisher aufgebaut hatten?

Es war unmöglich vorherzusagen.

Kira hatte die Dauer der Intelligenzsteigerung auf der zweiten Stufe von zwei Sekunden auf fünf Minuten erhöht. Fünf Minuten lang würde sie in einem Reich existieren, das sich der theoretischen Grenze dessen näherte, was einhundert Milliarden Neuronen erreichen können, eine Ebene schwindelerregend gigantischer Macht. Wenn sich die soziopathischen Neigungen in einem ähnlichen Verhältnis steigerten und es ihnen nicht gelingen würde, Kira unter Kontrolle zu behalten, wären die Konsequenzen nicht abzuschätzen und möglicherweise absolut katastrophal. Und zwar trotz der absolut gesehen nur kurzen Dauer der Wirkung.

Sie hatten Sicherheitsvorkehrungen getroffen. In den Fußboden war ein Stuhl aus Stahl fest eingelassen worden. Daran war Kira unbeweglicher fixiert, als jemals ein menschliches Wesen in der Geschichte der Menschheit gefesselt worden war. Sie saß darauf in der Mitte eines Würfels aus dickem Plexiglas, der aussah wie ein durchsichtiges Racquetballfeld. Direkt über ihrem Kopf schwebte ein Ventil, bereit, genügend Betäubungsgas für eine ganze Herde Elefanten ausströmen zu lassen. Jeder ihrer Beobachter konnte das mit einem simplen Knopfdruck auslösen. Und für den Fall, dass ihr gesteigerter Intellekt es ihr möglich machen sollte, ihren Körper ausreichend zu kontrollieren, dass ihre Enzyme das Gas metabolisierten, bevor es seine Wirkung ausüben konnte, gab es eine weitere Sicherheitsmaßnahme. Der Stuhl, auf dem sie saß, war mit einer

Sprengladung versehen, die ebenfalls von außen gesteuert werden konnte. Darauf hatte sie selbst bestanden.

Im Laufe des letzten Jahres hatten sie Dutzende der Spitzenkräfte aus allen Bereichen dazugewonnen. Alle waren nach Deshs Plan genauestens durchleuchtet worden. Diesem erweiterten Team war es gelungen, atemberaubende Entdeckungen zu machen, die schon bald die ganze Welt verändern würden. Die fünf, die sich zuerst zusammengefunden hatten, bildeten jedoch weiterhin das Kernteam und die Führung. Unter diesen Umständen war es nur angemessen, dass sie die einzigen Zeugen des bisher größten aller Experimente waren.

In ihrem Plexiglasgefängnis keuchte Kira und biss die Zähne zusammen. Der Schmerz läutete den Beginn der Verwandlung ein.

Hilflos musste David Desh zusehen, wie sich die Qual seiner Frau fast dreißig Sekunden lang konstant erhöhte.

Dann verließ der leidende Ausdruck ihr Gesicht ebenso schnell, wie er gekommen war. Stattdessen zeigte sie nun eine friedliche Gelassenheit, tiefer, als Desh sie jemals zuvor bei jemandem gesehen hatte. Sie strahlte regelrecht, mit einem überirdischen Glanz. Desh wusste genau – auch wenn ihr Äußeres noch so ruhig wirkte, innerlich überschlugen sich jetzt ihre Gedanken mit mehr als Lichtgeschwindigkeit. Voller Ehrfurcht und auch mit ein wenig Angst beobachtete er sie. Durch welche neuen Gedankengalaxien sie nun wohl gerade reisen mochte?

In quälender Langsamkeit vergingen die fünf Minuten. Kiras Vitalwerte wurden überwacht. Ihr Atmen und ihr Herzschlag waren so regelmäßig wie eine Atomuhr. Das war ein sicheres Anzeichen, dass sie sich im Zustand der erhöhten Intelligenz befand. Seit Beginn der Verwandlung hatte sie die Augen geschlossen und sich nicht einen Millimeter bewegt. Gesagt hatte sie ebenfalls nichts.

Ohne jede Warnung und ohne andere erkennbare Anzeichen verloren ihre Vitalwerte den perfekten Rhythmus und wurden wieder unregelmäßiger. Sie war zurück. Sie war von einer wahrhaft außerordentlichen Reise zurückgekehrt.

Desh stieß erleichtert den Atem aus, den er unbewusst lang angehalten hatte.

Auch die Stimmung seiner drei Freunde neben ihm hellte sich spürbar auf.

Aber noch hatten sie das letzte Hindernis nicht überwunden, wie Desh wusste. War das noch dieselbe Frau, in die er sich verliebt hatte? Oder hatte diese Erfahrung, diese weitere Umprogrammierung ihrer Neuronen, sie auf ungeahnte Weise verändert?

Vierzig Sekunden vergingen. Ihre Augen waren noch immer geschlossen. David Desh stellte plötzlich fest, dass er kaum noch atmen konnte. War etwas schiefgegangen?

Er überprüfte die Digitaluhr, die auf dem Bildschirm neben ihren Vitalwerten die Zeit maß. Sie hatten sich darauf geeinigt, den Würfel erst zu betreten, wenn volle zehn Minuten vergangen waren, nachdem die Wirkung geendet hatte, nur um sicherzugehen. Doch Deshs Verlangen, zu ihr zu stürzen, sie in seine Arme zu nehmen, herauszufinden, ob alles in Ordnung war, hatte ihn so sehr im Griff, dass er alle Kräfte aufbieten musste, um es zu unterdrücken.

Ungeduldig starrte er auf die tickenden Sekunden der Digitaluhr. Warum ging das nicht schneller?

Kira krachte mit einer Wucht zurück in die Normalität wie ein Raumschiff, das mit Warp-Geschwindigkeit auf ein unbewegliches Objekt prallt. Schon immer hatte die Rückkehr aus der Verwandlung eine Erschütterung bedeutet, aber mit diesem massiven Stoß ließ sich das nicht vergleichen.

Sie schüttelte den Schrecken darüber ab und forschte in ihrem Gedächtnis. Hatte sie auf der überweltlichen Ebene der Intelligenz Handlungen begangen, die verdammenswert waren? Hatte sie Nietzsches Willen zur Macht als noch unwiderstehlicher empfunden als zuvor? Und hatte sie auf die Spezies des Homo sapiens noch verächtlicher und gleichgültiger herabgeschaut?

Erinnerungen überfluteten sie. Sie waren nichts als der blasse Schatten eines Schattens des Schattens ihrer Gedanken während der fünf Minuten, die ihr wie viele Stunden vorgekommen waren.

Außerdem konnte die ungelenke Alltagssprache die präzise und umfassende Logik nicht wiedergeben, die ihr Verstand während der Verwandlung so mühelos erreicht hatte.

Aber dieser Hauch der Erinnerungen reichte aus. *Sie wusste.* Ihre größten Hoffnungen hatten sich verwirklicht. Und ihre größten Ängste waren beseitigt. David hatte recht gehabt. Reiner Intellekt und Mitgefühl, diese beiden Dinge schlossen sich nicht aus. Und als ihr normaler Verstand sich dem schwachen Echo der Schlussfolgerungen öffnete, zu denen sie im verwandelten Zustand gelangt war, erfüllte sie eine tiefe Freude und Zufriedenheit.

Die Ebene, auf der menschliche Gedanken im Normalzustand stattfanden, war so beschränkt durch Gefühle und Instinkte, so eingegrenzt in ihrer Macht und Rationalität, dass die einzelnen Personen ganz leicht dazu gebracht werden konnten, nahezu jede Hypothese zu glauben. Auf der ersten Ebene der Steigerung, mit der sie und ihr Team mittlerweile vertraut waren, gab es keinen Glauben, und jede Logik, die die Existenz eines Gottes voraussetzte, wurde rasch als unwiderruflich fehlerhaft erkannt. Damit war auf dieser Ebene die Schlussfolgerung unvermeidlich, dass das Leben keine Bedeutung hatte und Selbstsucht die ebenso vernünftige wie dringend gebotene Haltung war.

Aber jetzt, nachdem sie auch die zweite Ebene der Optimierung erlebt hatte, die wahrhaft überwältigend gewesen war, hatte sie eine Perspektive erreicht, die sich von der auf der ersten Ebene gravierend unterschied. Sie staunte über die maßlose Überheblichkeit, die sie und die anderen auf dieser ersten Ebene gezeigt hatten. Unglaublich! Jetzt hatte sie ein wirklich alles übersteigendes Niveau des Denkens erreicht. Und es gab nur noch eine Sache, der sie sich wirklich sicher war: *Sie verstand absolut nichts!*

Das Universum war unendlich, und sehr wahrscheinlich gab es noch dazu eine unendliche Anzahl an unendlichen Universen. Es war grenzenlos absurd, als winziger Fleck auf einem winzigen Planeten in einem Ozean unendlicher Unendlichkeiten zu sitzen und sich einzubilden, man verstünde auch nur das Geringste von der Natur des Lebens und der Realität. Die Überzeugungen der arroganten gesteigerten Intelligenz der zweiten Stufe waren ebenso fehlerhaft wie die normalen Gedanken, an deren Stelle sie getreten waren.

Gab es ein Leben nach dem Tod? Vielleicht. Aber vielleicht bestand auch gar keine Notwendigkeit dafür. Vielleicht war alles Bewusstsein ohnehin schon unsterblich. Die weithin anerkannte Interpretation der vielen Welten, ein Ergebnis bizarrer Ergebnisse von Experimenten in der Quantenphysik, ging davon aus, dass immer dann, wenn es verschiedene Wege gab, in die die Zukunft sich entwickeln konnte, alle diese Möglichkeiten auch realisiert wurden. Das Universum teilte sich konstant in mehrfache Universen auf, so wie die Äste eines Baums. Und jeder Ast verzweigte sich wieder zu einer unendlichen Reihe weiterer Universen.

In der Vergangenheit war eine Kugel, abgefeuert aus einem Helikopter, auf Jim Connelly zugeschossen, der auf einer Lichtung stand. In diesem Universum hatte die Kugel sein Herz um mehrere Zentimeter verfehlt und ihn nicht getötet. Aber genau in diesem Augenblick, in dem die Kugel geflogen war, hatte das Universum sich weiter verzweigt. Inzwischen gab es eine unendliche Anzahl an Universen, in denen sie ihn getötet, und ebenso unendlich viele andere Universen, in denen sie ihn überhaupt nicht getroffen hatte. Doch in allen diesen Unendlichkeiten, die sich weiter in die Zukunft bewegten, bis zum Ende aller Zeit, gab es immer wenigstens ein Universum, in dem das Bewusstsein des Colonels überlebte.

Viele etablierte Physiker akzeptierten die Möglichkeit der Quantenunsterblichkeit, während sie versuchten, mit ihren normalen menschlichen Möglichkeiten die unfassbaren und fantastischen Auswirkungen der Quantentheorie zu verstehen. Aber es gab Möglichkeiten, und ihr Alter Ego hatte einen Blick darauf erhaschen können, die die menschlichen Wissenschaftler noch nicht einmal zu ahnen begonnen hatten. Es gab mindestens ebenso viele Gründe dafür, an die Existenz der Unsterblichkeit oder ein Leben nach dem Tod zu glauben, wie es Gründe dagegen gab.

Gab es einen Gott? Diese Frage sicher zu beantworten, war unmöglich. Allerdings war der Grad des menschlichen Verständnisses so unbedeutend, dass es den Gipfel absoluter Arroganz bedeutet hätte, es auszuschließen. Sie hatte Desh die Frage gestellt, warum nicht auch das Universum ohne einen Schöpfer existieren konnte, wenn dasselbe doch für Gott galt. Aber das Umgekehrte war ebenso wahr. Wenn das Universum existieren konnte, ohne geschaffen worden zu sein, warum dann nicht auch ein Gott?

Doch selbst wenn es einen Gott gab, bot das keine Garantie dafür, dass dieses Wesen auf alles die Antwort hatte und die Natur der Realität vollständig verstand. Ein allmächtiges Wesen konnte alles wissen – und dennoch ständig Neues dazulernen. Da waren sie wieder, die unendlichen Unendlichkeiten. Selbst wenn man einmal davon ausging, dass der Verstand eines solchen Gottes die Unendlichkeit der Zahlen zwischen null und eins begreifen und fassen konnte – es gab ja noch immer eine unendliche Menge weiterer Zahlen außerhalb dieser beiden.

Aber wenn sie vermutete, dass selbst ein Gott vielleicht nicht in der Lage war, die wahre Natur des Lebens vollständig zu erfassen, was war dann mit der armen Menschheit? Auf welches Ziel sollte diese niedere Spezies ihre Anstrengungen ausrichten?

Auf wundersame Weise hatte Kiras Alter Ego eine Antwort auf diese Frage gefunden, und zwar eine Antwort, die sie als unglaublich befriedigend empfand. *Die Bestimmung des Bewusstseins, jedes Bewusstseins, ist es, unendliches Verständnis zu erlangen.* So einfach war das. Wenn ein Gott existierte, musste die Menschheit danach streben, diesen Gott zu finden und der Gottheit dabei zu helfen, allmächtig zu werden, und zwar nicht nur in einer Unendlichkeit, sondern in einer Unendlichkeit an Unendlichkeiten.

Das war eine mögliche Aufgabe ihrer Spezies. Aber ihr Alter Ego war, unter Einsatz einer symbolischen Logik, noch zu einer anderen Möglichkeit gelangt, die ihr sehr viel wahrscheinlicher erschien: Die Bestimmung der Menschheit war es, zusammen mit allem Leben in allen Universen, nicht Gott zu finden – sondern *zu Gott zu werden.*

Wenn eine menschliche Eizelle im Augenblick der Zeugung ein Bewusstsein besäße, wie würde sie sich selbst sehen? Es war unmöglich, dass sie das aus vielen Billionen Zellen bestehende Wesen vorhersagen oder gar verstehen konnte, zu dem sie einmal heranreifen würde. Und die gesamte Menschheit konnte, im großen Rahmen betrachtet, sehr wohl mit dieser einzelnen befruchteten Eizelle vergleichbar sein, ohne ein Bewusstsein dafür, dass sie zu einem Wesen heranwuchs, das billionenfach komplizierter war und am Ende zu Gott wurde. Oder vielleicht schon zu Gott geworden war, in einem Universum, in dem alle denkbaren Vergangenheiten, Gegenwarten und zukünftigen Geschehnisse Seite an Seite nebeneinander existierten.

Derzeit bestand die Menschheit aus voneinander getrennten Individuen. Ein Embryo im frühen Stadium allerdings war auch nichts anderes als ein Klumpen, der aus verschiedenen, voneinander getrennten Zellen bestand. Nur verbanden sich diese einzelnen Zellen später auf wundersame Weise miteinander und schufen dabei etwas, das unvorstellbar viel größer war als sie.

In diesem Licht betrachtet waren Altruismus und Soziopathie alles andere als einfache Konzepte. Sie waren noch weit komplexer, als Abraham Lincoln das aufgezeigt hatte. Die absolute Selbstlosigkeit unter einem Aspekt konnte unter einem anderen nichts als verdeckte absolute Selbstsucht sein – und umgekehrt. Die Zellen, aus denen der menschliche Körper bestand, waren selbstlos. Wenn das zum Wohl des Gesamtorganismus nötig war, opferten sie sich selbst. Auf mikroskopischer Ebene waren sie auf geradezu törichte Weise altruistisch und zum eigenen Tod bereit. Auf makroskopischer Ebene allerdings stellte dies nichts anderes als die pure Selbstsucht dar – die Sicherung des Überlebens des Körpers. Und was passierte, wenn eine einzelne Zelle Selbstsucht zeigte und Nietzsches Willen zur Macht folgte? Sie wurde zur Krebszelle. Dadurch konnte sie sich von den Beschränkungen im Hinblick auf die eigene Teilungsfähigkeit befreien und – eine Weile lang – unsterblich werden. Bis gerade ihre Unsterblichkeit den Gesamtorganismus tötete. Ein Vorgang, der auch dem Leben der selbstsüchtigen Zelle selbst ein Ende setzte.

Die Menschheit hatte gar keine andere Wahl – sie musste sich zu Gott entwickeln, und zwar entweder allein oder gemeinsam mit allen anderen Wesen mit Bewusstsein und allem anderen Leben. Es stand zu viel auf dem Spiel, um von etwas anderem auszugehen. Das Leben würde sich zu Gott entwickeln und dann würde Gott das Multiversum und alles Leben in einem zyklischen Prozess schaffen, der sich durch Raum und Zeit erstreckte, ohne Anfang und ohne Ende. Ein Prozess, den nur diese ultimative Intelligenz verstehen könnte. Einige Lebensformen würden bei diesem Prozess Hauptrollen spielen und andere Nebenrollen. Was in manchen Fällen sogar zu ihrem Aussterben führen könnte. Aber der Zweck allen Lebens wäre es fortan, einen gesunden Gott zu nähren, ebenso wie es der Zweck aller menschlichen Zellen war, die Gesundheit des gesamten Organismus zu erhalten, wenn nötig sogar auf Kosten des eigenen Überlebens.

Wenn man die Dinge so betrachtete, musste man die Fragen, die Nietzsche gestellt hatte, auf eine ganz andere Weise beantworten, als dieser Philosoph sie beantwortet hatte. Was ist gut? Alles, was das Leben in seinen unendlichen Formen nährt und dabei dem vorrangigen Bedürfnis der entstehenden Gottheit unterliegt. Was ist schlecht? Alles, was dem Leben und seinem Kampf, zu Gott zu werden, im Weg steht.

Damit hatte ihr junges Team ein festes Ziel. Und jetzt auch die Mittel, um sich selbst auf ein vorher unvorstellbares Niveau der Gedanken zu heben, ohne wachsende Soziopathie befürchten zu müssen. Kira war klar, das bedeutete keineswegs, dass nun alle ihre Probleme auf einen Schlag gelöst waren. Es weitete sie nur aus und machte sie noch schwieriger zu lösen. Selbst in der allernächsten Zukunft waren sie noch immer einer Unzahl von schweren Fragen und Herausforderungen ausgesetzt. Konnte man diese Veränderung auf der zweiten Ebene dauerhaft erhalten? Sollte man sie dauerhaft erhalten? Sollte die Menschheit in ihre eigene Evolution eingreifen? Und wenn ja, konnte man dabei das eigentliche Wesen der Menschheit erhalten? Oder sollte man es überhaupt erhalten? Was war, wenn einige eine Veränderung suchten und andere nicht?

Es gab keine einfachen Antworten. Aber das waren alles Fragen für einen anderen Tag.

Jetzt, in diesem Augenblick, wurde es Zeit, dass sie den anderen im Team von dem phänomenalen Erfolg des Experiments berichtete und die tiefgreifenden gedanklichen Ausblicke beschrieb, die diese zweite Stufe der Verbesserung eröffnet hatte.

Außerdem musste sie auch dringend mit ihrem Mann sprechen. Und ihm etwas sagen, von dem sie wusste, dass er begierig darauf sein würde, es zu hören.

Sie war schwanger.

Die Befruchtung hatte gerade erst vor zwei Tagen stattgefunden. Für ihr normales Selbst war es viel zu früh, das auch nur zu ahnen, aber ihr verwandeltes Alter Ego hatte es sofort erkannt.

Sie konnte bis in alle Ewigkeit über die Natur des Lebens nachdenken, ohne auch nur ein ansatzweise vollständiges Verständnis zu erreichen. Doch eines wusste sie ganz sicher: Sobald dieses Kind auf die Welt kam, hatten David und sie einen Schritt in Richtung Unsterblichkeit getan, in Richtung Unendlichkeit. In einer endlosen Folge des Lebens, von der sie tief in ihrer Seele wusste, sie endete mit der Schaffung von Gott, nähme ihr Kind dann seinen Platz ein.

Kira öffnete die Augen, das erste Mal, seit die Verwandlung begonnen hatte, und schaute glücklich in die Augen des Mannes, den sie liebte. Es war Zeit, ihm zu erzählen, dass er bald Vater werden würde.

Danksagung

Herzlichen Dank, dass Sie »Zweipunktnull« gelesen haben! Wenn Ihnen dieses Buch gefallen hat, bitte ich Sie darum, es weiterzuempfehlen. Ich freue mich, wenn Sie mir auf Facebook eine Freundschaftsanfrage schicken – Sie finden mich dort unter *Douglas E. Richards Author*. Über Facebook bleiben Sie über Neuerscheinungen aus meiner Feder immer auf dem Laufenden. Sie können mir auch jederzeit eine E-Mail an doug@san.rr.com senden.

34465098R00225

Printed in Great Britain
by Amazon